PROLOG

Aktion, Aktion, alles bewegt sich. Elefanten auf Stelzen wandern am Horizont, wenden sich drohend über meinem Haupt. Schwarzer Azur, die sehende Nacht, bringt es an den Tag: keimende Seele, hinter Erinnerungen verschüttet, ohne Worte, tausend Bilder. Empfindungen ohne Ende, in grellen Farben. Unbändige Angst, namenlose Gestalten treiben ihr Wesen, werden zum Orakel der Welt. Keine Chance auf Deutung, gepeitscht durch die Zeit, surrend die Sinne. Wieder ein Déjà-vu, ich weiß nicht, woher. Nur Schemen aus der Vergangenheit weisen den Weg, belagern die Gegenwart, verschrecken die Zukunft. Wieder nur geträumt, und doch wahr geworden. Geraffte Zeit, kolorierte Motive. Was wollt ihr in meinem Hirn, in meinem Herzen, in meiner Klamottenkiste? So viel Schmerz, so viel Leid, die Brust will mir zerspringen, der Atem stockt. Keine Hoffnung für den Verdammten, keine Gnade für den Menschen. Einzig eine Tür hinter dem Vorhang der Gegenwart. Generationen überlagern sich, Zeitalter verschmelzen in einem Augenblick. Gestern, heute, morgen – gleich jetzt. Einträchtiges Nebeneinander ohne Vergehen, so beängstigend schön für den Wanderer zwischen den Welten, den Archäologen der Jetztzeiten. Die Welten der unterschiedlichen Möglichkeiten werden lebendig, alles ist real, zu real, surreal. Halte mich fest, ich verliere mich. Reise ohne Wiederkehr auf dem schmalen Grat dessen, was echt ist.«

1.

Meine Name ist Jan Gaspard. Was ich Ihnen jetzt erzählen werde, ist die Wahrheit. Auch wenn Ihnen manches vielleicht unglaublich vorkommen wird, so wurde doch nichts von mir hinzugefügt oder bewusst weggelassen. Dieses Buch soll mein Protokoll der Ereignisse sein, die sich, von vielen unbemerkt, mitten zwischen uns zugetragen haben und die in ihrer ganzen Tragweite die gesamte Menschheit erschüttern werden.

Meine Geschichte – oder besser: diese Geschichte – beginnt am 17. Oktober 1998, dem Tag, an dem ich unwiederbringlich in den Strudel dieser Ereignisse hineingezogen wurde. Bis dahin war ich wenig mehr als ein Beobachter der Szenerie, ein Zaungast der Weltgeschichte, wie Sie wahrscheinlich auch.

Vielleicht sollte ich Sie warnen, denn wenn Sie dieses Buch weiterlesen, könnten auch Sie in den Sog der Geschichte gerissen werden, ohne dass Sie es wollen und etwas dagegen unternehmen könnten. Also überlegen Sie sich gut, was Sie jetzt tun.

Ich selbst hatte diese Wahl nicht. Damals, als mein Freund und Hackerbruder Tron mich in heller Aufregung anrief. Ich nahm das Gespräch vorbehaltlos entgegen, ohne düstere Vorahnung, mit einem Tastendruck auf meinem Handy.

Ich konnte ja nicht wissen, dass dieser Tastendruck mein Leben von Grund auf verändern würde.

Ich wohnte damals eine Zeit lang in London. Das war noch an der Schwelle zum neuen Jahrtausend. Und wie beim vorhergehenden Jahrtausendwechsel gab es viele düstere Prophezeiungen, dass die Welt untergehen würde und dergleichen mehr. Nur dass diesmal überwiegend nicht die wirkliche Welt gemeint war, sondern die virtuelle Welt der Daten und Netzwerke.

Der Grund dafür war ziemlich einfach. In den Anfängen des Informationszeitalters hatten die ersten Programmierer und IT-Spezialisten noch mit primitiven Computerprozessoren arbeiten müssen. Daher wurden die zu verarbeitenden Informationen so weit komprimiert und vereinfacht wie nur möglich, um die simplen Prozessoren nicht unnötig zu belasten.

Allerdings brachte das Vereinfachen von Informationen beim Übergang von 20. ins 21. Jahrhundert unerwartete Probleme mit sich. So sollte sich das Weglassen der Jahrhundertangabe in Datumsformaten, die in Softwares benutzt wurden, als großer Fehler erweisen. Aus meiner Sicht ein erfreulicher Fehler, bescherte er mir doch volle Auftragsbücher. In der Londoner City war das »Milleniumproblem« an jeder Straßenecke gegenwärtig. Und wir, die wir mit diesem Phänomen unsere aberwitzigen Stundenhonorare verdienten, wurden nicht müde, von immer neuen, wirklich bedrohlichen »Geistererscheinungen« zu berichten.

Es war wie ein Klondike des bevorstehenden 21. Jahrhunderts. Ein Goldrausch der Informatik. Einer hatte den ersten großen Nugget mit Namen »Millenium« ausgegraben, und alle anderen modernen Digger waren ihm gefolgt, um auf diesem Acker ihren Claim abzustecken. Mein Claim waren im Augenblick die Londoner Banken. Ein sehr aufschlussreiches Arbeitsgebiet, wobei das »reich« im Wort »aufschlussreich« durchaus eine zusätzliche Bedeutung bekommen darf.

Warum erzähle ich Ihnen das alles? Nun, jetzt kann sich wohl jeder vorstellen, dass es einem Goldgräber und Schatzsucher wie mir ungemein schwer fiel, im Moment der größten Euphorie seinen Claim verlassen zu müssen.

Genauso erging es mir, als an diesem verhängnisvollen Tag im Oktober 1998 mein Telefon klingelte und mein Hackerfreund Tron, der eigentlich Boris Floricic hieß, mich anrief und verlangte, ich solle sofort zu ihm nach Berlin kommen. Ich war an diesem Tag, einem Samstag, gerade erst im Büro bei meinem damaligen Auftraggeber eingetroffen. Es war noch früh am Vormittag. Und ich hatte eigentlich keine Lust und keine Zeit, diese Goldmine zu verlassen. Die Gefahr, dass sofort ein anderer Glücksritter meinen Platz einnahm, war zu groß.

Doch Tron, dieser meist freundliche junge Mann mit den blonden Haaren und dem offenen Gesichtsausdruck, dessen Aussehen ich bisher nur von Bildern oder Videoübertragungen kannte, blieb hartnäckig.

»Ian, es ist von grundlegender Bedeutung, dass wir uns noch heute treffen. Ich kann hier nicht weg. Nimm den nächsten Flieger, den du kriegen kannst, und komm zu mir«, sagte er mit seinem unverwechselbaren Berliner Akzent.

So bestimmt kannte ich Tron gar nicht. Nichts von seiner eher schüchternen Bescheidenheit, mit der er sonst die Menschen für sich einzunehmen wusste. Nichts von seiner ruhigen, selbstbewussten Gelassenheit, mit der er bisher auch die größten Krisen gemeistert hatte, beispielsweise bei seiner Verhaftung vor ein paar Jahren. In diesem Moment war bei Tron nur seine sonst meist unter der Oberfläche schlummernde charismatische Bestimmtheit übrig geblieben. Eine ungeheure Festigkeit in seinem Charakter, deren Einfluss sich ein Normalsterblicher nur schwer entziehen konnte.

Und ich hatte wirklich keine Zeit, sofort nach Berlin zu fliegen. Obwohl es natürlich sehr reizvoll war, Tron endlich einmal persönlich kennen zu lernen.

»Was ist denn los, Boris? Wieso kannst du nicht nach London kommen? Ich kann hier im Augenblick nämlich auch nicht weg. Im Gegensatz zu dir, du unter dem Armutsgebot lebender Bettelstudent, bin ich ein voll ausgelasteter Informatikfachmann. Ich habe verdammt viel zu arbeiten. Und zwar hier in London.«

»Ian, ich brauche deine Hilfe. Es geht um Leben und Tod. Und die Sache entscheidet sich hier in Berlin. In den nächsten vierundzwanzig Stunden. Also quatsch keine Opern und setz dich in den Flieger. Ich weiß, wer du bist. Und ich brauche dich hier an meiner Seite. Spätestens in vier Stunden. Die Uhr läuft.« Damit legte er auf.

Das waren ganz neue Töne von dem Mann, den ich bisher als Boris oder Tron kannte. Ich wusste mit einem Mal, dass meine Welt auf absehbare Zeit nicht mehr dieselbe sein würde. Die ganze Dramatik in Trons Stimme erfasste mich, und eine seltsame Aufgeregtheit erfüllte mein Inneres.

Ich schaute meinen Kunden an, einen gewissen Adams, der das vorangegangene Telefonat zumindest teilweise mitgehört hatte. Seine Miene zeigte deutlich, dass er die möglichen Konsequenzen missbilligte. Ich arbeitete für ihn; damit gehörte ich ihm. Und ich war dazu da, eine Bedrohung von ihm abzuwenden. Eine solche Aufgabe verlangte meine ungeteilte Aufmerksamkeit. Besser gesagt, Mister Adams verlangte meine ungeteilte Aufmerksamkeit. Es würde nicht leicht sein, meinem Kunden klar zu machen, dass ich ihm diese Aufmerksamkeit erst einmal würde entziehen müssen.

Keine fünfundvierzig Minuten später saß ich in einem Flugzeug nach Berlin, wo ich gegen Mittag eintraf. Viel Zeit zum Packen hatte ich natürlich nicht gehabt, deshalb trug ich nur die Sachen bei mir, die ich auf dem Leib hatte. Und meinen Laptop, versteht sich, in seiner großen schwarzen Ledertasche an meiner Seite. In dieser Tasche hatte ich stets auch ein wenig Kleidung zum Wechseln dabei.

In Berlin angekommen, nahm ich ein Taxi zur City und wählte Trons Handynummer. Er war sofort am Apparat. »Wo bist du, Ian?«

»Wo schon? In einem Taxi auf dem Weg zum Kurfürstendamm.«

Ich hörte Tron lachen. »Schön. Wir treffen uns Britzer Damm, Ecke Tempelhofer Weg. In der Nähe gibt's 'ne Kneipe, in der wir reden können.«

Ich nannte meinem Chauffeur, einem gepflegten Mann im grauen Anzug, die angegebene Adresse als neues Fahrtziel. Der Mann nickte zur Bestätigung, betätigte den Blinker und bog bei der nächsten Gelegenheit scharf rechts ab. Dann schaltete er das Mikro seines Sprechfunks ein und gab unser Fahrtziel durch, vermutlich der Taxizentrale. Mir fiel auf, dass er das bei meinem erstgenannten Fahrtziel nicht getan hatte.

Zwanzig Minuten später stand ich an der verabredeten Straßenecke. Und wartete. Von Tron war nichts zu sehen. Vor mir brandete der Großstadtverkehr. In der Nähe parkten ein paar Autos. Ich war noch nicht oft in Berlin gewesen, und in diesem Teil der Stadt kannte ich mich kein bisschen aus. Je mehr Zeit verrann, desto mehr achtete ich darauf, ob gelegentlich leere Taxis vorbeifuhren, um meine Chance abzuschätzen, bei Bedarf so schnell hier wegzukommen, wie ich hergekommen war.

Mein Handy klingelte. »Nur zuhören.« Es war Trons Stimme. »Rechts, die parkenden Autos …« Ich schaute nach rechts. »Nicht hinsehen!«, befahl Tron. »Zecken im Pelz. Sind kurz vor dir angekommen. Hören wahrscheinlich mit. Hat dein Taxifahrer während der Fahrt mit jemandem gesprochen?«

»Ja, mit der Zentrale. Verdammt, was ist los, Tron?«

»Sei still. Keine Namen. Wegen der Scanner. Rufe gleich wieder an.«

Die Verbindung war unterbrochen, doch sofort klingelte mein Handy wieder.

»Die Kirche gegenüber. Du musst durch den Weg in die Grünanlage, dann über einen Zaun. Pass aber auf. Türinnenseite. Du weißt, was zu tun ist.«

Gegenüber sah ich tatsächlich einen Weg in eine Grünanlage. Ich überquerte die Straße, lief den kleinen Pfad hinauf und sah die Kirche. Ein wenig umständlich kletterte ich über den hohen Metallzaun, ging zum Portal, öffnete die Tür und warf einen Blick zurück zur Straße, während ich die Tür hinter mir schloss. Ich konnte einen weißen Kombi ausmachen, aus dem gerade zwei Männer stiegen. So, wie sie die Köpfe hielten, beobachteten sie mich.

Auf der Innenseite des Kirchenportals hatte jemand einen Zettel festgeklebt. Ich nahm ihn ab und schaute darauf. Es war eine handschriftliche Notiz mit einer Wegbeschreibung. Ich faltete den Zettel wieder zusammen und steckte ihn ein. Raffiniert. Egal, wie gut wir abgehört wurden – in diesem Moment wussten nur Tron und ich, wo wir uns treffen würden.

Ich öffnete das Portal wieder und blickte den Weg hinter dem Zaun entlang zu dem weißen Kombi. Die beiden Männer versuchten gerade, die Straße zu überqueren. Rasch schloss ich das schwere Tor und schaute mich um. Weiter vorn im Kirchenschiff entdeckte ich eine Seitentür, ich rannte dorthin und öffnete sie.

Einer Eingebung folgend, ließ ich die Tür einen Spalt offen und versteckte mich hinter Holzbänken. Mit wild pochendem Herzen verharrte ich und hielt ängstlich meine Atmung im Zaum. Genau in diesem Moment hörte ich, wie sich das Portal hinten in der Kirche öffnete. Es waren zweifellos die beiden Männer aus dem Kombi. Sie sprachen nicht, verständigten sich offenbar mittels Zeichen. Doch ihre Schritte wurden immer schneller, als sie sich durchs Kirchenschiff näherten. Wahrscheinlich hatten sie die zweite offene Tür entdeckt.

Ich hörte, wie die Tür krachend aufflog und die Männer hinausrannten. Doch noch in Hörweite brachen die Schritte ab. Ich sah mich um, ob es hier noch etwas anderes gab, das mir Schutz hätte bieten können. Draußen fluchten meine Verfolger. Jetzt sprachen sie miteinander. Mutig schlich ich mich von meinem Versteck aus hinter die nach innen geöffnete Seitentür, die mir Schutz bot. Zumindest, solange sie nicht geschlossen wurde.

Zu meinem Entsetzen kamen die beiden Männer zurück.

»So schnell kann der doch nicht weg sein!«

»Der war jünger als wir und kräftiger. Natürlich kann er weg sein.«

Beide betraten durch die offene Seitentür erneut den Kirchenraum.

»Gib 'ne Meldung durch.«

Ich hörte Handytastentöne.

»Hallo? Hier Banner. Wir haben die zweite Zielperson ebenfalls verloren.«

Für einen Moment war es vollkommen still im Gotteshaus. Nur meinen Herzschlag fühlte ich viel zu laut. Ich war eine Zielperson!

»Nein, kein persönlicher Kontakt. Oder vielleicht doch. In einer Kirche. Die Zielperson ging hinein und hat sie durch eine zweite Tür wieder verlassen. Vielleicht haben sie sich hier drin getroffen. Was sollen wir jetzt tun?«

Wieder Stille.

»Banner, gib ihnen 'ne Personenbeschreibung durch und lass uns abhauen«, sagte der zweite Mann.

Ich konnte meine Neugier nicht mehr zügeln, darum wagte ich mich ein wenig vor und spähte um die Türkante. Die beiden Männer standen keine zwei Schritte von mir entfernt, mit dem Rücken zu mir, und blickten sich im Kirchenraum um.

»Hammer meint, ihr solltet 'ne Personenbeschreibung herausgeben. Vielleicht fällt er 'ner Streife auf.«

Wieder Ruhe.

»Um die dreißig, knapp einsachtzig, schwarze, ziemlich lange Haare, dunkle Augen. Trägt schwarze Klamotten und einen langen Ledermantel. Der müsste eigentlich auffallen wie 'ne Schmeißfliege auf 'nem Laken.«

Und nach einer weiteren Pause: »Wir drehen hier auch noch ein paar Runden und kommen dann zurück ins Revier. Ende.«

»Was haben sie gesagt?«, wollte der Mann wissen, der offenbar Hammer hieß.

»Na, was schon? Die Typen mit den teuren Anzügen sind ziemlich sauer auf uns. Wir haben in einer halben Stunde zwei ihrer Zielpersonen verloren. Das ist kein Ruhmesblatt. Lass uns abhauen.«

Ich hörte Hammer fluchen.

»Und denk dran, die Tür zuzumachen.«

2.

Die Wegbeschreibung Trons führte mich in eine kleine Eckkneipe, keine zwei Straßen von der Kirche entfernt. Er saß an dem Tisch, der am weitesten von der Eingangstür entfernt war. Tron war allein. Ansonsten waren in dem Gastraum nur die schon ältere Wirtin und ein weiterer einsamer Gast, der auf einem Hocker am Tresen sein frühes Bier trank.

Ich bestellte einen Kaffee, nahm die Tasse in Empfang und setzte mich zu meinem müde aussehenden Hackerfreund. Eine Zeit lang sagten wir beide nichts. Ich war mir nicht einmal sicher, ob Tron meine Anwesenheit überhaupt bemerkt hatte. Er blickte auf einen Punkt an der gegenüberliegenden Wand und schien Äonen weit weg zu sein. Deshalb ließ ich ihm Zeit und widmete mich meinem Kaffee.

»Hallo, Ian. Danke, dass du gekommen bist. Schön, dich endlich einmal persönlich zu sehen«, beendete Tron schließlich sein Schweigen. Er blickte mich immer noch nicht an.

»Keine Ursache, Boris. Was ist los? Was will die Polizei von dir?«

»Waren das tatsächlich Bullen in dem weißen Kombi? Ich war mir nicht so sicher.« Tron riss den Blick von der Wand los und schaute mir mit einem seltsam wissenden Ausdruck fest in die Augen.

»Wer sollte es sonst gewesen sein, Boris?«

Trons Blick schweifte wieder ab. »Ich weiß nicht. Ich denke, ich habe tatsächlich den Teufel geweckt. Ich spiele schon eine ganze Weile Katz und Maus mit ihm. Bisher hat er es sich gefallen lassen. Jetzt muss ich ihn *wirklich* wütend gemacht haben.«

Ich dachte nach. Das waren keine der üblichen Hacker-Metaphern, wie wir sie sonst in unseren E-Mails oder Telefonaten ausgetauscht hatten. Das hier klang anders.

Mein Freund setzte seine seltsame Rede fort. »Hast du dich eigentlich mal gefragt, Ian, warum wir das alles machen? Ich meine, das Hacken. Warum treiben wir einen so gewaltigen Aufwand, um an die Geheimnisse anderer Menschen zu kommen? Warum durchbrechen wir Firewalls, knacken Codes, hacken anderer Leute Rechnersysteme? Hast du dafür auch nur einen guten Grund?«

Ich überlegte. »Nun, es ist eine verdammt spannende Sache. Wie ein Wettlauf mit der anderen Seite. Wer die Geheimnisse der andere Seite knackt, hat gewonnen. Das ist pures Adrenalin.« Ich hielt kurz inne und fuhr dann fort: »Außerdem wird das Wissen, das wir auf diese Weise erwerben, von den richtigen Leuten verdammt gut bezahlt.«

Tron schaute mir wieder mit diesem seltsamen Ausdruck in die Augen. »Blödsinn, Ian. Das war nicht der Grund, weshalb du und ich mit dem Hacken angefangen haben. Das alles kam später erst hinzu. Was aber war ganz zu Anfang die Kraft, die uns antrieb? Die uns die erste Zeile Programmcode schreiben ließ? Warum haben wir diesen völlig verrückten Pilgerpfad ursprünglich eingeschlagen? Diesen vollkommen aberwitzigen Weg, der uns in unseren Arbeitszimmern vereinsamen ließ. Der uns manchmal sogar ins Gefängnis brachte?«

Ich hatte keine Antwort darauf. Ich für meinen Teil hatte andere Jungs am Computer tolle Dinge machen sehen und war einfach ihren Spuren gefolgt.

»Soll ich dir sagen, was es war, Ian? Was uns zu dem gemacht hat, was wir heute sind?« Ich nickte stumm. »Die Suche nach der Wahrheit.« Tron ließ die Worte wirken.

Schließlich stand er auf und ging zum Tresen. Er bestellte

etwas, das ich nicht verstand. Derweil dachte ich über das Gehörte nach. Die Wahrheit. Ja, die hatte damit zu tun, dass wir Jungs nicht von unserer Passion lassen konnten. Da war ein Jagdinstinkt, da war der Wunsch herauszufinden, was sich hinter all den geheimen Passwörtern und in den geschützten Datenbanken verbarg. Da war ganz sicher auch die Gier nach Wissen, das kein anderer hatte.

Tron kam zurück. »Wissen ist Macht.« Er stellte ein Glas Rotwein und einen Korb mit Brotscheiben vor sich auf den Tisch und setzte sich.

»Und du meinst, uns Hackern geht es nur um diese Macht.«

Er schaute mich verdutzt an. »Mir ging es nie darum. Um das Wissen, ja, die Wahrheit, ja. Aber nicht um die Macht. Das war mein Fehler, glaube ich.«

»Wieso?«, wollte ich wissen.

»Wäre es mir um die Macht gegangen und ich hätte sie zu nutzen gewusst und auch nutzen wollen, hätte der Teufel es vielleicht verstanden. Ich wäre für ihn kontrollierbar und kalkulierbar gewesen. So aber habe ich dem Teufel selbst Angst gemacht. Weil jemand, der nur *wissen* will, suspekt ist. So etwas gibt es nicht. Da werden die vermeintlichen Motive größer, als es der Teufel denken kann. Und er bekommt es mit der Angst zu tun.«

Ich hatte nicht den blassesten Schimmer, wovon Tron redete. Nein, das stimmt nicht ganz. Irgendwie ahnte ich die Bedeutung seiner Worte. Aber ich hätte sie nie hier und jetzt erwartet. Ich schaute mir Tron genau an. Wie er ein Stück Brot durchbrach und es sich in den Mund steckte. Wie er das Glas Wein an die Lippen hob und in kleinen Schlucken trank.

»Der Wein ist gut. Probier mal, Ian. Im Wein liegt bekanntlich die Wahrheit.« Er hielt mir den kleinen Kelch hin, und ich nahm ihn und trank. Die Süße des Weines explodierte beinahe in meinem Mund. Es war lange her, dass ich das letzte Mal Wein getrunken hatte. Ich reichte Tron das Glas zurück.

»Hier, nimm ein Stück Brot. Es neutralisiert den Wein.« Und er reichte mir auch den Brotkorb. Ich gehorchte.

Kauend fragte ich: »Gibt es keinen anderen Weg? Lässt der Teufel sich nicht besänftigen oder wenigstens austricksen?«

Tron schüttelte mit plötzlicher Traurigkeit den Kopf. »Nein. Glaub mir, ich habe alles versucht, alles abgewogen, jeden Winkelzug erprobt.« Und mit aufkeimender Heiterkeit: »Aber ich freue mich, dass ich mich nicht in dir getäuscht habe.«

»Nein, hast du nicht. Du hast offensichtlich die Wahrheit gefunden. Viel mehr, als ich dir zugetraut habe. Aber was das angeht, irre ich mich ja nicht das erste Mal. Ich bin auch nur ein Mensch und nicht unfehlbar. Also, wie kann ich dir helfen?«

Tron wählte seine Worte mit Bedacht. »Mein Schicksal wird sich in den nächsten Stunden erfüllen. Meine Häscher kreisen mich immer mehr ein. Wenn alles so eintritt, wie ich es erwarte, werde ich die kommende Nacht nicht überleben.« Ein neuer Gedanke überkam ihn. »Hoffentlich nimmt meine Mutter es nicht zu schwer.«

Ein kalter Luftzug wehte über uns hinweg. Tron und ich sahen auf. Die Tür der Kneipe war geöffnet worden. Noch verdeckte ein Vorhang die Gestalt, die den Gastraum betrat. Doch nachdem die Tür ins Schloss gefallen war, sahen wir den Mann. Er blickte sich aufmerksam um, setzte sich dann an einen Tisch am anderen Ende des Gastraums und bestellte mit gedämpfter Stimme einen Espresso.

Der Mann war viel zu elegant gekleidet für diese Art Berliner Eckkneipe. Zudem trug er einen für die Witterung unpassenden braunen Sommeranzug. Nachdem er den Espresso von der mürrischen Kellnerin serviert bekommen hatte, holte er eine Zeitung heraus und nahm offenbar keine Notiz mehr von dem, was um ihn herum geschah. So sah es zumindest aus.

»Da ist er«, sagte Tron in die völlige Stille hinein.

»Der?« Ich reagierte verblüfft. »Wollen wir nicht mit ihm reden, Boris? Vielleicht kann man doch alles aufklären, ihn besänftigen?«

»Ich glaube nicht, dass uns das gelingen wird. Aber du hast Recht, lass uns mit ihm reden.«

Wir standen auf und gingen zu dem Fremden.

»Guten Tag. Dürfen wir uns setzen?« Tron übernahm das Reden.

Der Fremde blickte auf, sah uns nacheinander an und forderte uns mit einer Handbewegung auf, Platz zu nehmen. Tron und ich setzten uns dem eleganten Mann gegenüber. Er lächelte und legte seine Zeitung beiseite. Er mochte um die vierzig sein, vielleicht älter, und hatte aristokratisch geschnittene Gesichtszüge. Nur seine Augen waren, aus der Nähe betrachtet, eine Enttäuschung: blassgrüne Fischaugen, die gar nicht zu seiner sonstigen Erscheinung passten.

»Darf ich Ihnen beiden etwas zu trinken bestellen? Espresso?«, fragte der Fremde und fügte dann mit seltsamer Betonung hinzu: »Oder noch einen Rotwein?«

Wir lehnten ab. Eine peinliche Pause entstand, in der das Lächeln nicht aus dem Gesicht des Mannes verschwand. Auf eine merkwürdig verdrehte Weise schien er die Situation zu genießen.

»Wie ich sehe, haben Sie mein Erscheinen erwartet«, sagte der Mann in die Stille hinein. »Wie soll es Ihrer Meinung nach nun weitergehen?«

Tron lehnte sich im Stuhl zurück. »Die Dinge werden ihren Lauf nehmen. Ich werde sie nicht aufhalten können und auch mein Freund hier nicht. Nur Sie selbst können sich von dem abbringen, was Sie nun glauben, tun zu müssen.« Tron und der Fremde blickten sich an wie zwei Pokerspieler.

»Warum sollte ich?«, fragte der Fremde. »Es war schon immer gefährlich für meine Art, zögerlich zu sein. Überzeugen Sie mich, dass ich mich in diesem Fall geirrt habe.«

Tron antwortete sofort: »Sie haben sich nicht geirrt.«

Der Fremde spitzte die Lippen und nickte leicht. »Dann wird getan, was getan werden muss. So lauten die Spielregeln. Sie sind in dieses Spiel eingestiegen, und spätestens, seit wir Sie unmissverständlich gewarnt haben, was alles passieren kann, wenn Sie weitermachen, haben Sie diese Situation bewusst herbeigeführt. Herr Floricic, ich darf Sie unter keinen Umständen am Leben lassen. Das wissen Sie.«

Umständlich holte der Mann ein goldenes Zigarettenetui und ein ebenfalls goldenes Feuerzeug aus den Innentaschen seines Anzugs. Mit beinahe aufreizender Lässigkeit nahm er eine Zigarette aus dem Etui und zündete sie an, inhalierte mit sichtlichem Genuss und blies den Rauch durch die Nase aus.

»Unser kleiner Konflikt, Herr Floricic, ist so alt wie die Menschheit. Die einen herrschen, die anderen werden beherrscht. Um zu herrschen, braucht es Macht. Und Sie bedrohen meine Macht. Also werde ich sie nutzen, um diese Bedrohung abzustellen.« Unser Gegenüber blickte Tron mit amüsiertem Lächeln an. »Es sei denn, Sie wollen an meiner Macht teilhaben. Ich könnte Ihr Vater sein. Ich habe Kinder in Ihrem Alter. Wir würden uns gut verstehen.«

Tron lächelte ebenfalls, als er bedächtig den Kopf schüttelte. »Das hatten wir schon, Baron. Ihr Angebot war verlockend. Aber ich habe es schon einmal abgelehnt, und ich werde es wieder ablehnen. Ich habe mich entschieden.«

Der Fremde nickte und hob die Schultern. »Dann kann ich nichts mehr für Sie tun. Ein Jammer. Das größte Talent, das wir je gefunden haben. Ein machtvoller, intuitiver Geist. Ich hasse es, solch gewaltige Ressourcen unnütz verschwenden zu müssen. Ich werde leiden, Herr Floricic. Ich werde um Sie leiden.« Für einen Moment blickten die ungleichen Kontrahenten einander in die Augen. Dann stand der Fremde auf, kramte eine Münze aus der Hosentasche und warf sie auf den Tisch.

»Also gut. Mein Wagen steht vor der Tür. Ich warte auf Sie. Verabschieden Sie sich von Ihrem Freund.« Der Mann wand sich an mich: »Es hat mich gefreut, Herr Gaspard, Sie nach so langer Zeit einmal persönlich kennen zu lernen.«

Dann schaute er wieder Tron an. »Aber machen Sie nicht zu lang, Herr Floricic. Es gibt Dinge, die dulden keinen Aufschub. Unsere kleine Angelegenheit gehört dazu.« Der Mann, den Tron »Baron« genannt hatte, nickte mir zu und verließ das Lokal.

Wieder herrschte lastendes Schweigen im Gastraum. »Du wirst hoffentlich nicht mit diesem Kauz mitgehen, oder?«, fragte ich und schaute Tron an.

»Doch, Ian, und das weißt du. Aber es wird manches anders laufen, als der Baron meint. Ich werde heute Nacht sterben. Das ist unvermeidbar. Aber nicht so, wie es für mich vorbereitet ist. Und es wird nicht das Ende sein, wie unser Freund in seiner grenzenlosen Selbstüberschätzung denkt. Es wird im Gegenteil der Anfang sein. Deshalb hör mir genau zu. Uns bleibt nicht mehr viel Zeit. Folge dem Pfad meiner Passion, Ian. Folge ihm nach. Zeichne meinen Pfad auf, falls nötig. Und finde mein süßestes Geheimnis, hörst du?

Aber vertraue niemandem. Vergiss das nie! Vertraue niemandem!«

Tron hatte sich immer mehr in Erregung gesteigert und war nun fast außer Atem. Jetzt sank er im Stuhl zusammen. Es schien, als würde alle Kraft aus seinem Körper strömen. Doch es war nur eine Verwandlung, denn schon Augenblicke später hob Tron den Kopf und bedachte mich mit einem Blick, aus dem neuer Elan sprach. »Hörst du eigentlich Hip-Hop?«

Ich verstand nicht. »Was meinst du?«

»Ob du manchmal Hip-Hop-Musik hörst? Von den schwarzen Rappern?«

Mir war schleierhaft, was dieser plötzliche Themenwechsel zu bedeuten hatte. »Nein, eher nicht. Höchstens im Radio, wenn es nichts anderes gibt.«

»Aber das stimmt doch nicht. Du hast mir doch damals diesen Song ›California Love‹ geschickt.«

»Ja, stimmt. Jetzt, wo du's sagst, fällt es mir wieder ein. Aber was hat das mit all dem hier zu tun?«

Tron stand auf, und ich tat es ihm gleich. »Finde es heraus. Wo ein Geheimnis ist, da warte ich auf dich. Und denk daran, dass der Teufel, so gerissen er und die seinen auch sind, sich stets mit Zeichen überlisten ließ.«

3.

Am nächsten Morgen saß ich in meinem Hotelzimmer im *Adlon* beim Frühstück und dachte über die Geschehnisse des Vortags nach. Wahrscheinlich war Tron jetzt bereits tot. Ich hoffte, dass er so wenig Schmerzen wie möglich hatte erdulden müssen. Es gab unglaublich viele schreckliche Arten zu sterben. Mit unendlichen Schmerzen, mit Gräueln, die wir Lebenden uns nur schwer ausmalen können. Ich hoffte, dass Tron diese Leiden erspart geblieben waren.

Doch Tron hatte sich auf seinen Tod vorbereiten können. Wer es schafft, sich rechtzeitig vom Leben zu verabschieden, und seinen Frieden macht mit seinem Schicksal, steht über dem Schmerz. Wer den Tod als gegeben annimmt und den Schrecken vor ihm verliert, ist gegen menschliche Pein gefeit. Er steht über allen Qualen und erträgt auch die größten Grausamkeiten.

»Sie haben Recht, Ian. Es ist alles nur ein psychologischer Trick.«

Ich fuhr zusammen. Meinen Gast an diesem frühen Morgen hatte ich ganz vergessen. »Woher wollen Sie wissen, woran ich gerade gedacht habe?«

Der alte Mann in dem Clubsessel am Fenster grinste.

Ich verstand. »Wie meinen Sie das mit dem psychologischen Trick?«

»Man könnte auch sagen, biologische Programmierung. Der Mensch ist zum Leben verurteilt. Der Schöpfer hat ihm unbedingten Lebenswillen eingepflanzt. Deswegen kann man den Menschen mit dem Tod erpressen. Wer Angst davor hat, sein Leben zu verlieren, tut alles, um es zu erhalten. Hat der Mensch aber seine Sterblichkeit akzeptiert und es verstanden, sein Bewusstsein vom Leben zu lösen, ist er nicht mehr zu korrumpieren. Man kann ihm nicht mehr drohen, weder mit Schmerzen noch mit dem Tod selbst. Der Tod und seine schmerzhaften Begleiter haben ihre Schrecken verloren.«

Ich dachte nach. »Und Sie meinen, Tron hat diesen Zustand erreicht? Jenseits des Lebens?«

Der alte Mann nickte. »Ich glaube schon. Der Mensch muss nur seinen eigenen Tod einmal durchdacht haben, seine eigene Endlichkeit begreifen und verstehen, wie das Leben funktioniert, dann hat er alles Elend überwunden. Dann spielt es keine Rolle mehr, wo, wie und wann er stirbt. Er muss sein Hirn durch logische Schlussfolgerungen auf die Möglichkeit eines endlichen Lebens gleichsam umprogrammieren. Dann wird sein Bewusstsein unverwundbar, und sein Leben wird ihm ausreichen, jede Sekunde dieses Lebens, von dem er sich jederzeit und ohne Wehmut verabschieden kann.«

»Und Sie meinen, Tron hat diesen Zustand erreicht?«

»Sie sagten selbst, Ian, dass er sehr viel wusste. Aber trinken Sie Ihren Kaffee aus. Es wird Zeit. Wir werden erwartet.«

Der alte Mann erhob sich aus dem Sessel, nahm seinen langen Mantel vom Bett und sah mich erwartungsvoll an. Ich tat wie geheißen und zog ebenfalls meinen Mantel an. Gemeinsam verließen wir mein Zimmer.

Schweigend gingen wir über die Flure, stiegen die geschwungenen Treppen hinunter. Vor einer Doppeltür, die von zwei livrierten Dienern bewacht wurde, hielten wir schließlich. Der alte Mann rieb sich mit der rechten Hand das Kinn, sodass die beiden Diener seinen Siegelring am kleinen Finger sehen konnten. Sofort öffneten sie eilfertig die Türen.

Drinnen erwarteten uns in einem riesigen, über zwei Geschosse gehenden Bankettsaal sechs Männer, die um einen u-förmigen Tisch saßen. Die Spitze der Tafel war unbesetzt. Nachdem die Türen hinter uns geschlossen waren, machte mein Begleiter sich auf den Weg, den noch freien Platz, sozusagen den Vorsitz, einzunehmen. Für mich war offensichtlich kein Stuhl mehr vorhanden.

Ich schaute mich um. Über mir gab es einen Balkon mit Balustrade. Im dunklen Hintergrund erkannte ich eine Frauengestalt, die erhaben dastand, ohne die geringste Regung, und die Szenerie hier unten mit aufmerksamen Blicken verfolgte.

Ich betrachtete wieder die nunmehr sieben Männer. Keiner hatte seinen Mantel ausgezogen. Der Mann, der mich abgeholt hatte, war der älteste von ihnen, die anderen waren altersmäßig irgendwo zwischen ihm und mir. Einer schien erstaunlich jung für diesen Zirkel zu sein, die meisten anderen waren in Ehren ergraut.

Der Alte wandte sich an mich. »Danke, Ian, dass Sie sich Zeit für uns genommen haben. Die Ereignisse haben sich nun offensichtlich doch ein wenig überstürzt. Damit war nicht zu rechnen. Aber wir haben es ja noch rechtzeitig hierher nach Berlin geschafft. Wir möchten jetzt von Ihnen wissen, ob von unserer Seite Handlungsbedarf besteht.«

Alle Augen richteten sich auf mich. Ich hob den rechten Zeigefinger, worauf der Alte fast unmerklich nickte. Die Anwesenheit der Frau oben auf dem Balkon war also gewollt. Ich kannte sie nicht, während ich von den Männern ungefähr wusste, wer sie waren und vor allem *was* sie waren.

Ich musste nachdenken. Die ganze Sache war nicht so gelaufen, wie wir alle erwartet hatten. Aber das ist nun mal so, wenn man sich in einer Seele täuscht. Wir alle hatten Tron für einen Großen gehalten. Wie groß er wirklich war, hatten wir erst zu spät erkannt. Und wie groß seine Seele war, wusste im Augenblick nur ich.

Das heißt, der Alte ahnte es vielleicht. Aber ich hatte ihm vorhin auf meinem Zimmer keine Bestätigung für seine Vermutung gegeben. Vielleicht war es besser so, vielleicht sollte ich mein Wissen erst einmal für mich behalten. Denn Trons Tod stand ja noch nicht fest. Vertraue niemandem! Das hatte Tron gesagt. Das war sein Vermächtnis an mich. Und vielleicht war es gut, jetzt schon damit anzufangen.

»Ist sein Tod denn schon bestätigt? Wurde sein Leichnam bereits gefunden?«, fragte ich.

Der Alte blickte den Mann rechts neben sich an. »Herr Sunleitner?«

Der Angesprochene nickte. »Ja. Die genauen Umständen kennen wir zwar noch nicht, doch wir wissen, dass seine Leiche seit heute Nacht in der Pathologie des Krankenhauses Rudower Straße liegt, Meister Kronos.«

Der Alte zeigte sich erstaunt. »Er liegt schon in der Pathologie, aber es gibt noch keine Polizeimeldung? Wie kann das sein?«

»Seine Leiche wurde offensichtlich in diesem Leichenschauhaus ›geparkt‹. Sie gilt dort als nicht identifiziert und ist als Verschlusssache der Staatsanwaltschaft deklariert, damit niemand Fragen stellt.«

»Also wollen sie Zeit gewinnen.« Der Alte dachte nach. »Ian, haben Sie eine Idee, was der Baron vorhat?«

Ich hob die Schultern. »Was soll er schon vorhaben? Er wird sich Gewissheit verschaffen wollen. Wenn sonst niemand von Trons Tod weiß, kann er in Ruhe Spuren sichern lassen und Schadensbegrenzung betreiben. In ein paar Tagen dann zaubert er die Leiche aus dem Hut und lässt alles seinen gewohnten Gang gehen. Er vertraut darauf, dass wir niemals einzugreifen wagen. Das hat er gestern deutlich gezeigt.« In Gedanken fügte ich hinzu: So, wie der Baron mich während des Gesprächs einfach übersehen hatte.

»Werden wir denn nicht eingreifen?«, fragte der Alte. Er ahnte also, dass es mit Tron eine besondere Bewandtnis gehabt haben musste. Das war eine Zwickmühle.

Vertraue niemandem! Tron hatte es mit großem Nachdruck gesagt. Wenn ich jetzt und hier über alles redete, was ich gesehen hatte, würde ich vertrauen müssen.

»Ich glaube, wir sollten nicht eingreifen«, sagte ich schließlich. Die Anspannung bei den Männern löste sich, nur Kronos blieb wachsam. Die anderen merkten es und verkrampften wieder. Die Situation wurde brenzlig.

»Sind Sie ganz sicher, Ian? Sie wissen, dass wir auf eine Konfrontation mit dem Baron gut vorbereitet sind? Sie würden es uns hoffentlich nicht verheimlichen, wenn die Zeit dafür jetzt reif wäre.«

Wie Geschütze richteten sich wieder alle Blicke auf mich. »Was lässt Sie an meiner unbedingten Aufrichtigkeit zweifeln, Meister Kronos?« So hatte ich den Alten noch nie genannt, ich hatte dieser Versuchung bisher stets erfolgreich widerstanden.

Der Alte legte wieder die rechte Hand ans Kinn, sodass ich diesmal seinen Siegelring mit dem kleinen Stier sehen musste. Dann sagte er: »Tron hatte Sie gerufen. Sie kamen gestern nicht zufällig nach Berlin. Er bat um Ihre Hilfe. Das sieht ganz danach aus, als hätte er gewusst, wen er in Ihnen vermuten durfte. Meines Wissens haben Sie sich vorher nie persönlich getroffen.«

Das stimmte. Gestern war unser erstes und letztes Treffen gewesen. Deswegen die kleine Schnitzeljagd zur Kneipe – um sicherzugehen, dass ich auch ich bin. Bei diesem Gedanken musste ich lächeln.

Kronos bemerkte es. »Was erheitert Sie, Ian?«

»Es ist nicht, was Sie denken, Kronos.« Der Alte zuckte unmerklich zusammen. Es war für ihn ein Sakrileg, den »Meister« in seiner Anrede zu vergessen. »Ich musste nur über die Schönheit nachdenken, den Menschen Boris Floricic noch persönlich kennen gelernt zu haben. Diesen Vorzug habe ich Ihnen voraus. Aber wie ich bereits sagte, lassen wir den Dingen ihren Lauf. Es bestünde nur die Gefahr, dass wir sichtbar werden. Und daran kann uns zum gegenwärtigen Zeitpunkt nicht gelegen sein – ebenso wenig wie dem Baron.« Ich schaute jeden in der Runde an. »Lassen wir den Dingen ihren Lauf. Unsere Stunde ist noch nicht gekommen.«

Ich hatte ungewollt feierlich gesprochen. Und ich spürte, dass ich zumindest bei dem Alten noch nicht alle Zweifel zerstreut hatte. Vielleicht lag da das Problem: Er war alt. Vielleicht hatte er nicht berücksichtigt, worüber er selbst mir vorhin auf meinem Zimmer den kleinen Vortrag gehalten hatte: die Angst vor dem eigenen Ende zu überwinden. Tron hatte es ganz sicher geschafft, Kronos möglicherweise nicht.

Wie sein Namensvetter aus der griechischen Mythologie fürchtete der Alte vielleicht sein Ende durch einen anderen, der größer war als er selbst. Der Kronos aus der Sage, der Titan, wurde von seinem Sohn Zeus erschlagen.

Wovor fürchtest du dich, Alter?

Durch den Raum blickten wir uns an. Nach wie vor voller Gelassenheit, doch mit einem winzigen, spürbaren Zweifel auf seiner Seite. Tron hatte Recht gehabt. Vertraue niemandem! Von nun an würde ich weitgehend auf mich allein gestellt sein. Mein einziger Vorteil war, dass nur ich das wusste.

4.

Der Zirkel der Sieben ging ohne eine weitere Beratung auseinander. Letztlich war auch alles gesagt. Wenn sie mir nicht hätten vertrauen wollen, welchen Sinn hätte es denn dann gehabt, mich überhaupt anzuhören? Die Logik des Menschen, die seine Handlungen bestimmt, ist so wunderbar einfach.

Ich verließ den Bankettsaal, um auf mein Zimmer zurückzukehren. Eine tödliche Müdigkeit hatte mich erfasst. Ich hatte diese Nacht kein Auge zugetan. Nach der Nachricht des Alten, er würde mit seinem Gefolge anreisen, war an Schlaf nicht mehr zu denken gewesen. Mit aller gebotenen Vorsicht musste ich klären, was alles über Tron durchgesickert und dokumentiert war. Und ich musste herausbekommen, was Trons »süßestes Geheimnis« war und was es möglicherweise mit Hip-Hop zu tun hatte.

»Wo ein Geheimnis ist, da warte ich auf dich.« Diese Worte gingen mir nicht aus dem Kopf. Es würde nicht das Ende, sondern der Anfang sein. Mein Gott, wie ich das alles kannte. Ich hatte die meiste Zeit der Nacht damit zugebracht, einen genauen Schlachtplan zu entwickeln, wie es im Einzelnen weiterzugehen hatte. Ich wusste, noch ehe die Sonne aufgehen würde, müsste ich meine weitere Strategie festgelegt haben. Und richtig, mit dem Frühstück betrat Kronos mein Zimmer. Und ich verbannte meine eigene kleine Konspiration tief im Innern meiner Seele. Unsichtbar für jene, die die Zeichen der Körpersprache zu deuten vermochten, denn Kronos war ein Meister im Lesen des Menschen.

Ich hatte die Treppe nach oben zu den Zimmern fast erreicht, als jemand sich unter meinen rechten Arm einhakte.

Es war die Frau vom Balkon. »Schau an, Cautes mit der Fackel«, sagte sie leichthin. Sie war offensichtlich in die Bedeutungen des Kultes eingeführt.

»Dann bist du wohl die Schlange, die mich in Versuchung führen soll«, gab ich zurück. Sie lächelte und sah mich von der Seite an, während wir die Treppen hinaufstiegen.

»Vielleicht«, entgegnete sie kokett. Ich sah mir die Frau näher an. Sie mochte Ende zwanzig sein, hatte dunkelblondes, hochgestecktes Haar und eine undefinierbare Augenfarbe, irgendetwas zwischen grau und grün. Ihre Garderobe war dem Ort angemessen elegant, ein Kostüm mit dunklem Rock und geschlossener Jacke und dazu passende Schuhe.

Schließlich gelangten wir vor meine Zimmertür. »Und jetzt?«, fragte ich.

Wortlos angelte sie mit ihren schlanken Händen den Zimmerschlüssel aus meiner Manteltasche, schloss auf und trat ein. Ich überlegte noch, woher sie wohl wusste, wo ich den Schlüssel gehabt hatte, da schlüpfte sie auch schon aus ihren Schuhen, öffnete den Blazer, zog ihn aus und ließ ihn fallen, drehte sich zu mir um, griff an die Seite ihres Rocks, öffnete auch diesen, ließ ihn ebenfalls fallen – und stand gänzlich entblößt vor mir.

Was für ein wunderschöner, makelloser Anblick! Glatt und zart. »Na, komm, lass den Stier frei«, sagte sie und wandte sich meinem noch ungemachten Bett zu. Ich stand immer noch im Flur vor meinem Zimmer. Also ging ich hinein, hängte das »Bitte nicht stören«-Schild draußen an den Griff, schloss die Tür und trat über die Schuhe und das Kostüm ins Zimmer.

Meine nackte Besucherin hatte sich aufs Bett gelegt, mir das magische Dreieck ihrer überwältigenden Scham zugewandt. Ich riss schließlich den Blick von dieser Statue der

Wollust, ging hinüber zu den Fenstern und setzte mich auf einen der Sessel, die dort standen.

Als ich von dort den Blick wieder hob, sah ich, dass die Nackte mit ihrem Unterleib meiner Bewegung gefolgt sein musste; ihre lockende Scham lächelte mich wie zuvor an der Tür auch jetzt wieder an. Ganz langsam öffnete die Sirene ihre Schenkel, sodass das Rosa ihres Lustgartens sichtbar wurde. Ich fühlte mittlerweile mein Glied schmerzhaft pulsieren. Sie wussten wirklich, wie man einen Mann erwischen konnte.

Voller Sehnsucht dachte ich bereits an dieses feuchte, warme Paradies, saugte und kostete schon in meiner Fantasie all die Köstlichkeiten, die es hier gab, und schmachtete innerlich danach, mich für eine schöne Weile ganz von Sinnen zu bringen. Aus Cautes sollte ein Satyr werden, der seine lebensspendende Fackel wieder und wieder zum Leuchten brachte; der Stier wollte brüllen und den unendlichen Bund zwischen Mann und Frau erneuern, der für immer neue Generationen sorgte. Das famose Spiel der Geschlechter. Von Männchen und Weibchen.

Die namenlose Frau stand vom Bett auf und hockte sich vor mir auf die Knie. Ganz langsam öffnete sie meine Hose und zog sie mir aus. Dann nahm sie meine Hoden in die Hände und sagte mit gefährlich leiser Stimme: »Hör mir gut zu, denn ich will eine Antwort, und ich werde dich nur einmal fragen. Was hat Tron in dem Lokal noch alles zu dir gesagt?«

Die Schöne hatte kaum ausgesprochen, als ihre Hände sich wie ein Schraubstock schlossen. Ein unglaublicher Schmerz schoss durch meinen Unterleib, und ich schrie auf. Ich wollte mich bewegen, mich befreien, doch der eisenharte Griff der Frau ließ es nicht zu.

Was für eine Qual! Ich konnte nicht glauben, was mir hier

passierte. Mir kam der verrückte Gedanke, dass Tron als Jungfrau starb. Die lustvollen Erfahrungen mit einer willigen Liebenden, wie ich sie bis eben erwartet hatte, waren ihm, soviel ich wusste, sein Leben lang verwehrt geblieben.

Ich musste mich irgendwie von meiner Peinigerin befreien. Doch die brutale Hand gab mich nicht frei. Kein Ende der Schmerzen war in Sicht, sie wurden sogar noch schlimmer, als der Druck sich abermals verstärkte. Ich versuchte, meinen Unterleib frei zu bekommen, doch die wilde Kybele klammerte sich fest, ließ mich nun auch ihre Fingernägel spüren. Panik machte sich in mir breit, das Entsetzen eines Menschen, der zu viel vom Leben wusste, die Urangst des Mannes, das zu verlieren, was ihn zum Mann machte.

Ich verfluchte mich, so dummtapsig in diese Falle gelaufen zu sein. Der Anblick einer Nackten – und schon war es um meine Selbstbeherrschung geschehen. Nichts war übrig geblieben von dem süßen lüsternen Geheimnis der Frau ohne Unterwäsche, nur noch der blanke Horror regierte. Die Schmerzen waren nicht zu beschreiben, der Griff der Sibylle unerbittlich. Schließlich traf mich ein brutaler Schlag. Wie durch einen wattigen Nebel drang der Schmerz in mein Bewusstsein.

»Hör auf!«, stieß ich heiser hervor, doch meine Folterbraut kannte keine Gnade.

Was hatte sie eben noch gesagt, als aus dem Wunschtraum ein Albtraum wurde? Sie würde ihre Frage nur einmal stellen. Schnell, Jan, schnell, es geht um alles! Du bist doch nicht dumm. Sie wird mit dieser Marter nicht eher aufhören, bist du gesagt hast, was sie hören will. Was wollte sie hören? Das, was Tron, die süße Jungfrau, vor ihrem Tod gesagt hat.

Mit dem letzten Rest meiner schwindenden Kraft beugte

ich den Oberkörper vor, sodass ich mit meinen Händen an den Hals der Frau herankam, und drückte mit aller Wut zu. Der Schmerz in meinem Unterleib raubte mir den Atem, als die Frau ihre Finger noch fester in mein Fleisch krallte. Es war wie ein Wettlauf. Starb sie, oder riss sie mir die Hoden ab?

Nach Sekunden, die mir unendlich erschienen, hatte ich gesiegt. Ihr Körper erschlaffte mit einem prustenden Röcheln, der Griff ihrer Hand lockerte sich und gab mein bestes Stück endlich frei. Angewidert schob ich mit einer allerletzten Anstrengung ihren nun leblosen Körper von mir, der dumpf auf den Boden prallte. Ich war zu Tode erschöpft und fiel, dankbar und erlöst zugleich, auf meinem Sessel in eine tiefe Ohnmacht.

Das Zimmer lag im Halbdunkel, als ich erwachte. Draußen dämmerte bereits der Abend. Schlagartig erinnerte ich mich, was alles passiert war. Mein erster Blick galt meinem Unterleib. Ich hatte bestialische Schmerzen im Schritt. In den Hoden war nur noch ein wildes Pochen, als hätte mir jemand mit voller Wucht hineingetreten.

Ich schaute auf den Boden vor mir. Die Frau war verschwunden. Ich blickte zur Tür. Auch ihre Kleidung und die Schuhe waren fort. Na gut, dachte ich, ein Problem weniger, falls ich sie tatsächlich umgebracht hatte. So müsste ich nicht auch noch ihre Leiche entsorgen. Mühsam stand ich auf und ging steifbeinig ins Bad. Aus den bereitgestellten Fläschchen suchte ich einen Handbalsam aus. Ich musste dringend meine Wunden versorgen.

Anschließend duschte ich und legte mich erschöpft ins Bett. Was für ein Horrortrip. Ich war mir sicher, dass ich eine ganze Weile keine Frau mehr an mich heranlassen würde. Es war albern, aber ich musste sofort wieder an Tron denken, die Jungfrau, und an ein Bruchstück aus meinem vergangenen Fiebertraum: Nichts war geblieben von dem süßen, lüsternen Geheimnis der Frau ohne Unterwäsche. Nichts war geblieben von dem süßen Geheimnis.

Das süße Geheimnis! »Finde mein süßestes Geheimnis!«, hatte Tron gesagt. Nun war mir die Bedeutung klar: Er war doch nicht als Jungfrau gestorben, *das* hatte er mir damit sagen wollen. Irgendwo gab es eine heimliche Freundin, eine heimliche Geliebte, die Tron vor dem Leben und den Lebenden versteckt hatte. Und ich sollte sie suchen, um seiner Spur zu folgen, auch wenn ich im Augenblick nicht gut auf das weibliche Geschlecht zu sprechen war.

Und auch nicht wusste, wo ich dieses unbekannte Mädchen finden konnte.

5.

Aber das alles musste erst einmal warten. Die Schmerzen im Unterleib waren noch immer kaum zu ertragen. Ich musste dringend zu einem Arzt. Ich schaute auf die Uhr. Es war mittlerweile halb acht abends. Um diesen Zeit – und auch noch an einem Sonntag – einen Arzt aufzutreiben würde nicht so einfach sein. Ich stand trotzdem auf, zog mich vorsichtig an, verließ das Zimmer und machte mich langsam auf den Weg nach unten.

Im Foyer fragte ich an der Rezeption nach der Adresse des nächsten Krankenhauses. Die beiden Angestellten hinter dem Schalter musterten mich besorgt und fragten, ob sie nicht besser einen Arzt rufen sollten. Das wollte ich aber nicht, dann nämlich würden meine derzeitigen Probleme hier im ganzen Haus die Runde machen.

Also nannte man mir die Adresse eines Krankenhauses, das ganz in der Nähe sein sollte: die Charité. Und der Hotelmanager ließ es sich nicht nehmen, mich wegen meines unsicheren Gangs auf dem Weg zu den Taxis, die vor dem Hotel warteten, zu stützen. Ich kam mir albern vor.

Endlich saß ich im Fond eines Wagens, und der Hotelmanager nannte dem Fahrer den Namen des Krankenhauses, zu dem er mich bringen sollte.

Sofort fuhr das Taxi los. Ich schaute mir den Fahrer an. Der hatte offensichtlich schon sehr lange sitzend in diesem Auto zugebracht und war ein ziemlich alter, unrasierter Orientale. Und er gab unser Fahrtziel nicht über Funk durch. Deshalb folgte ich einer spontanen Eingebung und nannte ihm das Krankenhaus Rudower Straße als neues Fahrtziel.

»Das Krankenhaus Neukölln?«, fragte der Fahrer radebrechend.

»Wenn es das einzige Krankenhaus ist, das an der Rudower Straße liegt, ja.«

Der Fahrer nickte und machte erneut keine Anstalten, das Fahrtziel jemandem durchzugeben. Ich hielt nach einem Sprechfunkgerät Ausschau, konnte aber nichts dergleichen entdecken.

Ich blickte mich um. Doch in der Dunkelheit und dem dazwischen leuchtenden Laternenlicht war nicht zu erkennen, ob uns ein anderes Fahrzeug folgte. Und wenn schon! Ich hatte Schmerzen, ich war ein Verletzter, der sich ins Krankenhaus fahren ließ.

Endlich erreichten wir die Rudower Straße, fuhren eine lange Auffahrt hoch und kamen an einem Pförtnerhäuschen vorbei. Schließlich hielt das Taxi vor dem Eingang der Klinik. Ich bezahlte den Fahrer, ging mit unsicheren Schritten zu den Türen und erschauerte bei dem Gedanken, dass irgendwo hier in diesen Gebäuden unerkannt die Leiche Trons in einem eisigen Schrank lag. Ich wusste noch nicht wie, aber ich würde nach ihm suchen. Doch jetzt war ich erst einmal selbst Patient.

In der Notaufnahme fand man schnell Zeit für mich. Doch der junge Assistenzarzt, der erschien, um mich zu behandeln, machte einen mürrischen Eindruck.

»Wie ist denn das passiert«, fragte er ziemlich taktlos, nachdem er einen Blick auf mein bestes Stück geworfen hatte. Eine Krankenschwester im Hintergrund konnte sich ein Kichern nicht verkneifen.

»War eine wilde Raubkatze. Berlin ist ein gefährliches Pflaster«, gab ich zurück.

Ohne ein weiteres Wort ging der junge Arzt zu Werke, untersuchte meine Verletzungen, schickte mich zum Ultraschall, zum Röntgen. Endlose Zeit verstrich, während meine Ungeduld wuchs. Doch dank einer Spritze gegen die Schmerzen bekam ich langsam wieder einen klaren Kopf und konnte mich auf das konzentrieren, was nun zu tun war.

Mit jeder neuen Untersuchung, jedem Raumwechsel konnte ich mich besser in diesem Krankenhaus orientieren. Mein Ziel musste abseits vom üblichen Betrieb liegen, das war klar. Aber hier gab es sehr viele Gebäude. Doch nach einer Weile wusste ich, wohin ich mich wenden musste, um zu Tron zu gelangen.

»Herr Bast? Ben Bast?« Ich hatte mich unter einer meiner Hilfsidentitäten hier im Krankenhaus angemeldet; es konnte später von Wichtigkeit sein, dass niemand nachzuweisen vermochte, dass ich gerade an diesem Tag in diesem Krankenhaus gewesen war.

»Ja?«

»Kommen Sie bitte mit. Der Dienst habende Arzt möchte Sie noch einmal sehen.«

Ich folgte bereitwillig in einen weiteren Behandlungsraum.

»Guten Abend, Herr Gaspard. Oder soll ich Sie mit Ihrem Akronym Ian G. anreden?« Der Baron! »So sieht man sich wieder. Ich habe hier Ihre Röntgenbilder. Scheußliche Verletzungen. Wer macht denn so was? Wer hat Ihnen das angetan?«

»Eine wilde Raubkatze.«

Der Baron lachte. »Ich wusste schon immer, dass Sie es mit einem seltsamen, antiquierten Zoo zu tun haben. So, wie Ihr Unterleib aussieht, würde ich sagen, Sie haben alles gestanden.« Das Lachen ebbte ein wenig ab. »Aber ich kann Sie beruhigen. Sie werden keine bleibenden Schäden davontragen. Ein paar Tage, und die Fackel leuchtet wieder.« Er lachte humorlos. »Vorausgesetzt, Sie sagen mir, was Sie hier wollen.«

Ich war offensichtlich nicht in der Verfassung, irgendeine Opposition einzunehmen. Also antwortete ich wahrheitsgemäß: »Ich weiß, dass Sie hier irgendwo die Leiche von Boris versteckt haben. Und ich möchte mich von meinem Freund verabschieden.«

Das Gesicht des Barons nahm einen ernsten Ausdruck an. »Sie wissen viel. Aber das sollte ich gewöhnt sein. Egal, wie gut wir uns voreinander schützen, irgendwie finden wir immer heraus, welche Schritte der andere unternimmt, nicht wahr?« Selbstversunken schüttelte der Baron den Kopf. »Das ist wie ein Gleichgewicht – ein Gleichgewicht der Kräfte. Wie damals mit dem Gleichgewicht zwischen Ost und West, Kapitalismus und Kommunismus, Nato und Warschauer Pakt. Bis an die Zähne bewaffnet, aufgerüstet für den dritten Weltkrieg und die totale Vernichtung, aber irgendwie doch zur gegenseitigen Bewegungslosigkeit verdammt. Weil der eine so mächtig war wie der andere. Man war sich damals manchmal sogar so ähnlich, dass echte Freundschaften daraus entstanden sind, wussten Sie das?«

Ich nickte. Natürlich wusste ich das. Ich wusste auch, worauf dieser düstere Aristokrat wirklich hinauswollte. Aber darauf durfte und konnte ich mich nicht einlassen.

»Darf ich ihn sehen? Lassen Sie mich zu Tron?«

Der Baron schaute fragend auf. »Warum nicht? Sie sind ehrlich. Ein sehr seltenes Gut in unserem Gewerbe. Kommen Sie mit.«

Der Baron verließ den Untersuchungsraum und ich folgte ihm. Wir gingen schweigend durch Flure und über Treppen, verließen bald darauf das Hauptgebäude und schlugen im Freien den Weg zu einem rückwärtigen Areal dieses riesigen Krankenhausgeländes ein. Anderen Menschen begegneten wir zu dieser Zeit und in diesem Teil der Anlage nicht mehr.

Schließlich gingen wir um einen schmucklos verputzten mehrstöckigen Bau herum und standen unvermittelt vor der Front eines griechischen Tempels.

»Die Pathologie«, sagte der Baron, als er das Eisentor aufschloss. Er schaute sich zu mir um. »Wir sind da.« Doch anstatt nun das Tor zu öffnen, zögerte der elegante Mann. In dem Anzug, den er heute trug, wirkte er an diesem Ort wie ein Beerdigungsunternehmer.

»Gaspard, warum sind Ihre sieben Zwerge hierher nach Berlin gekommen? Wenn es nur um diesen toten Hacker da drinnen ginge, hätten die illustren Herren sich doch nie diese Mühe gemacht.«

Er hatte natürlich Recht. Aber durfte ich ihm das sagen? In Gedanken hörte ich Trons Stimme: »Erinnere dich daran, dass der Teufel, so gerissen er und die seinen auch sind, sich stets mit Zeichen überlisten ließ.« Das war eine Möglichkeit.

»Man ist besorgt, dass Sie aus Tron einen Märtyrer machen könnten. Denken Sie an Karl Koch. Über den wird mittlerweile ein Film gedreht. Das sind keine guten Zeichen.«

»Ich habe davon gehört. Es wird gewiss unnötige Aufmerksamkeit auf unser kleines Problem hier werfen, ja. Aber das alles ist beherrschbar. Vielleicht haben Sie Recht, Ian, und Kronos wird alt.« Er zwinkerte mir tatsächlich zu. »Und ungeduldig. Ein Hohepriester, der ahnt, dass seine Zeit gekommen ist. Dann verfallen alte Männer häufig in solch unnötigen Aktionismus und leben ihre krankhaften Jungenfantasien aus. Hilft das Schmerzmittel?«

»Ja. Danke. Es wird besser.«

»Was wollte Kronos denn auf solch perfide Weise aus Ihnen herauspressen?«

Sofort spürte ich wieder im Schritt die Hand der grausamen Amazone. Mein Körper spannte sich unwillkürlich.

»Im Grunde wollte er Gewissheit, dass er noch alles unter Kontrolle hat. So wie Sie, Baron.«

Mein Begleiter lachte auf. »Ha, der alte Spruch! Hast du einen Mann erst bei den Eiern, folgt alles andere nach. Kronos muss da irgendetwas völlig falsch verstanden habe.«

Eine Pause entstand. Der Baron blickte mir in die Augen.

»Deswegen glaube ich Ihnen diesmal nicht, Ian. Was wollte Kronos von Ihnen wissen?«

Ich überlegte fieberhaft. »Was wäre, wenn dieser Mann hier in diesem Gebäude, den wir gerade besuchen wollen, nicht einfach nur ein Hacker gewesen ist, sondern mehr? Erinnern Sie sich, mit welcher intuitiven Gewalt er alle Mauern durchbrach, die Sie und Ihresgleichen für ihn aufgestellt hatten? Überlegen Sie, warum Sie ihn töten mussten. Wie viel er in so kurzer Zeit herausgefunden hatte.«

»Sie meinen, sie hätten ihn zu ihrem Mithras machen können, zu ihrem jungen Gott?« Der Baron lachte wieder laut auf. »Das war nur ein verklemmter kleiner Hacker. Mit einem zugegeben besonderen Talent, Kryptostrukturen zu deuten.« Das Lachen brach so unvermittelt ab, wie es begonnen hatte. »Oder war er mehr, Ian?«

»Ich habe den Sieben gesagt, dass er es nicht war.« Das entsprach der Wahrheit. »Ich kann Ihnen versichern, Baron, dass die Dinge ihren Lauf nehmen können, wie Sie es erwarten. Von Kronos und seinen Leuten werden Sie keine Einmischung zu befürchten haben.« Mit schiefem Lächeln fügte ich hinzu: »Auch nach der Sonderbehandlung, die mich hierher geführt hat, habe ich keine andere Einschätzung der Lage abgegeben.«

Der Baron nahm endlich den Blick von mir, daher sprach ich weiter. »Was uns in dieser Stadt zusammengeführt hat, ist wirklich nur die Sorge, Tron könnte zu einem unkontrollierbaren Zeichen werden, zu einem Symbol. Haben Sie alles unter Kontrolle, Baron?«

Seine Antwort kam wie aus der Pistole geschossen. »Natürlich.« Er öffnete die Tür, und wir traten in einen muffigen dunklen Vorraum.

Der Baron schaltete das Licht ein und schritt zu einer weiteren Tür.

»Wissen Sie, Ian, wir sind hier in einer besonderen Pathologie. Hier herrscht stets reger Betrieb, auch von Leuten, die eigentlich gar nicht hierher gehören. So wie ich. Hier werden Studenten ausgebildet. Sogar die Ufa-Filmstudios in Babelsberg sind regelmäßig hier, wenn sie Aufnahmen für ihre Filme und Fernsehserien machen. Haben Sie die kleine Pforte an der Grundstücksmauer gesehen? Während das übrige Gelände des Krankenhauses vom Pförtner kontrolliert wird, kann hier ein und aus, wer will und einen Schlüssel hat.«

»So haben Sie das also gemacht.«

»Ja, es ist der ideale Ort für unser kleines, heikles Vorhaben. Aber keine Angst wegen Ihrer Untersuchungsergebnisse. Ich bin ausgebildeter Arzt, auch wenn ich sonst natürlich nicht hier praktiziere.« Der Baron lachte gefährlich.

Wir hatten die zweite Tür erreicht, und der Baron öffnete sie. Ohne ein weiteres Wort traten wir in einen vollständig gefliesten Saal. Der Baron schaltete auch hier das Licht ein und ging zu einer Wand mit den unvermeidlichen Metalltüren. Mit einer schwungvollen Bewegung ließ er eine davon aufschwingen und zog eine lange Schublade mit der verdeckten Leiche heraus.

»Hier ist Ihr Freund.« Er schlug das weiße Tuch zurück.

Trons Gesicht war blasser als gestern, und die Augäpfel zeichneten sich deutlich unter den geschlossenen Lidern ab. Sein Hals war wund von großen Würgemalen. Er war offensichtlich stranguliert worden.

»Wie ist er gestorben?«, fragte ich und versuchte, meine Stimme möglichst ruhig zu halten.

»Erhängt. Nicht weit von hier.«

»Warum haben Sie ihn hierher gebracht?«

»Weil dieses Krankenhaus am nächsten lag.«

Das klang logisch. »Und wie geht es jetzt weiter? Was haben Sie nun mit ihm vor?«

»Warum sollte ich es Ihnen nicht sagen, Ian. Wir müssen herausbekommen, was der junge Mann wirklich alles entschlüsselt hat. Und was er gegebenenfalls an wen weitergegeben hat. Wenn man seinen Tod entdeckt, geht alles unter Verschluss. Deswegen haben wir ihn hier, sagen wir mal, ›zwischengelagert‹. Seine Eltern und einige Hackerfreunde versuchen bereits, Wirbel zu machen. Sie wollen ihn als vermisst melden, um den Polizeiapparat in Gang zu setzen.

Aber das können wir noch verhindern. – Haben Sie genug gesehen?«

Der Baron wartete meine Antwort gar nicht erst ab und deckte den Leichnam wieder zu, ließ aber die Schublade offen, in der Tron lag.

»Wir haben diese Bemühungen zum Glück rechtzeitig mitbekommen«, fuhr er fort. »Beispielsweise war man dabei, den Standort seines Handys zu ermitteln.« Der Baron deutete auf die zugedeckte Leiche. »Wir haben es deshalb abgestellt. Nun versuchen wir, eine formale Anklage gegen Tron einzuleiten, um auf normalem Weg eine Hausdurchsuchung bei ihm vornehmen zu können. Er lebte ja bei seinen Eltern, daher war bisher immer jemand dort, sodass wir nicht unbemerkt hineinkonnten. Jetzt muss es eben offiziell gehen.

Von einem Kontaktmann – Sie kennen ihn, Ian – wissen wir, wonach wir suchen müssen. Die Israelis hatten Boris ein Jobangebot gemacht, das er jedoch abgelehnt hat. Doch die Kontakte reichten aus. Wir sind uns im Grunde also ziemlich genau darüber im Klaren, was Boris alles wusste. Doch Sie und ich kennen den Grund, warum ich mir absolute Gewissheit verschaffen muss. In unserer Position darf man keine Fehler machen, keine Nachlässigkeiten begehen. Das rächt sich sofort. Sie sehen also, Ian, alles nimmt seinen gewohnten Gang.«

Ich überlegte, wie ich die augenblickliche Offenheit des Barons weiter nutzen konnte. Er betrieb wohl gerade »Entspannungspolitik«.

»Und was geschieht, wenn Sie sich Gewissheit verschafft haben?«

»Na, wie bei Karl Koch. Es war Selbstmord.« Der Baron lachte kopfschüttelnd in sich hinein. »Wir können ihn noch drei, vier Tage frisch halten.« Er klopfte auf ein Bein der Leiche, als wäre es ein Stück Fleisch im Schlachthof. »Dann kommt er zurück an den Baum, an dem er sein Ende fand.«

»Haben Sie irgendwelche weiteren Kontaktpersonen ermittelt?« Ich glaubte nicht, dass der Baron darauf antworten würde, doch ich irrte mich.

»Nur die üblichen Verdächtigen aus Ihrer Szene«, sagte er. »Eine Freundin, bei der er sich ausweinen konnte, hatte er ja nicht. Bei den Eltern ist einer unserer Ermittler; den hatten wir im Bekanntenkreis eingeschleust. Aber von dort kommen auch keine bedrohlichen Signale.

Was wir noch nicht in letzter Konsequenz einordnen können, sind die Reisepläne Ihres Freundes. Er hatte offensichtlich eine neuerliche Tour vor. Eine größere Reise als seine sonstigen Trips. Nach Südafrika.« Der Baron schaute mich an. »Ja, Südafrika. Da wäre er mir doch schon ziemlich nahe gekommen. Sie sehen, ich musste wirklich reagieren, bevor er quasi in meinem Vorgarten aufgetaucht wäre.«

»Woher wissen Sie das mit Südafrika?« Ich selbst hörte zum ersten Mal davon, und das erstaunte und verunsicherte mich.

»Sein Handy«, antwortete der Baron. »Wir haben mehrere Anrufe bei einem Reisebüro recherchiert und uns deshalb noch in der letzten Nacht dort umgesehen. Er hatte offensichtlich sogar ein Seminar besucht, um sich auf seine geplante Safari vorzubereiten.«

Tron hatte wirklich viel gelernt in den letzten Jahren. Das hörte sich nach einer guten Tarnung an, was mich auf eine Idee brachte. Doch ich musste vorsichtig sein. Ich war nach wie vor auf feindlichem Territorium.

»Haben Sie etwas dagegen, Baron, wenn ich sein Handy ebenfalls kurz untersuche?«

»Sie trauen mir nicht?« Seine Stimme war ein wenig gereizt. »Nun, warum sollten Sie auch. Wir trauen uns ja gegenseitig nicht.«

Der Baron schlug das Laken auf der Leiche ein Stück weiter zurück als zuvor, und auf Trons Leib kam sein Handy zum Vorschein. Der Baron reichte es mir.

»Sie können es ruhig einschalten. Wir hatten es erst drüben im anderen Gebäude. Hier im Haus ist kein Funkempfang.«

Ich schaltete das kleine Gerät ein, das von Tron offensichtlich auf verschiedene Weise manipuliert worden war, was seine Funktionsmöglichkeiten betraf. Rasch ging ich die Anruflisten und das Telefonbuch durch.

»Haben Sie etwas dagegen, Baron, wenn ich meine eigenen Rufnummern aus den Verzeichnissen lösche?«

Der Angesprochene schüttelte den Kopf. »Nur zu. Aber nett, dass Sie vorher fragen.«

Also löschte ich die Einträge, die mögliche Ermittler auf mich aufmerksam machen konnten. Und prägte mir nebenbei die zuletzt von Tron gewählten Telefonnummern ein. Schließlich gab ich dem nun schweigsamen Baron das Handy zurück. Der wischte es mit dem Laken sorgfältig ab und legte es zurück auf Trons Leib. Dann schlug er das Laken wieder zurück und schob diesmal die Schublade mit Trons Leichnam zurück in das Fach. Krachend fiel auch die niedrige Tür ins Schloss.

»Lassen wir es gut sein, Ian. Genug der Entspannung. Gehen Sie jetzt zurück in Ihr Lager. Ich mache hier weiter meine Arbeit. Hoffen wir beide, dass die kleine Krise bald überwunden ist und dass wir wieder unseren gewohnten Tätigkeiten nachgehen können. Es ist alles unter Kontrolle, wie ich schon sagte. Ach ja – und alles Gute für Ihren kleinen Freund.«

Der Baron lachte, als wir die muffigen Räume und das Gebäude verließen. Im Stillen widersprach ich ihm. Aus meiner Sicht würde nichts mehr so sein, wie es vor dem gestrigen Tag gewesen war – in vieler Hinsicht.

6.

Das Reisebüro. Wieder in meinem Hotelzimmer, beeilte ich mich, meinen arg vernachlässigten Laptop online zu bringen. Über das Internet-Telefonbuch und einen Nummernvergleich mit sämtlichen eingetragenen Reisebüros hatte ich schnell die richtige Adresse ermittelt. Ich beschloss, mich morgen dort einfach mal umzusehen und umzuhorchen. Auf Trons Anrufliste waren fünf von zehn Anrufen an diese Nummer gerichtet, für mein Empfinden ein bisschen zu viele Gespräche nur für eine geplante Reise.

Es klopfte an der Tür. Mittlerweile war es weit nach Mitternacht, deshalb mochte ich eigentlich nicht mehr öffnen. Ich verhielt mich ruhig, wartete. Es klopfte weiter.

Schließlich rief draußen eine Stimme meinen Namen. »Ian, machen Sie auf, bevor ich den ganzen Flur geweckt habe. Ich weiß, dass Sie da sind.« Die Stimme gehörte Sunleitner. Zumindest er war also noch nicht wieder abgereist.

Ich schaltete meinen Laptop aus, klappte ihn zu, ging zur Tür und fragte: »Was wollen Sie?«

»Machen Sie endlich auf, dann sage ich es Ihnen. Oder wäre es Ihnen lieber, wenn Kronos Ihnen noch einen Besuch abstattet?«

Ich öffnete die Tür. Sunleitner trug jetzt einen grauen Anzug ohne Krawatte. Ich wusste, dass er eigentlich Verleger war. Seinen richtigen Namen hatte ich auch einmal gekannt, im Moment aber vergessen.

»Was wollen Sie?«

»Darf ich reinkommen? Oder sollen wir uns unten an die Bar setzen?«

Ich schaute ihn an. »Sie wissen, was mir nach unserer Zusammenkunft passiert ist.«

Für einen Moment schlug er die Augen nieder, er wusste es.

»Ich bin noch nicht wieder gut zu Fuß. Also kommen Sie herein.« Ich machte ihm den Weg frei, sodass er ins Zimmer konnte, schloss die Tür und folgte ihm. »Setzen Sie sich. Möchten Sie etwas aus der Minibar?«

Mein Besucher setzte sich auf den gleichen Sessel, auf dem am Morgen zuvor Kronos Platz genommen hatte. Ein interessantes Zeichen, denn es gab für diese Leute eine strenge Hierarchie, wer sich wann in welcher Situation wo hinsetzen durfte. Sunleitner hätte in seiner Position den anderen Sessel wählen müssen.

»Geben Sie mir einen Whisky. Aber den besseren.« Auch die Sprache dieser Männer unterlag genauen Regeln, daran konnte man einander erkennen und Rollen wie beiläufig übernehmen. Selbst ein Streit ließ sich so inszenieren. Und Sunleitner war offensichtlich auf Streit aus.

Ich sah ihn an. Er hielt meinem Blick gelassen stand. Auch das war ein Ritual. Ich ließ ihm den Vortritt.

»Gern. Mit Eis oder Wasser?« Master-and-Servant hieß dieses Spiel. Er testete aus, wie ich zu ihm stand und ob ich gegebenenfalls seine Autorität akzeptieren würde. Ich tat ihm den Gefallen.

»Eis.« Kein »bitte«. Kein »wenn Sie haben«. Kein »danke«. Das alles war sehr aufschlussreich.

Ich gab Sunleitner sein Glas und schenkte auch mir selbst

einen Whisky ein, aber den Verschnitt. Ohne Eis, weil der Whisky auch so schon scheußlich genug war. Schließlich setzte ich mich auf den noch freien Sessel. Normalerweise hätte ich jetzt warten müssen, dass mein Besucher das Gespräch eröffnete. Aber noch war er nicht zum Kronos – oder Saturn – aufgestiegen. Er war nur der zweite Mann, die Sonne.

»Sie planen tatsächlich eine Palastrevolution? Ist das nicht eine denkbar ungeeignete Situation für eine Intrige?«

Wenn Sunleitner über die mangelnde Ehrerbietung verstimmt war, zeigte er es nicht.

»Nein. Der Alte gerät außer Kontrolle. Ihnen die Kybele aufs Zimmer zu schicken … wie geht es Ihnen eigentlich?«

Ich glaubte nicht, dass es echte Anteilnahme war. »Das wird schon wieder. Keine bleibenden Schäden, sagt der Arzt.«

»Ja, Sie sind ziemlich weit gefahren, um einen Arzt aufzusuchen. Hatten Sie Angst, man hätte Sie hierher zurückverfolgen können?«

Wer sich mit diesen Leuten einlässt, muss sich daran gewöhnen, keine Privatsphäre mehr zu haben. »Sie wissen, warum ich mich dorthin fahren ließ. Sie selbst haben Tron doch in dem Krankenhaus aufgespürt. Wie haben Sie das eigentlich angestellt?«

Auch das ein Ritual: Fragen stellen, so viele Fragen wie möglich, um selbst das Handeln zu übernehmen und den anderen zum Reagieren zu zwingen. Nur wenige können anbrandenden Fragen widerstehen. Das Hirn ist bei Fragen, die unschuldig daherkommen, ganz von selbst auf Antworten programmiert.

»Das wissen Sie doch. Ein Mann, der leblos durch Berlin getragen wird, und sei es auch nur durch den geringsten Teil von Berlin, hinterlässt Spuren. Dazu ein Bewegungsprofil von der Limousine des Barons. Aber warum sage ich Ihnen das. Sie kennen diese Dinge viel besser als ich. War Tron tatsächlich dort?«

Wusste Sunleitner von meinem Treffen mit dem Baron?

»Sicher. Ich habe ihn gesehen. Nach meinen diversen Untersuchungen. Ich hatte auch Gelegenheit, ihn kurz zu untersuchen. Er ist stranguliert worden, vermutlich erhängt.« Ich hätte mir auf die Zunge beißen können, ich hatte einen kleinen Fehler begangen.

»Wieso nur kurz?«

Mist! Sunleitner hatte den Fehler in meiner Geschichte bemerkt. Wenn ich Tron nur kurze Zeit hatte untersuchen können, musste jemand mich gestört oder beaufsichtigt haben. *Wer?* Diese Frage stellte Sunleitner sich jetzt.

»Ich wurde gestört … entdeckt.«

Ich riss mich immer weiter rein. Was ich gerade gesagt hatte, konnte man überprüfen. Mensch, Jan, übernimm selbst wieder das Handeln!

»Von einem Arzt, einem Pathologen.« Das war ja nicht einmal gelogen. »Wir sprachen kurz über den Toten. Er meinte, die Würgemale könnten vom Erhängen stammen. Der Arzt hielt mich wohl für jemand von den Ermittlungsbehörden.«

Ich schaute Sunleitner an. Kein Misstrauen lag in seinem Blick, er wusste also nicht, dass der Baron der Pathologe war. Gut.

»Was haben Sie nun vor? Warum offenbaren Sie ausgerechnet mir Ihre Absichten?«, fragte ich ihn.

»Auch das wissen Sie. Es war etwas mit diesem toten jungen Hacker. Gestern um diese Zeit war ich auf dem Weg nach Ostasien. Können Sie sich vorstellen, was für ein Aufwand es ist, solch einen Flieger aufzuhalten, um spontan eine andere Maschine nach Berlin zu nehmen? Gestern war es möglich. Für diesen toten Jungen. Auch die anderen hatten keine Mühe, sich von ihren Verpflichtungen loszureißen. Kronos hat Himmel und Hölle in Bewegung gesetzt, uns hierher zu schaffen. Und dann war alles falscher Alarm? Ich glaube das nicht.«

Keine angriffslustige Frage am Schluss der kleinen Rede. Und im Grunde war Sunleitner mir auch lieber als Kronos.

Damit ist vielleicht zu erklären, warum ich nun mehr sagte, als ich eigentlich wollte: »Vielleicht haben Sie Recht. Ich bin mir in Wahrheit nicht sicher. Er war erstaunlich gefasst vor seinem Tod. Er kannte Ursache und Wirkung. Und er erwartete den Baron, ging sogar freiwillig mit ihm mit. Kronos weiß das oder hat es geahnt.«

»Sie waren sich Ihrer Sache aber nicht sicher, sodass Sie diese Fakten heute Morgen nicht offenbarten.« Fragen, die die Antwort positiv vorwegnehmen, sind echte Friedensangebote.

»Ja«, gab ich deshalb zurück. »Gegenüber den Schriften gibt es einen Schönheitsfehler. Heute Morgen und gestern war es mehr eine Ahnung von mir, aufgrund dessen, was der Junge vor seinem Tod zu mir gesagt hatte. Mittlerweile habe ich die Bestätigung: Tron war keine Jungfrau mehr.«

Sunleitner nickte, begann vielmehr mit dem ganzen Oberkörper im Sessel vor und zurück zu wippen. »Das erklärt vieles.« Er schwieg für einen Moment. »Und wirft doch auch viele neue Fragen auf.«

Endlich kam Sunleitners schwankender Oberkörper zur Ruhe. Er sah mich fragend an, deshalb sagte ich: »Ja, Sie haben Recht. Warum ging er, wie er ging, wenn er den Kuss der Kybele längst empfangen hatte? War er mit seiner Geliebten noch zusammen? Und wie hat er es geschafft, sie vor uns allen zu verstecken?«

Plötzlich lachte Sunleitner auf. »Was für eine Ironie! Dieser Junge machte uns auf sich aufmerksam, weil er der größte Kryptograf der jüngeren Menschheitsgeschichte zu sein schien. Keine Verschlüsselung war vor ihm sicher. Keine noch so gut getarnte Wahrheit ließ sich auf Dauer vor ihm verbergen. Er enträtselte Geheimnisse, die wir noch nicht einmal als Rätsel erkannt hatten. Und am Ende narrt er uns auch noch mit seiner eigenen Biografie. Eine heimliche Freundin? Wer hätte das gedacht. Wobei ... Was halten Sie, Gaspard, von der Möglichkeit, dass er vielleicht homophil war? Oder haben Sie seine kleine Freundin schon gefunden?«

»Keine Hinweise auf Homophilie. Und in seinen Kreisen hätte er wahrlich genug Gelegenheit gehabt. Er trat bisher halt als typischer Nerd in Erscheinung. Wir dachten, er hätte einfach keine Gelegenheit gefunden, bei all seinen technischen Projekten ein Mädchen kennen zu lernen. In diesem Punkt haben wir uns offensichtlich geirrt.«

»Darf ich Sie fragen, Ian, wie Sie letztlich zu dieser Erkenntnis gekommen sind?«

Ich konnte mir ob der Wortwahl ein Lächeln nicht verkneifen, bevor ich antwortete: »Das verdanke ich der grausamen Kybele, dieser männerverachtenden Furie, die Sie mir vorhin mit aufs Zimmer geschickt haben. In den Fieberdelirien, die ich ihr verdankte, konnte ich einen von Trons letzten, sehr orakelhaften Sätzen entsprechend deuten.«

»Dann war dieser kleine Freundschaftsbeweis von Kronos offensichtlich doch noch zu etwas gut.« Sunleitner grinste.

»Was ist denn aus der brutalen Amazone geworden, wenn ich fragen darf? Ich dachte, ich hätte sie umgebracht, als sie sich in meinem besten Stück festgekrallt hatte.«

Sunleitners Grinsen verschwand. »Sie haben sie tatsächlich getötet. War ein richtiger Schock für Kronos. Das hatte er Ihnen nicht zugetraut. Ich übrigens auch nicht. Aber das ist mit ein Grund, warum ich jetzt hier bei Ihnen sitze. Kronos hat die Frau unauffällig aus dem Hotel schaffen lassen. Sie dürfte demnächst irgendwo jenseits der Weichsel einige Polizisten beschäftigen. Reisen Sie also in nächster Zeit nicht nach Polen. Die Gute hatte reichlich DNS von Ihnen unter den Fingernägeln.«

»Ich werde daran denken. Wenn Sie erlauben, würde ich nun aber noch einmal gern auf den Grund Ihres Besuchs hier bei mir zurückkommen. Ich durchschaue noch nicht recht, was Sie jetzt von mir erwarten.«

Sunleitner überlegte. »Einerseits wollte ich tatsächlich nur Gewissheit, was die Bedeutung dieses Jungen für unsere Existenz angeht. Da haben Sie mir ehrlich weitergeholfen, wofür ich Ihnen aus ganzem Herzen danke.« Sunleitner machte eine Kunstpause, fuhr dann fort: »Andererseits bin ich zu Ihnen gekommen, um etwas Konkretes für einen Generationswechsel in unserem Bund zu erreichen. Ich hatte erwartet, dass Kronos sich nicht irrte und Sie ihn heute Morgen bei unserer Zusammenkunft doch nur hinhielten. Aber ich verstehe den Konflikt, in dem Sie sich befinden. Wenn der Junge war, was er Ihnen gegenüber zu sein vorgab, kann er nicht der gewesen sein, für den manche von uns ihn hielten und auf den wir alle voller Sehnsucht warten.

Und ich erkenne in Ihrer Rede, mein guter Gaspard de la Nuit, dass dieses Kapitel unserer Geschichte noch lange nicht beendet ist. Ich danke Ihnen aufrichtig für Ihr Vertrauen. Und ich versichere Ihnen bei meinen sechs Siegeln, dass ich Ihr Geheimnis, das nun zu unserem gemeinsamen Geheimnis geworden ist, sicher bewahren werde. Ich verspreche Ihnen meinen Schutz und meine Hilfe, wann immer Sie danach fragen. Ich verbürge mich, dass ich in dieser Angelegenheit keine eigenmächtigen Entscheidungen treffen und keine eigenmächtigen Handlungen vornehmen werde.«

7.

Am nächsten Morgen fiel mir das Aufstehen so schwer wie noch nie. Es war wie nach dem gigantischsten Kater der Welt. Mein ganzer Körper fühlte sich wund und zerschlagen an. Jede Bewegung bereitete Schmerzen. Am schlimmsten war der Schmerz zwischen meinen Beinen. Mit Grauen musste ich daran denken, wie es gleich werden würde, wenn ich mich auf der Toilette erleichtern müsste.

Am liebsten wäre ich liegen geblieben, aber die Zeit drängte. Ich hatte nur einen minimalen Vorsprung, und zumindest theoretisch gab es die Möglichkeit, dass ich mich mit der Bedeutung des Reisebüros, das für Tron die Tour nach Südafrika geplant hatte, irren könnte. Doch im Grunde war ich mir sicher, auf der richtigen Spur zu sein.

Ich beschloss, mich zu einem Frühstück hinunter ins Restaurant zu begeben. Nachdem ich dort Platz genommen hatte, sah ich mich aufmerksam um. An diesem Montagmorgen herrschte zwar lebhafter Betrieb, doch von den »sieben Zwergen«, wie der Baron sie so passend genannt hatte, war niemand zu sehen. Sicher gab es hier irgendwo einen Aufpasser für mich, doch ich bemerkte ihn nicht. Ich sah Geschäftsleute, schöne, reiche Ehefrauen und solche, die sich dafür ausgaben, Japaner, Chinesen und die typischen jungen Unternehmensberater, die teuer wohnten, sehr wichtig taten und doch nur dumm daherquatschten, ohne etwas vom Leben zu verstehen.

Ich vermutete meinen Aufpasser in der letzten Gruppe. Jung, ehrgeizig, unerfahren. Es gab im Überwachungsgewerbe auch die alten, einsamen Wölfe, die waren gefährlicher, weil schwerer abzuhängen. Sie kannten jeden Trick und spürten im Voraus, wann ihre Zielperson einen davon versuchen würde. Im Restaurant befanden sich ein, zwei Kandidaten für diese Kategorie. Doch ich schätzte ihre Anzüge einen Tick zu teuer ein, als dass mein Verdacht zutreffen könnte.

Ich trank meinen Kaffee aus edlem Porzellan, aß zwei Croissants und stand auf. So schnell es in meinem angeschlagenen Zustand ging, durchmaß ich das Foyer in Richtung Ausgang, verließ das Gebäude, wandte mich nach rechts und versteckte mich sofort im Eingang eines kleinen Ladens. Und wartete, wobei ich vorsichtig um die Ecke spähte.

Zwei der jungen Beratertypen kamen gelassen aus dem Gebäude und sahen sich betont beiläufig um. Treffer! Die beiden hatten sich gerade erst am Büfett bedient. Das waren also meine Schatten für heute.

Ich überlegte. Sollte ich sie folgen lassen? Schüttelte ich sie ab, würde man mehr Verdacht gegen mich schöpfen, als es ohnehin schon gab. Außerdem war ich durch meine Verletzungen noch arg gehandicapt. Doch wenn es Kronos' Leute waren, durfte ich sie nicht auf das Reisebüro und dessen mögliche Bedeutung aufmerksam machen.

Das letzte Argument zählte. Ich trat also aus meiner Deckung und schaute die beiden Jünglinge an. Ohne die geringste Regung blickten sie zu mir. Ihnen war es offensichtlich egal, entdeckt worden zu sein. Na gut.

Ich stieg in eines der wartenden Taxis vor dem Hotel.

»Wo soll's hingehen?«, fragte der Fahrer im besten Berlinerisch.

»Warten Sie bitte«, entgegnete ich und schaute aus dem Fenster. Meine beiden Schatten gingen über die Straße zu einem Auto, das auf dem Parkstreifen stand, der hier die beiden Fahrspuren der Straße trennte. Die zwei stiegen ein, und der Mann hinter dem Lenkrad ließ den Motor an. Dann warteten sie.

Ich wandte mich an den Fahrer. »Rufen Sie bitte die Polizei an. Da sind zwei Typen in einem dunklen BMW schräg hinter uns, die schon den ganzen Morgen hinter mir her sind. Ich trage viel Bargeld bei mir und mache mir Sorgen.«

Der Taxifahrer schaute sich um, sah den Wagen, der offensichtlich auf uns wartete, und griff zum Mikro.

Keine fünf Minuten später hielt ein Streifenwagen vor dem dunklen BMW und versperrte ihm die Ausfahrt aus seinem Parkplatz.

»Fahren Sie jetzt los«, bat ich meinen Fahrer.

Er sah kurz zu mir, lachte und gab Gas. Ich schaltete derweil mein Handy aus, um für eine Weile wirklich meiner eigenen Wege gehen zu können.

Ich blickte mich noch ein paar Mal um, sah aber sonst keine verdächtigen Fahrzeuge. Schon nach wenigen Minuten hielt das Taxi vor dem kleinen, heruntergekommenen Ladenlokal des Reisebüros. Es befand sich in einer eher schäbigen Seitenstraße des Kurfürstendamms. Ich bat den Fahrer, noch ein kleines Stück weiterzufahren, bezahlte und stieg aus.

Es war kurz nach neun Uhr morgens. Ich schlenderte zu dem Laden, betrachtete die Schaufenster, die mit Reiseandenken und Angebotsaushängen voll gestopft waren, und versuchte, ins Innere des Verkaufsraumes zu blicken. Ich sah zwei Schreibtische mit je zwei Stühlen davor. Auf den Tischen je ein Computer. Hinter den Tischen saß rechts eine schon ältere, aber attraktive Frau. Am anderen Tisch schob ein sehr junges Mädchen, vielleicht eine Auszubildende, irgendwelche Papiere herum. Einbruchsspuren vom Baron und seinen Leuten sah ich nirgends. Der nächtliche Besuch musste sehr diskret abgelaufen sein.

Ich trat ein. Erwartungsgemäß sprach die ältere der beiden Frauen mich an.

»Was kann ich für Sie tun?«

Das wusste ich selbst nicht genau. »Ich interessiere mich für Fernreisen«, erklärte ich.

Die ältere Frau nickte. »Setzen Sie sich bitte. Möchten Sie einen Kaffee? Tatjana, holst du einen Kaffee für den Herrn?«

Ich nahm vor dem Schreibtisch Platz.

»Wann möchten Sie denn reisen?«, wandte die Frau sich wieder an mich.

»Ich weiß nicht. Wann ist die beste Zeit für eine Safari in Südafrika?«

»In Südafrika beginnt jetzt die Saison. Dort ist zurzeit Frühjahr, während es bei uns in Deutschland kühler wird. Ihrem Akzent nach sind Sie aber kein Deutscher. Sind Sie Brite?«

Mit dieser Frage hatte ich nicht gerechnet. Zum Glück kam das Mädchen mit dem Kaffee. So gewann ich ein bisschen Zeit, mir eine Antwort zu überlegen.

»Sie haben Recht, ich komme nicht von hier. Aber ich hatte eine ganze Weile beruflich hier zu tun. Und Berlin kann einem nach einer gewissen Zeit ja ganz schön auf den Wecker gehen. Ein Freund hat Sie empfohlen. Er heißt Boris Floricic. Kennen Sie ihn?«

Die Frau schaute zu dem Mädchen hinüber. Ich hatte also richtig geraten. Hier hatten wir die heimliche Geliebte unseres Wunderhackers: Tatjana Junk, so stand es zumindest auf ihrem Namensschild auf dem Schreibtisch.

»Ja, sicher kennen wir Boris«, sagte schließlich die Ältere. »Daher also Ihr Interesse für Südafrika. Boris will ja schon nächsten Monat dorthin. Er hat sogar unsere Vorbereitungsseminare besucht. Seine Reisegruppe ist aber leider schon komplett, falls Sie gehofft hatten, mit ihm zusammen reisen zu können.«

»Das ist schade«, heuchelte ich.

»Ich könnte Sie auf eine Warteliste setzen, wenn Sie wünschen, falls kurzfristig ein Reisender ausfällt«, sagte die ältere Frau.

»Das wäre nett. Ich hatte natürlich gehofft, mit meinem Freund zusammen reisen zu können.« Ich sah dem Mädchen in die Augen. »Solche gemeinsamen Erinnerungen können für eine Freundschaft ja sehr wertvoll sein. Finden Sie nicht?« Ich blickte wieder die ältere der beiden Frauen an.

Diese schwieg und schien zu überlegen. »Wenn Sie mich kurz entschuldigen, ich schaue rasch mal hinten im Büro des Chefs nach, ob nicht vielleicht schon eine Stornierung für die Safari vorliegt«, sagte sie schließlich, stand auf und verschwand nach einem kurzen Blick auf das Mädchen durch eine rückwärtige Tür.

Ich war mit Trons Freundin allein. »Ihre Kollegin scheint sehr taktvoll zu sein. Ich muss dringend mit Ihnen reden, Frau Junk. Ich bin ein guter Freund von Boris, auch wenn ich von Ihrer Existenz bis gestern nicht die geringste Ahnung hatte. Boris kannte mich unter meinem Hackerakronym Ian G., vielleicht ...«

Das Mädchen fiel mir ins Wort. »Wieso ›kannte‹?«

Ich schluckte. Anfängerfehler.

»Boris wird vermisst. Ich habe ihn am Samstag noch getroffen. Sie wissen, dass er gefährlich gelebt hat. Deswegen hat er wohl auch niemandem von Ihrer Existenz erzählt. Ich ... ich rechne damit, dass er tot ist.«

»Tot?« Tränen schimmerten in den Augen des Mädchens.

Erst jetzt musterte ich sie genauer. Sie konnte keine zwanzig Jahre alt sein, hatte brünettes langes Haar und dunkle Augen. Von der aufreizenden Kleidung her ein echtes Partygirl. Ich hatte keinen Schimmer, wie der staubtrockene Hacker Tron an ein solches Mädchen gekommen war. Schon wenn er nicht der gewesen wäre, der er war, sondern nur ein gewöhnlicher Hacker, hätte ich verstehen können, warum er diese Errungenschaft vor seinem üblichen Bekanntenkreis verbarg. Schmerzhaft machte sich wieder mein Unterleib bemerkbar.

»Was ist passiert?«, fragte das Mädchen.

»Das ist eine sehr lange Geschichte«, gab ich zurück. »Wann haben Sie hier Schluss? Wann können Sie sich hier freimachen?«

Sie sah mich an. »Wenn mein Freund tot ist, sofort.«

»Nein, nein.« Ich wurde hektisch. »Er wurde noch nicht gefunden.«

»Ich verstehe nicht …«, erwiderte das Mädchen. »Woher wollen Sie dann wissen, dass er tot ist? Was geht hier vor? Was für ein Spiel spielen Sie mit mir?« Kurz entschlossen holte sie ihr Handy aus ihrer Handtasche. »Ich rufe ihn an.«

»Das wird nichts nutzen. Meines Wissens ist sein Handy nicht im Netz.«

Zu meinem Erstaunen gab sie zurück: »Ich habe aber ein Freizeichen.« Sie wartete. »Er geht nicht ran … jetzt ist seine Mailbox dran.« Sie unterbrach die Verbindung.

Ich verstand das nicht. Entweder hätte das Mädchen gleich die Mailbox dranhaben müssen, oder es hätte gar nicht erst eine Verbindung zustande kommen dürfen.

»Verraten Sie mir, welche Nummer Sie angerufen haben?«

Sie schüttelte den Kopf. »Erklären Sie mir, was Sie von mir wollen.«

Ich atmete tief durch. »Nicht jetzt. Aber vertrauen Sie mir. Sagen Sie niemandem etwas von sich und Tron. Und dass er möglicherweise tot ist. Ich wollte es Ihnen schonender beibringen. Entschuldigen Sie bitte meine Dummheit. Wann haben Sie Mittagspause? Ich hole Sie ab. Dann erkläre ich Ihnen alles, okay?«

Das Mädchen sah mich skeptisch an. Schließlich antwortete sie: »Meinetwegen. Ich kann um elf Uhr dreißig hier raus. Seien Sie aber pünktlich.«

Mir fiel ein Stein vom Herzen. »Gut. Gibt es hier in der Nähe ein Lokal, wo ich auf Sie warten kann?«

Sie beschrieb mir den Weg zu einem Café. Wir verabredeten, uns dort zu treffen.

Ich vertrieb mir die Zeit in dem Café mit Zeitunglesen und Kaffeetrinken. Es wurde elf Uhr dreißig. Von dem Mädchen noch keine Spur. Wahrscheinlich brauchte sie für den Weg mehr Zeit, als ich erwartet hatte. Doch eine weitere Viertelstunde verging, und das Mädchen erschien nicht. Schlag zwölf zahlte ich und machte mich auf den Weg zum Reisebüro.

Schon aus einiger Entfernung sah ich, dass irgendetwas passiert sein musste. Zwei Polizeifahrzeuge standen auf dem Bürgersteig vor dem Ladenlokal, in dem die gerade erst entdeckte Tron-Freundin arbeitete. Ich fluchte. Ich war dem Mädchen Tatjana Junk so nahe gewesen, und jetzt war ihr etwas zugestoßen. Es konnte nicht anders sein. Die Duplizität der Ereignisse war zu augenfällig. Die Polizei an diesem Ort – das war kein Zufall.

Wider besseres Wissen näherte ich mich dem Tatort.

Was für ein Tatort es war, musste ich erst noch herausfinden.

Ich hatte mich gerade zwischen den Polizeiwagen durchgedrängelt und der offenen Eingangstür genähert, als ich die ältere Angestellte des Reisebüros rufen hörte: »Das da ist er! Da, an der Tür! Der Mann hat mit Fräulein Junk gesprochen, bevor diese anderen schwarzen Männer sie entführt haben!«

Ein halbes Dutzend Augenpaare richteten sich auf mich.

»Guten Tag. Darf ich erfahren, was mit Fräulein Junk passiert ist?«, wollte ich wissen.

»Wer sind Sie? Wie heißen Sie? Können Sie sich ausweisen?« Der Mann, der die Fragen gestellt hatte, löste sich aus einer Gruppe von Polizeibeamten. Es war Hammer, mein Verfolger aus der Kirche.

Mein Hirn arbeitete fieberhaft. Wenn Hammer hier war, gehörte er wahrscheinlich zu den Leuten des Barons. Dann war das Versteckspiel in der Kirche vergebliche Liebesmüh gewesen, es hatte allenfalls einen kurzen Vorsprung gebracht. Und jetzt hatte ich Esel den Baron auch noch auf den Wert des Mädchens aufmerksam gemacht. Irgendwie verhielt ich mich in dieser Sache immer noch wie ein Amateur. Aber wie sollte man bei all den Spitzeln und Überwachern auch den Überblick behalten?

Allerdings – wenn Hammer hier in Vertretung irgendeiner Dienststelle und seines geheimen Dienstherrn Ermittlungen anstellte über die Entführung von Tatjana Junk, konnte man vermuten, dass der Baron das Mädchen nicht in seiner Gewalt hatte.

Aber wer hatte sie dann hier aus dem Reisebüro gekidnappt? Doch nicht etwa Kronos?

»Ihren Ausweis.« Hammer, der Zivil trug, war mittlerweile an mich herangetreten, begleitet von zwei weiteren, uniformierten Polizeibeamten, die demonstrativ ihre Schusswaffen aus den Holstern lösten.

»Wenn ich Ihnen meinen Ausweis zeige, erfahre ich dann, was Fräulein Junk zugestoßen ist? Ich war mit ihr zum Essen verabredet, und sie ist nicht erschienen. Deswegen bin ich hierher zurückgekommen. Ich wollte nachsehen, wo sie abgeblieben ist.«

»Zeigen Sie mir erst mal Ihren Ausweis, dann sehen wir weiter.« Ich hatte noch die Papiere von »Ben Bast« bei mir. Die reichte ich Hammer.

»Aus Malta? Die Zeugin sagte, Sie hätten sich der entführten Frau Junk gegenüber als ›Ian‹ ausgegeben. Was hat das zu bedeuten? Diesen Papieren zufolge heißen Sie Ben Bast … ein seltsamer Name.«

Also hatte die alte Hexe vorhin gelauscht. Wer weiß, was sie alles gehört und bereits ausgesagt hatte. Doch wenn Hammer zum Baron gehörte, war das ohnehin egal.

Allerdings kannte er dann vielleicht auch meine wahre Identität. »Ian ist mein Akronym in Informatikerkreisen.«

»Sie sind Hacker?« Hammer musterte mich jetzt genauer. Er hatte mich also nach unserer Begegnung vor der Kirche nicht wiedererkannt, er hatte mich allerdings auch nicht aus der Nähe gesehen.

»Wenn Sie es so nennen wollen. Ich bevorzuge allerdings die Bezeichnung IT-Spezialist. Ich arbeite für namhafte Unternehmen als Software-Entwickler und Sicherheitsexperte.«

Hammer gab mir den Ausweis zurück. »Gibt es auf Malta denn bedeutende Unternehmen?«, fragte er abschätzig.

»Die gibt es, ja. Aber ich arbeite weltweit.«

»Für wen sind Sie hier in Berlin tätig?«

»Im Augenblick für niemanden. Sonst unter anderem für die Unionbank, nicht weit von hier.«

Hammer nickte. »Können Sie etwas zum Verschwinden von Frau Junk aussagen? Kurz nachdem Sie weg waren, erzählte uns Frau Schöne hier, sind zwei Afroamerikaner – jedenfalls dem Aussehen und der Sprache nach – hereingekommen und haben Frau Junk gepackt, zu einem Auto gezerrt und sind mit ihr weg. Ein dritter Mann saß am Steuer. Es war eine große schwarze Limousine, unbekanntes Fabrikat, ausländisches Nummernschild.«

Das war keiner von den sieben Zwergen. Und Hammer stand vor mir, also war auch der Baron in dieser Sache unschuldig. Wer hatte Tatjana Junk *dann* entführt?

»Ich fürchte, ich kann Ihnen nicht weiterhelfen. Das ergibt keinen Sinn für mich.«

Hammer musterte mich misstrauisch. »Worüber haben Sie mit Frau Junk gesprochen? Sie haben sich nach ihrem Freund erkundigt. Sie haben doch keine Beziehung zu der Entführten?«

»Wenn Sie meinen, ob wir ein Paar waren – nein, natürlich nicht. Ich habe sie erst heute Morgen kennen gelernt und war hergekommen, um eine Reise zu buchen. Allerdings waren die entsprechenden Angebote schon vergeben. Bei der Gelegenheit bin ich mit Frau Junk über einen gemeinsamen Bekannten ins Gespräch gekommen. Wir haben uns dann für ihre Mittagspause verabredet. Den Rest kennen Sie ja.«

Hammer schaute zu den beiden Uniformierten, die noch immer angespannt dastanden. Dann drehte er sich wieder zu mir um.

»Okay, Ben Bast aus Malta. Ich denke mal, dass Sie wirklich nichts mit der Sache zu tun hatten, sonst wären Sie wohl nicht so dumm gewesen zurückzukommen. Wo können wir Sie erreichen, falls wir noch Fragen haben?«

»Im *Adlon*«, sagte ich schneller, als ich denken konnte.

»Das *Adlon*? Wirft wohl ordentlich was ab, die IT-Beratung. Also gut. Sollten Sie abreisen, hinterlassen Sie im Hotel bitte eine Adresse, unter der wir Sie erreichen können.«

Mit einem Nicken wurde ich entlassen. Hammer wusste also, wen er vor sich hatte, sonst hätte ich irgendetwas zu Protokoll geben müssen. Oder er hatte keine Lust auf zusätzliche Schreibarbeiten.

Ich ging ein Stück die Straße hinunter und blickte dann zurück zum Reisebüro.

Zwei oder drei Schwarze in einer schwarzen Limousine mit ausländischem Kennzeichen … Was wollten die mit einem jungen weißen Mädchen? Sicher, mir fiel einiges dazu ein, doch nichts davon hatte mit Tron und der Geschichte hier zu tun. Und doch war es ein zu großer Zufall, dass das Mädchen ausgerechnet an diesem Morgen verschwunden war. Es musste eine Verbindung geben.

Meine Gedanken rasten. Ich wusste, dass ich etwas übersehen hatte … irgendetwas, das die jüngsten Geschehnisse vielleicht erklären könnte. Doch ich kam nicht darauf. Was von all den Verwicklungen hatte mit Afroamerikanern zu tun? Mir war klar, dass ich es hätte wissen müssen, doch es wollte mir nicht einfallen.

Mit steifen Schritten und ziemlich o-beinig machte ich mich auf den Weg in Richtung Kurfürstendamm. Im Prinzip hatte ich jetzt keine Ziele mehr, denn ich hatte damit gerechnet, von Tatjana Junk einen Hinweis zu bekommen, wie es weitergehen würde.

»Folge dem Pfad meiner Passion«, hatte Tron gesagt. Darum hatte er mich unter so dramatischen Umständen nach Berlin gerufen. Und nun endete mein Pfad schon bei seinem »süßesten Geheimnis«.

Ich war mittlerweile auf dem Ku'damm angekommen, Berlins bekanntester Flaniermeile. Eigentlich hoffte ich, hier ein Taxi zu finden, das mich zurück zu meinem Hotel bringen würde. Doch auf dem breiten Fußweg vor den Einkaufsfassaden sah ich eine Gruppe Jugendlicher in weiten Jeans, zerfetzten Sweatshirts und Wollmützen beisammenstehen. Sie gestikulierten wild mit Armen und Händen; der gesamte Körper war unablässig in Bewegung, und beim Näherkommen hörte ich sie in einem rhythmischen Sprechgesang wütend aufeinander einreden.

Plötzlich fiel es mir ein.

Rapper!

Warum war ich nicht gleich darauf gekommen? Tron hatte

mich nach Hip-Hop und Rappern gefragt. »Wo ein Geheimnis ist, da warte ich auf dich.« Er hatte von dem Song »California Love« gesprochen. Der war von Tupac oder 2Pac. Und natürlich, diesen Afroamerikaner umgab ein Geheimnis. Ein großes Geheimnis. Das passte. Tupac war ungefähr zwei Jahre zuvor erschossen worden. Unter ungeklärten Umständen. Bei ihm würde ich also auch etwas von Tron finden, vielleicht sogar das Mädchen Tatjana. Mit einem Mal war ich mir sicher, dass der tote Tupac und sein Umfeld etwas mit dieser Entführung zu tun haben mussten.

Was sollte ich jetzt tun? Mit einem Taxi fuhr ich zurück ins Hotel, packte meine Sachen, checkte aus und ließ mich zum Flughafen fahren. Ein silberner Mercedes folgte dem Taxi. Am Flughafen kaufte ich mir ein Ticket für die nächste Maschine zurück nach London. Ich würde ein bisschen warten müssen, aber jetzt um die Mittagszeit waren kaum Geschäftsleute unterwegs, sodass die Buchung keine Probleme machte.

Als der Flug aufgerufen wurde, ging ich durch die Kontrollen bis zum Gate. Zwei junge Männer in eleganten Anzügen – wahrscheinlich hatten diese beiden in dem silbernen Mercedes gesessen – blieben vor den Kontrollen zurück. Beim Gate angekommen, setzte ich mich und wartete wieder. Als der Aufruf kam, meldete ich mich bei der Stewardess und sagte, dass ich den Flug leider nicht antreten könne, eine dringende Nachricht habe mich erreicht. So vermied ich es, ausgerufen zu werden, denn das hätten meine beiden Schatten gewiss mitbekommen.

Ich schlenderte noch ein wenig durch den Duty-free-Bereich und warf schließlich einen Blick zu den Kontrollen. Die beiden Typen waren verschwunden. Also schaltete ich mein Handy wieder aus, verließ die Gates und suchte eine Toilette auf. In aller Eile zog ich meine auffälligen schwarzen

Klamotten aus, stopfte sie in meine Tasche und zog eine alte Jeans, einen Wollpullover und einen dünnen Anorak an, die für solche Fälle in meiner großen Laptop-Tasche steckten. Da ich sonst nur Schwarz trug, würde das wie eine Tarnkappe wirken, da war ich mir sicher. Schließlich machte ich mich auf den Weg zu den Bushaltestellen, die sich ein wenig abseits von den Terminals befanden.

Ich fuhr zurück in die Innenstadt und suchte mir diesmal ein einfacheres Hotel. Mittlerweile war ich sicher, dass das entführte Mädchen auf jeden Fall noch in der Stadt sein musste. Hier war im Moment die Action, hier war der gegenwärtige Handlungsort dieses Dramas. Als ich endlich mein neues Zimmer bezogen hatte, schloss ich meinen Laptop an, stöpselte das Modemkabel ein und band Mikro und Kopfhörer an. Ich würde einiges zu telefonieren haben.

Mein erster Anruf ging nach Los Angeles, wo es noch sehr früh am Morgen sein musste. Entsprechend lange klingelte es, bevor abgenommen wurde.

»Hallo?« Auf meinem Laptop sah ich, dass es die richtige Stimme war.

»Hallo, Tom. Entschuldige die frühe Störung. Hier ist Ian. Warte, ich schalte den Zerhacker ein.«

Es raschelte in der Leitung, als ich das kleine Software-Tool startete; ironischerweise war es eine der Entwicklungsarbeiten Trons, die nun für eine weitgehend abhörsichere Telefonverbindung sorgte.

»Was gibt's, Ian? Ich hab noch nicht besonders viel geschlafen.«

»Ich hätte dich nicht geweckt, wenn es nicht verdammt wichtig wäre. Kennst du dich mit der Geschichte des Rappers Tupac aus? Der vor ein paar Jahren in Las Vegas erschossen wurde und ...«

Tom unterbrach mich. »Natürlich, Tupac Amaru Shakur.

Sehr begabter Kollege. Manche glauben, dass er gar nicht tot ist. Sein Label veröffentlicht seit seinem Tod ein Top-Album nach dem anderen. Jeder lebende Rapper wird blass bei dem Erfolg, den dieser tote Gangsta hat.«

»Das passt, Tom. Ich rufe nämlich an, weil ich den Verdacht habe, der gute Mann oder seine Leute könnten hinter einer Entführung stecken – in Berlin, wo ich mich gerade aufhalte.«

»Du bist in Berlin? Wie kommst du darauf, dass Tupac im guten alten Europa unterwegs sein könnte?«

»Na, ganz einfach, mein guter Cautepates. Es gibt einen entsprechenden Hinweis von unserem gemeinsamen Freund Tron.«

Am anderen Ende der Leitung blieb es für einen Augenblick still. »Wer wurde denn entführt? Doch nicht Tron?«

Ich stutzte, denn ich war davon ausgegangen, dass Tom über die Vorgänge längst informiert war.

»Hat Kronos dich nicht verständigt? Die Sieben waren auch hier in Berlin. Tron ist tot. Entführt wurde seine heimliche Freundin.«

Ich hörte, wie Tom nach Luft schnappte. »Tron hatte eine Freundin? Ian, das ändert ja alles.«

»Nicht unbedingt. Aber das erkläre ich dir später, wenn wir uns das nächste Mal persönlich sehen. Jetzt geht es erst mal um das Mädchen. Ein paar Schwarze haben sie gekidnappt, kurz bevor ich mit ihr reden konnte. Der Baron war es nicht, denn seine Leute bei der Polizei führen die Ermittlungen. Die Sieben stecken auch nicht dahinter, denen habe ich nämlich noch nichts von dem Mädchen erzählt …«

Tom unterbrach mich: »Warum nicht?«

Das war eine gute Frage, auf die ich selbst noch keine erschöpfende Antwort hatte. »Nenn es eine Ahnung. Ich zähle auf deine Verschwiegenheit. Irgendwie bin ich mir nicht mehr sicher, dass Kronos' einziges Ziel wirklich die Erfüllung der Schriften ist. Und unser Tron war viel mehr, als wir alle dachten. Er ist freiwillig mit dem Baron gegangen, nachdem er mit mir das Abendmahl eingenommen hatte.«

»Und das, obwohl er eine Freundin hatte?«, fragte Tom erstaunt und wurde für einen Moment still. Ich ließ ihm Zeit, die ganze Tragweite der Ereignisse zu ermessen. »Ian, das hört sich verdammt nach einer Überarbeitung der Offenbarung an.«

»Ich weiß. Wir haben schon lange nicht mehr über den Pergamenten gesessen. Wird ungewohnt sein, den alten Schrein wieder mal zu betreten. Aber erst müssen wir uns ganz sicher sein. Und damit sind wir wieder bei diesem Tupac.«

»Wie kann ich dir helfen?«

»Ich brauche einen Kontakt zu diesem Meister der Nacht. Die Dunkelheit ist doch dein Revier, mein lieber Cautepates. Die Finsternis. Wenn er tot ist und wieder auferstehen will, lebt er im Schattenreich. Versuch, ihn zu kontaktieren, und lass ihm ausrichten, dass ich ihn sprechen muss.«

»Gut. Das geht aber nicht ohne Sicherheiten. Und wir müssen ihm etwas anbieten, damit sich der Aufwand für ihn lohnt. Ich glaube nicht, dass wir ihn einfach so aus seiner gut inszenierten Versenkung herauslocken können, vorausgesetzt, er wurde tatsächlich nicht erschossen. Was haben wir für ihn?«

Das war die Frage. Wir müssten ihm schon einen sehr großen Köder hinwerfen, damit er sich den Lebenden wieder einmal zeigte.

»Hör zu, Tom. Wenn wir tatsächlich diesen Tupac suchen, weil wir ihm zutrauen, die Freundin von Tron entführt zu haben …«

»Ja?«

»… warum ist er überhaupt hinter dem Mädchen her? Doch bestimmt nur, weil sein Kontakt zu Tron abgerissen ist. Tron hat die Menschen fasziniert. Tupac gehört nicht zu den Zirkeln, mit denen wir es normalerweise zu tun haben. Er ist ein Außenseiter in diesem Spiel. Ob er gar nicht hinter dem Mädchen her ist, sondern hinter Tron?«

»Könnte sein.«

»Nun, wenn er es auf Tron abgesehen hat, weiß er noch nichts von dessen Tod, weil er ja weder zum Baron noch zu uns gehört. Und wir dürfen nicht vergessen, dass der Kontakt zu Tupac von Tron bestätigt wurde – in seiner letzten Botschaft nach dem Abendmahl.«

»Tatsache?«, wollte Tom wissen.

»Ja. Er erinnerte mich daran, dass ich ihm seinerzeit den Song ›California Love‹ geschickt hatte. Den hatte ich ja von dir – und du direkt von Tupac. Und Tron sagte dazu: ›Wo ein Geheimnis ist, da suche mich.‹ Also gab es die Verbindung zwischen den beiden.«

»Dann muss Tron sie aber gut vor uns versteckt haben.«

»*Er* war der begnadete Kryptograf, nicht wir. Er hat uns alles beigebracht. Wie man heutzutage ein geheimes Leben führt. Wie man sich tarnt und seine Spuren verwischt. Aber einen guten Teil seiner Wahrheit hat er vor uns verborgen.

Nun, wie auch immer. Wir haben die letzte Botschaft von Tron, sein Vermächtnis. Und wir wissen, vor welchem Hintergrund er agiert hat, was seine Bestimmung war. Und was seine weitere Bestimmung sein könnte.«

»Worauf willst du hinaus?«, wollte Tom wissen.

»Ist doch klar. Wir können Tupacs verlorene Verbindung zu Tron wiederherstellen. Das müsste ihn doch aus seiner Deckung locken.«

Tom schien nachzudenken. Schließlich sagte er: »Das könnte klappen. Wir behaupten einfach, andernfalls würden wir seine Tarnung vorzeitig auffliegen lassen. Wenn wir dann noch sagen, wir wollen das Mädchen sprechen, weiß er, dass wir nicht bluffen, denn wer sonst sollte ihn mit dieser Entführung in Berlin in Verbindung bringen?«

»Richtig. Und wenn er sich tatsächlich mit uns in Verbindung setzt, haben wir eine reelle Chance herauszubekommen, warum Tron Kontakt mit ihm hielt und welche Existenz er erfolgreich vor uns verborgen hat.«

Ich gab Tom die Telefonnummer meines Hotelzimmers durch, damit er sie gegebenenfalls an Tupacs Leute weitergeben konnte. Dann verabschiedete ich mich von meinem Bruder, nachdem wir einander versprochen hatten, uns über die weiteren Entwicklungen auf dem Laufenden zu halten.

Dann konnte ich nur noch warten.

8.

Ich vermutete, dass Tom seine Musikerkontakte nutzen würde, um die Nachricht an Tupac weiterzugeben. Tom lebte das Leben eines halbwegs erfolgreichen Westcoast-Rappers. Wir hatten uns die Welt mehr oder weniger aufgeteilt – er den Westen mit der untergehenden Sonne, ich den Osten mit Europa und dem Morgenland. Was unsere Aufgabe betraf, funktionierte dieses System sehr gut. Uns entging kaum etwas. Tom war der Musiker, ich der Hacker. Damit deckten wir ziemlich genau die reale und die virtuelle Welt ab. Mehr oder weniger : –)

Wenn es jemanden gab, der den verschollenen Rapper »Tupac« wiederfinden und aktivieren konnte, dann Tom. Doch die Stunden verstrichen, und nichts geschah. Kostbare Zeit verging unnütz, ohne dass sich irgendetwas tat. Und ich platzte fast vor Ungeduld. Ich wagte mich nicht aus dem Hotel, weil ich davon überzeugt war, dass mittlerweile alle Geheimdienste dieser Welt, jede obskure Sekte und jeder fragwürdige Zirkel seine Botschafter und Beobachter hierher nach Berlin gesandt hatte. Die Gefahr, dass meine Deckung aufflog, war zu groß.

Dieser Junge namens Boris war als Hacker Tron das Schreckgespenst dieser fragwürdigen Kreise. Die Personifizierung ihrer schlimmsten Befürchtungen. Sämtliche Nachtschattengewächse dieser Welt, die im Geheimen operierten und ihrem finsteren Gewerbe nachgingen, hatten Tron zu fürchten gelernt. Nun würden sie sich überzeugen wollen, dass er tatsächlich tot war und keine Bedrohung mehr für sie darstellte.

Wahrscheinlich waren sie alle hier in Berlin, denn für jede dieser Interessengruppen musste sichergestellt werden, dass Beweise ihrer eigenen Geheimnisse und Verschwörungen, die Tron gesammelt und möglicherweise dokumentiert hatte, nicht in die falschen Hände gerieten. Nicht auszudenken, was für ein Hauen und Stechen einsetzen würde, wenn das brisante Erbe Trons in die falschen Hände geriet. Und natürlich wollte jede Partei möglichst viel Wissen über ihre Widersacher in ihren Besitz bringen – um jeden Preis. Diese Informationen konnten sich irgendwann als äußerst nützlich erweisen.

Ich stellte mir vor, dass draußen auf den Straßen Berlins für einige Tage die gleiche konspirative Betriebsamkeit der Agenten, Spione und Unterhändler herrschte wie während des Kalten Krieges, als Berlin der Brennpunkt des Westens im Territorium des Ostens gewesen war. Eine Zeit lang galten die alten Regeln – jenseits jeder Rechtsstaatlichkeit. Der nachrichtendienstliche Ausnahmezustand.

Im Fernsehen tauchten noch keine Meldungen über den Tod des jungen Hackers auf. Das bedeutete wohl, dass der Baron gewissermaßen noch seine Hand auf der Leiche hatte und auf seine Weise Spuren sicherte. Ich schmunzelte bei der Vorstellung, dass all die Geheimdienste, Regierungsstellen und weiß der Teufel, wer sonst noch, in ihren jeweiligen trüben Gewässer fischten, während an diesem geschichtsträchtigen Ort der Baron selbst das Heft des Handelnden in die Hand genommen hatte.

Es klopfte an der Tür meines Hotelzimmers. Sofort schnellte mein Puls in die Höhe, und das Herz schlug mir bis zum Hals. Vor nunmehr fast sechsunddreißig Stunden hatte ich Tom meine Hotelrufnummer gegeben, deshalb hatte ich mit einem Anruf gerechnet. Mittlerweile war die Nacht zu Mittwoch, dem 21. Oktober 1998, angebrochen.

Wer hatte sich die Mühe gemacht, anhand der Telefonnummer mein Hotelzimmer zu ermitteln? Denn anders konnte es nicht sein.

Es klopfte erneut. Die Zimmertür hatte weder einen Spion noch eine Kette, sodass es keine Möglichkeit gab, aus der Sicherheit der Wohnung nachzusehen, wer vor der Tür stand. Ich hatte nicht im Entferntesten damit gerechnet, unerwarteten Besuch zu bekommen. Insgeheim verfluchte ich mich, dass ich stets ohne Waffen reiste. Es gab selten Momente, in denen ich mir so hilflos vorkam wie jetzt.

Das Klopfen wurde drängender. Wäre es ein normaler Besucher, wie neulich Sunleitner, wäre es jetzt an der Zeit gewesen, durch die geschlossene Tür zu rufen. Weggehen würde der Besucher ja wohl nicht mehr. Das Hämmern an der Tür wurde immer lauter. Endlich hörte ich, wie sich weiter unten im Hotelflur eine andere Zimmertür öffnete und ein Gast um Ruhe bat.

Einen günstigeren Augenblick würde ich nicht bekommen. Rasch öffnete ich die Tür, sodass ich zumindest einen Zeugen und potenziellen Helfer hatte: den anderen Hotelgast. Mehr Sicherheit war für den Moment nicht für mich drin.

Der Anblick meines Besuchers erstaunte mich zutiefst. Es war Hammer, der Polizist.

»Guten Morgen, Herr Gaspard. Entschuldigen Sie die frühe Störung. Wie ich sehe, sind Sie angezogen. Nehmen Sie Ihren Mantel und kommen Sie mit.«

Ich war wie vor den Kopf geschlagen. »Wie haben Sie mich gefunden? Bin ich verhaftet? Was wirft man mir vor?«

»Falschaussage, Behinderung der Ermittlungsbehörden. Sie sind nicht Ben Bast, kommen nicht von der schönen Mittelmeerinsel Malta und haben im *Adlon* auch keine Nachricht hinterlassen, wie wir Sie finden könnten.«

»Wie haben Sie mich entdeckt?«

»Sie haben gewissermaßen selbst Ihre neue Adresse genannt oder nennen lassen. Nun beeilen Sie sich, wir haben wenig Zeit.«

Ich nahm meinen Mantel, schloss die Zimmertür und folgte Hammer in die Berliner Nacht. Vor dem Hotel, das im Westen der City lag, nahe dem Kongresszentrum, bedeutete Hammer mir, in einen bereitstehenden Wagen zu steigen. Zu meiner Überraschung war es kein Streifenwagen und auch nicht der weiße Kombi, sondern ein ziemlich alter VW Golf mit einer in der Dunkelheit undefinierbaren Farbe. Und Hammer war allein gekommen.

»Das ist keine Verhaftung, oder?«, fragte ich.

Hammer ließ den Motor an, schaute kurz zu mir herüber und fuhr los. »Nein. Das ist mein Privatwagen. Macht nur Scherereien, wenn man ihn für Dienstfahrten nutzt.«

Hammer war privat bei mir? »Warum denn das mit der Verhaftung?«

»Wir haben wirklich wenig Zeit. Wenn Sie nicht geöffnet hätten, hätte ich die Tür eingetreten und Sie rausgetragen.«

»Schickt der Baron Sie?«

»Der Baron? Wie kommen Sie darauf? Der ist vollauf damit beschäftigt, die Hinterlassenschaften Ihres Freundes zu durchforsten. Hat es tatsächlich geschafft, gestern noch ein Ermittlungsverfahren gegen den Toten einzuleiten. Man könnte wirklich den Glauben an die Menschheit verlieren, wenn man sieht, dass dieser Mann schalten und walten kann, wie er will. Um Ihre Frage zu beantworten: Nein, der Baron schickt mich nicht.«

Aus den Worten des merkwürdigen Polizisten war Abscheu herauszuhören. Ich glaubte nicht, dass sie gespielt war.

»Wenn Sie nicht in der Funktion eines Gesetzeshüters der Bundesrepublik Deutschland unterwegs sind, für wen arbeiten Sie dann?«

Hammer grinste. »Wen haben Sie rufen lassen? Wem haben Sie Ihre Telefonnummer gegeben?«

Ich war fassungslos. Tupac Amaru Shakur. Dieser Rapper versetzte mich immer mehr in Erstaunen. Ich hatte mich bisher offenbar zu wenig mit diesem Mann auseinander gesetzt. Jemand, der andere Menschen weit von zu Hause entfernt für sich arbeiten lassen konnte, musste außergewöhnlich sein. Was aber, wenn Hammer mir nur eine Komödie vorspielte? Aber das glaubte ich eigentlich nicht.

»Werde ich ihn zu sehen bekommen? Ihren derzeitigen Chef?«

»Sicher, sonst hätte ich Sie nicht abgeholt. Das Telefon war ihm ein zu unsicheres Mittel. Er darf niemandem auffallen, noch weniger als Sie. Sie kennen die besonderen Umstände.«

Ja, ich kannte die Umstände. »Wo werden wir ihn treffen?«

»Wo ein Schwarzer in dieser Stadt am wenigsten auffällt. Und wo sich sonst kein anderer weißer Geheimagent hintraut.«

Wir fuhren den Kaiserdamm Richtung Innenstadt, passierten die Siegessäule und das Brandenburger Tor und fuhren am Bahnhof Friedrichstraße weiter in Richtung Südosten, vorbei an großen Industrieflächen. Schließlich bogen wir in eine gepflasterte Straße ein. Unter einer Eisenbahnbrücke hielten wir an. Wir waren am Warschauer Platz. Ich sah, dass die Brückenpfeiler ein Gebäude verbargen, das eine ganze Reihe von Schaufenstern und Läden zeigte. Der gesamte Bahndamm wurde als Einkaufszeile genutzt.

Wir stiegen aus und gingen auf eine Tür genau unter dem Brückenkopf zu. Ein Türsteher hielt hier Wache, ein riesiges schwarzes Muskelpaket.

»*Matrix?* Eine Disco. Sehr clever. Aber doch bestimmt auch sehr laut.«

Hammer nickte und gab dem Muskelberg ein Zeichen. Der ließ uns ohne Kommentar durch, er kannte Hammer offensichtlich. Hinter mir hörte ich, wie der schwarze Hüne andere nächtliche Besucher, die gesehen hatten, wie wir die Disco betraten und uns spontan folgen wollten, mit den Worten abwies: »Kein Durchkommen. Geschlossene Gesellschaft.«

Durch einen verschachtelten, schwarz gestrichenen Gang gelangten wir zu einem zentralen Innenraum mit Bar, der zu meiner Überraschung fast leer und relativ hell erleuchtet war. Hammer zeigte zu einer rückwärtigen Sitzgruppe, wo auf schwarzen Sofas zwei Farbige an einem Tisch saßen, mit dem Rücken zu mir. Dorthin sollte ich. Hammer blieb am Eingang zurück. Erst jetzt ging mir auf, dass ich gar nicht wusste, wie dieser Tupac Amaru Shakur aussah. Ich wünschte mir, Tom wäre da.

Ich trat an den Tisch.

»Hallo, Ian.«

Mir verschlug es abermals die Sprache. »Tom! Was machst du denn hier?«

»Unser Gastgeber, Herr Shakur«, er zeigte auf den Mann neben sich, »legt Wert darauf, mit uns beiden zu reden.«

Der Angesprochene schaute mir mit ungewöhnlich schönen Augen freundlich ins Gesicht und nickte. »Setz dich, Ian. Ich hoffe, es ist okay, dass ich Ian sage? Nennt mich Parish. Das ist mein eigentlicher Name. Lesane Parish Crooks. Aber genug der Höflichkeiten. Die Zeit drängt. Warum wollt ihr mich sprechen?«

Ich setzte mich meinen beiden Gesprächspartnern gegenüber. »Haben Sie Tatjana Junk in Ihrer Gewalt?«, fragte ich und blickte dem Mann, den ich Parish nennen sollte, fest in die schönen Augen. Mir fiel auf, dass er eine sehr große, schlanke Nase hatte.

Parish erwiderte amüsiert meinen Blick. »Ich würde nicht sagen, in meiner Gewalt. Das klingt zu dramatisch. Sie wohnt im Augenblick bei mir. Zu ihrer eigenen Sicherheit. Bevor sie dem Baron in die Hände fällt. Der hat seltsame Angewohnheiten, was den Umgang mit jungen weißen Leuten angeht.«

»Sie … du kennst den Baron?« Diesen Mann zu duzen fiel mir schwer. Ich traute ihm nicht recht.

»Kennen? Wer kennt den Baron schon richtig? Ich habe nur gelernt, dass man sich vor altem Geld in Acht nehmen muss, wenn man in dieser Welt als Mächtiger überleben will. Ich habe bisher überlebt. Ich glaube, das beschreibt meine Verbindung zum Baron ziemlich gut.«

Allerdings. »Gibt es eine Möglichkeit, mit dem Mädchen zu reden?«

Mein Gegenüber wand sich sichtlich. »Warum? Sie ist in Gefahr. Und bei mir ist sie sicher. Noch ahnt der Baron nichts von ihrer Existenz. Und warum sollte ich dir trauen, Ian? Nur weil du der Bruder eines Bruders bist?«

Ja, warum sollte er mir trauen? »Parish, ich weiß nicht, was unser gemeinsamer Bruder dir vor meiner Ankunft schon alles erzählt hat. Aber wir sind die Guten. Wir waren Freunde von Tron. Und um den geht es hier doch, oder? Wir waren seine Vertrauenspersonen. Ich war der Letzte, mit dem er gesprochen hat, bevor er sich in die Hände des Barons begab. Bei mir hat er sich verabschiedet. Mir hat er seine letzten Botschaften übergeben. Er hat mir vertraut. Deshalb bitte ich dich, mir ebenso zu vertrauen.«

»Wenn Tron dir so sehr vertraut hat, Ian, warum habt ihr dann bis jetzt nichts von mir gewusst? Und dem Mädchen? So grenzenlos kann das Vertrauen also nicht gewesen sein. Auch ihr seid Teil all dieser seltsamen geheimen Zirkel mit ihren düsteren Ritualen, eigener Moral und einer Existenz fernab vom normalen öffentlichen Leben. Also erzählt mir keinen Scheiß. Ihr habt etwas vor. Ihr habt ein Ziel, eine Bestimmung, von der niemand sonst wissen darf. Ihr seid keinen Deut besser als der Baron, der seine Macht, sein Geld, seine Leute und sein Weltbild schützen will. Und was ist euer Ziel?«

Wie viel durfte ich diesem Mann sagen? Trons »vertraue niemandem« stand gegen sein: »Wo ein Geheimnis ist, da findest du mich.«

»Tron selbst hat mir von der Verbindung zu dir berichtet und mich aufgefordert, dich zu suchen. Auch von dem Mädchen hat er mir erzählt. Demzufolge wollte er, dass wir miteinander reden, vielleicht sogar zusammenarbeiten. Also bitte ich dich, mir zu vertrauen. Warum sonst hätten wir dich suchen sollen, wenn nicht Tron uns geschickt hätte?«

Parish wurde nachdenklich. »Betreiben wir noch ein wenig vertrauensbildende Maßnahmen. Was war der Grund eurer Verbindung zu Tron? Wer seid ihr eigentlich?«

Ich schaute Tom an. Der nickte.

»Okay. Also der ganze Kosmos.« Ich atmete tief durch in der verbrauchten Luft dieser Disco. »Parish, ich weihe dich jetzt in Geheimnisse und Überlieferungen ein, die nur für dich bestimmt sind. Es ist dir verboten, sie an irgendjemanden weiterzugeben. Mein Bruder hier und ich werden darüber wachen. Solltest du gegen diese Regel verstoßen und mit einem anderen über die Dinge reden, die ich dir jetzt offenbaren werde, müssen wir dich töten. Hast du verstanden?«

Ich sagte es ihm klar und deutlich und ohne Pathos. Parish rutschte unbehaglich auf seinem Sitz herum.

»Ich bin doch schon tot«, gab er schließlich dümmlich zurück.

Tom griff ein: »Tupac, auch du würdest uns umbringen, wenn wir dein kleines Geheimnis preisgeben würden. Nichts anderes ist es bei uns. Wir werden gegenseitig an die Verschwiegenheit des anderen gebunden sein. Nur wirst du sehen, dass wir für eine viel größere Sache einzustehen haben als du, der nur seine Karriere pushen will.«

Ich wiederholte meine Frage. »Parish, hast du verstanden, was ich eben gesagt habe?«

Er nickte.

»Gut. Wenn du künftig den Mund hältst und kein Wort darüber verlierst, was ich dir jetzt sage, ist alles in bester Ordnung, und du hast nichts zu befürchten. Okay?«

»Okay.«

»Hast du schon mal von Mithras gehört?«

Parish schien überrascht. »Nein. Ist das eine Stadt?«

Ich schmunzelte. »Ein sehr alter persischer Gott. Der Gott

der Eide und Verträge. Mithras wurde im Altertum auch als Kriegsgott verehrt sowie als Schutzgott der höheren Stände und als Spender von Fruchtbarkeit, Frieden und Sieg. In späterer Zeit war er auch der Totenrichter. Aber vor allem ist er der Licht- und Sonnengott.

Auch wenn der Mithraskult seine Blüte im Altertum hatte und über Persien ins römische Imperium Eingang fand, so gibt es ihn im Kern bis heute. Was ein Wunder ist, wenn man bedenkt, dass sich in der Folge vor allem die Christen alle Mühe gaben, den Kult auszurotten. Mein Bruder hier und ich sind die Wächter dieses Kultes. Wir sind Cautes und Cautepates. Wir sind die Opferhelfer von Mithras. Wir personifizieren in der Symbolik des Kultes Tag und Nacht, die aufgehende und untergehende Sonne, den Beginn des Frühlings und des Herbstes, das Leben und den Tod.

Auf alten Darstellungen werden Cautes und Cautepates als Fackelträger dargestellt, entsprechend ihrer Identifikation mit Licht und Dunkel: Cautes hält seine Fackel empor, als Zeichen der Helligkeit, Cautepates hält seine nach unten, als Zeichen für die Nacht. Deswegen bin ich weiß, und mein Bruder ist schwarz.«

Ich machte eine kurze Pause.

»Unser Gott, Mithras, ist in dieser Symbolik der aus dem Felsen geborene Lichtgott. Er ist die Sonne, die auf ihrem goldenen Wagen von vier weißen Pferden über den Himmel gezogen wird. Zehntausend Augen und Ohren, so die alten Überlieferungen, zeugen von seiner Weisheit und seiner Macht, Siege zu schenken. Oft wird Mithras auch gleichgesetzt mit dem Prinzip des Guten, dem das Böse gegenübersteht, Ahriman genannt. Mithras gilt als Vermittler zwischen diesen Prinzipien, weil erst der Lauf der Sonne den Wechsel von Licht und Dunkel bringt.«

Parish atmete tief durch. »Ich glaube, ich weiß, worauf ihr

zwei hinauswollt: ›Prinzip des Guten‹, ›Zehntausend zeugen von seiner Weisheit und Macht‹, ›Mittler zwischen Gut und Böse‹ … ihr haltet Tron für Mithras, nicht wahr?«

Genauso war es. Stattdessen aber sagte ich erst einmal: »Zumindest spricht sehr viel dafür. Tron kannte keine Geheimnisse. Er häufte in seinem kurzen Leben ein schier grenzenloses Wissen an. Sogar die Mächtigen dieser Welt fürchteten ihn, denn er verstand es, ihre verschlüsselten Wahrheiten zu lesen, als wären es offene Bücher. Und das Böse war fasziniert von ihm. Doch seine reine Seele ließ sich nicht kaufen oder korrumpieren.

Ich war dabei, als er mit dem Teufel selbst sprach und von ihm in Versuchung geführt wurde. Er widerstand ihm und ließ sich ohne Furcht von ihm töten. Er war mit seinem Wissen jenseits der Lebenden angelangt. Und er war rein und ohne jede Falschheit. Er war einem allwissenden Gott schon sehr ähnlich.«

Parish fragte in die entstehende Pause: »Was ist denn dann schief gegangen? Tron ist doch tot, oder? Aber Götter sind doch nicht sterblich?«

Ich nickte. »Das genau ist die Frage, die uns zu dir geführt hat. Die Existenz eines Gottes endet für gewöhnlich, wenn er den Verlockungen der Wollust erliegt. Wir wussten bis zum Tode Trons nichts von diesem Mädchen, das offensichtlich seine Freundin war. Wir müssen mit ihr reden, um ihre Bedeutung zu verstehen. Sie kann der ganzen Geschichte die entscheidende Wendung geben und …«

Parish unterbrach mich. »Du meinst, die Geschichte von Tron ist noch nicht beendet? Er ist doch tot!«

»Einen Menschen wie Tron hat es meiner Kenntnis nach schon sehr lange nicht mehr gegeben. Weisheit, Wissen und Reinheit des Herzens – diese Verbindung ist überaus selten. Du hast meist entweder sehr kluge Leute, die jedoch darauf aus sind, ihr Wissen gewinnbringend einzusetzen – der Baron gehört zweifellos in diese Kategorie –, und du hast Menschen, die reinen Herzens und voller Güte sind, oftmals aber die schlichteren Gemüter besitzen. Wissen korrumpiert, denn Wissen verleiht Macht. Und Normalsterbliche können dieser Macht meist nicht widerstehen.«

Parish schüttelte leicht den Kopf. »Und wie geht es jetzt weiter?«

»Den Mithraskult gibt es bis heute. Wir beide, Tom und ich, sind die Gewährsmänner dieses Kultes. Wir müssen dafür einstehen, dass Tron nicht Mithras war, denn andernfalls hätte das Böse gesiegt. Wir müssen sichergehen, dass wir in dieser Angelegenheit nichts, rein gar nichts übersehen haben.«

»Geh auch den letzten Schritt, Bruder«, sagte Tom zu mir.

Überrascht schaute ich den Schwarzen an. »Wenn du es sagst, Cautepates, werde ich es tun«, erwiderte ich und wandte mich wieder Parish zu. »Es gibt noch einen weiteren Grund, weshalb wir unbedingt verstehen müssen, was Tron mit dir und dem Mädchen zu schaffen hatte …« Ich zögerte.

»Und das wäre?«

»Bevor ich dir davon berichte, Parish, beweise erst einmal, dass du dieses Vertrauens würdig bist.«

Parish hatte mir aufmerksam zugehört. Nun sah er mit einem Mal sehr müde aus. »Dafür habe ich eigentlich keine Zeit mehr. Aber gut.«

Er winkte Hammer, der immer noch am Eingang stand. Der reagierte sofort und kam zu uns an den Tisch. »Hammer, es wird länger dauern als geplant. Sehen Sie bitte zu, dass mein Flieger ohne mich geht. Sagen Sie dem Piloten, er soll sich irgendwo auf einem kleinen Flugplatz bereithalten, auf dem er landen darf. Ich lasse ihn benachrichtigen, wenn ich ihn brauche.« Hammer verschwand ohne ein Wort. Wir waren allein in der Disco.

Endlich sagte Parish: »Fangen wir an.«

9.

Ich habe Tron per E-Mail kennen gelernt. Das war im Frühjahr 1996, ungefähr ein halbes Jahr, bevor in Las Vegas das Attentat auf mich verübt wurde. Tron hatte meinen geheimen E-Mail-Account geknackt, von dem außer mir nur mein PR-Manager wusste. Keine Ahnung, wie Tron den herausgefunden hatte, er hat es mir nie verraten. Aber er hat ihn geknackt und munter meine Post mitgelesen. Ich war wie vor den Kopf gestoßen, als ich das merkte.

Der freche Kerl hatte die Stirn, meine E-Mails zum Teil eher zu lesen als ich. Und statt die Mails wieder als ›ungelesen‹ zu markieren, ließ er sie als ›gelesen‹ im Ordner, nur um mich zu ärgern. Ich war kurz davor, meine ganze Planung abzublasen. Da meldete Tron sich per E-Mail direkt bei mir und gab sich zu erkennen.

Wie ihr euch inzwischen wohl denken könnt, war das Attentat in Las Vegas inszeniert. Ein Marketing-Gag, um die Verkaufszahlen meiner CDs in die Höhe zu treiben. Ich denke, ich habe in meiner Zeit im Knast zu viel von Machiavelli gelesen. Der hatte ja auch seinen eigenen Tod inszeniert, um seine Feinde zu täuschen, und erschien dann quicklebendig wieder auf der Bildfläche, um sie zu vernichten. Jedenfalls war ich damals fasziniert von der Idee, gewissermaßen durch einen Federstrich zu verschwinden und zumindest eine Zeit lang aus dem Untergrund zu agieren.

Es ist ja so, dass ich teilweise wirklich mehr Zeit im Gefängnis zugebracht habe als im Studio. Erst dachte ich, den bösen Buben zu mimen, wäre gut fürs Geschäft. Und so war es tatsächlich. Aber es hat auch viele Trittbrettfahrer angelockt, die darauf hofften, auf meine Kosten einen Teil vom Profit abzubekommen. Ihr könnt euch nicht vorstellen, wie oft ich vor meinem angeblichen Tod von irgendwelchen Leute wegen absoluter Nichtigkeiten auf Unsummen verklagt worden bin.

Und wenn du noch nicht zum Establishment gehörst, aber schon über erhebliche Geldmittel verfügst, bist du Freiwild für die Gerichte und die Geschworenen. Sie verurteilen dich wegen der fadenscheinigsten Verbrechen und aufgrund der unglaublichsten Beweise. Ich weiß es, denn ich habe es mehr als einmal am eigenen Leib erlebt.

Denn was ist unglaubwürdiger als ein schwarzer Gangsta-Rapper, der ja selbst keinen Hehl daraus macht, richtig böse zu sein? Das einzig Positive war, dass ich im Knast viel Zeit hatte, zu lesen und Pläne zu schmieden. Da nervt dich keiner von den sonst allgegenwärtigen Businesstypen. Deshalb erkannte ich schnell, dass es so böse und gewalttätig nicht weitergehen konnte. Es fraß meine Zeit und Kraft und jede Menge Geld. So entstand die Idee, zu verschwinden wie Houdini oder Machiavelli. Denn ein Toter kann nicht mehr gejagt werden.

Ich wollte mein Leben irgendwie ›resetten‹. Die Stopptaste drücken. Ich hatte mich stets als Künstler gesehen, als Schauspieler, der eine Rolle ausfüllt – die des bösen Gangsta-Rappers. Aber die Menschen haben diese Rolle als bare Münze genommen. Sie glaubten alles, was sie sahen. Kaum einer konnte zwischen der öffentlichen Kunstfigur und dem echten Tupac unterscheiden.

Vielleicht wollten sie es auch nicht. Deswegen bekam

mein Leben eine eigene Dynamik. Ich saß wirklich im Knast. Ich wurde wirklich in New York angeschossen. Das war echt, kein Fake. Meine Imagination war in der Realität angelangt. Deswegen war es aus meiner Sicht völlig legitim, dass ich nun daran zu arbeiten begann, meine Realität zu einer Imagination werden zu lassen.

Leider kam schließlich alles ein wenig anders. Aber dazu nachher mehr. Erst einmal ist wichtig, dass Tron tatsächlich die Planungen fürs vorgetäuschte Attentat enthüllte. Erst dachte ich natürlich, es ginge ihm um Geld und er wolle mich erpressen. Aber zu meinem Erstaunen ging es nicht darum, jedenfalls nicht in erster Linie …«

Überrascht unterbrach ich Parish. »Tron hat dich schließlich *doch* erpresst?«

Parish lachte. »Ja, Ian, aber anders als du jetzt denkst. Das war schon okay. Aber auch dazu gleich mehr. Tron meldete sich damals also bei mir mit einer ziemlich seltsamen E-Mail. Er habe meine Mails aus dem geheimen Account gelesen, schrieb er, und müsse mich sprechen. Ich sollte mich zu einem bestimmten öffentlichen Münzfernsprecher begeben und von dort eine ganz bestimmte Telefonnummer anrufen – in der Schweiz, wie ich feststellte. Ich dachte natürlich, es ginge um die Übergabe des Schweigegeldes, das ich nun zahlen sollte.

Doch als ich zur festgelegten Zeit von dem genannten Telefon aus die Nummer anrief, meldete sich eine nette junge Stimme, die mich erst einmal über den Klee lobte für meine Musik und meine Kunst. Ziemlich irritiert fragte ich, mit wem ich spräche, und erhielt die Antwort: Boris Floricic, genannt Tron. Ich war völlig geplättet. Mit allem hatte ich gerechnet, aber nicht mit einem netten, umgänglichen Kerl. Ziemlich ungehalten fragte ich ihn, was er von mir wolle. Und was er dann sagte, machte ziemlichen Eindruck auf mich.

Tron kannte offensichtlich meine gesamte Biografie. Er wusste von meinen Vätern, meinen Namen. Dass ich schon früh eine Schauspielschule besucht hatte. Auch von Baltimore wusste er und von der Verbindung meiner Eltern zu den Black Panthers. Er wusste, dass ich arm gewesen war wie eine Kirchenmaus, sogar für eine Zeit obdachlos. Und dass der weiße Millionär Ted Field hinter meiner damaligen Karriere steckte. Aber er wusste auch, dass ich tief in meinem Innern«, Parish schlug sich mit der Faust gegen die Brust, »ein unverbesserlicher Idealist bin. Doch was mich am meisten beeindruckte: Tron erkannte mich auch als universellen Künstler, der nicht nur seine Musik zur Kunst erhoben hatte, sondern dabei war, sein ganzes Leben zu einem Kunstobjekt zu machen. Tron wollte mir bei der Verwirklichung meiner Pläne helfen, und das hatte ich am allerwenigsten erwartet. Er wollte mitwirken beim Aufbau meiner Legende, bei der lebendigen Inszenierung meines weiteren Lebens.

Und er machte ziemlich gute Vorschläge. Wenn er so einfach an meine E-Mails herankäme, sagte er, würden auch andere Leute mit den entsprechenden Kenntnissen dieses weit offene Tor nutzen. Er sagte, er würde mich mit der richtigen Software versorgen, wenn ich wollte, um meine Systeme sicher zu machen, und er würde aus der Ferne meine Rechner warten und vor unkontrollierten Angriffen schützen. Ich weiß bis heute nicht, warum, aber ich vertraute diesem Jungen. Ich vertraute ihm vom ersten Augenblick an, in dem wir miteinander sprachen.

Vielleicht war es seine ungewöhnlich offene Art. Vielleicht lag es daran, dass er den Vorteil nicht ausnutzte, den er mir gegenüber zweifellos hatte. Vielleicht war es die sensible Art, wie er meine geheimsten Ziele durchschaute und in Worte fasste. Wahrscheinlich war es eine Mischung aus allem, dass ich meine Vorsicht gegenüber Fremden über den Haufen warf und ihm schon beim ersten Gespräch über den Atlantik alles über meine Pläne erzählte, was er noch nicht wusste.

Er kommentierte meine Vorhaben fachkundig, stellte kluge Fragen und verabredete mit mir, künftig miteinander weitere Informationen auszutauschen. Er hatte mir eigens einen neuen E-Mail-Account eingerichtet, mit je einem absolut sicheren zehnstelligen Zahlen- und Nummerncode für Account und Passwort, die er mir telefonisch durchgab. Und er fragte, ob er mich einmal besuchen dürfe, um mir bei der Arbeit im Studio zuzusehen. Ich sagte spontan zu und fragte, wann er kommen wolle. Ich war neugierig auf den Mann, der nun dieses seltsame Spiel mit mir spielte. Aber er sagte nur, er würde sich rechtzeitig melden.

Was geschah weiter? Nun, meine vertrautesten Mitarbeiter und ich planten die weitere Inszenierung meines Todes. Wir gewannen meinen Freund Christopher Wallace, ›The Notorios B. I. G.‹ dafür, dass er den Buhmann in dieser Komödie spielte. Das alles würde super für unser Image sein, da waren wir sicher. Ich schrieb und veröffentlichte ein paar düstere Songs, die sich mit meinem Tod und einem möglichen Dasein im Jenseits auseinander setzten. Ich gab pessimistische Interviews. Ich war mir meiner Sache ganz sicher. Was konnte für einen Gangsta-Rapper besser sein als ein richtiger Krieg mit echten Waffen und echten Toten?

Natürlich war alles gar nicht echt, nur eben verdammt echt inszeniert. Ich habe nicht umsonst eine Schauspielausbildung. Wir wählten Las Vegas als Tatort, da wegen eines Boxkampfs von Mike Tyson sehr viele Medienvertreter anwesend sein würden. Wir organisierten das Attentat wie eine Spielfilmproduktion. Nur ein minimaler Stab war eingeweiht. Sogar die Polizei spielte mit – zwei hohe Beamte, die wahrscheinlich froh waren, dass auf diese Weise ein in ihren

Augen gefährlicher schwarzer Bürgerrechtler von der Bildfläche verschwand. Ich glaube, sie hielten mich für einen müden Helden der Schwarzenbewegung.

Was fehlte noch? Krankenhaus, Zeugen. Es war irre zu beobachten, wie schnell so eine Legende eine Eigendynamik bekam. Auf einmal hatten wir Zeugen, die den Tathergang bestätigten, obwohl sie unmöglich etwas gesehen haben konnten. Es war schier unglaublich, dass sich keiner darüber wunderte, dass weder vom Tatort noch später aus dem Krankenhaus Fotos von mir veröffentlicht wurden, wo doch sonst immer die Journalisten als Erste an einem solchen Ort sind. Bis heute hat sich noch keiner wirklich darüber gewundert.

Es war alles verdammt gut inszeniert. Es wirkte schließlich so echt, dass die Fans es so sehr glaubten, dass irgendein durchgeknallter Junkie schließlich meinen Freund Christopher tatsächlich ermordete. Das war dann leider *wirklich* echt.« Parish verstummte und kämpfte gegen die Tränen.

Als er sich wieder gefasst hatte, fuhr er fort: »Damit geriet das, was anfangs als Marketing-Aktion gedacht war und mir schließlich den Ausstieg aus meinem ziemlich verkorksten Leben ermöglichen sollte, völlig außer Kontrolle. Der unglückselige Fan wollte mich rächen. Aber eigentlich war es meine Schuld, dass dieser Typ zur Knarre griff. Wir alle hatten nicht erkannt, wie sehr wir Musiker mit unserer Arbeit zu einem Teil des Lebens dieser Kids geworden waren. Ich war eine ihrer Leitfiguren. Und es machte sie stolz, für mich zu töten. Für einen kontrollierten Ausstieg war es längst zu spät gewesen. Aber das habe ich leider nicht rechtzeitig erkannt.«

Für einen Moment wurde Parish, der als Tupac im vermeintlichen Kugelhagel von Las Vegas gestorben war, sehr ruhig.

»Warum dieser Scheiß mit dem Krankenhaus, Parish?«,

fragte Tom schließlich in die Stille. »Warum nicht *peng* und Schluss? War das für die Sieben-Tage-Theorie?«

Parishs Gesicht zeigte wieder einen Anflug von Heiterkeit. »Nein, nein. Das hatte damit eigentlich nichts zu tun. Wir wollten sichergehen, dass alles wie geplant funktionierte. Hätte die Öffentlichkeit die Täuschung nicht gefressen oder irgendein Rädchen im Krankenhaus oder bei der Polizei nicht wie geplant funktioniert, hätten wir abbrechen können. Ich hätte eine wundersame Heilung erfahren und fertig. Aber die Sicherheitsleute arbeiteten hervorragend. Und so zogen wir auch das letzte Kapitel durch – Tod und Beerdigung.«

»Aber wie ging es mit Tron weiter? Davon wolltest du uns ja eigentlich erzählen.« Ich hielt es für an der Zeit, wieder an den ursprünglichen Grund unseres Gesprächs zu erinnern.

»Ja, Tron. Er gab einige der entscheidenden Anregungen für dieses Projekt. Zum Beispiel die von dir, Tom, erwähnte Sieben-Tage-Theorie war seine Idee, um die Mystifikation des Geschehens zu steigern. Aber, wie bereits angedeutet, seine Mitarbeit und vor allem seine Verschwiegenheit hatten ihren Preis.«

Ich war erschüttert. Erpressung. Das sah gar nicht nach Tron aus. Aber ich wusste ja auch nichts von seiner Beziehung zu Nolo und seiner Zusammenarbeit mit Tupac. Auch das waren Seiten an dem Hacker, die ich nicht kannte. Wenn Tron tatsächlich über ausreichend kriminelle Energie für eine Erpressung verfügt hatte, dann war das, was wir hier machten, bloß eine gewaltige Farce.

Deshalb fragte ich: »Was war das für ein Preis?«

Parish schien sich zu amüsieren. »Er wollte gemeinsam mit mir einen Song produzieren.« Das war es also. »Aber nicht irgendeinen Song. Mit diesem Song hatte es eine ganz besondere Bewandtnis.«

»Was war das für ein Song, Parish?«, fragte Tom aufgeregt. »Ist er je veröffentlicht worden?« Tom war schließlich auch Musiker durch und durch.

»Nein, bisher nicht. Das würde die Fans auch zu sehr verwirren. Denn er ist in Deutsch gesungen.«

Ich staunte. »Das heißt, ihr habt den Song tatsächlich gemeinsam produziert?«

»Ja. Tron konnte sehr überzeugend sein mit seiner ruhigen, netten Art. Wir trafen uns dazu das erste Mal in Mailand, im Sommer 1996. Tron lud mich ein. Ich gab vor, dort ein paar Modeschauen zu besuchen. Aber tatsächlich verließ ich das erste Mal die Neue Welt, um diesen geheimnisvollen Hacker zu treffen und persönlich kennen zu lernen. Ich hatte keine Ahnung, wie schön Europa war. Auch das bestärkte mich schließlich in meinem Entschluss, aus meinem bisherigen Leben auszusteigen.

Aber ich schweife ab. Wir trafen uns also in Mailand. Ich weiß nicht, was ich erwartet hatte. Vielleicht einen Burschen wie dich, Ian. Düster, rätselhaft – 'tschuldige. Mit einem netten weißen Kerl in verwaschener Jeans und kariertem Hemd, der nach einem ganz normalen Schuljungen aussah, hatte ich auf jeden Fall nicht gerechnet.

Aber wenn man nur auf Äußerlichkeiten achtet, übersieht man oft den wahren Kern. Tron hatte ein gewaltiges Wissen. Er erzählte mir die erstaunlichsten Dinge über die Medici und über meinen Helden Machiavelli. Schon vorher, bei unseren ungezählten E-Mail-Kontakten, hatte er mir unglaubliche Dinge erzählt, über den Untergang der *Titanic* oder das Bernsteinzimmer zum Beispiel. Er war ein begnadeter Erzähler. Er konnte einen neugierig machen. Er deutete meist nur die möglichen Dimensionen einer Geschichte an, ohne die wahren Pointen zu offenbaren. Aber er ließ keinen Zweifel daran, dass er diese Pointen kannte, und er gab sicherlich auch ein bisschen damit an. Auf jeden Fall war man stets gespannt auf die nächste Begegnung mit ihm, um mehr von diesen unglaublichen Wahrheiten zu erfahren.

Er erzählte auch Dinge über weniger spektakuläre Themen, wie den Rattenfänger von sowieso oder die Felszeichnungen von Nascar. Ich weiß bis heute nicht, warum, aber ich hatte irgendwie die Gewissheit, dass er ein Eingeweihter dieser Geschichten war. Er hat mir auch ganz erstaunliche Dinge über den Kennedy-Mord erzählt. Und darüber, warum ihr Bleichgesichter so schnell an Hautkrebs erkrankt.

Aber ich war bei der CD, bei dem Song. ›Capture‹ haben wir ihn schließlich genannt. Tron meinte, durch mein vorgetäuschtes Attentat und ein wenig Mystifikation, wie mit der Sieben-Tage-Theorie, würde ich irgendwie selbst zu einem der Rätsel der Menschheit. Zumindest aus damaliger Sicht. Das hatte seinen Reiz. Und diese Rätsel, überhaupt *alle* Rätsel, waren Trons Steckenpferd.

Deshalb wollte er das Rätselspiel um meinen Tod weiter auf die Spitze treiben. Eben mit diesem Song, mit dieser CD. Es sollte eine Chiffre sein, so nannte er es. Eine Chiffre meines Rätsels. Er war davon überzeugt, dass es mehr Menschen wie ihn gab, die diese Chiffren deuten konnten. Nicht für die Öffentlichkeit, nur für sich. Er nannte sie die Illuminierten. Ihnen wollte er ein Zeichen zur Lösung dieses Rätsels hinterlassen.«

»Was für ein Zeichen? Was für Chiffren?« Ich konnte mir keinen Reim machen auf das, was ich da hörte.

»Na, der Song. Er sollte eigentlich ein Rätselspiel werden. Ein Spiel, das dem, der es begriff, die Wahrheit über meine kleine Konspiration offenbaren würde.

Zuerst war ich geschockt und alles andere als begeistert, mein Lügennetz für alle sichtbar zu hinterlassen. Aber ich hatte ja ursprünglich geplant, meine Rückkehr in die wahre Identität zumindest offen zu lassen. Irgendwann später, wenn es nicht mehr strafbar gewesen wäre, den eigenen Tod vorzutäuschen, wäre ich wieder aufgetaucht. Oder wenn bei der Durchführung des Plans etwas schief gegangen wäre und ich hätte ›gesunden‹ müssen.

Also willigte ich ein. Tron hatte sogar schon einen Großteil des Textes für den gemeinsamen Song fertig. Den Rest bastelten wir an einem sonnigen Nachmittag in einem Café über dem Comer See. Es war eine Freude, mit diesem außergewöhnlichen Menschen zusammenzuarbeiten. Auch wenn es natürlich schwer für mich war, einen Song in Deutsch zu verstehen. Aber Tron sagte, auch Elvis habe mal in Deutsch gesungen, was ich bis dahin gar nicht gewusst hatte. Aber ich hab's überprüft. Hab mir den Song sogar gekauft. Ist scheußlich.

Nun ja, auch mein deutsches Lied ist keines meiner besseren Werke. Aber wie ich schon sagte, hat es vor allem innere Werte, auf die es ankommt. Wir verabredeten damals am Comer See, dass wir uns sofort nach meiner Rückkehr nach Los Angeles dort im Studio treffen würden, um die Aufnahmen zu machen. Aber Tron dachte wie immer an alles. Kein Mensch kannte unsere Verbindung. Es hätte viele Leute sehr überrascht, wenn da auf einmal ein weißer Junge bei mir im Studio auftauchen und mit mir einen Song aufnehmen würde. Also erfanden wir eine Legende, die den Kontakt zwischen uns auch formal begründete.

Tron kannte den Freund eines gemeinsamen Freundes, einen Hacker wie er selbst. Der Typ schuldete ihm noch einen Gefallen, weil Tron ihn mal nach einem illegalen Hack vor der Polizei bewahrt hatte. Tron bat den Burschen, ein Treffen mit mir zu arrangieren. Der Plan funktionierte. Niemand schöpfte Verdacht, dass wir längst alte Bekannte waren. Und keine Woche später war Tron bei mir im Studio, und wir redeten wieder eine Nacht lang über seine Geheimnisse, die wirklich unglaublich waren. Und in der Nacht darauf produzierten wir den Song. Das war's.«

»Und in dem Song wird dein Geheimnis erzählt?« Eine witzige Idee, fand ich.

»Ja. Aber verschlüsselt. Nur sehr begabte Codeknacker können das Rätsel lösen. Tron gab mir genaue Anweisungen dazu, bevor er wieder abreiste, was ziemlich schnell geschah, um nicht zu sagen, überstürzt. Er besuchte noch ein Hackertreffen in L.A. und flog dann ab. Ich schloss mich im Studio ein und machte den Schnitt fertig.«

»Was geschah mit dem Song?«, wollte Tom wissen.

»Nun, ich habe ihn auf CD gebrannt, schrieb für die Leute im Studio eine Verfügung, heftete beides im Office an eine Wand und schärfte allen ein, sich daran zu halten. Die CD sollte nur herausgegeben werden, wenn von jemandem ausdrücklich danach gefragt würde. Das war Tron besonders wichtig.«

»Und wurde jemals danach gefragt?«, wollte ich wissen.

Parish lachte auf. »Offensichtlich ja. Tron selbst war wohl ein Jahr später noch einmal in dem Studio. Er hatte ja damals den fertigen Song nicht zu hören bekommen. Wie eine Vertrauensperson mir erzählte, war er im Studio, fragte nach der CD, wie in der Verfügung beschrieben, zog sich eine Kopie und machte sich endlose Notizen. Dann verschwand er wieder. Die Original-CD ließ er an ihrem ursprünglichen Platz.

Ich habe Tron nie wiedergesehen. Wir verlegten uns ganz auf den E-Mail-Kontakt und wechselten noch ein paar Mal die Accounts, um keine Spuren zu hinterlassen. Vergangenen Freitag kam dann die letzte Mail von Tron. Er sagte nur, dass er jetzt meinem Beispiel folgen würde und sterben müsse.

Ich konnte es nicht glauben. Ich habe verzweifelt versucht, ihn zu erreichen, zuerst weiter per E-Mail, dann über eine Mobilnummer, die er mir vor unserem Treffen in Italien gegeben hatte. Doch ohne Erfolg. Schließlich rief ich bei ihm zu Hause an. Dort herrschte helle Aufregung. Irgendwelche Leute von einem Chaos Computer Club gingen ans Telefon und sagten, dass Tron verschwunden sei. Sie fragten, ob ich ein Freund sei und wüsste, wo er steckte. Ich wusste es natürlich nicht. Also spielte ich meinen letzten Trumpf aus, den ich hatte. Ich wusste von Trons Freundin.«

Parish machte eine Pause. Ich platzte fast vor Neugier. »Aber woher, verdammt?«, wollte ich wissen.

Parish lachte wieder leise. »Na, von ihm selbst. Tron hatte es mir bei einem unserer E-Mail-Gespräche geschrieben. Er dankte mir für dieses Mädchen.«

Ich konnte es nicht glauben. »Er hat dir gedankt? Wieso? Was hast du gemacht?«

»Nun, als er damals zu den Aufnahmen nach L.A. kam, flog er wohl nicht direkt nach Hause. Er machte einen Abstecher nach Jamaika, wie er mir schrieb. Eigentlich, um ein bisschen Urlaub zu machen. Tron war ja viel und gern unterwegs. Dort lernte er offenbar das Mädchen kennen. Er nannte sie Nolo.«

»Nolo? Das ist Tatjana Junk, oder?«

»Sicher. Tron und ich unterhielten uns über die Bedeutung von Frauen und was sich das Leben wohl dabei gedacht hat, uns in Männlein und Weiblein zu trennen. Ich erzählte ihm von den starken Frauen in meinem Leben, von meiner Mutter zum Beispiel. Und er von seiner Nolo, dem Schatz seines Lebens, wie er sie nannte, den er genauso streng hütete wie ich meine geheime Identität.

Ich kam also nach Berlin, um diese Nolo zu suchen und Tron zu finden. Es kostete mich einen Tag, von ihrem Spitznamen auf ihren wahren Namen zu kommen und dieses Reisebüro zu finden. Ich suchte sie dort auf und fragte nach Tron. Sie war völlig außer sich und erzählte mir, dass gerade jemand da gewesen sei, der gesagt hätte, Tron sei tot. Da ich ahnte, wer alles hinter Tron und seinen Geheimnissen her sein könnte, schloss ich daraus, dass auch das Mädchen in Gefahr sein müsste.

Aber sie wollte nicht mit mir gehen. Kein Wunder, sie kannte mich ja nicht. Also musste ich ein bisschen nachhelfen. Später erklärte ich ihr dann, wer ich war und was wahrscheinlich alles abging. Inzwischen hat sie begriffen, dass auch ihr Leben in akuter Gefahr schwebt, wenn Tron tot ist.«

»Wo ist sie dann? Kannst du uns hinbringen? Können wir mit ihr reden?«

Parish schaute mich an. »Hast du nicht was vergessen? Tom hatte gesagt, du solltest auch noch den letzten Schritt gehen. Also, was ist dieser letzte Schritt?«

10.

Parish hatte Recht. Nun hatte er sich uns geöffnet, und wir hatten ausgiebig Zeit zu entscheiden, ob er mit uns spielte oder die Wahrheit sagte. Falls er ein Lügner war, musste er ein verdammt guter Lügner sein. Menschen sind biologische Apparate: Wenn sie heftige Emotionen empfinden, können sie ihre Muskeln, vor allem die Gesichtsmuskeln, nicht kontrollieren. Genau darauf hatte ich aus alter Übung während der letzten Stunde sehr aufmerksam bei unserem Gesprächspartner geachtet, um ihn besser einschätzen zu können.

Parish hatte die Probe bestanden. Deshalb hatte er es verdient, in unser derzeit größtes Geheimnis eingeweiht zu werden.

»Also gut. Auch der letzte Schritt. Dann pass mal auf: Ich habe dir vorhin erzählt, dass unser Kult unseren gemeinsamen Freund Tron für eine mögliche Reinkarnation unseres Gottes Mithras hält. Du erinnerst dich? Es gibt da lediglich ein Problem: Er kann eigentlich nicht ein Gott gewesen sein, wenn er sich mit einem anderen Menschen vereinigt hat, mit einer Frau Verkehr hatte zum Beispiel. Wissen und Reinheit des Herzens sind die Zutaten, aus denen in unserer Welt Götter gemacht werden. Hat Tron mit Nolo geschlafen, kann er nicht Mithras sein. Deshalb müssen wir unbedingt mit Nolo reden, um uns Gewissheit zu verschaffen.«

Parish schüttelte den Kopf. »Ihr wollt das Mädchen fragen, mit wem es gefickt hat?«

Ich hob die Schultern. »Ja. Aber es gibt auch noch eine andere Möglichkeit, die Geschehnisse um Tron aufzuklären. Es ist allerdings ein wenig schwierig, dies einem Außenstehenden zu erklären. Aber versuchen wir es mal. Bist du mit der Geschichte von Jesus Christus vertraut?«

Parish grinste. »Klar, ich bin in Amerika aufgewachsen. Das ist schließlich die eigentliche Heimat von Jesus«, entgegnete er ein wenig spöttisch.

Ich warf ihm einen düsteren Blick zu und fuhr fort: »Auf jeden Fall war Jesus den Prophezeiungen der alten jüdischen Propheten zufolge ursprünglich den Juden angekündigt. *Ihr* Heiland sollte er sein, *ihr* Messias, *ihr* König. Doch die Juden, die ihn so sehnlich erwarteten, erkannten ihn nicht. Sie leugnen bis heute seine Bestimmung. Vielleicht war er tatsächlich nicht ihr prophezeiter Heiland. Und er verstieß ja auch drastisch gegen ihre damaligen Regeln. Aber göttlich *war* dieser Mann aus Nazareth. Schon als Kind predigte er im Tempel und legte die Schriften aus, entschlüsselte ihre Wahrheiten, die über Generationen aufgezeichnet waren. Er war ein Weiser. Und er war reinen Herzens. Alles Attribute, die einen Menschen zum Gott erheben. Aber die Menschen, die ihn eigentlich hätten erkennen sollen und für die er gekommen war, erkannten ihn nicht. Kannst du dir vorstellen, Parish, warum die Menschen Jesus nicht erkannten?«

Parish schüttelte den Kopf.

»Überleg doch mal. Was hält einen wahren Gott davon ab, seine eigenen Regeln aufzustellen?« Ich ließ den Satz wirken. »Er ist der göttliche Sohn, Gott selbst. Warum sollte er sich an irgendwelche Regeln halten, die Normalsterbliche in dieser Welt für ihn aufgestellt haben?

Jesus hielt sich nicht an die Prophezeiungen. Er ging seinen eigenen Weg und lebte, wie nur ein Gott leben kann, nach seinen eigenen Regeln. Mit der Folge, dass aus ihm, aus seinen Lehren eine neue Religion entstand, die heute als die mächtigste und verbreitetste der Welt gilt, das Christentum.«

Ich machte eine Pause. »Aber zurück zu Tron. Wenn er auch ein Gott war – und vieles spricht dafür –, könnte es gut sein, dass er sich einen Dreck scherte um das, was in irgendwelchen Büchern, Prophezeiungen und Offenbarungen steht, und stattdessen seinem reinen Herzen folgte.«

In Parishs Gesicht flackerte Erkennen auf.

»Richtig, mein schwarzer Freund«, fuhr ich fort. »Dann konnte er sich in ein Mädchen verlieben, konnte sie lieben, wie sie nur von einem Gott geliebt werden konnte, und hat doch seine Göttlichkeit nicht verloren. Er änderte einfach die Prophezeiungen. Er änderte unsere Regeln. Er ergänzte sie um sein Leben.

Nichts anderes ist damals auch mit den Schriften passiert,

die von Jesus berichten sollten. Die Schriften des Alten Testaments wurden ergänzt. Nichts wurde geändert, nur *ergänzt.* Das Neue Testament wurde geschrieben, viel mehr davon, als du heute vielleicht aus der christlichen Bibel kennst. Sie haben einfach eine weitere Geschichte hinzugefügt, eben die von Jesus Christus. Und genau das könnte jetzt auch in unserer Religion, in unserem Kult notwendig sein. Wir müssen vielleicht ein neues Kapitel oder auch ein ganzes Evangelium hinzufügen. Dann konnte Tron sich in ein Mädchen verlieben, konnte sie lieben, wie sie nur von einem Gott geliebt werden kann, und würde doch nicht seine Göttlichkeit verlieren. Er würde lediglich die Prophezeiungen ändern. Aber dafür müssen wir als Chronisten herausfinden, was wirklich passiert ist. Was hat Tron tatsächlich in seinem Leben alles getan? Was hat er gewusst, was ist ihm widerfahren? Was von seiner möglichen Bestimmung hat er wirklich angenommen, falls er der Gott war, von dem ich rede? Und was hat er in seinem Leben gewissermaßen frei interpretiert?«

Parish schaute jetzt misstrauisch drein, als könnte er unmöglich glauben, was ich gesagt hatte. Oder gutheißen.

Schließlich fragte er: »Das war aber doch noch nicht alles? Wenn er als Gott die Regeln einfach ändern konnte, heißt das für euch zwei Hübschen, dass ihr noch viel mehr herausfinden müsst, oder?«

Tom und ich wechselten einen raschen Blick. Ich übernahm es weiterzusprechen. »Ja, das stimmt. Um zu entscheiden, was Tron wirklich in seinem Leben war – denn tot ist er nun, davon habe ich mich selbst überzeugen können –, müssen wir herausfinden, was jetzt nach seinem Tod mit ihm geschieht.«

»Wie meinst du das?«, fragte Parish. »Dass er seinen Tod *doch* nur vorgetäuscht hat, so wie ich?«

Ich schmunzelte. »Ja, vielleicht hat er es vorgetäuscht, so wie du. Aber vielleicht war es auch so wie bei Jesus Christus. Auch der Heiland der Christen ist von den Toten auferstanden, wandelte durch die Welt und fuhr zu seinem Himmel auf, wo immer das war. Man kann über die Symbolik dieser Geschichte streiten, aber irgendetwas ist damals zur Zeitenwende geschehen. Irgendetwas mit einem ganz besonderen Menschen, der tot hätte sein müssen und es doch nicht war. Hast du schon mal darüber nachgedacht, Parish?«

Er schüttelte den Kopf. »Nein, eigentlich nicht. Aber es ist ein interessanter Gedanke. Ein Gott ändert die Regeln, eben weil er ein Gott ist. Täuscht seinen Tod vor, steht von den Toten auf. Nicht wirklich vielleicht, aber in einer gut und spannend erzählten Geschichte. Wenn man das Ganze so betrachtet, könnte ich ja auch anfangen, mich für einen Gott zu halten.«

»Das könntest du nur dann«, entgegnete ich, »wenn du so unfassbar wissend wärst wie Tron, wenn du wie er die tiefsten Geheimnisse der Menschen enträtseln könntest. Und wenn du zu diesem Wissen auch noch das vollkommen reine Herz hättest, das solche Menschen auszeichnet.

Erfüllst du diese Bedingungen nicht oder noch nicht ganz, könntest du immerhin auf einem guten Weg dorthin sein, wo die Götter sind. Irgendwann haben die Menschen angefangen, über den Sinn des Lebens nachzudenken. Und diejenigen, die am intensivsten darüber nachdachten, wurden die Priester. So muss es gewesen sein, sagen uns die Wissenschaftler. Und die Priester schufen Symbole, auf die sie ihr ganzes Streben nach einem Sinn des Lebens projizierten.

Mit der Zeit wurden aus den Symbolen echte Menschen, Gottmenschen. Weil jene, die die Hierarchie der Menschen anführten, erkannten, dass sie als Gottmenschen noch mehr Macht über die Untertanen gewinnen konnten. Im alten

Ägypten war es so und bei vielen vorgeschichtlichen Völkern. Manchmal aber schlichen sich Fehler ins System. Es zeigte sich, dass die vermeintlichen Götter eben nicht unfehlbar, nicht göttlich waren. Die Bücher über Revolutionen und deren Märtyrer sind voll davon.

Wenn aber die menschlichen göttlichen Herrscher nicht unfehlbar waren, konnte etwas in diesem Weltbild nicht stimmen. Und da begann der Mensch erst wirklich, den Gott zu entmenschlichen, eine geistige Ebene in ihn zu transzendieren. Gott war nun der große Geist, Manitu oder was auch immer.

Doch der Ursprung aller Göttlichkeit waren Menschen. Einfache Menschen aus Fleisch und Blut, die sich jedoch durch besondere Charakterstärke und ein grenzenloses, für sie selbstverständliches Wissen auszeichneten und die sich hervorhoben aus den Heerscharen der gewöhnlichen Menschen. Götter waren Menschen, und sie haben während der gesamten Geschichte nie aufgehört, ab und zu Menschen zu sein oder zu werden.«

Parish konnte meinen Ausführungen offensichtlich nicht folgen. »Ich habe immer gedacht, Gott wäre etwas unendlich weit Entferntes, etwas Jenseitiges. Nach unserem Tod treffen wir ihn, wenn wir gute Menschen gewesen sind. Ansonsten ist er ein netter Kerl, der kleine Kinder beschützt und Wünsche erfüllt, wenn man ihn freundlich darum bittet, so wie der Weihnachtsmann. Ich wollte immer zu ihm, wollte bei ihm sein, bei meinem Gott. Wollte einer seiner Engel sein. Ich habe ihn aber nie gefunden. Und es hat keiner eingegriffen und mir geholfen. Wie es uns tatsächlich erging, hing von uns Menschen ab, allein von uns, ohne irgendwelche Götter. Es fällt mir schwer zu glauben, was du da sagst, Ian. Es widerstrebt mir.«

»Das kann ich verstehen. Aber denk einmal über folgende Frage nach: Du hast uns vorhin von deiner Beziehung zu einem jungen deutschen Hacker berichtet, den du unter normalen Umständen wohl nie kennen gelernt hättest. Du hast erzählt, wie er dich für sich eingenommen hat, wie er sogar deine Wege lenkte. Was, wenn nicht göttliche Schöpferkraft, hat dich so für ihn eingenommen?«

Ich sah, wie diese Frage unseren Gesprächspartner in den Grundfesten seiner Überzeugungen erschütterte.

»Siehst du, Parish. Genau so greifen normalerweise die Götter in das Leben von Normalsterblichen wie dir ein, nicht wahr? Wie gesagt, wir wissen nicht mit absoluter Sicherheit, wer oder was Tron tatsächlich in diesem Äon war oder ist. Aber er ist auf jeden Fall jemand, über den sich Legenden bilden werden. Das ist so sicher wie das Amen in einer christlichen Kirche. Es ist nicht zu vermeiden. Und Tron hat das alles ganz genau gewusst!«

11.

Eine Zeit lang herrschte Schweigen. Das lange Gespräch, die gegenseitigen Offenbarungen und das gegenseitige Belauern hatten unsere ganze Konzentration gefordert. Nun waren wir alle erschöpft, geistig und körperlich. Eigentlich wäre jetzt die Zeit gewesen, ins Bett zu gehen.

Dann aber sagte Tom in die Stille: »Nolo.«

»Richtig, Nolo«, sagte auch ich.

Es schien, als müsste Parish erst all seine Energie zusammennehmen, bevor auch er sich aus der Lethargie reißen konnte. »Also gut. Auf zu Nolo«, sagte er dann und erhob sich. Tom und ich taten es ihm gleich.

»Wo ist sie?«, wollte Tom wissen.

»Na, wo wohl«, antwortete Parish. »Sie wartet in meiner Maschine. Allerdings weiß ich im Moment nicht, auf welchem Flugplatz, wir mussten von Tegel ja wieder weg. Ich habe keine Ahnung, wo der Pilot die Maschine zwischenzeitlich abgestellt hat. Aber das werden wir schnell herausfinden.«

Wir verließen das *Matrix* durch den Haupteingang. Der Bodyguard, der dort noch immer postiert war, schloss hinter uns die Tür ab und folgte uns wortlos zu einer am gegenüberliegenden Straßenrand bereitstehenden dunklen Limousine.

Wir stiegen ein. Parish und Tom im Fond, ich vorn beim Bodyguard, der zugleich als unser Chauffeur fungierte. Wir fuhren los und verließen Berlin in südwestlicher Richtung. Ich vermutete, dass der schweigsame Bodyguard wusste, wo Parishs Flugzeug auf uns wartete. Gesprochen wurde nicht während der Fahrt. Wir drei waren froh, ein wenig Ruhe zu finden und die Zeit nutzen zu können, den eigenen Gedanken nachzuhängen.

Nach einer etwa halbstündigen Fahrt bogen wir in eine schmale, einsame Straße ein, die zu einem Privatflugplatz führte, wie ein Hinweisschild besagte. Wir fuhren durch eine offene Schranke, passierten einen kleinen Tower und hielten direkt auf das Flugfeld zu, auf dem ich am anderen Ende in der beginnenden Morgendämmerung einen beleuchteten Learjet sehen konnte. Ansonsten standen nur ein paar Propellermaschinen in der Dunkelheit.

Wir fuhren zum Learjet, dessen schnittige Silhouette bald darauf schimmernd vor uns aufragte. Hinter den Fenstern rührte sich nichts, die Gangway war hochgeklappt. Unser Fahrer hielt und hupte kurz. Wir anderen stiegen bereits aus, in der Erwartung, dass die Gangway am Heck der Maschine gleich herunterschwenken würde, damit wir einsteigen konnten. Aber nichts geschah. Ein beklemmendes Gefühl machte sich breit, trotz der frischen Luft, die nach den Gesprächen und der Autofahrt belebend auf uns wirkte. Doch wie aus einem Instinkt heraus wagte keiner von uns, etwas zu sagen.

Noch einmal hupte der Fahrer, dann stieg auch er aus und kam zu uns, die wir unschlüssig vor der Maschine standen.

»Kann man die Tür nicht auch von außen öffnen?« Tom fand als Erster die Sprache wieder.

Der Fahrer nickte und ging zu einer kleinen Klappe am hinteren Teil des Flugzeugrumpfs. Er öffnete sie und betätigte einen Mechanismus, der die Tür mit metallischem Klacken aus der Verriegelung löste und samt Gangway herunterklappen ließ.

Als die Treppe zum Stillstand kam, bedeutete Parish dem Fahrer voranzugehen. Der Mann nickte wieder und schritt die Treppe hinauf, wobei er immer zwei Stufen auf einmal nahm. Parish folgte ihm, dann ich und Tom. Doch bevor wir den Innenraum erreicht hatten, kam der Fahrer uns wieder entgegen. Auf seinem Gesicht spiegelte sich Panik. Er drängte uns zur Seite und stürmte die Treppe hinunter. Unten angekommen, übergab er sich unter heftigen Krämpfen.

Wir ahnten jetzt, was uns erwarten könnte. Der geheime Parkplatz von Parishs Flugzeug war aus irgendeinem Grund nicht geheim geblieben. Mindestens drei Menschen hätten an Bord des Learjets sein müssen: zwei Piloten und das Mädchen Nolo.

Wir zögerten, die Flugkabine zu betreten, und stellten uns mental auf das ein, was der Fahrer gesehen und was ihn dermaßen schockiert hatte. Und was nun wir gleich zu Gesicht bekommen würden. Wir schauten uns an und betraten den Innenraum.

Die kühle, reine Morgenluft, die uns draußen so erfrischt hatte, war schlagartig verschwunden. Der süßliche Geruch von Blut lag in der Luft, vermischt mit dem Gestank von Exkrementen. Kein Zweifel, uns erwartete ein Schauplatz des Todes. Eines grausamen Todes.

Parish, der unsere kleine Gruppe anführte und der in seinem Leben sicherlich schon viele Grausamkeiten gesehen hatte, blieb abrupt stehen. Tom wich nach rechts in die Sitze aus, ich nach links, um zu sehen, was uns erwartete. Was ein unbekannter Meuchler für uns vorbereitet hatte.

Als Erstes sah ich die Farbe Rot. Polster, Decke, Fenster, Wände – alles war wie von einem irren Künstler mit einer intensiven roten Farbe bespritzt worden. Die Quelle des vielen Blutes konnte ich von meiner Warte aus noch nicht erkennen, doch mir war klar, dass es das Blut der Besatzungsmitglieder und der jungen Frau sein musste.

Vor Bedauern und hilfloser Wut hätte ich weinen können. Hätte ich das Mädchen Nolo doch bloß bei unserer ersten Begegnung nicht wieder aus den Augen gelassen! Hätte ich sie doch nur selbst entführt und an einen sicheren Ort gebracht. Hätte ich doch nur besser auf sie aufgepasst – ich, der wohl am besten wusste, wie gefährdet ihr Leben war.

Parish fasste sich als Erster und ging zu den Toten. Ich folgte ihm, während Tom an seinem Platz blieb.

Hier hatte ein schreckliches Massaker stattgefunden. Die Leichen – oder das, was von ihnen übrig war – waren in offensichtlich ungezügelter Wut zerstückelt worden, mit einer Machete, einem Schwert oder einer ähnlichen Waffe. Es schien, als wäre kein Körperteil der Opfer mehr an seinem ursprünglichen Platz. Es war nicht einmal genau zu erkennen, wie viele Tote wir überhaupt vor uns hatten.

»Parish?«, fragte ich.

Er antwortete nicht, näherte sich stattdessen dem Schauplatz des Grauens. Unmittelbar vor den Toten blieb er stehen. »Es sind nur zwei. Ich glaube, es sind die Piloten. Sie mussten sich offenbar ausziehen, bevor sie getötet wurden. Ich sehe nirgends ihre Uniformen.«

»Bist du dir sicher, dass es die Piloten sind?«, fragte Tom, der immer noch hinten im Heck stand.

Parish nickte. »Ja.« Seine Stimme klang gefasst, schwankte aber, als er die Frage anfügte: »Mein Gott, wer tut denn so was?«

Ich schaute zurück zu Tom. Der schloss kurz die Augen und öffnete sie wieder, um mir ins Gesicht zu blicken. Er dachte das Gleiche wie ich: der Baron. Und seine Botschaft war unmissverständlich: Wehe, wenn ihr mir folgt!

Aber er hatte jetzt Nolo, das Mädchen, das von Tron geliebt wurde. Wir mussten ihm folgen, egal, welche Schrecken das noch mit sich bringen konnte. Aber ich sah im Moment keine Möglichkeit, wie wir das anstellten konnten.

Doch erst einmal hieß es, hier Ordnung schaffen. Zudem drohte Parishs Tarnung durch das grässliche Geschehen aufzufliegen. Ich sah, wie er über die Leichen hinwegstieg und in der Pilotenkanzel verschwand. Gleich darauf erlosch das Licht in der Kabine und am ganzen Flugzeug. Nur noch die einsetzende Morgendämmerung beleuchtete die grauenhafte Szenerie.

Parish kam zurück. »Lasst uns von hier verschwinden. Ich jedenfalls muss raus hier, sonst geht es mir wie meinem Fahrer.«

Tom und ich folgten ihm. Draußen atmeten wir alle erst einmal tief durch. Der Fahrer lehnte zusammengesunken am Wagen und rauchte. Als wir alle auf dem Flugfeld standen, fuhr Parish die Gangway wieder hoch und verriegelte das Flugzeug.

Er sah sich um. »Wenigstens ist keine Menschenseele hier,

so können wir ein wenig Zeit gewinnen. Was meint ihr? Habt ihr eine Vorstellung, wer das gewesen sein könnte?«

»Kommst du nicht selbst darauf?«, erwiderte ich. »Du hast die Kreise des Barons gestört. Und das war seine unmissverständliche Warnung an dich, so was nie wieder zu tun. Der Baron ist nicht zimperlich, gelinde gesagt. Er weiß genau, welche Zeichen auf welche Weise wirken. Und das hier ist eines seiner deutlichsten Zeichen überhaupt.«

Parish ging zum Fahrer und klopfte ihm auf die Schulter. Dann zog er ihn zu sich heran und nahm ihn in die Arme. Ja, der kleine schwarze Mann nahm den großen schwarzen Mann in die Arme und tröstete ihn. Tom und ich betrachteten dieses Bild. So verging eine ganze Weile, bis Parish sich schließlich von dem anderen Schwarzen löste und Zigaretten und Feuerzeug aus dessen Jackentasche fischte. Dann lehnte auch er sich an den Wagen und winkte uns zu sich, während er sich eine Zigarette anzündete.

Wir folgten seiner Geste. »Habt ihr eine Idee, wie wir herausbekommen können, wo dieser Drecksack das Mädchen hinschafft?«, fragte er. »Ich glaube nicht, dass wir viel Zeit zu verlieren haben. Was meint ihr, was er mit dem Mädchen vorhat?«

Das war mir in diesem Moment leider nur zu bewusst. »Das hängt von der Beziehung des Mädchens zu Tron ab. Weiß sie zu viel von dem, was Tron wusste – über den Einfluss des Barons auf die Welt –, hat sie meines Erachtens keine Überlebenschance. Allerdings sehe ich kaum Möglichkeiten, sie aus den Händen des Barons zu befreien. Er hat Armeen, wo wir nur ein paar Kiesel nach ihm werfen können.«

Parish blickte mich fassungslos an. »Du willst sie einfach diesem Schlächter überlassen?«

Ich wusste, dass ich nichts Vernünftiges darauf antworten konnte. Also versuchte ich es mit dem Unvernünftigen.

»Menschen sterben, Parish. Und manche sterben durch Gewalt. Wir haben es eben mit eigenen Augen gesehen. Wenn für dieses Mädchen die Zeit abgelaufen ist, wird sie nicht überleben. Vielleicht ist sie klug und sagt das Richtige, tut das Richtige. Dann hat sie vielleicht eine Chance. Wir können ihr im Augenblick nicht helfen.«

Parish wurde wütend. »Da bin ich anderer Meinung, verdammt! Wir werden alles versuchen, was in unserer Macht steht, um mehr als nur Kiesel gegen diesen Abschaum der Menschheit zu schleudern. Ich habe schon häufiger Krieg gegen arrogante weiße Geldsäcke geführt. Und dieser Hurensohn hat mich herausgefordert!«

Parish hatte sicher Recht, dennoch sagte ich: »Überleg dir gut, was du tust. Manchmal ist es klüger, seine Wut einfach herunterzuschlucken. Oder hast du vor, dich mit dem Teufel persönlich anzulegen? Wir haben heute Nacht viel über Götter geredet und über Menschen, die machtvolles Wissen und ein reines Herz in sich vereinen. Der Baron ist ein sehr kluger Mann, der immenses Wissen über die Welt mit einem zutiefst niederträchtigen Herzen verbindet. Er ist ein Sadist. Daran solltest du denken, wenn du dich auf eine Fehde mit ihm einlässt.«

Parish antwortete nicht sofort, sondern rauchte erst seine Zigarette zu Ende. »Ich werde daran denken, Ian«, sagte er dann. »Ich werde ganz sicher daran denken. Aber wie finden wir jetzt heraus, wo der Mistkerl mit seiner Geisel ist? Hast du nicht vielleicht doch eine Idee?«

Die hatte ich. Aber ich war noch nicht sicher, ob ich mich jetzt für diese Option entscheiden sollte.

»Und was passiert mit dem Flugzeug und den Leichen? Können die nicht deine Tarnung auffliegen lassen, Parish? Ist es das wert?«

Parish blickte zu der Maschine hinüber. »Mein Fahrer,

Chip, wird sich darum kümmern, wenn er seinen Magen wieder im Griff hat. Er besorgt neue Piloten und bringt die ganze Schweinerei an einen diskreten Ort, wo wir uns besser um die Unglücklichen da drinnen kümmern können. Ich glaube nicht, dass es Sinn machen würde, die Polizei einzuschalten, wo der Baron so gute Kontakte hat. Glaubst du, dass Hammer uns verraten hat?«

Darüber hatte ich noch gar nicht nachgedacht. »Kann sein. Es ist aber auch möglich, dass der Baron die Extratouren Hammers überwachen ließ. Hammer fuhr zum Flugplatz, und der Baron fand den Flieger und das Mädchen. Wenn sich die Gelegenheit ergibt, werden wir ihn fragen und feststellen, ob er lügt.«

»Und woher wusste der Baron plötzlich von dem Mädchen?«, fragte Tom unvermittelt.

»Dafür bin ich wohl selber verantwortlich«, antwortete Parish zu meinem Erstaunen. »Der Baron wird sich wahrscheinlich gewundert haben, als er aus der Zeitung oder von der Polizei von meiner Entführungsaktion in dem Reisebüro erfuhr. Da hat er einfach eins und eins zusammengezählt und wusste, um wen es sich bei dem Mädchen handelte.«

Das hatte ich bisher übersehen: Parishs Aktion war wie ein Hinweisschild auf das Mädchen. Und mehr noch: Parish fühlte sich offensichtlich verantwortlich, wenn dem Mädchen nun seinetwegen etwas Schlimmes passieren sollte. Er hatte sie geraubt, hatte die ganze Welt auf sie aufmerksam gemacht und sie dann nicht richtig geschützt. Das war wohl eine zu schwere Hypothek für ihn.

Darum fragte ich ihn: »Was stellst du mit dem Baron an, wenn du ihn tatsächlich in die Finger kriegst? Wer sich auf die Jagd begibt, sollte vorher wissen, was er mit der Beute macht, wenn er sie vor der Flinte hat.«

»Das überlege ich schon die ganze Zeit. Im Augenblick

würde ich ihn sicherlich genauso zerhacken, wie er die Unglücklichen im Flugzeug zerstückelt hat. Damit die Geier ihn fressen können. Aber ich denke, die Wut wird sich bald legen. Im Knast hab ich gelernt, meine Wut zu beherrschen. Ihm das Mädchen wieder abzujagen, falls es uns gelingt, dürfte Niederlage genug für einen Mann wie den Baron sein. Hast du einen Vorschlag in der Richtung, Ian?«

Den hatte ich. »Leih mir bitte dein Telefon. Ich werde ein paar Anrufe machen. Vielleicht kommt etwas dabei raus.«

Parish reichte mir sein Handy, und ich zog mich in den Schatten eines nahen Hangars zurück.

Mein erster Anruf ging zu dem Krankenhaus, in dem ich den Baron nach meiner Behandlung getroffen hatte und in dem Tron wahrscheinlich immer noch auf seine Entdeckung wartete. Ich nannte meinen Tarnnamen und fragte nach dem Arzt, der mich behandelt hatte. Man wollte mich mit jemand anderem verbinden, doch ich blieb hartnäckig. Schließlich sagte man mir, der Arzt, nach dem ich verlange, sei in Urlaub. Das bedeutete wohl, der Baron hatte seine »Geschäfte« in Berlin abgeschlossen und war abgereist.

Die nächsten fast ein Dutzend Anrufe galten Sunleitner. Es war immer noch früh am Morgen, und bevor ich ein Mitglied seines Hausstandes und seines Büros ans Telefon bekam, verging viel Zeit. Ich fand schließlich heraus, dass er seine Reise nach Fernost nachgeholt hatte, erwischte ihn letztlich aber in seinem Hotel in Singapur, wo zum Glück schon heller Tag war.

Ich erläuterte ihm die jüngsten Ereignisse und fragte ihn dann, ob er eine Möglichkeit habe, diskret das aktuelle Reiseziel des Barons herauszubekommen. Sunleitner war als Verleger ein angesehener Geschäftsmann, der sicherlich einige Privilegien gegenüber dem Baron besaß. Geld war das Einzige, worauf der Baron stets Rücksicht nahm.

Sunleitner versprach, zu seinem mir gegebenen Wort zu stehen und sein Möglichstes zu tun, um den gegenwärtigen Aufenthaltsort des Barons zu ermitteln. Und sich sofort wieder bei mir zu melden, sobald er etwas herausbekommen hätte.

Während Parish, Tom und ich von Chip, dem es mittlerweile wieder besser ging, zurück nach Berlin gefahren wurden, erreichte mich Sunleitners Anruf auf meinem nun wieder eingeschalteten eigenen Handy.

»Ian, ich glaube, ich habe die Information, die Sie wollten. Aber erlauben Sie mir eine Frage: Wollen Sie sich wirklich auf eine Verfolgung des Barons einlassen? Es könnte alles gefährden.«

Ich wollte in Gegenwart von Parish nicht meine Beweggründe erörtern, die mich nun doch die Spur des Barons aufnehmen ließen. Deshalb sagte ich nur: »Wir haben uns das schon sehr gut überlegt, glauben Sie mir. Aber es geht eigentlich nicht um den Baron, sondern um das Mädchen. Ich muss unbedingt mit ihr reden.«

Ich hörte Sunleitner zustimmend brummen. »Sie müssen es wissen. Ist Tom bei Ihnen?«

Ich bejahte.

»Gut. Halten Sie wenigstens ihn aus dieser Sache heraus, wenn ich mir diesen Hinweis erlauben darf. Schicken Sie ihn nach Hause. Das spielt alles nicht in seiner Welt. Er sollte auf seinem Territorium bleiben.«

Ich schöpfte Hoffnung: »Das heißt, der Baron ist noch in Europa?«

»Ja«, erwiderte Sunleiter. »Er soll in Kürze in Nizza eintreffen. Seine Familie hat dort eine Villa. Man hat mir aber die Telefonnummer seiner Yacht gegeben, um ihn zu erreichen. Er wird sich vom Flugplatz direkt auf sein Schiff begeben. Ihr nächstes Ziel heißt also Südfrankreich, Ian. Sie werden aber ein Schiff oder einen Hubschrauber brauchen, wenn Sie den Baron verfolgen und stellen wollen.«

»Daran habe ich noch keinen Gedanken verschwendet. Nizza, ja? Da ist es jetzt auf jeden Fall wärmer als hier in Berlin. Ich werde improvisieren, wenn ich dort bin. Danke für die Informationen. Mal schauen, was wir daraus machen können.«

Ich unterbrach die Verbindung und wandte mich Parish zu. »Unser Ziel ist Nizza. Wir sollten so schnell wie möglich zum Flugplatz Tegel und sehen, was die direkteste Verbindung an die Côte d'Azur ist.«

Und so geschah es. Allerdings holten wir noch meine Sachen aus dem Hotel; die anderen beiden waren schon reisefertig. Chip sollte zurückbleiben und sich um das Flugzeug und dessen schrecklichen Inhalt kümmern. Ich beneidete ihn nicht um diese Aufgabe.

Am Flugplatz angekommen, erwischten wir sofort eine Maschine nach Paris und von dort einen direkten Anschlussflug nach Nizza. Tom flog nicht mit, er machte sich auf den Weg in die Staaten. Sunleitner hatte Recht, das hier war mein Spiel. Es machte keinen Sinn, wenn wir uns beide gefährdeten. Das würde nur die Option zunichte machen, dass der eine zur Not dem anderen zu Hilfe eilen konnte.

Auf dem Flug nach Südfrankreich klärte sich auch die Frage, wie wir den Baron weiter verfolgen sollten: Parish lebte normalerweise, wie er mir erzählte, auf einem Schiff. Somit hatte er keine feste Adresse, die man ermitteln konnte und für die man sich anmelden musste. Und sein Schiff lag in Cannes an der Croisette, nicht weit von Nizza.

12.

Es war Mittag, als wir in Cannes eintrafen. Wir gingen noch ein paar Sachen für mich kaufen – ich reiste ja mit minimalem Gepäck – und betraten dann Parishs Schiff. Es war eine mittelgroße Motoryacht. Natürlich hieß sie *Machiavelli*. Das Schiff war nicht so groß, dass es auffiel, aber groß genug, um hochseetauglich zu sein und auch größere Strecken zurücklegen zu können. Parish hatte einen Mann als Besatzung an Bord, den Skipper und Steuermann. Normalerweise kam Chip noch mit, wie er mir erklärte, aber diesmal sei ich ja dabei, also würde es auch ohne Chip gehen.

Der Skipper, ein stämmiger Schwarzer in Jeans und Shirt, erwartete uns. Er war von Chip über unser Kommen informiert worden. Das Schiff sei voll getankt, die Vorräte aufgefüllt, wir könnten sofort los. Er wisse sogar, welchen Kurs das Schiff des Barons, die *Lionheart*, von Nizza aus eingeschlagen habe. Der Hafenmeister habe sie noch auf dem Radarschirm gehabt. Das Schiff führe in südöstlicher Richtung, nördlich an Korsika vorbei, vielleicht nach Elba oder weiter ins Tyrrhenische Meer. Ein Fahrtziel habe der Kapitän der *Lionheart* bei seiner Abfahrt aber nicht genannt.

Wir zögerten keine Sekunde und legten sofort ab.

Obwohl es hier in Südfrankreich wärmer war als in Berlin, wurde es deutlich kühler, sobald wir den Küstenbereich verlassen hatten. Ich war froh, mir Pullover und eine praktischere Jacke als meinen langen Ledermantel für die Fahrt gekauft zu haben.

Unser Skipper hatte ausgerechnet, dass die *Lionheart* rund vier Stunden Vorsprung hatte. Bei den gemütlichen zwanzig Knoten Fahrt, die das große Schiff des Barons wohl machte, dürfte sie etwa hundertfünfzig Kilometer vor uns fahren. Die *Machiavelli* machte bei voller Fahrt fünfundzwanzig Knoten. Wir würden also mindestens sechzehn Stunden brauchen, um sie zu erreichen. Wenn die *Lionheart* in der Zwischenzeit keinen Hafen anlief, müsste das ungefähr vor Neapel geschehen.

Zum Glück war das Wetter ruhig, die Sicht passabel. So entspannten wir uns erst einmal. Uns blieb im Moment ja nichts anderes, als abzuwarten. So saß der Skipper oben auf seinem Kommandostand und ließ den Blick über den Horizont schweifen. Parish und ich saßen am Heck und blickten ins wirbelnde Fahrwasser.

»Was tun wir, wenn der Baron das Mädchen gar nicht mehr bei sich hat?«, fragte Parish in meine Gedanken hinein, die sich um ähnliche Dinge drehten.

»Du meinst, er könnte sie schon getötet haben?«, fragte ich zurück.

»Ja. Oder er hat sie freigelassen, und wir machen uns hier zum Affen.«

Ich warf den Zahnstocher, auf dem ich herumgekaut hatte, ins Wasser. »Ich glaube nicht, dass wir uns zum Affen machen. Wenn er Trons Freundin sofort hätte umbringen wollen, hätte es nicht dieser drastischen Warnung mit den übel zugerichteten Leichen bedurft. Dieses Zeichen macht nur Sinn, wenn es einen Grund dafür gibt, dass wir ihm nicht folgen sollen. Und dieser Grund ist das Mädchen. Ich glaube, sie lebt noch. Und der Baron weiß genau, dass wir seine Spur gut verfolgen können, wenn er uns nicht gewarnt hätte oder wir seine Warnung missachten. Seine Leute werden die Kimm hinter seinem Schiff sehr genau im Auge behalten.

Was aber auch einen Gedanken wert ist, ist die Frage, warum er unterwegs ist. Warum überhaupt mit einem Schiff? Wohin will er mit dem Mädchen? Ich glaube nicht, dass er sich auf einem Vergnügungstörn befindet.«

Parish schnaubte hörbar. »Er ist auf einem südöstlichen Kurs. Italien, Griechenland. Ich habe in den letzten zwei Jahren viel Zeit an diesen Küsten verbracht. Wenn hier irgendwo sein Ziel liegt, ist unsere Verfolgungsjagd sinnlos. Wir bräuchten Jahre, um sämtliche Häfen abzusuchen. Wenn ich recht überlege … es *ist* sinnlos, was wir hier tun.«

»Entspann dich. Warten wir erst mal ab, ob wir die *Lionheart* nicht in den Sucher bekommen. Erwischen wir sie nicht vor Neapel, liegt sie irgendwo zwischen hier und der Stadt in einem Hafen. Das müsste dann zu ermitteln sein.«

»Und wenn wir sie vor Neapel aufbringen, was tun wir dann? Sie entern?«

»Nicht so pessimistisch, Parish. Wenn er nicht gerade Leute zerstückelt, ist der Baron ein sehr kultivierter Mann. Er ist gefährlich, sicher. Aber man kann mit ihm reden. Mit guten Argumenten – und wenn er von dem Mädchen gehört hat, was er hören wollte – lässt er sich vielleicht überreden, sie herauszugeben.«

»Glaubst du wirklich, Ian?«

Eigentlich glaubte ich es nicht, aber mir war nichts Besseres eingefallen. »Du wolltest dem Mädchen doch unbedingt folgen, Parish. Also maul jetzt nicht«, versuchte ich, mein Gegenüber zu necken. Es misslang gründlich.

»Also gut, mein schwarzer Bruder. Ich habe keine Ahnung, was wir tun sollen, wenn wir den Baron eingeholt haben. Vielleicht wird es dann das Beste sein, einfach abzuwarten und zu schauen, wohin er tatsächlich fährt. Könnte ja sein, dass sich eine Gelegenheit ergibt, Behörden einzuschalten, die nicht unter seinem Einfluss stehen. Schließlich hat er das Mädchen gegen seinen Willen in der Gewalt. Zur Not können wir also immer noch Amtshilfe anfordern. Vorsichtig natürlich, um deine Tarnung nicht zu gefährden. Aber du hast doch sicher eine falsche Identität?«

»Um ehrlich zu sein, nein. Nur meine echte Identität, meinen Geburtsnamen: Lesane Parish Crooks.«

»Also werden wir mit der Amtshilfe sehr vorsichtig sein.« Ich überlegte. »Das bringt mich auf eine Idee. Vielleicht ist unser sauberer Baron ja deshalb mit dem Schiff unterwegs, weil er der Obrigkeit aus dem Weg gehen muss. So wie du, Parish. Du hast ein Schiff gewählt, um möglichst unbehelligt von den Meldebehörden zu bleiben. Vielleicht hat seine Durchlauchtigkeit dieselben Motive.«

Parish richtete sich auf. »Wie meinst du das?«

»Überleg doch mal. Wir sind auf einem südöstlichen Kurs. Wir fahren mit einem Schiff, mit dem man auch schon mal normale Einreiseformalitäten umgehen könnte, falls es nötig werden sollte. Und nicht zu vergessen: Tron, um den es letztlich ja geht, hatte vor seinem Tod ein Jobangebot von einer israelischen Firma ...«

Parish fiel mir ins Wort. »Israel! Natürlich! Die schärfsten Einreisebedingungen der Welt! Die würden nicht mal auf den Baron Rücksicht nehmen. Und er muss ein Mädchen ins Land schmuggeln. Wollte er nach Italien, Griechenland oder woandershin, bräuchte er das Schiff gar nicht. Er hätte ein Auto nehmen können, die Bahn, das Flugzeug. Aber nach Israel mit seinem illegalen Passagier ... das klappt nur mit einem Schiff, falls überhaupt.«

»Dann auf nach Israel. Sag mal, Parish, hast du eine Dusche hier an Bord? Und eine Koje?«

Parish zeigte mir alles, sichtlich besser gelaunt als noch vor ein paar Minuten, und überließ mich dann mir selbst, während er hinauf zum Skipper ging.

Ich legte mich hin. Ich glaube, ich muss um die zehn Stunden am Stück geschlafen haben, als ich aufwachte und mich erinnerte, wo ich eigentlich war. Es war dunkel in der Kajüte. Ich verließ meine Koje, die vorn im Schiff lag und in der es ziemlich laut war, wie ich jetzt erst bemerkte, denn draußen klatschten die Wellen gegen die Bordwand, eine Folge der unvermindert schnellen Fahrt der *Machiavelli*.

Um zum Aufgang zu kommen, musste ich durch die Kombüse, in der es angenehm nach Kaffee duftete. Der Skipper werkelte an einem kleinen Herd herum.

»Sie sind also auch der Koch hier an Bord?«, fragte ich.

Er schaute auf. »Ausgeschlafen? Da ist Kaffee, wenn Sie mögen. Frisch aufgebrüht. Dürfte eine lange Nacht werden. Wir sind sonst nicht auf Nachtfahrten eingestellt.« Nach einer kurzen Pause fügte er hinzu: »Wir sind hier auf einem kleinen Schiff, da ist alles ein wenig ungezwungener. Ich bin Sam.«

»Okay, Sam. Ich bin Ian. Wie spät ist es?«

»Kurz vor eins. Wir haben Elba passiert und erwarten das Rendezvous für sechs Uhr früh, wenn alles glatt geht. Parish hat mir von eurer Unterhaltung und euren Schlussfolgerungen berichtet. Klingt alles plausibel.«

Ich nahm mir einen Kaffee und setzte mich an den kleinen Tisch.

Sam fuhr fort: »Möchtest du auch etwas essen? Ich versuche gerade, ein paar Eier zu braten, soweit das bei der rasanten Fahrt geht.«

In der Tat war das ganze Schiff in Bewegung. Sam, der Skipper, hielt mit der einen Hand die Pfanne fest, während er mit der anderen die Eier aufschlug, anschließend würzte und dann mit einem Wender bearbeitete. Dabei stand er breitbeinig da, als würde er ein akrobatisches Kunststück vollbringen, was in gewisser Weise ja auch der Fall war.

»Warst du schon mal in Israel, Sam?«

Er nahm die Pfanne vom Herd, schaltete ihn aus und kramte mit der freien Hand zwei Teller und Besteck aus einem Schrank. Dann servierte er uns die gebratenen Eier.

»Hinter dir im Korb ist Baguette, Ian.«

Ich stellt den Korb auf den Tisch. »Sieht fantastisch aus. Ich habe heute tatsächlich noch nichts gegessen. Danke, Sam.«

Wir machten uns beide über das Essen her.

»Also, warst du schon mal in Israel? Kennst du dich mit deren Gepflogenheiten im Küstenschutz aus?«, fragte ich erneut, nachdem ich den ersten Hunger gestillt hatte.

Der Skipper antwortete nicht gleich. Schließlich sagte er: »Eigentlich nicht. Meist macht man als Kapitän oder Seemann einen Bogen um Israel. Bevor wir deren Zwölf-Meilen-Zone kreuzen, werden wir uns wohl über Funk anmelden müssen. Dann werden sie uns die Küstenwache auf den Hals schicken, das volle Programm. Und irgendwann im Laufe der ganzen Prozedur werden sie unser Schiff von oben bis unten durchsuchen.«

»Keine Chance, die Behörden auszutricksen?«

Sam sah mich kauend an. »Doch, natürlich. Nachts lässt bei jeder Patrouille die Aufmerksamkeit nach.«

»Dann wird die *Lionheart* sich also nachts ihren Ankerplatz suchen, oder? Hast du eine Idee, wo die günstigste Stelle ist?«

Sam schüttelte den Kopf. »Ich habe noch nicht mal gute Karten von den israelischen Küstengewässern. Unter normalen Umständen wären wir sicherlich nie dorthin geschippert. Wir werden eine Nadel im Heuhaufen suchen, wenn der Baron mit seinem Schiff erst mal in die Küstengewässer eingetaucht ist.«

Ich beendete meine Mahlzeit. »Dann müssen wir ihn vorher erwischen. Aber ich habe nicht die leiseste Ahnung, wie wir das anstellen sollen. Hast du irgendwelche Vorschläge, Sam?«

»Vielleicht.«

Ich schaute überrascht auf. »Dann raus damit.«

Sam schob ebenfalls den leeren Teller von sich und schenkte sich einen heute offensichtlich schon häufig benutzten Becher voll Kaffee.

»Wir könnten die Fahrt ein wenig verringern, um in der Straße von Messina noch in gutem Abstand zur *Lionheart* zu liegen, sodass sie die Verfolgung durch uns nicht bemerken. Nach Durchfahren der Meerenge und der Einfahrt ins Ionische Meer könnten wir den Baron gefahrlos überholen. Da ist immer viel Verkehr. Es sind 'ne Menge Schiffe unterwegs, zwischen denen wir nicht auffallen. Wir nehmen eine Route etwas weiter südlich, sodass jeder Beobachter glauben muss, wir wären auf dem Weg nach Ägypten. Spätestens auf der Höhe von Kreta müssten wir an ihnen vorbei sein und könnten geradewegs auf die Küste Israels zusteuern. Wenn alles gut geht, müssten wir ein paar entscheidende Stunden vor der *Lionheart* dort ankommen, könnten die dortige Küstenwache benachrichtigen und sie über das entführte Mädchen an Bord der Yacht des Barons informieren. Vielleicht ziehen die Israelis ihn dann aus dem Verkehr.«

Der Vorschlag hatte was. »Selbst wenn der Baron auch diesen Teil der Welt kontrollieren würde oder hier zumindest Einfluss hätte, würden wir ihn auf diese Weise erst einmal aufhalten und seine Geisel an die Öffentlichkeit und hoffentlich in Sicherheit bringen. Sam, deine Idee ist brillant. Wir sollten sofort Parish davon erzählen.«

Sam nickte, stand auf, räumte die Teller weg, ließ seinen Becher stehen und sagte, als er die Kombüse schon in Richtung Aufgang verließ: »Ich muss ihn sowieso auf Wache ablösen. Ich sage ihm Bescheid.«

Ich schenkte mir einen weiteren Kaffee ein und war unschlüssig, ob ich mich ebenfalls hinaus in die gewiss kühle Nacht begeben oder lieber wieder schlafen legen sollte.

Wirklich ausgeschlafen fühlte ich mich zu dieser frühen Stunde noch nicht. Dann hörte ich Schritte näher kommen. Wie erwartet war es Parish. Er hatte offensichtlich immer noch nicht geschlafen und sah ziemlich fertig aus.

»Sam hat mir erzählt, ihr beide habt beschlossen, die *Lionheart* zu überholen und in israelischem Hoheitsgebiet abfangen zu lassen. Klingt gut. Damit gewinnen wir einen Tag Zeit, bevor es zur Konfrontation kommt.«

In Parishs Stimme schwang eine gewisse Skepsis mit. Deshalb fragte ich: »Hältst du das nicht für eine gute Idee?«

Parish wollte sich einen Kaffee nehmen, doch die Thermoskanne war anscheinend leer. Er machte sich daran, frischen Kaffee zu kochen.

»Doch, schon. Vorausgesetzt, unsere Annahmen stimmen. Allerdings ... die Stunden oben am Steuer habe ich damit zugebracht, mir zu überlegen, was der Baron wohl in Israel will. Was gibt es dort, das er unbedingt persönlich und unter solchen Risiken erledigen muss? Hast du dazu auch eine Idee?«

»Da muss ich nicht lange überlegen. Er ist auf dem Weg ins Gelobte Land. Bei unserer letzten Begegnung sagte er mir, er müsse sich absolute Gewissheit über die Bedeutung Trons verschaffen. Dazu gehört, die alten Schriften zu überprüfen, um festzustellen, ob in dem neuen Kontext die Texte ebenfalls neu zu interpretieren sind und ob man deren Auslegung ändern muss. Weißt du, was ich meine?«

»Vielleicht bin ich zu müde, aber ich kann dir nicht folgen, Ian. Aber ich bin gleich mit dem Kaffee fertig. Nach dem ersten Schluck kann ich vielleicht klarer denken.«

Wenig später dampfte der frische Kaffee verheißungsvoll in unseren Bechern. »Also, Ian, zweiter Versuch. Von welchen Schriften redest du? Und wieso kauft der Baron sich nicht einfach ein Buch?«

»Weil es von diesen Schriften keine richtigen Kopien gibt. Die existierenden Abschriften nutzen nicht viel für das, was der Baron vorhat. Eine Originalquelle ist stets besser geeignet, eine Wahrheit zu entdecken, als eine Kopie. Das Pergament oder Papier könnte dir etwas über die Aussage des Textes mitteilen, den du liest. Die Art der Originalschrift könnte Codierungen enthalten und das Schriftbild Kryptogramme. Hast du schon mal davon gehört, dass die Christen die Bibel das ›Buch mit den sieben Siegeln‹ nennen?

Das ist ein mehr als deutlicher Hinweis auf Codierungen, auf die man zu achten hat. Es wäre töricht zu glauben, diese sieben Siegel lägen nur in den Worten selber. Es kommt auch auf die ursprüngliche Sprache an, auf die Seitengestaltung, auf das Layout der Schrift in der ursprünglichen Quelle. Darum sind in der jüdischen Tradition die Schriftgelehrten so hoch angesehen. Weil sie viel mehr können als nur lesen.«

»Und um welche Schriften geht es dem Baron?«, fragte Parish, während er sich einen weiteren Kaffee einschenkte.

Ich antwortete: »Auch wenn der Baron sicherlich kein religiöser Mann ist, zumindest nicht im eigentlichen Sinne, steht er in der jüdisch-christlichen Tradition. Er hat Angst, aus dem toten Tron könnte ein Wiedergänger werden, der ihm das Leben schwer machen könnte. Also wird es ihm darum gehen, die alten Schriften darauf abzuklopfen, wie groß die Gefahr ist, dass Tron auf die eine oder andere Weise wiederkehren könnte. Es geht um alte Bibeltexte.«

»Deshalb Israel. Ist irgendwie logisch. Welche Texte sollte man sonst im Heiligen Land suchen wollen?«

Ich musste schmunzeln. »Ja, welche Schriften sollte man sonst in der heutigen Zeit im Heiligen Land suchen?« Parish und ich schauten uns in die Augen, und ich glaube, Parish verstand, was ich meinte.

»Ich fürchte, der Kaffee wirkt nicht mehr bei mir, Ian. Ich hau mich in die Falle. Wenn es was Neues gibt, weck mich. Spätestens, wenn wir in die Straße von Messina einfahren.«

Damit ging er nach vorn in die Kajüte. Und trotz des Lärms der Wellen, die draußen gegen die Bordwand schlugen, hörte ich den schwarzen Rapper schon nach kurzer Zeit sehr unmelodisch schnarchen.

13.

Knapp sechs Stunden später stand die gesamte Besatzung der *Machiavelli* auf dem Kommandodeck und genoss den Sonnenaufgang in der Straße von Messina. Die See war spiegelglatt, und in der vom Wasser erwärmten, feuchten Luft über dem Meer bildeten sich ganz leichte Nebelschwaden. Es waren überwältigende Bilder.

Nach Sams Berechnungen musste die *Lionheart* rund sechs bis sieben Seemeilen vor uns sein. Wir hatten uns jeder ein Fernglas genommen, um den Horizont nach dem Schiff des Barons abzusuchen.

Sam war es, der als Erster ausrief: »Gerade voraus, das muss sie sein!«

Parish und ich schauten in die angegebene Richtung. Und richtig: Wir sahen deutlich, viel deutlicher als erwartet, eine Yacht, bei der es sich aller Wahrscheinlichkeit nach um die *Lionheart* handelte.

»Sie scheint ganz nah zu sein. Das sind doch weniger als sieben Seemeilen?«, fragte ich.

Sam lachte, ohne sein Fernglas abzusetzen. »Es könnten

mehr als sieben Seemeilen sein. Wir sind in der Straße von Messina, und heute Morgen herrschen ideale Bedingungen.«

»Ideale Bedingungen?«

»Für eine Fata Morgana.«

»Fata Morgana? Das da soll nur eine Luftspiegelung sein?« Ich mochte es nicht glauben und sah noch einmal genauer hin. Doch nun war es deutlich zu erkennen: Unter der *Lionheart* flimmerte die Luft oder die See; es ließ sich nicht exakt ausmachen.

»Über dem Meer ist die Luft warm, darüber aber liegt noch die kalte Luft der Nacht. In der Grenzschicht dazwischen brechen sich die Lichtstrahlen. Wir Seeleute nennen das Kimmung«, erläuterte unser Skipper. »Das ist wirklich ein perfektes Timing. Für unsere Verfolgungsjagd bringt das ideale Bedingungen. Wir sehen den Baron wie durch ein riesiges Vergrößerungsglas.«

Und in der Tat war das, was wir durch unsere Ferngläser sahen, erschreckend nah. Wir konnten trotz des leichten Flimmerns viele Details auf dem Schiff ausmachen, sogar einzelne Personen auf Deck. Zum Glück war die See ruhig, und wir hatten ja auch unsere Fahrt verlangsamt, um nicht zu früh in Sichtweite des Barons zu kommen. So lag unser Schiff ruhig auf dem Wasser, und wir konnten unser Ziel gut beobachten.

Plötzlich entstand Bewegung am Heck der *Lionheart.*

»Seht ihr das?«, fragte Parish.

»Ja«, sagte ich mit rauer Stimme, während Sam ein zustimmendes Geräusch von sich gab. Aufkeimender Schrecken und düstere Vorahnungen breiteten sich in unserem Innern aus.

Es war zweifellos der Baron, den wir da in heller Kleidung auf dem Deck der *Lionheart* sahen. Er hob sich deutlich von den ansonsten blau gekleideten Gestalten auf dem

Schiff ab, bei denen es sich vermutlich um die Besatzungsmitglieder handelte. Und der Baron hatte ein Mädchen bei sich. Sie war nackt. Zumindest wirkte es in dem flimmernden Bild so.

»Sollten wir nicht unsere Fahrt erhöhen?«, fragte Sam. Ohne unsere Antwort abzuwarten, schob er den Gashebel ganz nach vorn, sodass unser Schiff sich mit dem Bug aus dem Wasser hob und beschleunigte.

Für einen Moment verlor ich das Bild aus den Augen. Doch es dauerte nicht lange, da hatten ich mich an die neue Bewegung unseres Schiffes gewöhnt und konnte wieder beobachten, was vor uns auf der Yacht geschah.

Es war offensichtlich, dass der Baron mit dem nackten Mädchen stritt. Auch wenn die Gesichter in der Fata Morgana nicht zu erkennen waren, so war ich mir doch sicher, dass das Mädchen Nolo sein musste. Ich mochte mir den Grund nicht ausmalen, warum sie zu dieser frühen Morgenstunde, die bestimmt noch keine zehn Grad Wärme hatte, nackt an Deck war. Trotzdem kam ich mir auch ein wenig wie ein Spanner vor.

»Was hat er mit ihr vor?« Es war Parish, der diese Frage stellte.

»Nichts Gutes«, antwortete Sam. »Die Matrosen verziehen sich unter Deck. Keine Zeugen.«

»Mit Ausnahme von uns.«

In den Augenwinkeln sah ich, dass Sam sein Fernglas leicht nach links und rechts schwenkte. »Keine anderen Schiffe in der Nähe«, sagte er.

»Mein Gott!« Parishs Ausruf ließ Sam und mich erstarren. Sofort blickten wir wieder zur *Lionheart*.

Was wir sahen, ließ unseren Atem stocken. Der Baron hatte das Mädchen zur Reling gezerrt. Es wehrte sich verzweifelt, klammerte sich ans Geländer, trat mit den Füßen nach ihrem Widersacher. Doch der Mann schlug ihr mit Wucht ins Gesicht, sodass ihr Kopf gegen die Reling schlug, worauf sie besinnungslos zusammensank. Wir sahen deutlich, wie ihre Hände sich vom Geländer lösten.

Nun kniete der hell gekleidete Mann sich hin und hob den regungslosen nackten Frauenkörper auf. Was wir nun sahen, war sehr verwirrend. Der Mann legte das Mädchen auf die Reling und streichelte ihren Körper, die Brüste, den Bauch, die Scham. Voller Zärtlichkeit, wie ich glaubte. Und dann schubste der Baron das Mädchen, das die Freundin meines Freundes Boris sein musste, achtlos ins Wasser. Ich war geschockt.

Wir drei auf der *Machiavelli* schauten gebannt auf die Szenerie vor uns, die trotz unserer nun wieder rasanten Fahrt nicht näher kommen wollte. Wir sahen jetzt, wie der Baron sich unweit der Fahne am Heck seines Schiffes aufstellte und mit dem rechten Arm winkte. Ob das Winken dem Mädchen oder auf infame Weise uns galt, seinen Verfolgern, war nicht auszumachen.

Schließlich verschwand der Baron im Innern seines Schiffes. Und wir setzten die Ferngläser ab, die uns so schlimme Bilder gezeigt hatten.

»Wie lange kann sie in dem Wasser überleben?«, fragte Parish in die unheilvolle Stille.

»Wenn sie bewusstlos war, wird sie ertrinken«, antwortete ich.

Voller Wut trat Parish gegen die Wand des Kommandopults, an dem sich das Steuerrad befand. »Warum fährt dieser Mistkahn denn nicht schneller?« Zornig schleuderte er sein Fernglas auf die Decksplanken. »Sam, wie lange brauchen wir bis zu der Stelle, wo der Baron sie ins Wasser geworfen hat? Vielleicht haben wir ja eine Chance, sie zu retten.«

Sam rechnete nach. »Ich würde sagen, wir liegen sechs Meilen hinter ihnen und müssten in etwa fünfzehn Minuten bei ihr sein, zumindest in dem Seegebiet. Sie könnte es schaffen, wenn sie eine gute Schwimmerin ist. Das Meer ist ja noch ziemlich warm vom Sommer. Schade, dass wir fürs Radar zu weit weg sind.«

Die nächsten Minuten verbrachten wir schweigend, während wir das Wasser vor und um unser Schiff aufmerksam beobachteten. Ich fragte mich, warum der Baron nun auch das Mädchen töten wollte. Wieso hielt er sie für eine solch große Bedrohung, dass er sie zu beseitigen versuchte? Sie war ein nettes Mädchen, wenn ich mich an meine kurze Begegnung mit ihr erinnerte. Und sie konnte nie und nimmer so viel wissen wie Tron. Deshalb konnte sie nicht annähernd so bedrohlich für den Baron sein wie unser Freund.

Mir kam ein Gedanke. Völlig unschuldig und rein. Das Normalste im Dasein der Menschen. Der Gedanke war so selbstverständlich, dass ich unwillkürlich schauerte. Plötzlich war alles so logisch und einfach zu verstehen. Als würde ein letztes Teil in ein Puzzle eingefügt, und mit einem Mal sah man das ganze Bild in seiner vollkommenen Schönheit.

Wenn dieser Gedanke stimmte – was für ein verkommenes Subjekt dieser feine Baron dann war! Wahrscheinlich war ich der Einzige auf der Welt, der schon in fast alle Abgründe dieser düsteren Existenz geblickt hatte, was aber nichts daran änderte, dass ich mich schrecklich machtlos fühlte gegenüber all dem Bösen, das ich wieder mit ansehen musste. Es schockierte mich jedes Mal aufs Neue, dass ich nicht nur Mitwisser dieser Untaten war, sondern auch unfreiwilliger Augenzeuge brutaler Verbrechen, so wie in diesem Fall.

Ein Viertelstunde später nahm der Skipper Fahrt zurück. Wir waren der *Lionheart* zwar immer näher gekommen, doch momentan war es uns wichtiger, das Mädchen zu finden und vielleicht zu retten, als den Baron zu stellen. Ich war froh darüber. Meine Wut auf ihn war grenzenlos, doch ich wusste nur zu gut, dass sofort ein anderer seiner Art seine Stelle übernahm, würde ich ihn töten. Der Baron war wie Ausschlag: Man konnte die Stelle kratzen, um den Juckreiz zu mindern, aber los wurde man eine solche Pein nicht. Doch es war besser, ihn zum Gegner zu haben als einen Fremden, der womöglich neue, unbekannte Schrecken bereithielt.

»Hier irgendwo muss es gewesen sein«, sagte Sam jetzt. Während er am Ruder stand, suchten Parish und ich zu beiden Seiten des Schiffes die Wasseroberfläche ab. Mit langsamer Fahrt begann Sam, in Schlangenlinien zu kreuzen, und fuhr ein Gebiet ab, das vielleicht eine Meile im Quadrat maß. Die Minuten verstrichen, und uns wurde bewusst, dass die Chancen, Nolo noch lebend zu finden, rasch schwanden. Trotzdem suchten wir weiter. Wir mochten gut eine Dreiviertelstunde gekreuzt sein, als ich endlich auf der Wasseroberfläche etwas entdeckte, das der Körper des Mädchens sein konnte.

Ich tippte Sam auf die Schulter und zeigte auf die Stelle. Er schaute dorthin, nickte zur Bestätigung und riss sofort das Ruder herum. In schneller Fahrt näherten wie uns dem im Wasser treibenden Körper, dann schaltete Sam den Motor in den Leerlauf und manövrierte das Schiff behutsam an den Körper heran. Parish, der gemerkt hatte, was vorging, rannte mit mir zusammen nach unten zum offenen Heck unseres Schiffes. Er nahm eine lange Stange, die an der Seite befestigt war. Als der Körper die Bordwand passiert hatte, gab Sam für einen Augenblick volle Fahrt zurück, sodass das Schiff auf der Stelle blieb.

Parish fischte den Körper näher ans Schiff. Das Gesicht des Mädchens lag unter Wasser. Es gab also keine Hoffnung, dass sie überlebt hatte. Trotzdem holten wir den Körper an Bord, als wir ihn greifen konnten. Sam kam nun ebenfalls die Treppe herunter.

»Ist sie tot?«, fragte er.

Wir nickten bloß, nachdem wir den erschreckend kalten Körper aus dem Wasser gehoben hatten. Nun war es Gewissheit: Nolo war tot, vom Baron ermordet. Und er hatte uns bewusst oder unbewusst zu Augenzeugen und Mitwissern seiner abscheulichen Tat gemacht.

14.

Nun stellte sich die Frage, was wir weiter tun sollten. Keiner von unserem Trio brachte es fertig, den Körper des Mädchens einfach wieder über Bord zu werfen und so zu tun, als wäre nichts geschehen. Aber sollten wir nun zurück nach Frankreich, wie Skipper Sam es vorschlug? Oder sollten wir dem Baron weiter folgen, dessen Abstand zu uns wieder erheblich angewachsen war?

Ich war für den letzteren Vorschlag.

Parish jedoch gab zu bedenken, dass wir nun nichts mehr in der Hand hätten gegen den Baron, das die israelische Küstenwache interessieren könnte, sodass sie die *Lionheart* aufbrächte. Das tote Mädchen war nun bei uns an Bord. Damit wurde sie zu einer potentiellen Bedrohung für uns, falls wir von der Küstenwache kontrolliert würden.

»Ich werde einen Eintrag ins Logbuch machen, dass wir eine weibliche Leiche aus dem Meer gefischt haben.«

Das war ein guter Einfall. »Aber warte, Sam. Datiere den Fund ein wenig vor, dass es so aussieht, als wäre es unmittelbar vor dem Anlaufen der israelischen Hoheitsgewässer passiert. Sonst könnte man uns fragen, warum wir die Leiche nicht den italienischen Behörden übergeben haben.«

Sam nickte und verschwand unter Deck. Parish folgte ihm und kam nach einer Weile mit einer Wolldecke zurück, mit der er den entblößten Körper der jungen Frau zudeckte. Es ist ein wenig unangenehm und in dieser Situation auch unpassend, aber mir fiel in diesem Moment auf, dass das Mädchen vollständig rasiert war. Sofort spürte ich meine immer noch nicht ganz verheilten Verletzungen im Schritt.

Ich war froh, als der Anblick unter der Decke verschwand.

»Also weiter nach Israel«, sagte Parish. Er kletterte wieder hinauf zum Kommandodeck, während ich für einen Moment zurückblieb. Mit einem heftigen Ruck setzte unser Schiff sich wieder in Bewegung, der Bug wurde herumgerissen, und wir befanden uns wieder auf einem südöstlichen Kurs, genau dorthin, wo im Augenblick die Sonne stand.

Es war jetzt schon lange heller Tag. Die Fata Morgana war längst verschwunden, der Baron und sein Schiff waren weit außerhalb unserer Sichtweite. Ich stieg hinauf zu Parish, der am Ruder stand und wie ich seinen Zorn nur schwer verbergen konnte.

»Dieser Mistkerl«, sagte er unvermittelt. »Kann man ihn denn gar nicht aufhalten?«

»Doch«, war meine Antwort. »Aber man kann das, wofür er *steht*, nicht aufhalten.«

Meine Antwort schien Parish nicht zu befriedigen. »Und wofür steht dieser Teufel?«

»Für alles, wofür die Menschen den Teufel ersonnen haben. Für alles Böse in der Welt.«

»Die Menschen haben Spukgeschichten erfunden. Dieser Teufel aber ist real. Kann man ihn nicht wenigstens schachmatt setzen, ihn bewegungsunfähig machen?«

»Nur wenn du einkalkulierst, ebenfalls böse zu sein. Aber nicht nur gespielt böse, wie in deinem früheren Leben als Tupac, sondern *wahrhaftig* böse.«

»Wenn man diesem Baron nur lange genug gefolgt ist und seine Opfer links und rechts des Weges aufgesammelt hat, reicht das, um wahrhaftig böse zu werden.« Parishs grenzenlose Wut war jetzt körperlich zu spüren. »Wie ist dieser Mann eigentlich zu dem geworden, was er heute ist? Wurde er schon so niederträchtig geboren?«

Ich setzte mich auf eine Bank im hinteren Bereich der Kommandobucht, bevor ich antwortete. »Niemand wird so geboren, wie er später wird, sondern entwickelt sich dorthin. Gewiss gibt es Veranlagungen, aber der Baron war, soweit ich weiß, ein ganz normales Kind. Allerdings aus einer ziemlich ungewöhnlichen Familie. Und seine Eltern waren Cousin und Cousine. Ansonsten war da sehr viel altes Geld. Bankhäuser, Firmen, Investments in allen Teilen der Welt. Stets auf Tuchfühlung mit den Mächtigen in Politik, Wirtschaft und Gesellschaft.

Unser Baron ist die Ausnahmeerscheinung in dieser Familie. Studium in Oxford und Yale, was an sich schon sehr ungewöhnlich ist. Wie gesagt, solche Menschen verfügen über ungeheures Wissen. Und der Baron weiß sehr viel. Viel mehr als die meisten seiner Zeitgenossen.«

Ich hielt kurz inne, fuhr dann fort: »Die Familie des Barons hat es verstanden, sich seit rund einem Jahrhundert mehr und mehr aus dem öffentlichen Leben herauszustehlen. Es gab Zeiten, da beherrschten seine Verwandten sämtliche Titelseiten und Klatschspalten der europäischen Presse, was die Familie eine ganze Weile sogar genossen hat. Dann aber merkten sie, dass es nur unnötigerweise die Welt auf sie und ihre Geschäfte aufmerksam macht, und die Familie wurde immer zurückgezogener …«

Parish unterbrach mich. »Du meinst aber keine ›Familie‹, wie es sie früher in Chicago gab oder wie sie heute noch auf Sizilien existiert, oder?«

»Du meinst die Mafia? Nein. Die sind zwar auch zurückgezogen und es gibt vielleicht sogar Verbindungen – der Baron sieht ja wie ein Sizilianer aus –, aber es gibt einen grundsätzlichen Unterschied: Die Mafia hat ihr Vermögen durch Verbrechen aufgebaut und dann in legale Unternehmungen investiert, um das Geld zu waschen. Die Familie des Barons hat ihr Geld über Generationen hinweg legal erworben. Vielleicht wurde hier und da getrickst und auch schon mal eine Intrige gesponnen, aber nichts außerhalb der üblichen Spielregeln.

Den Pfad der Tugend hat der Baron erst verlassen, als er erkannte, was man mit Geld alles kaufen kann. Er hat vor allem in exklusives Wissen investiert – Wahrheiten, die nur wenigen Personen in der gesamten Menschheitsgeschichte offenbart wurden. Und er zog aus diesem Wissen die für seine Existenz richtigen Schlüsse, weil er auf eine verdrehte Art und Weise unserem Freund Tron ziemlich ähnlich ist. Auch er ist als Mensch beinahe göttlich, nur eben nicht rein und gut.«

»Warum wurde er zu einem solch skrupellosen und erfolgreichen Verbrecher? Er hätte sich doch zurückziehen können, auf ein einsames Anwesen oder ein Schloss, ohne die Menschen in Angst und Schrecken zu versetzen.«

Der Baron besaß tatsächlich ein Schloss, aber ich glaubte nicht, dass er es in der Vergangenheit oft gesehen hatte.

»Es ging ihm um Macht. Was nützt es, die Schöpferkraft eines Gottes in sich zu spüren, wenn man sie nicht ausleben kann? Männer wie der Baron sind vor allem machttrunken. Wenn sie einmal vom süßen Nektar der Macht gekostet haben, können sie ihre Finger nicht mehr von diesem Zaubertrank lassen. Sie berauschen sich an der Macht. Sie genießen es, dass ihre Macht ihnen sogar die Entscheidung über Leben und Tod in die Hand gibt. Und wenn sie das erste Mal getötet haben, halten sie es für ein göttliches Vorrecht, das sie vor allen anderen Lebenden besitzen. Und dann töten sie, wann und wen sie wollen.«

»Aber wieso hat er eine solche Macht?«, wollte Parish wissen. »Als Baron hat er wahrscheinlich nicht mal ein eigenes Fürstentum wie beispielsweise die Grimaldis, oder?«

»Doch, in gewisser Weise schon. Er besitzt riesige Ländereien in Frankreich, Südafrika und Südamerika. Aber er hat noch eine viel weitreichendere Macht als die auf Zeit gewählten Politiker.«

Ich zögerte, bevor ich fortfuhr: »Es sind noch rund tausend Meilen bis Israel. Soll ich dir die ganze Geschichte erzählen? Zeit genug haben wir.«

Parish drehte sich zu mir um. »Natürlich. Ich habe Sam schlafen geschickt. Wir sind unter uns.«

»Also gut. Ich muss aber etwas ausholen und in der Zeit zurückgehen, knapp hundert Jahre, in das ausgehende neunzehnte Jahrhundert. Wir fahren gerade an Nordafrika vorbei – das passt. Damals war der Kampf um die Kolonien auf einem Höhepunkt. Die Gold- und Diamantvorräte im Süden Afrikas waren entdeckt worden, und ihre Ausbeutung hatte gerade erst richtig begonnen. Es war eine unglaubliche Boom-Zeit. Auch in Amerika kam die Industrialisierung in Schwung. Überall auf der Erde wurden gewaltige Vorkommen an Bodenschätzen entdeckt, die unermesslichen Reichtum versprachen. Nie zuvor in der Menschheitsgeschichte waren solche Unsummen verdient worden, außer vielleicht bei der Ausbeutung und Plünderung der Schätze Amerikas nach der Entdeckung durch Kolumbus.

Der Boom machte einige Leute unvorstellbar reich. Damals entstanden neue Dynastien wie die Rockefellers oder die Guggenheims, aber auch alte Dynastien profitierten von den neuen Technologien. Die Jahre vor dem Ersten Weltkrieg brachten gleichsam die erste wirkliche Globalisierung. Einer der Gewinner dieser Epoche war die Familie des Barons, die bis auf den heutigen Tag von den damaligen Entwicklungen profitiert. Sagt dir der Name DeBeers etwas?«

Als Parish den Namen hörte, holte er eine Kette aus seinem Hemdausschnitt, an der ein großer Anhänger mit Brillanten hing. Er hielt mir den Anhänger hin. »Die sind von DeBeers.«

»Weißt du auch, wer DeBeers gegründet hat?«

Parish zuckte die Achseln und schaute nach vorn auf die See. »Ein Holländer, nehme ich an.«

»Falsch. Es war ein Mann namens Cecil Rhodes, ein Engländer. Er kontrollierte Ende des neunzehnten Jahrhunderts ein Unternehmen, die ›DeBeers Consolidated Mining Company‹, der mehr als neunzig Prozent aller damals bekannten Diamantminen der Welt gehörte. Außerdem war eine andere seiner Firmen, die ›Consolidated Gold Fields‹, zeitweise der weltweit größte Goldkonzern.

Rhodes war aber nicht nur Wirtschaftsboss, der fast alles, was er anfasste, zu Gold machte, er war auch Politiker. Anfangs wollte er dem britischen Empire zu neuer Größe verhelfen. Dann, mit der zunehmenden Bedeutung Amerikas, wurde er zu einem glühenden Vertreter der angloamerikanischen Vorherrschaft in der Welt.«

Parish drehte sich um zu mir. Er fragte sich wohl, warum

ich ihm das erzählte. »Vergiss nicht, dass auch ich Amerikaner bin«, sagte er. »Also Vorsicht.«

»Keine Angst, alter Junge. Ich werde dich jetzt nicht mit plattem Antiamerikanismus langweilen. Auf die politischen Ziele dieser Leute kommt es ja auch gar nicht an. Die Ziele von damals sind längst überholt. Warum ich dir von Rhodes erzähle, ist ganz einfach: Der Mann hatte für seine sämtlichen Unternehmungen einen Finanzier, der seltsamerweise nicht zum Empire gehörte, sondern seinen Sitz in Paris hatte. Du ahnst es – die Familie des Barons. Sie waren echte Weltbürger und konnten mit ihrer politischen Meinung sehr gut und diplomatisch hinter dem Berg halten. Sie interessierte nur ihr Geld und wie es sich weiter vermehrte. Die Familie des Barons hatte einen ausgeprägten Geschäftssinn, tanzte auf den verschiedensten Hochzeiten und verdiente stets kräftig mit, egal, was passierte und in welchem Winkel der Erde unerwartete Entwicklungen auftraten.

Aber noch einmal zurück zu diesem Rhodes, nach dem übrigens seinerzeit die beiden Länder Nord- und Südrhodesien benannt wurden, die heutigen Staaten Sambia und Simbabwe. Rhodes hatte damals eine für ihn typische Idee. Er war Freimaurer, wie viele seiner mächtigen Kollegen, sogar mit einem sehr hohen Rang.«

Parish sah mich wieder an, als konnte oder wollte er nicht glauben, was er hörte. »Freimaurer? Das ist nicht dein Ernst.«

»Keine Angst, auch das ist nicht wirklich von Bedeutung. Aber Rhodes war tatsächlich Freimaurer. Geheimbünde waren damals in Mode. Jeder, der etwas auf sich hielt, gründete einen solchen Bund oder trat ihm bei. Damals war vieles in Bewegung geraten. Die großen Ausgrabungen im Nahen Osten hatten begonnen und Wissen aus längst versunkenen Kulturen an die Öffentlichkeit gebracht. Und die Machthaber, die zu feige waren, Entscheidungen in der Öffentlichkeit zu treffen und zu vertreten, vergruben sich lieber in den neu gegründeten Logen und Kabinetten ihrer geheimen Zünfte, wo sie das neue alte Wissen zelebrierten.

Doch im Grunde war das alles ziemlich harmlos. Es gab Rituale, Erkennungszeichen und so weiter, aber es war nichts Spektakuläres. Doch Rhodes war auch auf diesem Gebiet eine Klasse für sich. Er überschrieb sein Vermögen in einer Vielzahl von Testamenten einer von ihm gegründeten Geheimgesellschaft. Ein Teil des Geldes ging allerdings an eine öffentliche Stiftung, die Stipendien an vielversprechende junge Leute vergab, aus denen in der Welt der Mächtigen etwas werden konnte. Auch der aktuelle Präsident der Vereinigten Staaten, Bill Clinton, war übrigens solch ein Stipendiat.«

»Du spinnst!«, fuhr Parish mich an.

»Nein, tatsächlich. Clintons Ausbildung ist zumindest zum Teil mit dem Geld aus Blutdiamanten finanziert worden. Aber darauf wollte ich gar nicht hinaus, sondern auf Rhodes' Idee, die den Baron und seinen Clan bis heute fasziniert hat. Du musst weiterdenken als nur eine oder zwei Generationen. Egal, welcher Krieg gerade geführt wird, welches Land gerade welchen Despoten bekämpft und aus welch fadenscheinigen Gründen – wichtig ist, dass man einen Link zu diesen Leuten hat, dem sie sich nicht entziehen können. Damit sie tun, was man ihnen sagt, wenn es darauf ankommt. Hier eine Gefälligkeit, dort ein Privileg, da ganz offene Hilfe – investiere beizeiten in die Mächtigen der Zukunft, damit du eher als die anderen erfährst, was vor sich geht, und angemessen reagieren kannst, sodass dein Vermögen nicht gefährdet ist.

Und der Motor in diesem Spiel ist allein die Macht als Selbstzweck. Der Baron ist so reich, dass er ohne zusätzliches Einkommen noch tausend Jahre königlich leben könnte. Aber das ist zweitrangig für einen Menschen wie ihn. Er fühlt sich wie ein Gott. Und ein Gott muss Welten erschaffen, muss seine Macht über die Menschen spüren und will auch mal ein böser Gott sein, der die Menschen straft und ihnen zeigt, dass er die Gewalt hat, die Gewalt *ist*, die über Leben und Tod entscheiden kann. Der Baron hält sich allen Ernstes für einen guten und gerechten Gott.«

Parish sog hörbar die Seeluft durch die Nase ein, um die Wut, die noch immer in ihm brodelte, unter Kontrolle zu bekommen.

»Habe ich das richtig verstanden?«, fragte er schließlich. »Der Baron ist weder Freimaurer noch ein anderer Geheimbündler und auch kein Anhänger der angloamerikanischen Weltverschwörung oder irgendeiner anderen Konspiration, sondern hält sich schlicht für Gott?«

»Bildlich gesprochen, ja. Und auch wieder nein. Er ist alles das, was du aufgezählt hast, aber nicht aus einer idealistischen Bestimmung heraus, wie die anderen. Ihm ist es im Grunde völlig egal, ob er in einer Diktatur, Demokratie, Monarchie oder irgendeiner Bananenrepublik lebt – Hauptsache, er hat die Kontrolle und gehört zu den Gewinnern.

Du wirst den Baron und seine Gewährsmänner immer auf beiden Seiten finden. Allerdings sind sie so gut getarnt, dass du sie nie zu Gesicht bekommst. Eitelkeit, die sich durch den Applaus und die Anerkennung der Öffentlichkeit speist, haben Leute wie diese längst überwunden. Sie wissen, dass sie die wahren Führer sind, die Strippenzieher, diejenigen, die die Matrix stricken, in der die Normalsterblichen sich verfangen.«

Ich verstummte. Da ich mittlerweile jedoch ahnte, worauf die Entwicklungen der nächsten Stunden und Tage hinauslaufen konnten, fuhr ich fort: »Kommst du jetzt darauf, warum Tron und seine Arbeit so gefährlich für den Baron wurden, dass er sich höchstselbst die Mühe machte, ihn und seine Freundin Nolo umzubringen?«

»Ich nehme an, Tron ist den Machenschaften des Barons auf die Spur gekommen. Er hat ihn durchschaut«, sagte Parish.

Das war nicht falsch, traf es aber noch nicht ganz. Deshalb sagte ich: »Tron knackte am liebsten Geheimnisse, die großen Rätsel der Menschheit. Warum versank die *Titanic*? Wer erschoss JF Kennedy? Das waren ja auch die Fragen, über die du mit ihm gesprochen hast. Glaubst du allen Ernstes, dass der Baron Kennedy erschießen ließ? Der war ihm, mit Verlaub, scheißegal. Kennedy oder Nixon – der Baron hat vom einen wie vom anderen profitiert.«

»Lag er zu der Zeit nicht noch in den Windeln?«, fragte Parish.

»Das tut nichts zur Sache. Siehst du denn nicht, was Tron wirklich über den Baron herausgefunden hat?«

Parish kämpfte wieder mit seinem Temperament. »Nun sag schon, Ian.«

»Tron hat all diese kleinen und großen Geheimnisse der Menschheit entschlüsselt, und als er sich dann das gesamte Bild anschaute, das Nebeneinander all dieser gelösten Rätsel, sah er die Matrix des Barons. Er sah die Zusammenhänge, die Verbindungen, sah, wie eine Geschichte in die andere griff. Und wie hinter der Tarnung der Weltgeschichte das versteckte Dasein des Barons und aller anderen von seiner Art sichtbar wurde.«

Parish musste das Gehörte eine Weile verdauen. »Verrate mir eins, Ian«, sagte er dann. »Wenn auch du all diese Dinge kennst, wenn auch du all diese Zusammenhänge durchschaust, warum machst du den Baron dann nicht fertig?«

Ich hatte früher oder später mit dieser Frage gerechnet.

»Die spannendere Frage, Parish, lautet doch: Warum hat Tron sein Wissen nicht genutzt, um den Baron fertig zu machen, zu überleben und das Mädchen zu schützen?«

»Keine Ahnung«, sagte Parish.

»Weil der Kampf noch nicht vorbei ist! Tron und ich sind nur zwei kleine Lichter auf dieser Welt. Der Baron aber verfügt über das größte Netzwerk an Kontakten, Verbindungen, Einflussmöglichkeiten und Gewährsmännern, das man sich vorstellen kann. Er hat seine Existenz nach allen Regeln der nachrichtendienstlichen Kunst abgesichert. Für jeden Eventualfall hat er gleich mehrere Pläne. Der Mann kennt jede erdenkliche Situation im Voraus und hat die richtigen Strategien, auf diese Situationen und unvorhergesehene Ereignisse zu reagieren.

Aber jetzt pass auf, mein Freund. Wie kann man einen schier übermächtigen Gegner trotzdem schlagen? Wie kann man sich in einem ungleichen Match einen Vorteil herausspielen, obwohl man nach aller Logik der Verlierer sein müsste? Ich verrate es dir: Man ändert entweder die Regeln oder schlägt den Gegner mit seinen eigenen Waffen. Wie schon gesagt, Tron hat wahrscheinlich einfach die Regeln geändert. Wir müssen nur noch herausfinden, wie.«

Parish ließ sich Zeit mit seiner Erwiderung. »Es fällt schwer, das zu glauben. Tron ist tot. Und seine hübsche Freundin auch.«

15.

Am frühen Abend des Donnerstags, 22. Oktober 1998, klingelte mein Handy. Ich war überrascht, da ich nicht damit gerechnet hatte, hier draußen auf dem Meer überhaupt Funkempfang zu haben. Aber ich war offensichtlich noch ins italienische Netz eingebucht. Auf dem Display wurde keine Telefonnummer angezeigt, doch ich beschloss, das Gespräch trotzdem anzunehmen. Es war Sunleitner.

»Hallo, Ian. Wo stecken Sie? Wie ist es Ihnen ergangen, wenn ich fragen darf?«

Ich berichtete ihm von den jüngsten Entwicklungen, erzählte ihm auch von dem toten Mädchen, das wir jetzt an Bord hatten.

»Und damit wollen Sie tatsächlich nach Israel einreisen? Na, da werde ich Ihnen nachher noch den ein oder anderen guten Rat für Ihr Abenteuer geben. Aber kommen wir zuerst zum eigentlichen Grund meines Anrufs. Man hat Tron heute Nachmittag gefunden. Seltsam, nicht? Freund und Freundin werden offiziell den gleichen Todestag haben.«

»Wobei man sicherlich nie offiziell von der Freundin erfahren wird«, entgegnete ich. »Wo hat man Tron denn gefunden?«

»Er wurde, an einem Gürtel erhängt, in einem kleinen Park nicht weit von dem Krankenhaus entdeckt, wo der Baron ihn zwischengelagert hatte. Ein Spaziergänger soll ihn gefunden haben. Typisches Selbstmordszenario, würde ich sagen. Allerdings hat der Baron wohl nicht mit dem Enthusiasmus von Trons Hackerfreunden und der Familie gerechnet. Die machen ziemlichen Wirbel in Berlin. Es wird morgen in allen großen Boulevardblättern Aufmacher über diese Sache geben.«

Ich musste unwillkürlich lächeln; als Verleger hatte Sunleitner da sicherlich sehr gute Informationen.

»Bedeutet das für uns eine Gefährdung?«, fragte ich.

Sunleitner verneinte. »Der Fund der Leiche an sich nicht. Zumindest, solange die offiziellen Stellen an der Selbstmordtheorie festhalten. Aber nach dem, was ich gehört habe, sieht es mit dem konstruierten Motiv für einen Selbstmord nicht besonders gut aus. Aus dem Umkreis der Familie wird alles, was unseren Freund als labilen Selbstmörder darstellen könnte, heftigst dementiert. Es sieht sogar so aus, als habe Tron tatsächlich einen Job in Berlin antreten wollen. Wissen Sie eigentlich von seinem jüngsten Projekt?«

»Meinen Sie die Smartcard, mit der er das europaweite Pay-TV-System freischalten wollte?«

»Exakt«, sagte Sunleitner. »Seine Kontakte zur israelischen NDS von Rupert Murdoch sind längst öffentlich. Er muss in privaten Zirkeln darüber geredet haben. Und irgendein Spaßvogel hat angeblich die von Tron entwickelte Prozedur für einen Smartcard-Hack in der Nacht vor seinem Tod ins Netz gestellt. Ich denke, in die Richtung wird die fromme Legende gehen, die der gute Baron uns in dieser Sache zumuten wird. Was denken Sie?«

Ich überlegte. Wenn es stimmte, was Sunleitner gesagt hatte, würde das aus Trons Sicht tatsächlich einen ungeheuren Affront darstellen. Tron hielt sich an die Hackerethik; er hätte nie bewusst jemandem geschadet. In seinem Eifer als Codeknacker und Geheimnisentschlüsseler hatte er zwar auch schon mal eine Telefonzelle zertrümmert, um an einen neuen Chip im Innern des Fernsprechers zu gelangen, aber da war nur die kindliche Neugier mit ihm durchgegangen. Hinterher war er selbst darüber erschrocken, was er getan hatte. Und die Gefängnisstrafe, die ihm aufgebrummt wurde, hatte er reumütig auf sich genommen.

Eine vollständige Prozedur für das Hacken einer Smartcard im Internet zu veröffentlichen verletzte grundsätzlich Trons Ethik. Das war eine Straftat, und so etwas hätte Tron um jeden Preis vermieden. Aber dass der Baron glaubte, Tron hätte sich deswegen gleich umbringen können, ging denn doch zu weit.

»Das kann der Baron nicht ernst meinen«, sagte ich deshalb zu Sunleitner. »Tron wäre zwar erschüttert gewesen, aber er hätte versucht, den Übeltäter zu ermitteln und ihn dazu zu bewegen, sich den Behörden zu stellen. Keinesfalls hätte er sich deswegen erhängt. Hat der Baron nichts Besseres zu bieten?«

»Offensichtlich nicht«, sagte Sunleitner. »Es ist auch nirgendwo die Rede von der Freundin. Und eine vernünftige Erklärung für die Zeit zwischen dem Verschwinden von Tron und dem Auffinden seiner Leiche scheint es auch nicht zu geben. Sieht nach einer ziemlich schlampigen Arbeit unseres blaublütigen Freundes aus. Was meinen Sie, Ian? Das ist doch sonst nicht seine Art.«

In der Tat. Es gab niemanden, der seine Arbeit so langfristig und präzise plante wie der Baron. Wenn hier irgendwelche Ungereimtheiten öffentlich wurden, hatte das einen Sinn. Und sei es der, andere mögliche Nachahmer zu warnen. Wie damals bei Karl Koch, einem Hacker, der die Kreise des Barons gestört hatte und unter seltsamen Umständen ums Leben gekommen war.

Wenn der Baron auch nicht für alle Vorgänge plausible Gründe an die Öffentlichkeit brachte oder konstruierte, so gab es doch zweifellos ein verborgenes Motiv. Aber wie könnte das aussehen? Unter dem Strich war es ja offensichtlich so, dass der Baron bewusst die Möglichkeit einer Ermordung Trons offen ließ – bei aller Gewissenhaftigkeit der angebotenen Selbstmordhypothese. Welchen Zweck hatte das?

Die Spur musste doch zwangsläufig irgendwann zu ihm führen?

Aber vielleicht lag die Lösung dieses Problems in dem fadenscheinigen Grund für Trons Selbstmord, den der Baron uns anbot. Die Verbindung Trons zur Firma NDS war, so Sunleitner, ja bereits öffentlich. Von Tron selbst wusste ich, dass dieses in Israel ansässige Unternehmen ihm verschiedenes Arbeitsmaterial und Computerchips zur Begutachtung geschickt hatte. Parallel hatte die Firma ihm einen Forschungsauftrag angeboten, den er jedoch ebenfalls abgelehnt hatte.

NDS gehörte dem Medienunternehmer Rupert Murdoch. Wenn der Baron diese Verbindung lancierte – vorgeblich als Motiv für einen Selbstmord –, würde dies in Wahrheit unweigerlich Murdoch und dessen Konzern in Bedrängnis bringen. Warum interessierten die sich für einen smartcard hackenden Jungen aus Berlin? Wieso hofierten sie ihn mit Jobangeboten? Warum schickten sie ihm neueste IT-Technologie? Das würden früher oder später ziemlich unangenehme Fragen werden. Kein Zweifel: Der Baron setzte einen seiner zahlreichen Geschäftspartner ziemlich geschickt unter Druck, ohne die Initiative aus der Hand zu geben.

»Der Baron spielt Schach mit der NDS und Rupert Murdoch. Deshalb das seltsame Verwirrspiel«, sagte ich schließlich. »Er kontrolliert ja die Beweise. Das dürfte für einige neue Abhängigkeiten sorgen. Achten wir in den nächsten Monaten auf Änderungen in der Geschäftspolitik Ihres Verlegerkollegen Murdoch, Herr Sunleitner, dann wissen wir, woher in dieser Sache tatsächlich der Wind weht.«

»Gut«, sagte Sunleitner. »Ich vergesse immer wieder, Ian, dass Sie den Baron schon viel länger kennen als ich. Das Ganze sieht tatsächlich nach einem gewaltigen Schachspiel aus. Können Sie dabei irgendeinen Aspekt erkennen, der doch noch ein Eingreifen unserseits erforderlich machen könnte? Ich stelle diese Frage auch im Auftrag von Kronos, der nach den Ereignissen im *Adlon* wohl nicht mehr so gern direkt mit Ihnen reden möchte.«

Das war bemerkenswert. Kronos hatte Angst vor mir? Für einen Mann, der der souveränste Planet in unserem Sonnensystem sein wollte, ein bedeutungsvolles Eingeständnis. Wobei ... Sunleitner würde es doch noch nicht wagen, seinen Meister auf eine solch plumpe Weise in Misskredit zu bringen?

Ich ließ diese Frage erst einmal offen.

Stattdessen informierte ich den Mann am anderen Ende der Leitung: »Wie ich bereits sagte, bin ich auf dem Weg nach Israel. Und dem Baron auf den Fersen. Mehr brauchen wir im Augenblick nicht zu tun, würde ich sagen. Wenn Sie weiterverfolgen, welche Ermittlungsergebnisse in Berlin an die Öffentlichkeit gelangen, gut. Falls unvorhergesehene Ereignisse eintreten, informieren wir uns gegenseitig. Außerdem schlage ich vor, dass wir uns in ein paar Tagen noch einmal persönlich treffen. Was halten Sie von Zürich? Wir sollten die neuesten Entwicklungen besprechen. Es scheint sich doch ein größerer Umbruch anzudeuten als erwartet.«

Sunleitner antwortete mit völlig veränderter Stimme. »Ja, ich dachte mir schon, dass Sie das auch so sehen. Zürich geht in Ordnung. Was halten Sie davon, wenn Sie Ihren Begleiter mitbringen, diesen amerikanischen Musiker? Ich würde mich sehr freuen, ihn einmal persönlich kennen zu lernen.«

Ich musste schon wieder staunen. Sunleitner besaß mehr strategische Qualitäten, als ich bisher vermutet hatte. »Sehr gern, mein Freund, sehr gern«, entgegnete ich fast überschwänglich. »Ich werde ihn fragen.«

»Und noch etwas, Ian. Für Ihren Trip ins Gelobte Land …«

»Ja?«, fragte ich in seine rhetorische Kunstpause hinein.

»Ich habe da noch einen Tipp für Sie. Wenn Sie sechzig Meilen vor der israelischen Küste sind, melden Sie sich am besten per Funk bei der israelischen Marine, dann haben die Sie nämlich auf dem Radar. Und keine Angst, wenn Ihr Funk normalerweise keine so große Reichweite hat – die werden Sie trotzdem gut verstehen. Ich bin alter Segler in dem Revier. Sie ersparen sich dadurch einige Scherereien.«

Wir beendeten unser Gespräch. Ich berichtete Parish von den neuesten Ereignissen und auch von Sunleitners Tipp für das Einfahren in israelische Küstengewässer.

»Das kann ja heiter werden«, kommentierte er die Ratschläge.

Die weitere Reise verlief ohne nennenswerte Zwischenfälle. Zwar verschlechterte sich das Wetter, doch die schlimmste Wetterfront überstanden wir im Laufe des Freitags in einem Hafen auf Kreta, in dem wir zum Auftanken der *Machiavelli* einen Zwischenstopp einlegten. Das tote Mädchen hatten wir mittlerweile unter Deck gebracht. Und der griechische Zoll ließ uns bis auf eine kurze Passkontrolle weitgehend in Ruhe.

Sam hatte ausgerechnet, dass wir am nächsten Tag – Samstag, den 24. Oktober 1998 – in den Nachmittagsstunden in Israel eintreffen müssten. Vom griechischen Hafenmeister hatte er erfahren, dass alle Yachten, die Israel anliefen, erst einmal zur Überprüfung im Hafen von Haifa einlaufen müssten. Also würde der Hafen auch unser Ziel sein. Wir waren neugierig, ob wir dort wieder auf die *Lionheart* des Barons treffen würden, wie es eigentlich zu erwarten gewesen wäre.

Das Wetter wurde während unserer weiteren Fahrt allmählich wieder besser, und die See beruhigte sich etwas. Je näher wir dem Ziel kamen, desto größer wurde die Spannung bei uns an Bord. Wir alle standen auf dem Kommandodeck, weil keiner von uns mit dem toten Mädchen allein sein wollte, als sich ungefähr sechzig Meilen vor der israelischen Küste unser Funkgerät mit einem deutlichen Knacken bemerkbar machte.

Kurz darauf hörten wir eine weiche, weibliche Stimme aus dem Lautsprecher: »Das Schiff, das derzeit sechzig Meilen nordwestlich vor Haifa fährt, bitte melden.« Die Aufforderung wiederholte sich ein paar Mal.

Wir wussten, dass wir gemeint waren. Aber es traute sich keiner, den Funkspruch entgegenzunehmen. Denn von dem, was wir nun sagen würden, vor allem über das tote Mädchen, hing unser weiteres Geschick ab. Wie glaubwürdig konnten wir unsere Geschichte vermitteln? Außerdem, schoss es mir durch den Kopf, was machten wir, wenn der Baron uns zwischenzeitlich die israelische Marine auf den Hals gehetzt hatte?

Schließlich übernahm es unser Skipper Sam, sich bei der Frau am Funkgerät zu melden.

»Hier ist die israelische Navy«, antwortete die junge Frauenstimme. »Bitte gehen Sie auf Kanal elf.«

Sam tat wie geheißen.

Als er wieder seine Kennung durchgegeben hatte, fragte die Frau: »Warum haben Sie sich nicht gemeldet, als Sie sich Israel auf weniger als sechzig Meilen genähert haben?«

Sam antwortete: »Unser UKW reicht nicht so weit.«

Ein wenig hochmütig antwortete die Stimme aus dem Lautsprecher: »Sir, die israelische Navy hört Sie auf diese Entfernung sehr gut. Und wenn wir wollen, hören Sie auch uns.« Die Frau machte eine Pause. »Und wir sehen Sie sogar.«

Egal, wie sehr wir drei uns unter Kontrolle hielten, es ließ sich nicht vermeiden, dass uns mulmig wurde.

»Wie heißt das Schiff?«, wollte die Dame von der Navy jetzt wissen. Weitere Befehle folgten: »Buchstabieren Sie!«

Sam gab die gewünschten Angaben durch.

»Heimathafen? Bitte buchstabieren!« Dann: »Der Schiffseigner?« Es folgte ein ausführliches Fernverhör: »Von welchem Hafen sind Sie gestartet? Waren Sie unterwegs in einem arabischen Land? Hatten Sie Kontakt mit einem Schiff oder Boot auf See?«

Sam sah uns an. Ich schüttelte den Kopf, und er verneinte die Frage über Funk.

Sofort ging die Befragung weiter: »In welchem Hafen war das Schiff, bevor es nach Kreta kam? – Waren Techniker an Bord, um etwas zu installieren? – Wurden geschlossene Kartons oder eine Werkzeugkiste an Bord gelassen? – Sehen Sie in Ihrer Werkzeugkiste Ihnen unbekannte Geräte mit elektrischen Kabeln? – Konnten auf Kreta fremde Personen an das Schiff heran?«

Dann wollte die junge Stimme noch wissen, ob Sprengstoff an Bord sein könnte. Schließlich musste Sam unsere Namen, Vornamen, Geburtsdaten, Adressen sowie die Passnummern nach dem internationalen Funkalphabet buchstabieren.

Erst dann hörten wir die Stimme ein wenig freundlicher sagen: »Herzlich willkommen in Israel. Wir bitten um Verständnis für die Prozedur, aber wir sind ein besonderes Land. Bitte steuern Sie die Marina Haifa an. Vorher wird ein Kanonenboot kommen. Ich wünsche eine angenehme Reise.«

Sam schaute uns wieder an, dann rief er noch einmal die nette Stimme von der israelischen Navy. Nach einer kurzen Pause hörten wir: »Ja, *Machiavelli*, was gibt es noch?«

Sam berichtete von dem kürzlich gemachten Fund einer unbekleideten Frauenleiche, die wir aus dem Meer gefischt hätten.

»Gehörte die Frau zu Ihrer Crew?«

Sam verneinte.

Nun entstand eine längere Pause. Ich vermutete, die Dame am Funkgerät beratschlagte sich mit einem Vorgesetzten. Schließlich hörten wir wieder im ursprünglichen Befehlston: »Beschreiben Sie die getötete Person. Sehen Sie äußere Verletzungen? Gibt es irgendwelche besonderen Hinweise, die zur Identifizierung beitragen könnten? Auf welcher Position genau haben Sie die Leiche aus dem Meer gefischt? Haben Sie andere Schiffe im Umkreis bemerkt?«

Weitere Fragen folgten, die Sam möglichst gewissenhaft beantwortete, ohne zu viel von den wahren Umständen zu verraten.

Schließlich sagte die Stimme aus dem Lautsprecher: »Richten Sie sich darauf ein, dass von unserem Kanonenboot jemand zu Ihnen an Bord kommt.«

Sam bedankte sich, und es wurde still im Funkgerät.

Keine zwanzig Minuten später sahen wir von Osten ein sehr schnelles Schiff auf uns zukommen, zweifellos das angekündigte Kanonenboot. Sam, der am Ruder stand, verringerte unsere bisher unverändert schnelle Fahrt und schob den Gashebel schließlich in den Leerlauf. Wortlos warteten wir auf den angekündigten »Besuch«.

Als das Kanonenboot bis auf drei Bootslängen Entfernung herangekommen war, verringerte es die Geschwindigkeit und zog langsame Kreise um die *Machiavelli*. Auf dem Deck des anderen Schiffes sahen wir bedrohliche Geschütze, an denen Männer in Kampfanzügen standen, die ihre Waffen zunächst in den Himmel richteten, dann direkt auf uns. Es war eine sehr einschüchternde Inszenierung.

Der Schreck fuhr uns in die Glieder, als das Funkgerät sich plötzlich wieder meldete. Eine männliche Stimme forderte uns auf, auf dem Kommandodeck nebeneinander Aufstellung zu nehmen. Einer nach dem anderen würde namentlich aufgerufen, und der Genannte sollte zur Identifizierung einen Schritt vortreten. Ein kurzer Check aus der Distanz also.

Wir sahen, wie zusätzlich zu den Geschützen Männer mit Präzisions- und Automatikgewehren uns gegenüber Aufstellung bezogen und auf uns anlegten. Über Funk teilte man uns mit, wir sollten die Hände heben und es würden Soldaten zu uns an Bord kommen. Langsam näherte sich das Kanonenboot unserer Backbordseite, ohne dass wir auch nur für einen Moment aus dem Fadenkreuz der Scharfschützen verschwanden.

Schließlich stieß das andere Schiff mit einem kleinen Ruck gegen unseres, und sofort sprangen vier Bewaffnete zu uns an Bord. Zwei von ihnen verschwanden unverzüglich unter Deck; offenbar durchsuchten sie dort alles. Als sie nach wenigen Minuten wieder erschienen, nickten sie einem Uniformierten auf dem Kanonenboot zu, der im Gegensatz zu den anderen Soldaten kein Gewehr trug. Nur eine Pistole hing in einem Halfter an seiner linken Seite.

Dieser Uniformierte, offensichtlich der Befehlshaber, betrat nun ebenfalls unser Schiff. Einer der Soldaten, die das Schiff soeben durchsucht hatten, winkte ihn in die Kajüte. Nun verschwand die kleine Gruppe wieder unter Deck, wahrscheinlich, um Nolos Leiche in Augenschein zu nehmen. Ich malte mir aus, dass uns gleich sehr intensive Verhöre bevorstanden. Schmerzlich wurde mir bewusst, dass wir von der *Machiavelli* es versäumt hatten, unsere Geschichten, die wir den Israelis erzählen würden, aufeinander abzustimmen.

Es dauerte rund zehn Minuten, bis der Kommandoführer der israelischen Soldaten wieder erschien und über die Treppe zu uns hinaufkam, gefolgt von zwei Bewaffneten. Parish, Sam und ich standen immer noch mit erhobenen Händen und mittlerweile schmerzenden Armen da, denn in dieser Haltung strömte nur ungenügend Blut durch die Venen.

»Sie können die Hände jetzt herunternehmen«, sagte der Uniformierte. »Aber machen Sie keine plötzlichen Bewegungen. Die Männer haben den Befehl, im Zweifel zu schießen. Verzeihen Sie diese Unannehmlichkeiten, aber Israel ist nun mal ein besonderes Land.«

Ganz bestimmt. Wir nahmen dankbar die Hände herunter und schüttelten sie aus. Unser Besucher schritt unsere kleine Parade ab und blieb dann vor Parish stehen.

»Sie sind Mister Crooks? Der Schiffseigner?«

Parish bejahte.

»Dürfte ich Ihren Ausweis sehen?«

Parish kramte ihn aus einer der Hosentaschen. Sofort richteten sich mit einem bedrohlichen Geräusch sämtliche Waffen auf ihn.

Der Uniformierte vor uns hob die Hand als Zeichen an seine Soldaten, dass alles in Ordnung sei. Schließlich reichte Parish ihm den Ausweis. Ich sah, dass sich Schweißtropfen auf der Stirn des Schwarzen bildeten.

Aufmerksam studierte der Uniformierte vor uns Parishs Ausweis. »Sie sind Amerikaner?«

Parish nickte.

Ohne weiteren Kommentar bekam er seinen Ausweis zurück. »Mister Crooks, schildern Sie mir bitte die Umstände, die zum Auffinden der Leiche führten.«

Parish erzählte, wir seien von Korsika aus nach Haifa unterwegs. Durch Zufall sei uns der Körper im Wasser aufgefallen. Wir hätten gehalten und das Mädchen aus dem Meer gefischt. Wir wüssten nicht, wer sie sei, noch wie sie ins Wasser gekommen wäre.

Unser Gegenüber schien skeptisch. »Sie waren in voller Fahrt, und trotzdem haben Sie die Leiche zufällig im Wasser entdeckt?«

Parish schien ein wenig verunsichert. Ja, es sei wirklich ein unglaublicher Zufall gewesen, hörte ich ihn sagen.

»Wann war das?«, fragte der Uniformierte.

»Kann ich nicht genau sagen, aber mein Skipper hat die genaue Zeit und den Fundort ins Logbuch eingetragen.«

Der Uniformierte nickte. »Wir haben es unten gefunden und bereits einen Blick hineingeworfen. Wissen Sie, was mich wundert? Dass die Tote bereits so trocken ist. Außerdem kann sie nicht sehr lange im Wasser gelegen haben. Eine typische Wasserleiche sieht anders aus.«

Parish schien zu überlegen. »Ich kann nicht sagen, wie lange sie im Wasser gewesen ist. Nachdem wir sie geborgen hatten, lag sie eine ganze Weile hinten auf Deck. Wahrscheinlich ist ihr Körper im Fahrtwind so schnell getrocknet. Es ist noch nicht lange her, dass wir sie nach unten gebracht haben.«

Wieder nickte der Uniformierte. Dann wandte er sich an mich. »Jan Gaspard, nicht wahr? Dürfte ich bitte auch Ihren Ausweis sehen?«

Ich gab ihm das Gewünschte. Aufmerksam studierte der Soldat das Dokument. Als er es mir zurückgab, schaute er mir direkt in die Augen und senkte kurz den Kopf wie zum Gruß.

16.

Die Männer vom Kanonenboot nahmen die Leiche von Trons Freundin mit. Sie hatten eine Krankentrage auf die *Machiavelli* gebracht, auf der sie den Körper von Bord brachten. Derweil erklärte uns der Kommandoführer, was weiter mit uns geschehen würde.

»Bitte fahren Sie zur Marina Haifa. Dort werden Sie von der Security in Empfang genommen, die Sie noch einmal verhören wird. Geben Sie den Leuten an, wo in Israel Sie sich aufhalten werden und wie man Sie gegebenenfalls zwecks weiterer Ermittlungen erreichen kann. Wir werden eine Obduktion der Toten vornehmen, vielleicht bringt uns das ja weiter.«

Dann verließen die Soldaten das Schiff. Ihr Kanonenboot verschwand so schnell, wie es gekommen war. Allmählich fiel die Spannung von uns ab.

»Ist doch gar nicht so schlecht gelaufen. Immerhin tragen wir keine Handschellen«, sagte Sam nach einer Weile.

Er brachte die *Machiavelli* wieder in Fahrt, und schon bald sahen wir Land am Horizont. Nun dauerte es nicht mehr lange, und wir konnten die Konturen einer Stadt mit einer riesigen goldenen Kuppel ausmachen.

»Das ist der Bahai-Tempel von Haifa«, sagte ich. Ich war noch nie von der Seeseite aus nach Israel eingereist. Auch wenn die Rituale der Behörden hier noch drastischer schienen als bei einer Einreise auf dem Landweg, nahm ich mir vor, künftig trotzdem öfter den Seeweg zu nehmen. Haifa im Licht der Mittagssonne ist ein überwältigender Anblick.

Wir ließen die Mole der Marina Haifa an Steuerbord und fuhren mit dem Bug voran in eine Box im so genannten Quison Harbour, an einen der dortigen, halb verfallenen Holzstege.

»Shalom, willkommen in Israel!«, begrüßte uns der Hafenmeister, drückte jedem von uns herzlich die Hand, als wir von Bord kamen, und entschuldigte sich umständlich für den Zustand der Stege. Der Mann hielt uns offensichtlich für normale Schiffstouristen. Ohne weitere Aufforderung zeigte er uns auf einer mitgebrachten Karte, welche Häfen sich anzulaufen lohne.

»Der schönste Hafen ist zweifellos Akko. Wie ein Märchen aus tausendundeiner Nacht. Akko ist nicht jüdisch, sondern arabisch. Mit Ihrem Schiff sind Sie in weniger als einer Stunde da. Wer dort erst einmal anlegt, kommt so schnell nicht wieder fort«, warnte er uns freundlich.

Während der Hafenmeister redete, kam der angekündigte Besuch in Uniform. Das freundliche Gerede über die Häfen Israels, so keimte in mir der Verdacht, sollte wohl nur dafür sorgen, dass wir den Hafen nicht zu früh verließen.

Eine junge Frau – nicht viel älter als das tote Mädchen, das vorhin vom Kanonenboot abgeholt worden war – stellte sich uns als Vertreterin der »Israeli Security« vor. Sie wurde von drei Männern mit umgehängten Pistolen begleitet, die allerdings in fünf Schritt Entfernung hinter der jungen Frau auf dem Steg stehen blieben und uns und die Umgebung im Auge behielten.

Einer holte demonstrativ das Magazin aus der Hosentasche und schob es in seine Waffe. Ich vermutete, dass dieses Ritual kein Zufall war, es sollte uns den Ernst der Lage deutlich machen. Und der Handgriff verfehlte seine Wirkung nicht.

Die Sicherheitsbeamtin bat um unsere Ausweise und die Schiffspapiere. Als Sam Anstalten machte, sich auf einen nahen Poller zu setzen, fuhr einer der Bewaffneten ihn grob an: »Aufstehen!« Der barsche Befehl ließ Sam aufschrecken. Im Augenblick betrachtete man uns offenbar nicht gerade als Freunde.

Es folgte ein Verhör wie vorhin per Funk draußen auf See. Sam antwortete als Skipper für uns alle. Nur einmal wollte Parish ihn verbessern, doch sofort fuhr die Beamtin ihn an: »Hier stelle ich die Fragen! Es antwortet immer nur der, auf den ich zeige, und zwar sofort und ohne vorher einen anderen anzusehen.«

Über eine Stunde dauerte das Verhör auf dem Bootssteg. Außer uns sah ich kaum Menschen in der Marina. Der Hafenmeister hatte sich sofort verzogen, als die Uniformierten auf der Bildfläche erschienen waren. Eine Yacht, die auch nur annähernd der *Lionheart* ähnelte, konnte ich zwischen den Schiffen hier im Hafen nichts entdecken. Entweder der Baron wollte oder musste diese Marina nicht anlaufen, oder er hatte andere Pläne, als wir vermuteten.

Sam erzählte der jungen Frau noch einmal unsere Geschichte und berichtete auch vom Fund der Frauenleiche auf hoher See. Nein, wir kannten das Mädchen nicht. Nein, wir hatten keine Ahnung, wer sie ins Wasser geworfen haben könnte. Nein, sie hatte keine persönlichen Dinge bei sich. Nein, wir haben vorher nichts Besonderes bemerkt, auch kein anderes Schiff.

Ich wagte eine Zwischenfrage: »Entschuldigen Sie, sind heute vielleicht noch andere Schiffe bei Ihnen in Israel angekommen? Ihr Kollege vorhin auf dem Schiff sagte, das Mädchen könne nicht lange im Wasser gelegen haben.«

Sofort funkelte die Beamtin mich böse an. »Wir kümmern uns bereits darum, keine Sorge. Aber noch einmal: Die Fragen hier stelle ich!«

Geschäftsmäßig setzte sie das Verhör fort, ohne dass noch

irgendetwas Neues oder Interessantes gesagt worden wäre. Abschließend fragte die Beamtin mich, wohin wir reisen wollten und wie man uns erreichen könne.

»Jerusalem«, antwortete ich. »Wohin wir anschließend wollen, ist noch nicht klar. Aber wir geben Ihnen gern unsere Handynummern, damit Sie uns jederzeit erreichen können, falls sich weitere Fragen ergeben.«

Die Antwort schien der jungen Frau zu reichen.

»Wenn Sie das Land verlassen, teilen Sie uns bitte Ihren nächsten Zielhafen mit«, sagte sie.

Schließlich schickte sie zwei ihrer bewaffneten Begleiter an Bord der *Machiavelli*, um das Schiff noch einmal zu durchsuchen. Einer der Bewaffneten blieb zu ihrer Sicherheit auf dem Bootssteg zurück. Doch die Durchsuchung konnte nicht sehr gründlich gewesen sein, denn schon nach fünf Minuten waren die Männer zurück. Was die Frau dann sagte, war wohl die Standarderklärung für alle Unannehmlichkeiten, die uns zugemutet worden waren: »Entschuldigen Sie, aber wir sind ein besonderes Land. Ich wünsche einen angenehmen Aufenthalt in Israel.«

Die kleine Gruppe verschwand vom Bootssteg. Wir blieben gedankenversunken zurück.

»Das war alles?«, fragte Parish in unsere Grübeleien hinein. »Keine Folter, kein düsteres Verhörzimmer mit gleißend hellen Schreibtischlampen, keine verrostete Kerkertür, die sich hinter uns schließt?«

»Sieht so aus«, erwiderte ich. »Die haben uns Sams Geschichte abgekauft. Aber ich bin mir ziemlich sicher, dass wir während unseres Aufenthalts ständige Begleiter haben werden.« Ich holte tief Luft. »Hat jemand eine Idee, wo das Schiff des Barons sein könnte?«

Die beiden anderen schüttelten die Köpfe.

»Dann lasst uns ein Taxi nehmen oder einen Wagen mieten und nach Jerusalem fahren. Je weniger Zeit wir verlieren, desto besser. Mit dem Schiff würde es zu lange dauern.«

Sam wollte beim Schiff bleiben und auf unsere Rückkehr warten. Er hatte offensichtlich keine Lust, stundenlang in einem Auto durch dieses heiße Land zu fahren. Ich beneidete ihn um die Möglichkeit, vielleicht den Tag am Strand oder in einem netten Café zu verbringen und im Meer zu baden, wenn es zu heiß wurde.

Ich fand den Hafenmeister in seinem kleinen Büro und bat ihn, uns ein Taxi zu rufen, wir müssten so schnell wie möglich nach Jerusalem.

»Das wird aber ein teurer Ausflug«, lautete sein Kommentar, nachdem wir unser Anliegen vorgebracht hatten. Doch er rief uns das Taxi.

Zehn Minuten später saßen Parish und ich im Fond eines Autos, das zum Glück eine Klimaanlage besaß. Wir hatten schnell unsere Sachen zusammengesucht; es war abzusehen, dass unser Trip länger als einen Tag dauern würde.

Auf der Fahrt schwiegen wir und fragten uns, ob unser Chauffeur tatsächlich Taxifahrer war oder ob bei ihm zu Hause eine Uniform im Schrank hing.

Das Einfachste ist, sagte ich mir, ihn direkt zu fragen. »Entschuldigung, arbeiten Sie für die ›Israeli Security‹? Sollen Sie uns im Auge behalten?«

Parish wäre vor Schreck beinahe aus den Polstern gerutscht.

Der Fahrer sah sich überrascht zu mir um. »Ja. Steht mir das auf der Stirn geschrieben?«

Ich musste lachen. »War nur eine Vermutung. Sie überlassen hier wirklich nichts dem Zufall, oder?«

»Wir versuchen es zumindest. Schließlich leben wir hier wie auf einem Pulverfass. Und wer uns eine Tote ins Land bringt … sorry, aber das mutet ziemlich seltsam an, finden

Sie nicht auch? Dafür werde ich Ihnen nichts für die Fahrt nach Jerusalem berechnen. Geht auf Kosten des israelischen Steuerzahlers.«

Parish, der dem kurzen Gespräch staunend zugehört hatte, rührte sich. »Werden Sie uns die ganze Zeit observieren, während wir in Israel sind?«

Der Fahrer schaute glücklicherweise wieder auf die Straße.

»Sicher. Natürlich nicht ich allein, aber irgendjemand wird ständig ein Auge auf Sie haben. Was wollen Sie eigentlich in Jerusalem? Lassen Sie uns weiter offen miteinander reden, dann wird es für alle Beteiligten angenehmer. Ich bin Seth Berger.«

»Freut mich, Seth«, entgegnete ich. »Unsere Namen kennen Sie bestimmt aus Ihrem Einsatzbefehl. Sie möchten wissen, wohin wir wollen? Nun, zuerst mal brauchen wir ein annehmbares Hotel. Und dann wollen wir nach Jerusalem, um das Israelische Museum zu besuchen.«

»Sightseeing? Wie nett. Sie sind tatsächlich normale Touristen? Was wollen Sie dann mit dem ganzen elektronischen Equipment?«

»Ich bin Informatiker«, entgegnete ich, »und interessiere mich sehr für Geschichte. Wenn ich das Israelische Museum besuche, will ich die Gelegenheit nutzen, historische Forschung zu betreiben. Sie haben hier in Israel ja einige der bedeutendsten antiken Quellen der Menschheit. Eine solche Gelegenheit darf man sich nicht entgehen lassen.«

»Ein Schriftgelehrter also? Ich glaube aber nicht, dass man Sie an die *wirklich* spannenden Schriften heranlassen wird. Da sind unsere Wissenschaftler meist sehr eigen. Nehmen Sie nur die Qumrantexte, die berühmten Schriftrollen vom Toten Meer. Ein Teil dieser Schriften lagert im Israelischen Museum, das Sie ja besuchen wollen. Fast fünfzig Jahre dauerte der Streit darüber, ob und welche Schriften veröffentlicht werden dürfen. Und wer es überhaupt darf.«

»Ich weiß. Aber langsam kommt ja Bewegung in die Qumranforschung.«

Wieder sah Seth sich kurz zu mir um.

»Ja, stimmt. Hoffen Sie tatsächlich, einen Blick in diese Schriften werfen zu dürfen? Sie sollten nicht zu optimistisch sein. Verstehen Sie überhaupt Hebräisch?«

»Ein wenig«, antwortete ich. »Aber da ich kein etablierter Forscher einer berühmten Universität bin, glaube ich natürlich nicht, dass ich die Schriftrollen sehen darf, außer die in Vitrinen ausgestellten Teile. Aber deren Aura ist ja auch schon faszinierend, nicht wahr?«

Seth nickte. »Sicher. Es ist etwas ganz Besonderes. Was sagte Napoleon noch beim Anblick der Pyramiden von Giseh? ›Jahrtausende blicken auf uns herab.‹ Wenn man die alten Pergamente betrachtet, möchte man sagen: ›Jahrtausende sprechen zu uns.‹«

Eine ziemlich interessante Idee aus dem Mund dieses Israeli. »Aber die Pyramiden sind doch um einiges älter als die Schriftrollen vom Toten Meer. Da hinkt der Vergleich mit den Jahrtausenden ein wenig.«

»Meinen Sie?«

»Meines Wissens wurden die Schriftrollen maximal auf das vierte Jahrhundert vor der christlichen Zeitrechnung datiert. Das macht sie höchstens zweitausendvierhundert Jahre alt. Aber die meisten sind jünger, höchstens zweitausend Jahre. Die Pyramiden hingegen sind rund viertausendfünfhundert Jahre alt. Die waren schon für die Autoren der Qumranschriften antike Bauwerke.«

»Das stimmt«, hörte ich Seth zu meiner Überraschung sagen. »Aber das, worüber die Rollen berichten, ist älter als die Pyramiden. Die Wurzeln der Texte in den Schriftrollen liegen noch viel weiter zurück im Dunkel der Vergangenheit. Weitgehend unbestritten ist mittlerweile eine Verbindung zu den Lehren von Zarathustra – also ins siebente Jahrhundert vor der christlichen Zeitrechnung. Es ist aber wahrscheinlich, dass die Lehren Zarathustras selbst noch weiter zurück in die Vorzeit reichen. Seine Heimat, das heutige Persien, gilt ja als Wiege der Zivilisation. Vor achttausend Jahren begann der Mensch, dort sesshaft zu werden und die ersten Siedlungen zu gründen. Und Zivilisationen haben nun einmal Lehren.«

Für einen normalen Agenten des israelischen Geheimdienstes verfügte Seth über außergewöhnliches Wissen. Ich konnte mich des Eindrucks nicht erwehren, dass hier wieder mal ein Test ablief. Das bedeutete, dass wir vorsichtig sein und ein wenig taktieren mussten, denn wenn jemand etwas von einem anderen erfahren will, geschieht das selten ohne Gegenleistung.

Mal sehen, sagte ich mir, was dieser jüdische Weise sonst noch alles weiß.

Ich schaute Parish an, der dem Gespräch zwischen Seth und mir interessiert gelauscht hatte, und zwinkerte ihm zu.

»Richtig«, sagte ich zu Seth. »Und die Sumerer waren die Ersten in der Menschheitsgeschichte, die eine eigene Schrift entwickelten. Die spätere Keilschrift.«

Ich hörte einen anerkennenden Pfiff vom Fahrersitz.

»Sie haben Ihre Hausaufgaben gut gemacht. Nicht viele wissen, dass die Mutter aller Schriften aus dem benachbarten Zweistromland stammt. Und damit auch die Mutter aller dokumentierten Lehren. Das alles ist älter als das alte Ägypten mit seiner Pracht.

Leider haben diese ersten Chronisten der Menschheit ihre Texte in einer verworrenen Sprache verfasst, die unendlichen Spielraum für Interpretationen lässt und kaum Anhaltspunkte dafür gibt, auf welches Wissen sie selbst wiederum ihre Weisheit begründet haben. Nur jede Menge weiterer Rätsel.«

Parish rührte sich. »Was meinen Sie damit, Seth? Sind denn die Rätsel der Qumranrollen selbst gelöst?«

Der Angesprochene nickte. »Nicht alle, aber schon ziemlich viele. Zum Beispiel das Rätsel um den Ursprung der in den Schriftrollen überlieferten Lehren. Die frühen Juden lebten mehrere Jahrhunderte lang unter persischer Herrschaft. Das hinterließ natürlich seine Spuren, auch im religiösen Glauben. Die Idee zweier konkurrierender himmlischer Mächte zum Beispiel. Die Juden der Qumranrollen kennen den Gott Israels und die satanische Gestalt Belials. Bei den alten Persern standen dafür Ahura Mazda und Angra Mainju. Sehr unterschiedliche Namen, aber verblüffende Parallelen in den überlieferten Geschichten.«

Reichlich ungeschickt fragte Parish mich: »Hat dein Mithras mit diesen Mazda und Mainju zu tun?« Ich konnte nicht fassen, dass Parish mir tatsächlich eine solche Frage vor dem israelischen Geheimdienstler stellte. Kein Wunder, dass Seth als Erster auf Parishs Einwurf reagierte.

»Mithras? Wie kommen Sie auf Mithras? Es ist interessant, dass Sie diesen Namen erwähnen. Mithras – oder Mithra, wie die eigentliche altpersische Bezeichnung lautet – ist Ahura Mazda! Es ist der noch ältere Name der frühen Völker in Persien für das Prinzip des Guten.« Er hielt kurz inne, dann fragte er: »Was haben Sie mit dem Mithraskult zu schaffen?«

Das waren gefährliche Gewässer. Nicht umsonst war in zweitausend Jahren Menschheitsgeschichte so viel Wissen über Mithras aus dem öffentlichen Bewusstsein getilgt worden. Deshalb antwortete ich auf Seths Frage: »Allgemeines Interesse. Wer sich ernsthaft mit Religionsgeschichte auseinander setzt, stößt zwangsläufig auf die Mithraskulte. Es ist nun mal der rote Faden durch die Antike, von den frühen Sumerern über die Babylonier und Ägypter bis hin zu den Griechen und Römern. Es ist erstaunlich, dass diese große Religion fast völlig aus dem Bewusstsein der modernen Menschen verschwunden ist, finden Sie nicht, Seth?«

Wie erhofft, nahm er den zugespielten Ball auf.

»Nun, einen Bereich gibt es ja doch, in dem Mithras und sein Kult die Jahrtausende überdauert haben. Sie wissen, was ich meine, nicht wahr?«

Natürlich wusste ich es. Aber ich durfte es auf keinen Fall aussprechen. Deshalb fragte ich so unschuldig wie möglich: »Was meinen Sie?«

Seth schaute sich wieder kurz zu mir um – wahrscheinlich, um sich zu vergewissern, dass ich ihn nicht veräppeln wollte.

»Sie nehmen mich auf den Arm, oder? Sie wollen Historiker sein, wissen angeblich aber nicht, wo die Mithraskulte abgeblieben sind? Das nehme ich Ihnen nicht ab. Aber gut, ich sage es Ihnen. Bei den Freimaurern. Deren Symbolik ist angefüllt mit Mithraszeichen. Nehmen Sie nur die Versammlungsorte, die dunklen Kammern. Das ist die Mithrasgrotte. Alle Mithräen lagen in Höhlen unter der Erde. Und Mithras selbst war ja ›der aus dem Felsen Geborene‹. Oder nehmen Sie die sieben Erkenntnisränge. Es gibt noch zahlreiche andere Beispiele. Und ich glaube Ihnen nicht, dass Sie das nicht wissen.«

Ich musste lächeln. »Oh, das haben Sie gemeint. Nun, die Freimaurer haben auch noch andere Mysterienkulte in ihre Liturgien eingebaut, zum Beispiel den ägyptischen Isiskult. Aber natürlich lässt sich letztendlich alles auf Mithras zurückführen. Es ist ja die älteste orientalisch-abendländische Kulturreligion, die alle späteren auf irgendeine Weise inspiriert hat. Finden Sie nicht, dass sich die deutlichsten Spuren von Mithras im Christentum wiederfinden?«

Seths Körper spannte sich, und er richtete sich kerzengerade im Fahrersitz auf. »Oh ja, auch wenn das eine sehr gefährliche Aussage ist, die man westlich von hier nicht besonders gern hört.« Abrupt wechselte er das Thema. »Was für ein Hotel suchen Sie in Jerusalem? Haben Sie einen bestimmten Wunsch?«

Es ist immer wieder ein faszinierendes Phänomen für mich, wie Wissen Angst auslösen kann. Wie in Worten und Sätzen verborgene Weisheit bei den Hörern Beklemmung hervorruft. Seth hätte im Moment sicherlich nicht ausdrücken können, was ihn dazu zwang, in dieser Situation so plump das Thema zu wechseln. Ein verborgener Schmerz in seiner Seele hatte sich gemeldet, und meine Grausamkeit bestand darin, diesen Schmerz bewusst hervorgerufen zu haben.

Ich überlegte, ob genau das auch die Erkenntnis sein könnte, zu der Tron vor seinem Tod gekommen war. Er hatte sicher besonders schmerzhaftes Wissen angehäuft. Er hatte selbst gesagt, dass er die Macht dieses Wissens nie gewollt hatte. Wie ein naives Kind hatte er nach neuem Wissen gesucht und, als er die Türen der Weisheit für ihn unverschlossen fand, sich hungrig und neugierig auf dieses Wissen gestürzt – nicht ahnend, welche Gewalt er damit über andere gewann.

Es musste eine merkwürdige Erfahrung für diese reine Seele gewesen sein, mit seinem neuen Wissen anderen Menschen Schmerzen zufügen zu können. Dieses Wissen hatte ihm sogar die Macht gegeben, dem Teufel selbst Qualen zu bereiten. Ein Heiliger, der erkennt, dass sein bloßes Dasein andere Seelen wirklich und wahrhaftig quält, weil er Dinge weiß, die sein Gegenüber sich niemals eingestehen würde.

Tron war wie ein Spiegel, in dem sich die bösen Wahrheiten der Menschheit widerspiegelten. Und wer sein eigenes böses Antlitz in Trons Wissen wiedererkannte, konnte nicht mehr vor ihm bestehen. Mir dämmerte, was das Geheimnis sein konnte, das meinen Freund und den Baron in Trons letzter Stunde miteinander verbunden hatte. Schade nur, dass ich es später, als es wichtig wurde, wieder vergessen sollte.

Eine ungewohnte Sentimentalität überkam mich. Hätte ich nicht aufgepasst, wäre dies der Augenblick gewesen, da ich um meinen Freund und die Tragik seines Daseins hätte weinen müssen – doch wider besseres Wissen, denn Tron dürfte mit seinem unbekümmert heiteren Wesen diese Tragik gar nicht als solche empfunden haben. Es war einfach so. Eine logische Folge von Konstanten, die auf das hinauslief, was sein Leben ausmachte. Nichts, worüber er hätte weinen oder traurig sein müssen wegen all der verlorenen Lebenszeit.

Parish riss mich aus meinen Gedanken, indem er unseren Fahrer fragte: »Können Sie uns ein Hotel empfehlen, Seth?«

»Sicher. Worauf kommt es Ihnen denn an?«

Ich übernahm es zu antworten: »Das Hotel sollte nahe dem Zentrum des neuen Jerusalems liegen, aber auch nicht zu weit weg von der Altstadt mit den heiligen Stätten wie Klagemauer, Grabeskirche, Via Dolorosa und Felsendom. Und natürlich nicht zu weit entfernt vom Israelischen Museum. Wenn das Hotel dann nicht zu groß ist, aber mit gutem Komfort, wäre es optimal.«

Ich sah Seth nicken. »Ich werde Sie zum *Palatin* bringen, da haben Sie es nicht weit bis zu den guten Restaurants der Stadt, egal, ob Sie orientalische oder europäische Küche bevorzugen. Das Haus ist seit vielen Generationen in Familienbesitz. Und wenn Sie wollen, finden Sie im Besitzer einen aufmerksamen und erfahrenen Gesprächspartner.«

Seth warf mir einen verschwörerischen Blick zu.

»Er ist hoffentlich kein Kollege von Ihnen?«, fragte ich.

»Auch er ist Jude. Beim Schutz unseres Landes sind wir alle irgendwie Kollegen, wenn Sie so wollen.«

Es wurde bereits Abend, als wir endlich in Jerusalem eintrafen.

Das Hotel *Palatin* entpuppte sich als einfaches, aber schmuckes, dreistöckiges Eckgebäude aus grob behauenen Sandsteinen. Es machte einen frisch renovierten Eindruck, die Zimmer waren hell und für einen so historisch beladenen Ort wie Jerusalem ungewöhnlich heiter.

Parish und ich bezogen unsere Zimmer. Nach einer Dusche trafen wir uns wieder in dem kleinen Foyer und beratschlagten, wo wir essen gehen sollten. Von der Rezeption aus sah uns ein älterer Mann mit sehr dunklen Haaren und fast schwarzen Augen zu.

»Entschuldigen Sie bitte, meine Herren, vielleicht kann ich Ihnen ja helfen. Ich bin Nathan, mir gehört das *Palatin*. Mein Freund Seth Berger sagte mir, dass ich in Ihnen ganz besondere Besucher fände. Wenn dem so ist, würde ich mich sehr freuen, wenn ich Sie hier bei mir aus meiner Küche bewirten dürfte. Seien Sie also meine Gäste.«

Wir nahmen die Einladung dankbar an, nahm es uns doch die Suche nach einem geeigneten Restaurant ab. Außerdem sah es ganz danach aus, als würde uns ein weiteres interessantes Gespräch erwarten. Und wir hatten noch etwas Zeit, bevor ich das erledigen konnte, was uns eigentlich nach Jerusalem geführt hatte.

Nathan führte uns in einen rückwärtigen Raum, wo an einem geräumigen rechteckigen Tisch für vier Personen gedeckt war. Ich blickte unseren Gastgeber fragend an. Der hob die Schultern und sagte entschuldigend: »Ich dachte, Seth würde uns auch noch Gesellschaft leisten. Aber er musste wieder nach Haifa.« Lächelnd fügte er hinzu: »Das Taxi zurückgeben.«

Ich erwiderte das Lächeln.

»Sind Sie auch ein Mitarbeiter der ›Security‹?«, fragte ich dann.

»Nein, nicht wirklich. Seths Ablösung wartet wahrscheinlich irgendwo draußen in einem Auto. Wenn Sie möchten, suche ich ihn und bitte ihn zu uns herein. Gedeckt ist ja schon.«

Immer noch lächelnd, schüttelte ich den Kopf. »Das wird wohl nicht nötig sein. Obwohl die Mitarbeiter Ihres Geheimdienstes interessante Menschen zu sein scheinen. Nicht so wortkarg, wie man es bei Agenten vermutet.«

»Nun, Kommunikation ist das Wesen unseres Volkes. Das Wort ist hier immer noch mächtiger als das Schwert, auch wenn man es angesichts der vielen bewaffneten Soldaten in unseren Straßen nicht vermuten würde. Eigentlich ist die Kommunikation sogar das Geheimnis unseres Erfolges. Aber nehmen Sie beide doch Platz.«

Mit einer Handbewegung unterstrich Nathan seine Einladung. Nachdem Parish und ich uns einander gegenüber an die Längsseiten des Tisches gesetzt hatten, nahm auch Nathan seinen Platz ein – nicht an der Hauptstirnseite mit dem Rücken zum Fenster, wie es dem Haushaltsvorstand zugestanden hätte, sondern an der »schwächeren« Stirnseite mit dem Rücken zur Tür.

»Wie kommt es, dass ein Hotel in Jerusalem *Palatin* heißt?«, begann ich. »So heißt einer der sieben Hügel, auf denen Rom erbaut wurde.«

»Seth hat mich gewarnt, dass Sie ein bemerkenswerter Hobby-Historiker seien. Ja, der Palatin ist eigentlich ein Stadtteil Roms, der älteste und vornehmste, unweit vom Kolosseum. Kaiser haben dort ihre Residenzen erbaut, gewaltige Paläste, die schönsten und reichsten ihrer Zeit. Heute ist das alles nur noch ein Trümmerfeld, ein zerfallenes Zeugnis der alten Größe des Nabels der Welt.«

»Ist nicht auch der Circus Maximus in der Nähe?«, setzte ich nach.

»Sie scheinen ein sehr weit gereister Mann zu sein, Jan. Spreche ich den Namen richtig aus? Jan klingt nach einer Kurzform den Namens Johannes, wenn ich mich nicht täusche.«

Entdeckte ich dort mithräische Sprachtradition? Fragen, wenn man nicht antworten will? Er hatte bewusst nicht den Platz des Haushaltsvorstandes gewählt. Was ging hier ab?

»Sie täuschen sich nicht, mein lieber Nathan – soll ich sagen, Nathan der Weise? Ich bin irgendwie ein Träger dieses großen Namens, so wie Johannes der Täufer oder der Johannes aus der christlichen Offenbarung.«

»Sind Sie Christ?«, fragte er.

»Nicht in dem Sinne, wie ein Christ sich gemeinhin als Christ bezeichnen würde. Aber ich bin fasziniert von dem Mann Jesus von Nazareth. Er war und ist für mich ein ganz Großer der Menschheit.«

»Seltsam, wie Sie von Jesus sprechen. Man könnte fast glauben, Sie hätten ihn noch persönlich gekannt. Doch manche halten Jesus für eine mystische Gestalt, eine Erfindung, eine Legende der Menschen.«

»Wie meinen Sie das?«, fragte Parish.

»Nun, es gab ja ein historisches Vorbild für den Messias der Christen«, antwortete ich an Nathans Stelle. »Jenen Mithras, über den wir schon sprachen. Nach der christlichen Zeitenwende war Mithras als Erlöserpersönlichkeit sogar deutlich populärer als der frühe Jesus. Trotzdem setzte sich erst in Rom, dann in ganz Europa das Christentum als Universalreligion durch. Mit der Folge, dass alle Mithrasheiligtümer im Einflussbereich der Christen systematisch zerstört wurden.

Manche Gelehrte vertreten jedoch die Meinung, dass der Mithraskult nicht einfach verschwand, sondern dass das Christentum ihn quasi assimilierte. Aus Mithras wurde Christus. Der alte Kult ging in der neuen Kulturreligion auf. Habe ich Recht, Nathan?«

»Ja«, pflichtete der Angesprochene mir bei. »Den meisten Christen dürfte nicht bewusst sein, dass sie ihr Weihnachtsfest am 25. Dezember zur Wintersonnenwende feiern, der Geburtsstunde des Mithras. Oder das Osterfest.«

»Auch das Osterfest ist nicht christlich?«, fragte Parish verwundert.

»Nicht in erster Linie«, antwortete Nathan. » Es ist, gemäß der Berechnung nach dem Lauf des Mondes, ziemlich exakt das Wiederauferstehungsfest von Mithras. Oder nehmen Sie das christliche Abendmahl – auch ein kultisches Ritual der Mithrasgemeinden.«

»Sie wollen doch nicht etwa sagen, dass die Christen im Grunde heidnische Feste und Rituale feiern?«, ereiferte sich Parish.

»Auch wenn ich sicher nicht der richtige Mann bin, Ihnen das beizubringen«, sagte der Israeli, »entspricht es doch den historischen Tatsachen. Es gab zwar viele christliche Kirchenmänner, die den Gläubigen weismachen wollten – und schließlich auch weisgemacht haben –, dass der Mithraskult das Christentum nachahme. Aber es ist genau umgekehrt. Schließlich ist die Mithrastradition mehrere tausend Jahre älter als das Christentum.«

Parish holte tief Luft, als wollte er etwas erwidern. Aber in diesem Moment öffnete sich eine rückwärtige Tür, und zwei orientalisch aussehende Mädchen brachten Teller und Schüsseln mit Reis, Fleisch und Gemüse sowie Körbe mit Brot herein. Als alles aufgetischt war, schenkten die Mädchen uns auch noch roten Wein in bereitgestellte Gläser und stellten Karaffen mit klarem Wasser bereit. Dann verließen sie den Raum so wortlos, wie sie gekommen waren.

»Greifen Sie zu«, sagte unser Gastgeber, und wir folgten seiner Aufforderung nur zu gern. Als wir uns alle bedient hatten, griff ich das vorangegangene Gespräch wieder auf.

»Ein schönes Beispiel, wie der Mithraskult und das Christentum sich vermischt haben, kann man auch am Monte Palatino in Rom bewundern, der Ihrem Hotel seinen Namen gab.«

»Ich dachte mir schon, dass Sie das zur Sprache bringen, Johannes«, nahm Nathan meinen angebotenen Gesprächsfaden auf. »Sie meinen sicher die Kirche Santa Maria in Cosmedin unweit des von Ihnen erwähnten Circus Maximus. Ein eigenwilliger Name für eine christliche Kirche, finden Sie nicht?

Santa Maria in Cosmedin ist meiner Meinung nach einer der bemerkenswertesten Sakralbauten Roms. Der ursprüngliche Name der Kirche soll ›Santa Maria in Graeca‹ gewesen sein, da es sich um eine Kirche griechischer Zuwanderer handelte, die in der Folge des Bilderstreits aus Byzanz nach Rom geflohen waren.

Der Name ›Cosmedin‹ könnte sich daher von einer Kirche und einem Platz in Byzanz namens ›Kosmidion‹ ableiten. Nach einer anderen Interpretation leitet der Name sich von dem griechischen Wort ›cosmedin‹ für Schmuck ab. Der Beiname würde sich dann auf den prächtig ausgeschmückten Innenraum von Santa Maria in Cosmedin beziehen. Das glaube ich allerdings nicht. Der Bezug zu ›Kosmidion‹ scheint mir logischer.«

»Warum?«, wollte Parish wissen.

»Das erkläre ich Ihnen gleich. Kommen wir erst einmal

auf diesen bemerkenswerten Kirchenbau zurück. Errichtet wurde die Kirche ursprünglich unter Nutzung eines altrömischen Annona-Tempels. Dieser war zugleich das Verwaltungsgebäude der so genannten ›Cura Annonae‹, die im antiken Rom für die Getreideversorgung der Bevölkerung zuständig war.

Von dieser Oberkirche, die heute ein ziemlich weitläufiges Gelände einnimmt und mit berühmten Marmorintarsien und Fresken geschmückt ist, kann man in die Ausgrabungen einer frühchristlichen Kirche hinabsteigen, unter der sich wiederum Reste eines römischen Hauses aus dem zweiten Jahrhundert befinden sowie ein Gebäude mit einem Mithrasheiligtum, einem so genannten Mithräum, einer unterirdischen Kultgrotte der Mithrasgemeinde. Es war eine ziemliche Sensation, als Archäologen dort 1931 ein großes Altarbild des Mithras aus Marmor entdeckten. Es war fast vollständig erhalten. Auf einmal wunderte man sich über diese eigenartige Kirche. Denn das hervorstechendste Merkmal dieses Gotteshauses ist einer der prächtigsten Glockentürme Roms, ein siebengeschossiger Turm. Und die Zahl sieben ist nun mal die heilige Zahl der Mithrasanhänger. Eine christliche Kirche reckt ein sichtbares Denkmal der sieben Erkenntnisstufen des Mithraskultes, seiner sieben Himmel, in den wirklichen Himmel – und das ausgerechnet über einem echten Mithräum! Das kann einen gläubigen Menschen schon ins Grübeln bringen.«

»Das ist erstaunlich. Die Sieben ist die heilige Zahl der Mithrasanhänger, Ian?«, wandte Parish sich an mich. »Ich frage nur, weil die Sieben ja auch in meiner Vergangenheit eine so große Rolle gespielt hat.«

»Ja, es stimmt«, antwortete ich. »Der Mithraskult kennt sieben Himmel, die über eine Leiter erreicht werden können. Das Altertum kannte sieben Planeten: Sonne, Mond, Merkur, Venus, Mars, Jupiter und Saturn. Diesen Himmelskörpern entsprechen bis heute die sieben Wochentage. Sieben Tage braucht der Mond, um von Neumond zum ersten Viertel zu gelangen, aber nur sechs Tage lang ist mit bloßem Auge tatsächlich eine Veränderung zu bemerken, am siebten Tag scheint der Mond zu ruhen. Gleiches ist bei den darauf folgenden Mondphasen zu beobachten.

Wenn man also die Zeit von einer markanten Mondveränderung bis zur nächsten maß und den Zeitraum der vier Mondphasen beobachtete und berechnete, erhielt man eine siebentägige Woche, in der ein Ruhetag enthalten war. Das kommt dir doch bekannt vor, oder? Und daher ist die Sieben von alters her eine magische Zahl.«

»Das System der Wochentage?« Parish war sichtlich erstaunt. »Kein mystischer Zahlenzauber?«

»Oh, das ist reine Kaballistik, Zahlenmystik«, erklärte Nathan. »Denn dem himmlischen Geschehen standen ja immer auch menschliche Erkenntnisstufen auf Erden gegenüber. Der Lauf der Planeten in den Weiten des Himmels war stets auch eine Metapher für das Leben auf der Erdenscheibe.«

»Und was waren das für Erkenntnisse, die man mit dem Lauf der Planeten enträtseln konnte?« Parish schaute von Nathan zu mir.

»Nun«, übernahm ich es zu antworten, »anfangs war es ganz banales Wissen, jedenfalls aus heutiger Sicht. Wann man mit der Aussaat beginnen konnte, wann das Vieh trächtig wurde … all die Kenntnisse, die man in einer sich entwickelnden Agrargesellschaft besitzen musste. Und dann natürlich die religiösen Wahrheiten über die Menschen, die ewig aktuellen Fragen. Wo kommen die Menschen her, was bewegt sie, wohin führt ihr Weg …«

»Und die Antwort ist sieben?« Parish musste lachen.

»Schön, wenn es so einfach wäre.« Auch Nathan lachte. »Aber es ist viel komplizierter. Erinnern Sie sich, dass ich vorhin sagte, der Name der Kirche Santa Maria in Cosmedin müsse sich auf das griechische Pendant ›Kosmidion‹ beziehen und nicht auf die Übersetzung ›Schmuck‹?«

Parish nickte.

»Im Kosmidion in Byzanz, wie gesagt einer christlichen Kirche, wurden zwei Heilige verehrt, Kosmas und Damian, berühmte Wunderheiler ihrer Zeit. Was ungewöhnlich ist für katholische Heilige: Kosmas und Damian waren mit ziemlicher Sicherheit Araber aus dem Gebiet des heutigen Syrien. Und was noch ungewöhnlicher ist: Es gibt drei unterschiedliche Legenden über ihr Leben aus drei unterschiedlichen Kulturkreisen und unterschiedlichen Epochen. In Byzanz erzählte man sich eine asiatische Legende, in Rom eine arabische und in Syrien eine römische. In allen drei Legenden ging es um ein zweieiiges Zwillingsbrüderpaar, die ältesten beiden Brüder von insgesamt sieben. Wir nehmen diese Zahl an dieser Stelle einfach nur zur Kenntnis, ohne sie weiter zu interpretieren. Nun, die beiden Brüder hatten zusammen Heilkunst studiert und den Eid abgelegt, ihre Kunst unentgeltlich zu leisten, was sie bei der einfachen Bevölkerung sehr beliebt machte. Denn gute Heiler waren stets ein Privileg der Reichen und Mächtigen gewesen.

Kosmas und Damian halfen jedem, der zu ihnen kam – so, wie Jesus es getan hatte. Und sie vollbrachten Wunder – so, wie Jesus es getan hatte. Unter anderem sollen sie die Ersten gewesen sein, die einen Leistenbruch geheilt haben. Ein Grab von Kosmas und Damian gibt es in Pherna; diese beiden sollen nach einem erfolgreichen Leben eines natürlichen Todes gestorben sein. Ein anderes Grab gibt es in Aegae. Angeblich wurden die Brüder hier im Zuge der Christenverfolgung des Diokletian auf ziemlich abstruse Weise hingerichtet. Da sie dem Christentum nicht abschwören wollten, heißt es, ließ der damalige römische Statthalter sie erst kreuzigen, dann Pfeile auf sie schießen, dann ließ er sie steinigen, ließ sie gefesselt ins Meer werfen und schließlich auf dem Scheiterhaufen verbrennen. Doch alle Tötungsversuche misslangen, worauf man die beiden enthauptet haben soll, um der Geschichte ein Ende zu machen.

Ein ganz ähnliches Schicksal ereilte das dritte, das römische Brüderpaar Kosmas und Damian. In dieser Geschichte heißt es, dass man die beiden gefesselt ins Meer warf, sie auspeitschte und auf dem Scheiterhaufen verbrannte. Aber auch hier brachte erst das Enthaupten ein Ende. Wobei das nicht ganz stimmt, denn auch nach ihrem angeblichen Tod stellten die schier unverwüstlichen Brüder ihre Wundertätigkeit nicht ein. Vielmehr schafften sie als Wiedergänger erst nach ihrem offiziellen Tod das ultimative Wunder ihrer Zeit, das sie bis heute in der Geschichtsschreibung unsterblich gemacht hat.

Nach dem Tod des Bruderpaares in Rom und der darauf folgenden Christianisierung wurde auf kaiserliches Geheiß eine Kirche zu ihren Ehren errichtet, vermutlich die erste Kirche Santa Maria in Cosmedin. Dort arbeitete der Überlieferung nach ein Mann, dem ein unheilbares Krebsgeschwür das Bein zerfressen hatte. Im Schlaf sollen Kosmas und Damian diesem Mann erschienen sein. Die beiden diskutierten am Bett des Mannes, wie sie ihm das Bein ersetzen könnten, wenn sie es ihm mitsamt dem Geschwür amputiert hätten. Sie einigten sich darauf, es durch das Bein eines Mohren zu tauschen, der am selben Tag verstorben war. Als der Kranke am nächsten Tag aufwachte, war er schmerzfrei, und anstelle des durch den Krebs zerstörten Beins besaß er ein neues, jedoch schwarzes Bein. Seither sind Kosmas und Damian die Schutzheiligen der Ärzte und Apotheker. Die erste überlieferte Transplantation der Menschheitsgeschichte beeindruckt bis heute die Fachkreise.«

»Und ein schwarzer Bruder gab sein Bein dafür her«, kommentierte Parish amüsiert. »Aber das alles kann doch nicht sein. Drei gleiche Brüderpaare, die an verschiedenen Enden der Welt zu verschiedenen Zeiten das Gleiche tun und zumindest in zwei Fällen fast identische Schicksale erleiden. Und was hat das alles überhaupt mit den sonstigen Erkenntnissen zu tun, die man mit dem Lauf der Planeten enträtseln konnte?«

Nathan sah mich an. Er war sichtlich zufrieden mit sich und schien das Gespräch zu genießen. Vielleicht wäre es doch besser gewesen, woanders essen zu gehen.

»Nun«, holte der Israeli aus, »wenn man einmal die Familie mit den sieben Brüdern nimmt, aus der angeblich Kosmas und Damian stammen, ist das ein mehr als deutlicher Hinweis auf den Mithraskult. Die sieben Brüder sind die sieben Repräsentanten der sieben Erkenntnisstufen des Kultes, entsprechend den sieben bekannten antiken Planeten. Das ist vor allem deshalb plausibel, weil es im Mithraskult auch das ungleiche Zwillingspaar gibt, Cautes und Cautepates, die Fackelträger und Opferhelfer. Sie stehen für den Tag und die Nacht. Oder das Leben und den Tod.

Erinnern wir uns, wo die Santa Maria in Cosmedin über einem Mithräum erbaut wurde. Das kann den Erbauern nicht verborgen geblieben sein. Und sie haben ja auch den passenden Turm dazu errichtet, wenn auch erst einige Jahrhunderte später. Aber das beweist eigentlich nur, dass das Wissen über Cautes und Cautepates und ihre Wunderheilungen im kollektiven Bewusstsein der Menschheit präsent geblieben sind. Übrigens tauchen die beiden Zwillinge auch in der griechischen Mythologie auf. Dort heißen sie Kastor und Polydeukes.«

Der Israeli schob seinen Teller mit einer Bewegung von sich, die erkennen ließ, dass er das Mahl und das Gespräch als beendet betrachtete.

»Das, mein lieber Parish«, setzte unser Gastgeber offensichtlich zum Schlusswort an, »sind Erkenntnisse aus dem Urwissen der Menschheit. Wie haben die beiden Wunderheiler diese erste Transplantation der Menschheit zustande gebracht? Und wie haben sie es geschafft, solche multiplen Persönlichkeiten zu werden, die dramatische Spuren in der Welt hinterlassen haben – von den frühen Mythologien bis zum Christentum? Und das größte aller Rätsel: Wie haben sie es geschafft, so oft den Tod zu überlisten? Denk einmal darüber nach, mein guter Mohr. War es damals nur ein gelungener Marketing-Gag der beiden, um in die Heiligen-Pop-Charts der Geschichte aufgenommen zu werden?« Nathan grinste Parish an. »Oder gibt es weitere Möglichkeiten, den eigenen Tod zu überlisten, als ihn der Öffentlichkeit nur vorzutäuschen? Ich bin sicher, Mohr, du wirst spannende Gedanken dazu finden.«

17.

Es war spät geworden, später als erwartet. Ich ließ Parish und mir ein Taxi rufen. »Zum Israelischen Museum«, teilte ich dem Taxifahrer mit, was Parish offensichtlich überraschte.

»Da ist doch bestimmt schon geschlossen«, sagte er verwundert.

»Sicher«, erwiderte ich. »Aber der Komplex ist riesig und auch bei Nacht ein besonderer Anblick. Außerdem kann man durch den Freiluftskulpturenpark schlendern und sich der Atmosphäre des Schreins der Bücher aussetzen. Die mystische Aura dieses einzigartigen Gebäudes kommt im Dunkeln erst richtig zur Geltung.«

Die Erklärung schien Parish als Grund für unseren Ausflug zu reichen. Entspannt lehnte er sich im Sitz zurück. Nach kurzem Überlegen fragte er: »Kannte dieser Nathan dich, Ian?«

Das war eine verständliche Frage, die ich mir zum Ende unserer Unterhaltung selbst immer öfter gestellt hatte.

»Er war von Seth instruiert, jede Wette. Es war kein Zufall, dass wir ausgerechnet im Hotel *Palatin* gelandet sind. Und Sunleitner verdanken wir, dass man hier in Israel überhaupt darüber informiert war, dass wir kamen.«

Nach wenigen Minuten setzte der Taxifahrer uns vor der langen, verschachtelten Fassade des Israelischen Museums ab. Ich wollte warten, bis das Taxi verschwunden war, doch der Fahrer hielt nach wenigen Metern am Straßenrand, stellte den Motor ab und gab sich damit als ein weiterer unserer Aufpasser zu erkennen. Ich sah mich um. Zu dieser späten Stunden waren nur vereinzelt Passanten unterwegs. Stumm bedeutete ich Parish, mir zu folgen.

Wir gingen um das riesige Gebäude herum. Der Mann im Taxi blieb sitzen und machte keine Anstalten, uns auch zu Fuß zu folgen. So erreichten wir unbehelligt den rückwärtigen Teil des Museumscampus.

Das Israelische Museum beherbergt viele unterschiedliche Einrichtungen und ist viel mehr als ein normales Museum. Hier gibt es eine riesige Bibliothek, Kunstgalerien sowie museale Ausstellungen über die jüdische Geschichte und die Geschichte von Nachbarvölkern, etwa aus dem persischen Raum oder aus Ägypten.

Der größte Stolz des Museums waren die hier gezeigten

Schriftrollen vom Toten Meer. Zwar waren Exponate der Sammlung über die ganze Welt verteilt, doch die größten Schätze der Qumranschriften lagerten im Schrein der Bücher hier auf dem Gelände des Israelischen Museums sowie im angeschlossenen Rockefeller-Zentrum, das ebenfalls eigene Bestände der Qumranfunde zeigen durfte; aber das waren aus meiner Sicht nur Werke zweiten Ranges.

Über eine rampenartige Treppe erreichten wir das Ziel unserer nächtlichen Wanderung, die uns in der frischen, kühlen Luft gut tat. Deshalb hatten wir es nicht eilig, sondern schlenderten gemächlich zwischen der großen schwarzen Basaltwand und dem quadratischen Wasserbecken mit dem daraus emporragenden, beleuchteten weißen Kuppelbau herum.

»Das ist der Schrein der Bücher?«, fragte Parish.

»Ja«, antwortete ich. »Der weiße Bau, der aussieht wie der überdimensionale Deckel einer Amphore, symbolisiert den Sohn den Lichts, die schwarze, düstere Basaltwand den Sohn der Finsternis. Die Architekten wollten damit einen Bezug zu diesen beherrschenden Motiven der Qumranschriften herstellen.«

»Der ›Sohn des Lichts‹ und der ›Sohn der Finsternis‹ – das sind doch du und Tom, Cautes und Cautepates, die beiden Fackelträger.«

»Ja. Man könnte sagen, der Schrein der Bücher wurde für mich und meinen Bruder gebaut.«

»Aber ich sehe keinen Eingang. Wo ist er?«

»Da hinter der Basaltmauer. Die eigentlichen Ausstellungs- und Archivräume sind unterirdisch, um die Pergamente und Papyri vor der Witterung zu schützen. Lass uns hinuntergehen.«

Wir schritten die Stufen hinab zum Haupteingang des Schreins. Menschen sahen wir hier keine mehr.

»Kommen wir morgen noch mal her, um uns die Schriftrollen anzuschauen? Deswegen sind wir doch hier, oder?«, wollte Parish wissen.

»Morgen wiederzukommen wäre vergebliche Liebesmüh. Was uns interessiert, würde man uns morgen im normalen Besucherverkehr bestimmt nicht freiwillig zeigen. Aber jetzt sind wir ja hier. Also lass uns hineingehen.«

Parish schaute mich verdutzt an. »Ist denn geöffnet?«

Ich holte einen Schlüsselbund aus meiner Hosentasche und schloss den Haupteingang auf. »Jetzt ja.« Ich trat ein.

Parish blieb ungläubig vor der Tür stehen.

»Komm schon, Parish. Sonst sieht dich noch jemand.« Sichtlich verdutzt folgte Parish mir.

»Wie kommst du an einen Schlüssel zum Museum?«

»Ich sagte dir doch eben, dass diese Gebäude unter anderem mir zu Ehren errichtet worden ist. Es ist also quasi mein Zuhause. Wieso sollte ich dann nicht auch einen Haustürschlüssel haben?«

Es war nicht fair, dass ich meine Späße mit Parish trieb. Deshalb fügte ich hinzu: »Ich habe bei der Installation des Sicherheitssystems hier mitgearbeitet. Wie du weißt, bin ich von Haus aus Informatiker. Und damals dachte ich mir, es könnte sinnvoll sein, mir einen Hauptschlüssel nachzumachen. Wie du siehst, hatte ich Recht.«

Ich hoffte, dass mit dem Hauptschlüssel immer noch die gesamte Überwachungstechnik abgeschaltet werden konnte. Da sonst nur ausgewählte Mitarbeiter einen Hauptschlüssel besaßen, reagierte der Sicherheitsdienst üblicherweise nicht, wenn das System auf diese Weise deaktiviert wurde.

»Mir scheint, dass viele Gebäude unbekannterweise zu euren Ehren gebaut wurden. Eine Kirche in Rom, eine in Istanbul, ein Museum in Jerusalem …«

»Ja, die Menschen ahnen manchmal nicht, wem sie mit ihren Denkmälern huldigen.«

Ich schloss die Tür von innen ab, drehte den Schlüssel aber nur einmal, denn zweimaliges Umdrehen hätte das Sicherheitssystem wieder aktiviert. Und zog den Schlüssel wieder ab. Ich horchte in die dunkle Stille. Wir schienen allein zu sein.

Ich führte Parish in den rückwärtigen Bereich, vorbei an Vitrinen und Schaukästen, die die alten Schriftrollen selbst oder Dokumente zu ihrer Entdeckungsgeschichte zeigten. Vor einer gut verborgenen Seitentür blieb ich stehen und prüfte, ob sie verschlossen war. Zu meinem Erstaunen war sie es nicht.

Parish war derweil langsam zum zentralen, kreisrunden Saal gegangen, der sich direkt unter der Amphorendeckel-Kuppel befand. In der Kuppelmitte war ein Durchlass, durch den fahles Nachtlicht ins Innere drang. Staunend ließ Parish den Blick schweifen.

»Hier lagert also das geheime Wissen der Menschheit«, hörte ich ihn feierlich sagen.

»Ja. Zumindest ein großer Teil dieses Wissens, darunter die wichtigsten Schriften aus der so genannten Höhle eins von Qumran. Ich glaube, die Wächter hier ahnen nicht einmal, wie viel von diesem geheimen Wissen sie hier tatsächlich aufbewahren. Geschweige denn, wie man dieses Wissen zu deuten hat.«

»Und was hast du mit diesen Schriftrollen zu schaffen?«, wollte Parish wissen.

»Einige davon gehören mir. Aber es gibt keinen besseren und passenderen Ort, diese Schriften aufzubewahren, als hier. Wenn du etwas gut verstecken willst, dann tue es so auffällig wie möglich. Keiner wird die Täuschung glauben.«

»*Dir* gehören Schriftrollen vom Toten Meer? Du spinnst ja. Diese Schriftrollen wurden meines Wissens durch Zufall gefunden. Du hast eigene Aufzeichnung von dir dazwischengeschmuggelt, nicht wahr? Wie hast du das geschafft?«

»Man kann eigentlich nicht sagen, dass es damals ein Zufallsfund war. Das ist eher eine Legende. Ein Hirte soll die Höhlen entdeckt haben, aber es war keiner dabei, der die Geschehnisse damals bezeugen kann.

Über die letzten Jahrtausende hinweg mussten die Aufzeichnungen aus der Morgenröte der Menschheit immer wieder erneuert oder vor Zerstörung bewahrt werden. Nach dem Zweiten Weltkrieg und der Ausrufung des Staates Israel stand zu befürchten, dass die bevorstehenden kriegerischen Auseinandersetzungen die Archive in den Höhlen von Qumran gefährden könnten. Die Höhlen liegen ja genau an der Nahtstelle zwischen Israel und Jordanien. Deshalb wurden die Archive seinerzeit von den Wächtern bekannt gemacht, damit das Material gesichert werden konnten. Die Israelis sind Schriftenbesessene. Sie lieben solche antiken Dokumente und gehen äußerst sorgsam und diskret damit um. Du siehst ja – sie haben mir und meinem Bruder sogar ein eigenes Denkmal gebaut, und wir mussten sie noch nicht einmal darum bitten. Das, was sie von den Schriften erkannten, reichte aus, um die Symbolik zu verstehen und die verborgenen Wahrheiten zumindest zu erahnen.

Kurz gesagt, in unserem Kult war man sich damals einig, dass die Schriften hier viel sicherer sind als in den Höhlen all die vielen Jahrhunderte zuvor. Das Herz der Bibliothek lagert hier. Was in andere Museen, zum Teil auch in private Sammlungen gelangte, waren Kopien oder von der Zeit zerstörte Pergamente. Nicht geplant war jedoch, dass zwei Kupferrollen nach Amman in Jordanien gingen. Auch wenn es ungleich schwieriger ist, dort an die Rollen heranzukommen, sind sie im dort eingerichteten Museum ebenfalls ziemlich sicher aufgehoben.«

»Was sind das für Kupferrollen?«

»Eigentlich sind es Schatzkarten, auf denen die Verstecke gewaltiger Gold- und Silbermengen verzeichnet sind, des alten Tempelschatzes von Jerusalem. Sie sind so gut verschlüsselt, dass sie manche Forscher schier in den Wahnsinn getrieben haben – Menschen, die auf der Suche nach diesen Schätzen halb Israel umgegraben haben.«

»Wie groß ist denn dieser Schatz?«, wollte Parish wissen.

»Die Archäologen, die die Kupferrollen in den letzten Jahrzehnten untersucht haben, kamen auf über hundert Tonnen Gold und Silber – nicht gezählt die sonstigen Bestände an Münzen, Kultgefäßen und dergleichen.«

»Und stimmt diese Einschätzung? Du weißt doch was? Raus mit der Sprache.«

Doch ich beließ es dabei, vielsagend zu lächeln. Mein Interesse galt heute Nacht nicht den materiellen Schätzen der Menschheitsgeschichte, sondern den geistigen.

»Komm mit. Ich zeig dir einen ganz anderen Schatz, der die Leute, die hier im Museum arbeiten, noch viel mehr verwirrt.«

Wir gingen zur überraschenderweise unverschlossenen Tür, die in eine Werkstatt und ein Archiv führte, in die Besucher üblicherweise keinen Zutritt hatten. Wir schritten durch das Dunkel in einen kleinen, angrenzenden Raum, der offensichtlich als Büro genutzt wurde. Ein unaufgeräumter Schreibtisch beherrschte dieses fensterlose Zimmer. In der Ecke stand ein großer verschlossener Safe.

Ich schloss die Tür hinter mir und schaltete das Licht ein. Die plötzliche Helligkeit blendete uns beide, und wir blinzelten einen Moment, bis unsere Augen sich auf den Schein der

Neonröhren eingestellt hatten. Sofort ging ich zu dem Safe, kramte erneut meinen Schlüsselbund heraus und schloss den Stahlschrank auf.

»Ist das hier dein Büro?« Parishs Frage war verständlich.

»Nein, auch wenn dieses unterirdische Kabinett einem Anhänger des Mithraskultes sicherlich zur Ehre gereicht. Dann aber müsste ich es wohl nicht in der Nacht aufsuchen. Aber als ich damals hier das Sicherheitssystem …«

»… installiert hast, sagtest du dir, es wäre gut, auch einen Schlüssel für diesen Geldschrank zu haben«, vollendete Parish meinen Satz.

»Keine Angst, das ist kein Geldschrank. Da lagern weitere Schriftrollen. Und die sind zumindest teilweise aus meinem Besitz. Es sind Mithrastexte, über die ich zu wachen habe. Ich erfülle also nur meine Pflicht, wenn ich von Zeit zur Zeit vorbeischaue und nachsehe, ob noch alles an seinem Platz ist.«

Ich öffnete den Safe und sah rasch die Fächer des Stahlschranks durch. Es schien alles dort zu sein, wohin es gehörte. Schließlich hob ich vorsichtig einen offenen Karton heraus, der eine Schriftrolle aus Pergament enthielt, und ging damit zum Schreibtisch.

»Was ist das?«, fragte Parish neugierig.

»Das ist mein Buch der Geheimnisse, die Quelle und das Meer meines Wissens. Alles, was ich bin, was ich war und was ich sein werde, steht in dieser alten Schrift.«

Parish wusste offensichtlich nicht, was er mit dem Gehörten anfangen sollte. Aufmerksam beobachtete er, wie ich das Siegel der Schriftrolle – ein sorgsam geknotetes Leinenband – öffnete und den Papyrus aufrollte.

»Wovon handelt der Text?«, wollte Parish wissen.

»Wie bibelfest bist du?«, fragte ich zurück.

»Einigermaßen. Altes Testament, Neues Testament, Adam

und Eva, Arche Noah, die Propheten, Jesus Christus, die Evangelien …«

»Eine bemerkenswerte Zusammenfassung. Sagt dir die Offenbarung des Johannes etwas?«

Parish bedachte mich mit einem verwunderten Blick. »Ja«, sagte er. »Die Apokalypse, Armageddon, das Ende der Welt …«

»Ich lese dir mal etwas vor«, sagte ich, entrollte den Text vor mir bis zum ersten Absatz und begann:

»›Johannes den sieben Gemeinden in Asien: Gnade sei mit euch und Friede von dem, der da ist und der da war und der da kommt, und von den sieben Geistern, die da sind vor seinem Stuhl.‹« Ich hielt inne und sah den Schwarzen an.

Parish sagte erstaunt: »Das ist die Beschreibung deines Mithraskultes mit seinen sieben Planeten oder Erkenntnisstufen, nicht wahr? Nur dass sie hier ›Geister‹ genannt werden. Der Hinweis mit den asiatischen Gemeinden ist geradezu frappierend.«

»Meinst du? Es ist der vierte Vers des ersten Kapitels der Offenbarung des Johannes, wie er seit Jahrhunderten in der Bibel steht.«

Parish schüttelte verwundert den Kopf. »Das ist doch unmöglich … oder nicht? So langsam glaube ich alles. Wenn die dich und deine Vorgänger bereits zu Heiligen gemacht haben und euch zu Ehren Kirchen und Museen errichten, wieso sollte es nicht auch Bibelstellen über euch geben.«

»Es geht nicht um Bibelstellen. Die gesamte Offenbarung ist ein uralter Text aus dem Mithraskult. Ersetze lediglich ›der eine‹ oder ›Jesus Christus‹ oder im weiteren Verlauf ›das Lamm‹ durch ›Mithras‹, und du erkennst die äonenalten Ursprünge dieses Textes. Diese Offenbarung ist so alt wie die Menschheit selbst, zumindest der Kern, denn es ist kein festgefügter Text; er hat sich mit den Menschenaltern verändert. Namen haben sich gewandelt. Aus Mithras wurde Jesus Christus, aus dem Stiertöter das getötete Lamm. Doch die Wahrheiten dahinter sind die gleichen geblieben.«

»Und welche Wahrheiten sind das?« Die Neugierde stand Parish ins Gesicht geschrieben.

»Hab Geduld. Du hast schon viel mehr erfahren als die meisten anderen Sterblichen.«

Plötzlich veränderte sich der Gesichtsausdruck meines Begleiters. »Moment mal, die Qumrantexte sind alttestamentarische Schriften. Die Offenbarung aber steht im Neuen Testament. Haben die Gelehrten hier im Museum das nicht gemerkt?«

Ich lachte. »Oh doch. Deshalb haben sie diese Schriftrolle auch das ›Buch der Geheimnisse‹ getauft. Es ist ihnen ein gefährliches Rätsel, dass ein Text, der erst viel später in den biblischen Kanon aufgenommen wurde, offensichtlich so alt, wenn nicht sogar älter ist als das Alte Testament der Juden. Deswegen liegt es hier, gut versteckt. Aber das soll mir recht sein. Hier warten noch zahllose Rätsel auf die modernen Schriftgelehrten. Bis sie versuchen, die siebenundzwanzigste Schriftrolle aus der Höhle eins von Qumran zu entschlüsseln, wird noch viel Zeit vergehen.«

»Was willst du eigentlich mit der Rolle tun? Mitnehmen wirst du sie wohl nicht, wenn ich dich richtig verstehe, oder?«

»Nein, ich werde sie nicht mitnehmen. Ich will nur etwas nachlesen. Ich habe zwar schon sehr, sehr oft in dieser Schrift geblättert, aber manchmal übersieht man auch nach dem hundertsten Lesen eine wichtige Kleinigkeit. Auch wenn man selbst etwas schreibt, ist das so. Ist erst genug Zeit vergangen, ist man sich dessen, was man geschrieben hat, nicht mehr vollkommen sicher.«

Ich rollte die Schriftrolle weiter auf. »Hier ist es. Soll ich es für dich übersetzen? Es ist das zwölfte Kapitel der Offenbarung.«

Parish nickte, als ich ihn fragend ansah.

»Dann hör zu. ›Und es erschien ein großes Zeichen im Himmel: ein Weib, mit der Sonne bekleidet, und der Mond unter ihren Füßen und auf ihrem Haupt eine Krone von zwölf Sternen. Und sie war schwanger und schrie in Kindsnöten und hatte große Qual zur Geburt. Und es erschien ein anderes Zeichen im Himmel, und siehe, ein großer roter Drache, der hatte sieben Häupter und zehn Hörner und auf seinen Häuptern sieben Kronen; und sein Schwanz zog den dritten Teil der Sterne des Himmels hinweg und warf sie auf die Erde. Und der Drache trat vor das Weib, die gebären sollte, auf dass, wenn sie geboren hätte, er ihr Kind fräße. Und sie gebar einen Sohn, ein Knäblein, der alle Heiden sollte weiden mit eisernem Stabe. Und ihr Kind war entrückt zu Gott und seinem Stuhl.‹« Ich unterbrach kurz meinen Vortrag.

»Den nächsten Teil können wir überspringen. Aber hier geht es weiter: ›Und da der Drache sah, dass er verworfen war auf der Erde, verfolgte er das Weib, welches das Knäblein geboren hatte. Und es wurden dem Weibe zwei Flügel gegeben wie eines großen Adlers, dass sie in die Wüste flöge an ihren Ort, da sie ernähret würde eine Zeit und zwei Zeiten und eine halbe Zeit vor dem Angesicht der Schlange. Und die Schlange schoss nach dem Weibe aus ihren Munde ein Wasser wie einen Strom, dass er sie ersäufte. Aber die Erde half dem Weibe und tat ihren Mund auf und verschlang den Strom, den der Drache aus seinem Munde schoss. Und der Drache ward zornig über das Weib und ging hin, zu streiten mit den anderen von ihrem Samen, die da Gottes Gebote halten und haben das Zeugnis Jesu Christi.‹«

Parish blickte mich an. »Das Weib, mit der Sonne bekleidet … das ist doch nicht Trons Freundin Nolo, oder? Tron soll doch Mithras sein, und Mithras ist der Sonnengott, nicht? Und die Adlerflügel – mein Flugzeug? Und der rote Drache – der Baron? Nolo wurde ertränkt. Oder doch nicht?« Mein Freund war sichtlich durcheinander.

»Verblüffend, nicht wahr?« Auch mich erstaunte die Treffsicherheit der alten Überlieferungen immer wieder.

»Aber da steht, das Weib gebar einen Sohn …« Parish brach mitten im Satz ab.

»Ja. Das könnte der Grund sein, warum der rote Drache sie ertränkt hat. Ein Kind von Tron wäre das Letzte, das er in dieser Welt gebrauchen konnte.«

»Willst du allen Ernstes behauptet, dass wir hier Zeugen einer biblischen Prophezeiung werden? Aber Nolo, das Weib, ist tot, und wenn sie schwanger war, auch das Baby. Tron, die Sonne, ist tot. Deine Offenbarung muss sich irren, wenn der Text hier sich auf die aktuellen Ereignisse um Tron beziehen soll.«

»Ich glaube nicht, dass die Offenbarung sich irrt, nur weil das, was wir gesehen haben, nicht sofort zur offensichtlichen Bedeutung des Textes passt. Darum geht es ja. Wie kann die Realität mit der Prophezeiung in Einklang gebracht werden? Deswegen sind wir hier. Kann beides zusammengebracht werden, gehört es auch zusammen. Und Tron ist die Reinkarnation des alten Gottes Mithras oder Jesu Christi oder Jakobs oder Buddhas oder Mohammeds.«

»Ich glaube, das wird langsam zu viel für mich. Jesus, Buddha, Mohammed … das sollen alles Wiedergeburten deines Mithras sein?«

»Ja, in gewisser Weise. Reine Seelen ohne Falschheit und mit dem größten Wissen der Menschen ihrer Zeit. Das ist der Stoff, aus dem in unserer Welt Götter gemacht werden. Oder zumindest deren Söhne und Stellvertreter auf Erden.

Es gibt eine Systematik dafür, ein ewiger Rhythmus, ein Maßstab, an dem man ihre Existenz messen kann – und das ist dieser Text, die Offenbarung.

Die Krux ist, dass jeder dieser göttlichen Knaben aufgrund seiner Göttlichkeit die Gesetzmäßigkeiten der Prophezeiung ein wenig verändern kann. Er besitzt ja die göttliche Schöpferkraft, den ewigen Lauf der Welt zu verändern und etwas wirklich Neues in diesem Leben zu schaffen. Aber das will dann von unsereins überprüft und bestätigt sein. Mein Bruder Tom und ich sind derzeit die Chronisten dieser Wahrheiten.«

»Verstehe ich das richtig? Du willst die Offenbarung der Bibel ergänzen? Wie geht das?«

»Nicht ergänzen. Es gibt eine Schlussformel, die festlegt, dass man weder etwas weglassen noch hinzufügen darf. Von Verändern steht da aber nichts, vom Anpassen an neue Maßstäbe, vom Umbenennen bestimmter Namen. Früher stand der Name Mithras darin, dann Jakob, dann David und schließlich Jesus Christus. Diese Worte kommen und gehen. Nur rückwärts gewandte Menschen halten unerschütterlich daran fest. Die Welt dreht sich weiter, und mit ihr verändert sich die älteste Offenbarung der Menschheit.

Aber das macht man nicht mit einem Federstrich, wie du dir wohl denken kannst. Ich muss mir schon ziemlich sicher sein, dass die ewigen Wahrheiten wieder einen Ruck in eine neue Richtung gemacht haben, bevor ich den Griffel tatsächlich in die Hand nehme. Solche Korrekturen können Kriege auslösen.«

»Wie meinst du das?«

»Überleg doch mal, was passiert ist, als die Söhne Davids sich von den Jüngern Jesus überholt sahen. Als die Offenbarung die alten Namen tilgte und die neuen in die Pergamente eintrug. Erst wurden die Christen verfolgt, dann verfolgten die Christen die Juden. Und alle zusammen verfolgten den alten Mithraskult, sodass der sich verstecken musste – in den neuen Religionen.

Was meinst du, wie die westliche Welt reagieren würde, wenn aus dem antiken Jesus von Nazareth als Sohn Gottes mit einem Mal ein kroatisch-deutscher Junghacker würde, der im neuen Informationszeitalter die Jünger an ihren Tastaturen mit seinem Wissen über die Welt erleuchtete? Das gäbe mehr als nur einen Cyberkrieg.«

Ich sah, dass Parish kaum noch zu atmen wagte und fast bewegungslos dastand. Er war ganz still geworden, als ließe er das Gehörte tief in seiner Seele erklingen, horchend auf das Echo, das meine Worte in ihm erzeugten. Ich ließ ihm Zeit zum Nachdenken.

Schließlich sagte er: »Bruder Johannes, erkläre mir deine Offenbarung. Wie funktioniert sie?«

Das war eine sehr gute Frage. »Ich erkläre es dir. Der Offenbarungstext, den ich in dieser Schriftrolle habe, die Urquelle, ist um einiges länger als das, was schließlich als Abschluss des Neuen Testaments in die christliche Bibel gelangte. Die Wiedergabe im christlichen Bibelkanon ist also im Grunde unvollständig. Aber die Bibel ist ja nicht die Urquelle, für die die Schlussformel gilt. Die Urquelle ist diese Schriftrolle hier. Die kürzere Bibelversion ist sogar gewollt, um die geheimen Wahrheiten nicht zu schnell zu enthüllen.

Es gibt gewissermaßen ein dreiundzwanzigstes Kapitel, wobei es die Kapiteleinteilung in den biblischen Texten ursprünglich ja gar nicht gab. Die kam erst mit den Möglichkeiten des Buchdrucks in die Bibel hinein, um besser mit ihr arbeiten zu können.

Dieses dreiundzwanzigste Kapitel der Offenbarung – nennen wir es einmal so – beschreibt die unendliche Wiederkehr der Prophezeiung. Völker, Religionen, auch Erlöser der Menschen kommen und gehen. Jede Zeit hat ihre Kultur, und die gründet sich auf ihrer Religion. Aber es gibt grundsätzliche Wahrheiten, die sich nicht verändern. Die Menschen sind stets Menschen und werden es immer bleiben, solange sie sich nicht selbst ausrotten oder ausgerottet werden. Sie handeln nach denselben ewigen Gesetzmäßigkeiten, streben nach den ewig gleichen Dingen. Der Kampf zwischen Gut und Böse ist unveränderlich, nur ändern sich die Maßstäbe, was das Gute und das Böse ist, was Licht und Dunkel und wofür Tag und Nacht stehen. Und für welche Wahrheiten dementsprechend der Messias einer ganzen Epoche steht.

Wie gesagt, die Namen sind austauschbar. In gewissem Maße auch die Handlungen. In unserem Fall heißt das: Wenn sich die Offenbarung Jesu Christi, niedergeschrieben von seinem Jünger und Freund Johannes, jetzt erfüllt hat, wird die Epoche der Christenheit bald beendet sein. Ein neuer Nachfolger des Ur-Erlösers wäre gefunden, und es würde jetzt die Zeit anbrechen, seine Offenbarung zu enthüllen und niederzuschreiben. Allerdings bedeutet das einen unglaublichen Berg an Arbeit.«

»Wieso?«, flüsterte Parish, der tief beeindruckt zu sein schien.

»Wieso, fragst du? Nimm das Beispiel Jesus Christus. Die jüdischen Prophezeiungen seiner Ankunft wichen deutlich vom tatsächlichen Geschehen ab. Als Jesus gekreuzigt war, wurde es zur Aufgabe seiner Jünger, seiner Gefolgsleute, seine Legenden aus Geschichten zu erschaffen, die man nun überall auf der Welt erzählt. Wenn wir beide, du und ich, die wohl größten Fans von Tron, nun anfangen wollten, überall seine Geschichte zu erzählen, hätten wir für die nächsten Jahrzehnte alle Hände voll zu tun, oder?«

»So geht das? So erschafft man einen Gott? Man erzählt einfach von ihm?«

»Man erzählt nicht einfach nur von ihm, man erzählt richtig gute Geschichten von ihm, die die Menschen glauben können, weil sie authentisch sind. Die Legendenbildung, bei der alle möglichen Halbwahrheiten hinzugefügt werden, setzt dann von ganz von selbst ein. Auch das ist eine Gesetzmäßigkeit der Menschheit. Sie liebt Geschichten. Und je größer diese Geschichten sind, desto öfter werden sie wiedererzählt und weitergetragen.«

»Und wirst du Trons Geschichte weitererzählen?«

Das war die Frage aller Fragen.

»Ich weiß es nicht«, antwortete ich wahrheitsgemäß. »Es ist noch vieles unklar. Das Weib der Sonne ist ertränkt worden; sie hätte überleben müssen. Tote aufwecken – das wäre ein echtes Wunder, sehr gut für eine Legendengeschichte. Aber ich bin kein Zauberer. Ich kann zwar eine ganze Menge, zur Not auch schon mal ein Bein anwachsen lassen«, ich zwinkerte Parish zu, »aber die kalte Leiche einer jungen Frau wieder ins Leben zu rufen, vielleicht sogar mitsamt eines ungeborenen Kindes, vermag auch ich nicht.«

»Und nun?«, wollte Parish wissen.

»Meine Erfahrung lehrt mich, dass die Lösung in diesen Texten steckt. Es war bisher immer so. Die Wahrheit verbirgt sich in diesen Zeilen. Es geht nur darum, sie richtig zu deuten, den Schlüssel zu finden, der die Bedeutung für die aktuelle Situation erschließt. Sieh her.« Ich hatte die Schriftrolle fast bis zum Ende aufgerollt und las wieder vor: »Einundzwanzigstes Kapitel der Offenbarung: ›Und ich sah einen neuen Himmel und eine neue Erde; denn der erste Himmel und die erste Erde verging, und das Meer ist nicht mehr. Und ich, Johannes, sah die heilige Stadt, das neue Jerusalem, von Gott aus dem Himmel herabfahren, bereitet als eine geschmückte Braut ihrem Mann. Und ich hörte eine große Stimme von dem Stuhl, die sprach: Siehe da, die Hütte Gottes bei den Menschen! Und er wird bei ihnen wohnen, und sie werden sein Volk sein, und er selbst, Gott mit ihnen, wird ihr Gott sein; und Gott wird abwischen alle Tränen von ihren Augen, und der Tod wird nicht mehr sein, noch Leid und Geschrei noch Schmerz wird mehr sein; denn das Erste ist vergangen.‹«

Wieder wurde es still in dem fensterlosen Büro. Wir hielten beide den Atem an.

»Die ›geschmückte Braut‹, ist das Nolo?« Parish sprach auch meine Gedanken aus.

»Kann sein. Dann wäre die Bedeutung von ›der Tod wird nicht mehr sein, noch Leid und Geschrei noch Schmerz‹ ebenfalls klar. Auf irgendeine Weise müsste sie zurückkehren. ›Denn das Erste ist vergangen.‹ Ich hatte immer gedacht, das beziehe sich in der Offenbarung auf das Ende der Christenheit. Wenn der neue Messias gefunden ist, würde der vorangegangene Erlöser für die Geschichte erledigt sein.

Aber es könnte sich auch auf das neue himmlische Paar beziehen, Braut und Bräutigam. Einmal tot. Einmal Tod überwunden. Der Tod wird nicht mehr sein. Wir haben hier auch noch eine Beschreibung der ›heiligen Stadt‹. Moment, hier … ich übersetze es dir wieder: ›Und die Stadt liegt viereckig, und ihre Länge ist so groß als die Breite. Und er maß die Stadt mit dem Rohr auf zwölftausend Feld Wegs. Die Länge und die Breite und die Höhe der Stadt sind gleich.‹«

»Die Länge, Breite und Höhe sind gleich? Mensch, das ist die Beschreibung einer gleichschenkligen Pyramide! Und das in irgendeinem Bibeltext?« Parish war außer sich vor Aufregung.

»Nicht in irgendeinem Bibeltext. In *dem* Bibeltext schlechthin. Aber wieso sollte die Braut Gottes wie eine Pyramide aussehen? Es muss anders zu verstehen sein. Aber wie?«

18.

Mein Handy klingelte. Ich hatte vergessen, es auszuschalten. In der Stille hier unten im Schrein der Bücher ließ uns das plötzliche laute Geräusch heftig zusammenzucken. Ich nahm das Gespräch sofort an, auch wenn keine Nummer des Anrufers angezeigt wurde.

»Ja?«

Es war wieder Sunleitner. »Entschuldigen Sie die nächtliche Störung. Wo sind Sie gerade?«

Ich sagte ihm lediglich, dass Parish und ich in Jerusalem seien. Dass wir uns im Moment im Israelischen Museum aufhielten, musste er jetzt nicht unbedingt wissen.

»Jerusalem? Wenn Sie gehofft hatten, den Baron dort zu erwischen, muss ich Sie leider enttäuschen. Er ist bereits seit Freitag wieder in Berlin.«

»Wie hat er denn das geschafft?«, fragte ich erstaunt.

»Er muss auf Kreta ausgestiegen sein und da ein Flugzeug genommen haben.«

»Und was ist der Grund?«

»Ahnen Sie es nicht, mein Freund? Er hat es vorgezogen, die offizielle Obduktion der Leiche Trons selbst vorzunehmen. Neben seinen vielen anderen Talenten ist er ein begnadeter Arzt. Sie kennen doch sein Faible, junge Menschen zu obduzieren. Sein Wirken auf den Schlachtfeldern des Balkans ist in gewissen Kreisen legendär.«

In der Tat. Und ich mochte jetzt nicht darüber nachdenken, was er dort gesucht hatte. Stattdessen dachte ich daran, dass wir es versäumt hatten, die Leiche des Mädchens Nolo selbst nach bestimmten Verletzungen zu untersuchen.

»Welche Ergebnisse hat die Obduktion Trons denn zutage gefördert? Irgendwelche neuen Erkenntnisse?«, wollte ich wissen.

»Nur das Übliche. Unverdaute Speisereste im Magen-Darm-Trakt, offensichtlich ein Nudelgericht. Tod durch Strangulation, frühestens einen bis anderthalb Tage vor dem Auffinden der Leiche am Donnerstag. Was interessant ist, wenn man bedenkt, wer den Obduktionsbericht geschrieben hat, sind die Augen.«

»Die Augen? Wieso das?«

»Ich lese es Ihnen vor, hab mir eine Kopie besorgt. Hören Sie zu: ›Lider spaltbreit offen, unverletzt. Bindehäute elfenbeinfarben, blass. In den unteren Umschlagsfalten der Bindehäute beider Augen jeweils eine einzelne flohstichartige Punktblutung. Keine weiteren Verletzungen. Augäpfel prallelastisch, Hornhäute leicht getrübt, Pupillen mittelweit, rund, seitengleich. Regenbogenhäute graubraun.‹ Ist es Ihnen aufgefallen, Cautes? Sie verstehen ja auch ein wenig von der Heilkunde, oder?«

»Er hat ihn gefoltert. Meinen Sie das? Die flohstichartigen Punktblutungen?« Mein Freund hatte vor seinem Tod also doch leiden müssen.

»Exakt. Eine perfide Methode, mit einer Nadel die Augenschleimhäute zu penetrieren. Er könnte irgendeine Substanz eingesetzt haben, irgendeine Wahrheitsdroge, um an Trons Geheimnisse zu gelangen.«

»Das glaube ich nicht. Dafür hätte es nur einer einzigen Injektion bedurft. Verletzungen in beiden Augen sieht eher nach psychologischer Folter aus. Er wollte nicht an sein Wissen, sondern an seine Schlussfolgerungen. Und dafür brauchte er ihn bei Bewusstsein. Sehen zu müssen, wie spitze Nadeln in die eigenen Augen stechen und dann den Schmerz zu spüren halten nur wenige Menschen aus.« Vielleicht hatte Tron es geschafft. Ich hoffte es von ganzem Herzen.

»Warum hat der Baron diese verfluchten Verletzungen dann nicht einfach in seinem Obduktionsbericht verschwiegen? Er hätte doch wissen müssen, dass ihre Erwähnung Fragen geradezu herausfordert.«

Sunleitner hatte auf den ersten Blick Recht. Das ergab keinen Sinn. Durch die Erwähnung der merkwürdigen Verletzungen im Obduktionsbericht würde der Baron sich im Zweifel selbst belasten. Wobei er für die Öffentlichkeit eigentlich gar kein Verdächtiger war.

Deshalb sagte ich zu Sunleitner: »Es ist wieder ein Zeichen für die Eingeweihten. ›Ich kann euch Schmerzen zufügen, von denen ihr nicht glaubt, dass es sie geben könnte.‹ Und für diejenigen, die darüber stolpern könnten in der Öffentlichkeit, soll es ein weiteres Indiz sein, dass Tron ermordet wurde.«

»Möglich. Es spricht einiges dafür. In den Schlagzeilen der deutschen Zeitungen wird offen über die Mordtheorie diskutiert.«

Ich wusste, dass das nichts zu bedeuten hatte. In der Flut der Berichterstattung könnte der erste Eindruck rasch verblassen.

»Es gibt noch zwei, drei Informationen aus den Ermittlungsergebnissen der Polizei, die in diesem Zusammenhang vielleicht von Interesse sind. Die Füße von Trons Leiche berührten den Boden, als er von einem Spaziergänger gefunden wurde. Außerdem beschwert sich in den Ermittlungsunterlagen ein Beamter, dass die Leiche von der Feuerwehr, die zuerst am Fundort eintraf, sofort abgehängt wurde, obwohl klar war, dass es nichts mehr zu retten gab. Außerdem ist protokolliert, dass die obduzierenden Ärzte sich bei der Untersuchung der Leiche darüber beschwerten, dass ein Polizist zugegen gewesen sei.«

Ich konnte mir die Situation lebhaft vorstellen. »Das dürfte dem Baron gar nicht geschmeckt haben. Vielleicht hat er deshalb die Sache mit den Verletzungen in den Augen dokumentieren müssen.«

»Schon möglich.«

Mir fiel noch etwas ein. »Wissen Sie, wo der Baron jetzt ist, Sunleitner? Hält er sich noch in Berlin auf, oder ist er schon wieder abgereist?«

»Ich wusste, dass Sie mich das fragen würden. Er hat Berlin gestern in Richtung Frankfurt am Main verlassen. Was Sie besonders interessieren wird: Er hat vermutlich die Festplatten aus Trons Computern dabei. Jedenfalls hat ihn einer unserer Informanten mit Gegenständen, die Festplatten sein könnten, gestern das Gebäude des Landeskriminalamts verlassen sehen. Sehen Sie eine Möglichkeit, da heranzukommen, Ian?«

»Wie kommen Sie darauf, dass das Sinn macht? Tron hat sein Wissen garantiert bestens verschlüsselt – besser, als jeder andere es hätte tun können. Und ich bin mir inzwischen sicher, dass er sein Wissen nicht gerade auf einer Computerfestplatte versteckt hat.«

Ich erzählte Sunleitner von der CD, die Tron mit Parish aufgenommen hatte und die die Wahrheit über Parishs Identität versteckte und sein Geheimnis verbarg.

»Nach solchen Chiffren werden wir suchen müssen. Und wir müssen sicherstellen, dass wir mitbekommen, wenn *andere* die Chiffren finden und enträtseln.« Plötzlich kam mir noch eine Idee. »Ich muss unser Gespräch jetzt beenden, Sunleitner. Ich melde mich, wenn Parish und ich in Zürich sind. Ich hoffe, wir sehen uns. Danke für den Anruf und die Informationen.«

Ich unterbrach die Verbindung. Rasch suchte ich in der Schriftrolle, die immer noch vor mir auf dem Schreibtisch lag, die richtige Stelle.

»Hör zu, Parish. Ich glaube, ich weiß jetzt, um was es geht. Ich übersetze es dir wieder, pass auf. Es ist das fünfte Kapitel der Offenbarung des Johannes. ›Und ich sah die rechte Hand dessen, der auf dem Thron saß, eine Buchrolle, beschrieben inwendig und auswendig, versiegelt mit sieben Siegeln.‹ Das müssen die Chiffren Trons sein, das mit den Siegeln ist eindeutig. Aber weiter: ›Und ich sah einen starken Engel, der rief aus mit großer Stimme: Wer ist würdig, das Buch aufzutun und seine Siegel zu brechen? Und niemand im Himmel noch auf Erden noch unter der Erde konnte das Buch auftun und hineinsehen. Und ich weinte sehr, dass niemand würdig erfunden ward, das Buch aufzutun und zu lesen noch hineinzusehen. Und einer von den Ältesten spricht zu mir: Weine nicht! Siehe, es hat überwunden der Löwe, der da ist vom Geschlecht Juda, die Wurzel Davids, aufzutun das Buch und zu brechen seine sieben Siegel. Und ich sah, und siehe, mitten zwischen dem Stuhl und den vier Tieren und zwischen den Ältesten stand ein Lamm, wie wenn es erwürgt wäre, und hatte sieben Hörner und sieben Augen, das sind die sieben Geister Gottes, gesandt in alle Lande.‹ Natürlich! Das erwürgte Lamm … Tron selbst. Die sieben Geister des Mithras, die stehen ihm bei. Und ein Löwe wird seine Wurzel Davids überwinden. Dass ich das nicht schon früher erkannt habe! Hör weiter:

›Und es kam und nahm das Buch aus der rechten Hand dessen, der auf dem Stuhl saß. Und da es das Buch nahm, da fielen die vier Tiere und die vierundzwanzig Ältesten nieder vor dem Lamm und hatten ein jeglicher Harfen und goldene Schalen voll Räucherwerk, das sind die Gebete der Heiligen, und sangen ein neues Lied und sprachen: Du bist würdig, zu nehmen das Buch und aufzutun seine Siegel, denn du bist erwürget und hast uns Gott erkauft mit deinem Blut aus allerlei Geschlecht und Zunge und Volk und Heiden und hast uns unserem Gott zu Königen und Priestern gemacht, und wir werden Könige sein auf Erden. Und ich sah und hörte eine Stimme vieler Engel um den Stuhl und um die Tiere und um die Ältesten her; und ihre Zahl war vieltausendmal Tausend; und sie sprachen mit großer Stimme: Das Lamm, das erwürget ist, ist würdig zu nehmen Kraft und Reichtum und Weisheit und Stärke und Ehre und Preis und Lob.‹ Puh. Was für eine Aufgabe!«

Parish schien nicht zu verstehen, was ich meinte.

»Das ist doch klar, mein schwarzer Freund. Ein Löwe, ein starker Mensch aus den Wurzeln Davids, also aus der jüdisch-christlichen Tradition, wird das Erbe des erwürgten Lammes – Tron – antreten. Und die Geheimnisse Trons, seine Chiffren – das Buch mit den sieben Siegeln, so wie die CD, die du mit ihm produziert hast – werden helfen, den Löwen zu identifizieren. Mein Gott, das erwürgte Lamm wird wiederkommen. Und wir werden es zu suchen haben. Glücklich, wer das sein darf. Kraft, Reichtum, Weisheit, Stärke, Ehre, Preis und Lob sind ihm sicher.«

Parish schaute mich entgeistert an. »Wovon redest du, Ian?«

Ich versuchte, meine Aufregung zu beherrschen. »Tron war wirklich eine große Seele. Er hat gewusst, dass sein Tod unausweichlich ist. Jeder, der so ist und lebt wie er, wird früher oder später ein Opfer des Teufels. Aber er hat ihn ausgetrickst. Er ist wahrlich ein großer Nachfolger von Mithras.

Nach seinem letzten Abendmahl sagte Tron zu mir: ›Es

wird nicht das Ende sein, wie der Baron in seiner grenzenlosen Selbstüberschätzung denkt, sondern der Anfang. Folge dem Pfad meiner Passion.‹ Verstehst du denn nicht, Parish? Du bist doch selbst ein Meister im Inszenieren von Legenden.«

Parish sah aus, als würde er mir gleich eine runterhauen, um mich wieder zur Besinnung zu bringen. Für ihn redete ich immer noch in fremden Zungen.

»Okay, noch mal ganz langsam zum Mitschreiben: Tron hat die großen Rätsel der Menschheit gelöst und auch ein paar kleinere. Er hat Dinge enträtselt, die vor ihm kein anderer enthüllt hat. So weit okay?«

Parish nickte.

»Gut. Er hat diese Entdeckungen aber wieder selbst verschlüsselt, so wie die CD, die er mit dir aufgenommen hat. Anstatt einfach ein Buch über dich zu schreiben, hat er die Wahrheit über dein kleines Geheimnis in einer Chiffre versteckt, die mehr oder weniger für jeden zugänglich ist.«

»Stimmt. Und warum?«

»Die Chiffren sind ein Wegweiser. Sie beschreiben einen Pfad. Eine Straße der Erleuchtung. Und die sieben Geister Gottes, also die sieben Mitglieder des Mithraskultes, sind aufgefordert, einen Löwen mit den Wurzeln Davids zu suchen, der dieses Buch mit den sieben Siegeln – die Chiffren – zu lesen vermag.

Wir müssen jemand auf die Suche nach den Chiffren schicken, jemand, der in der Lage ist, die Chiffren zu lösen. Die sieben Geister dürfen ihm helfen, aber nur der Löwe wird in der Lage sein, die Geheimnisse zu lüften, die sieben Siegel zu brechen. Und je mehr Siegel er brechen wird, umso mehr wird aus dem Löwen das erwürgte Lamm! Tron wird wiederkommen. Er will, dass wir ihm einen Erben suchen. Denn das wird erst der Anfang sein. Und der Baron wird sein blaues Wunder erleben. Das erwürgte Lamm wird wieder auferstehen. Das Osterwunder wird wieder einmal stattfinden.«

19.

Das war ein wirklich erfolgreicher Besuch im Schrein der Bücher. Ich versiegelte die alte Schriftrolle wieder, legte sie in ihren Karton und wollte sie wieder im Stahlschrank deponieren, als ich hinter mir hörte, wie eine Pistole durchgeladen wurde. Vor Schreck hätte ich den Karton mit dem kostbaren Inhalt beinahe fallen lassen.

»Keine Bewegung!«

Reflexartig fuhr ich herum. Es war mir ein Rätsel, wie die Tür unbemerkt hatte geöffnet werden können. Nun stand dort ein etwa dreißigjähriger Mann und hielt eine Waffe auf mich gerichtet. Auch Parish starrte den Fremden mit großen Augen an und hatte, wohl aus alter afroamerikanischer Gewohnheit, automatisch die Hände erhoben.

»Darf ich die Schriftrolle zurück in den Schrank legen? Ich verspreche Ihnen, ich habe keine Waffe.« Unbeeindruckt und ohne eine Antwort abzuwarten, legte ich den Karton an seinen Platz im Schrank zurück, schloss die Schranktür und drehte den Schlüssel. Als ich mich wieder dem Bewaffneten zuwandte, steckte ich den Schlüssel in meine Hosentasche.

»Wer sind Sie, und was wollen Sie hier?«, fragte ich den Unbekannten. Wenn ich ein bisschen Glück hatte, wusste der Mann gar nicht, dass ich hier nicht arbeitete und hier offiziell gar nichts zu suchen hatte. Der Mann sah nicht nach einem Schriftenforscher aus, auch nicht nach Sicherheitsdienst, eher nach einem Polizisten oder Agenten.

Die größere Frage war allerdings, ob er von dem, was ich zuvor Parish gesagt hatte, etwas mitbekommen hatte. Dieses Wissen in den falschen Händen hätte unglaublichen Schaden anrichten können. Denn es war leider so, dass die Offenbarungen zwar im aktuellen Fall gut passten, aber deswegen musste nicht zwangsläufig *alles* so perfekt eintreffen, wie es aufgezeichnet war. Wenn etwas schief ging, würde die Prophezeiung auf die nächste Gelegenheit warten, sich zu erfüllen. Das ging schon seit achttausend Jahren so. Und dann wäre Tron nur ein Wimpernschlag der Geschichte – so schnell vergessen, wie er gelebt hatte.

Meine schlimmsten Befürchtungen bewahrheiteten sich.

»Ich habe Anweisung, Sie nach Sarajevo zu bringen. Keine Tricks, dann wird Ihnen nichts geschehen.«

Parish sah mich fragend an.

Ich sagte: »Der Baron.«

Der Bewaffnete führte uns aus dem Schrein, nachdem er überall das Licht gelöscht hatte; die Türen zum Archiv und zum Haupteingang schloss er sorgfältig ab.

Missmutig sagte Parish: »Unglaublich, wer alles einen Schlüssel zu diesem Museum besitzt.«

Wenige Minuten später fuhren wir mit einem Minivan in Richtung Tel Aviv. Parish saß am Steuer, ich auf dem Beifahrersitz, hinter uns auf der Rückbank der Bewaffnete. Trotz der Dunkelheit hatte ich beim Einsteigen bemerkt, dass der Wagen ein Diplomatennummernschild und eine französischen Flagge trug. Damit war klar, dass uns keine Straßensperre – von denen es in Israel jede Menge gab – die Möglichkeit bieten würde, unseren Aufpasser loszuwerden.

Wir waren bereits längere Zeit unterwegs, als der Mann auf der Rückbank Parish den Befehl erteilte, in eine Seitenstraße abzubiegen. Wieder einmal waren Parish und ich auf dem Weg zu einem Flugfeld, über dem bereits der Morgen graute. Wieder stand ein beleuchteter Learjet bereit und wartete auf uns, nur dass diesmal die Kabinentür mit der Gangway geöffnet war und eine Stewardess uns in Empfang nahm.

Sofort stiegen die Bilder der Ermordeten in Parishs Flugzeug vor meinem inneren Auge auf. Und genau der Mann, der diese Tat zu verantworten hatte, hatte nun uns gekidnappt. Wir befanden uns in seiner Gewalt und wussten nicht, was uns erwartete.

Der Bewaffnete, der uns hergebracht hatte, kam mit an Bord. Gesprochen wurde nicht. Mit einer Handbewegung wies er uns Plätze an. Kaum hatten wir uns gesetzt und festgeschnallt, wurde die Kabinentür geschlossen, und die bisher im Leerlauf heulenden Triebwerke wurden hochgefahren. Wir rollten an, und ohne Verzögerung startete die Maschine durch.

Unser Aufpasser hatte hinter uns Platz genommen, offensichtlich, um uns gegebenenfalls in Schach zu halten. Als die Maschine sich auf Flughöhe befand, erschien die Stewardess und servierte uns ein üppiges Frühstück. Zumindest der Service war annehmbar.

»Wie haben Sie uns gefunden?« Kauend drehte Parish sich zu unserem Aufpasser um, der seine Waffe jetzt eingesteckt hatte. Der Mann schien verunsichert, dass Parish ihn angesprochen hatte, und überlegte sichtlich, ob er antworten sollte.

Schließlich sagte er: »Sein Handy.« Der Mann zeigte auf mich. »Wir haben es ausgemessen und Sie auf diese Weise gefunden. Übrigens«, sagte er zu mir, »Sie sollten es jetzt ausschalten.«

Ich tat wie geheißen. »Und die Schlüssel für den Schrein

der Bücher hatten Sie zufällig gerade dabei?«, wollte ich dann wissen.

»Natürlich nicht. Den musste ich mir erst vom Sicherheitsdienst besorgen. Aber es gibt nicht viele Türen, die einem verschlossen bleiben, wenn man für meinen Boss arbeitet.«

Da hatte er wohl Recht.

»Wieso ist der Baron in Sarajevo?« Ich konnte mir keinen Reim darauf machen, was unseren Widersacher ausgerechnet jetzt dorthin führte.

»Das wird er Ihnen nachher sicher selber sagen.« Mit wachsender Redseligkeit fügte unser Aufpasser hinzu: »Es hat wohl etwas mit der großen Kiste zu tun, die wir geladen haben.«

»Eine Kiste?«, sagte Parish überrascht. »Was ist da drin?«

»Eine Mädchenleiche«, erwiderte unser Aufpasser.

20.

Unsere Maschine setzte am späten Vormittag auf dem Flugplatz Sarajevo auf. Wir hatten den Rest der Zeit zumeist schweigend verbracht. Es war für Parish und mich ein beklemmendes Gefühl, Trons tote Freundin an Bord zu wissen; wir hatten keinen Zweifel, dass es sich bei der Toten in der Kiste im Frachtraum um Nolo handeln musste.

Ich hatte darüber nachgedacht, wie der Baron es angestellt hatte, dass das tote Mädchen in seine Hände gegeben worden war. Wahrscheinlich waren die israelischen Behörden froh gewesen, die unbekannte Tote loszuwerden. Wir, die Finder, waren ja Ausländer, und wenn die Beschreibung des Mädchens nicht auf die einer vermissten jungen Israelin passte, konnte sich genauso gut ein anderes Land um die Aufklärung dieses Todesfalles kümmern.

In Anbetracht der weitreichenden Kontakte des Barons war es kein Problem für ihn, sich die Leiche des Mädchens, das er vor unseren Augen ins Meer geworfen hatte, übergeben zu lassen. Es schien mir eine Ewigkeit her zu sein, dass wir in der Straße von Messina zwischen Italien und Sizilien Zeuge dieser grausamen Tat geworden waren.

Ich fragte mich auch, was Sam wohl auf Parishs Schiff machen würde, wenn wir nicht wie vereinbart zurückkehrten. Angst, dass Parish und mir etwas Ernsthaftes zustoßen könnte, hatte ich allerdings nicht, auch wenn das Gemetzel in Parishs Flugzeug ja eine Warnung an uns gewesen war und der Baron alles andere als rücksichtsvoll mit seinen Gegnern umsprang. Betrachtete er uns bereits als seine ultimativen Gegner? Wahrscheinlich, wenn er wusste, dass wir das Mädchen aus dem Meer gefischt und den israelischen Behörden übergeben hatten. Aber Angst hatte ich deshalb wirklich nicht.

Als die Maschine endlich auf dem Flugfeld abseits der Rollbahn zur Ruhe kam, wurde sofort die Kabinentür geöffnet. Unser Begleiter zückte augenblicklich seine Pistole und bedeutete uns, vor ihm auszusteigen.

Unten auf dem Flugfeld erwarteten uns zwei Jeeps. Zu meinem Erstaunen waren sie im Weiß der in Sarajevo stationierten Truppen der Vereinten Nationen lackiert und trugen die beiden großen Buchstaben UN auf Türen und Dach.

Wir sahen, wie eine grob gezimmerte Holzkiste in einen der Jeeps verladen wurden, zweifellos die Kiste mit der Leiche. Parish und ich sollten in den anderen Jeep einsteigen, diesmal im Fond. Hinter dem Steuer und auf dem Beifahrersitz saßen zwei Uniformierte, offensichtlich Soldaten der Friedenstruppen. Als der Beifahrer sich einmal zu uns umdrehte, erkannte ich an seiner Brust ein Emblem einer deutsch-französischen Brigade.

Unser kleiner Tross startete, der Jeep mit der Kiste vorneweg. Zu meiner Überraschung bog er bereits an der Kreuzung vor dem Flugplatz nach links ab, während wir den Weg rechter Hand einschlugen, in Richtung der Innenstadt von Sarajevo. Ich hatte damit gerechnet, dass wir dorthin gebracht würden, wohin auch die Leiche kommen sollte. Nun fragte ich mich, was der Baron wohl mit dem toten Mädchen vorhatte.

Unsere Fahrt endete nach rund einer halben Stunde auf einem mit Stacheldraht umzäunten Grundstück, auf dem ein halbes Dutzend weiß gestrichene, niedrige Baracken standen. Vor einem dieser Gebäude blieb der Wagen stehen. Die beiden Soldaten stiegen aus und bedeuteten uns, ihnen zu folgen.

Im Innern des provisorisch wirkenden Gebäudes war ein Büro eingerichtet, überraschend modern mit allen erdenklichen Kommunikationsgeräten und zahlreichen Bildschirmarbeitsplätzen; in einer Ecke stand ein großer, klimatisierter Serverschrank.

Parish und ich folgten den beiden Soldaten, die das Büro durchschritten, bis zu einer rückwärtigen Tür. Einer der Uniformierten klopfte dreimal an und öffnete sofort, blieb aber vor der Tür stehen. Mit einer Handbewegung bedeutete er uns, dass wir eintreten sollten. Da unsere Neugier größer war als unsere Sorge, folgten wir seiner Aufforderung.

Der Baron saß hinter einem großen Schreibtisch. Zu meiner Verwunderung stand neben ihm die hoch aufgerichtete Gestalt einer jungen Frau; sie war eine ausgesprochen attraktive Erscheinung, mit langen roten Korkenzieherlocken, blauen Augen und makelloser Figur. Ihre Haut wirkte wie zerbrechliches Porzellan. Wie der Baron trug sie einen khakifarbenen Anzug, der wie eine Tropenuniform aussah, nur viel modischer.

»Herzlich willkommen, die Herren«, begrüßte uns der Baron. Mit forschendem Blick musterte er uns, ob wir Angst zeigten. Aber den Gefallen taten wir ihm nicht.

»Baron.« Parish und ich erwiderten die Begrüßung gleichzeitig.

Ich blickte aufmerksam die schöne Frau an der Seite des Mannes an, der uns in seiner Gewalt hatte. Der Baron bemerkte meine Neugier.

»Darf ich vorstellen, meine Tochter Margo«, sagte er. »Meine Lieblingstochter.« Trotz des Lobes errötete die junge Frau kein bisschen; sie war sich ihrer privilegierten Stellung in der Familienhierarchie des Barons offenbar bewusst. Mit bemerkenswerter Gelassenheit suchte sie jetzt meinen Blick. Ich verstand, warum der Baron sie zu seiner offensichtlichen Favoritin gemacht hatte: Sie strahlte die gleiche kalte, nüchterne Kraft aus wie ihr Vater.

Ich riss meinen Blick von dem ihren los und wandte mich wieder dem Baron zu. »Warum haben Sie uns unter solch dramatischen Umständen entführen lassen? Wenn Sie ganz normal gefragt hätten, wären wir sicher auch so zu Ihnen gekommen.«

Der Baron lächelte. »Das glaube ich gern, aber Sie sollten wissen, dass ich in Ihrem Fall nicht frage. Ich *befehle*, dass Sie zu mir zu kommen haben. Sie sollten sich keine Illusion über die Art Ihres Besuchs bei mir machen, Ian.«

»Also kommen wir zur Sache.« Ich konnte es mir nicht verkneifen, den Baron zu ärgern, in dem ich den Takt des Gesprächs vorzugeben versuchte.

Sofort flammte Zorn im Gesicht unseres Gegenübers auf. »Sie sollten vorsichtiger sein, mein Freund.« Die Worte des

Barons waren eine offene Drohung, keine subtile Einschüchterung, wie es sonst seine Art war. Ich musste grinsen. Der Teufel war auf der Balz; er wollte allen Ernstes seine eigene Tochter mit einer unverhüllten Machtdemonstration beeindrucken und mich als möglichen Rivalen von vornherein ausstechen.

Die junge Frau bemerkte den kleinen Wettkampf zwischen dem Baron und mir. Und sie reagierte, indem sie sich näher zu ihrem Vater stellte. Mit sichtlichem Besitzerstolz nutzte der Baron die Gelegenheit, umfasste mit einer geschmeidigen Bewegung die Hüfte seiner Tochter und begann, sie mit der Hand bis hinunter zu den Beinen zu streicheln. Die ganze Pose sagte mehr als deutlich: *meins!* Und die Rothaarige genoss die für Vater und Tochter gewagte Liebkosung mit sichtlicher Lust. Sie war also, wie ihre Anwesenheit hier im Büro des Barons vermuten ließ, nicht nur in geschäftlichen Dingen seine Favoritin.

»Was wollen Sie von uns, Baron? Mein Freund und ich können nicht leugnen, dass wir uns in Ihrer Gewalt befinden.« Es war klar, dass die Frau nicht als mögliche Verbündete taugte. Auch diesen Kampf hatte der Baron gewonnen.

»Schön, dass Sie das einsehen. Was hat denn Ihr neuerliches Studium der geheimen Bücher ergeben? Ich hätte erwartet, dass der Besuch im Schrein sich auch für Sie erübrigt hätte, nachdem der Junge und seine überraschend aufgetauchte Freundin nun tot sind.«

»War das Mädchen wirklich schwanger?«

Ich sah, wie der Körper der Frau, die der Baron im Arm hielt, sich fast unmerklich versteifte. Der Baron spürte es offensichtlich, denn er blickte sie kurz von der Seite an. Doch ungerührt antwortete er: »Ja. Deswegen bin ich auf Nummer Sicher gegangen. Egal, wer dieser Tron am Ende gewesen ist – ein Balg von ihm hat die Welt nun wirklich nicht gebraucht. Und ich schon gar nicht. Oder was sagt die Offenbarung dazu?«

Nur jetzt nicht an das Falsche denken; es wäre von meinem Gesicht abzulesen gewesen. »Sie wissen es: Mutter und Kind hätten vor Ihnen in Sicherheit gebracht werden müssen, und das Ertränken hätte nicht gelingen dürfen. Aber nun sind beide tot, und Sie haben den Leichnam des Mädchens. Wir beide wissen, es wird kein Wunder geben, das einen biologisch toten Körper nach so langer Zeit wieder beseelen kann.«

»Ja, das hoffe ich. Und doch haben Sie die Schriftrollen geöffnet.« Der Baron war wachsam.

»In meinem Fach darf man die Hoffnung nie aufgeben. Es wäre zu schön gewesen, hätte Tron sich als der neue Messias erwiesen. Die Zeit ist reif, das alte Babylon in die ewigen Jagdgründe zu schicken. Die ganze purpurne Pracht auf den sieben Hügeln. Die Welt ist längst in einer neuen Epoche angelangt.« Vielleicht ließ der Teufel sich mit Philosophie vom erwürgten Lamm weglocken.

»Meinen Sie? Raumfahrtzeitalter, Informationsgesellschaft, Globalisierung … Sie denken, das würde das Weltbild der Menschen wirklich verändern und die letzten Geheimnisse lüften? Veränderungen und große gesellschaftliche Umbrüche hat es in den letzten zweitausend Jahren immer wieder gegeben, ohne dass die alte Ordnung gefährdet war.« Der Teufel tappte in die Falle.

»Stimmt. Aber wir werden bald die Schwelle zu einem neuen Jahrtausend überschreiten. Und das Jahr zweitausend zu einem heiligen Jahr auszurufen war ein geradezu verzweifelter Akt.« Das Gespräch hätte endlos so dahinplätschern können, hätte Margo sich nicht zu Wort gemeldet.

»Sie wollen also sagen, die Schriften beinhalten keinen

Spielraum für unangenehme Überraschungen unsererseits? Habe ich Sie richtig verstanden, Ian?« Wie die Rothaarige meinen Namen betonte, gefiel mir gar nicht. Ich hätte sie zerreißen können, dass sie mir in die Parade fuhr.

»So ungefähr«, antwortete ich. »Der Drache geht als Sieger vom Feld und kuschelt mit seiner Schlange.« Ich sah die Frau fest an. Ihre Mundwinkel hoben sich leicht, und sie kniff die Augen zusammen. Ich hatte die Wahrheit besser getroffen, als ich geahnt hatte.

»Na fein«, versuchte der Baron, die Situation für sich zu retten. »Dann seien Sie für ein paar Tage meine Gäste, nicht meine Gefangenen, zumal Sie ja keine Feinde mehr sind, jedenfalls für den Moment, nicht wahr? Ich verlasse mich darauf, dass Sie mich nicht täuschen, Ian. Und wenn doch – Sie wissen, dass ich es bemerken würde.«

»Warum lassen Sie uns nicht einfach gehen, wenn wir keine Gefahr mehr für Sie darstellen?«, meldete Parish sich das erste Mal seit unserer Ankunft zu Wort.

»Sie wollen doch sicherlich bei Trons Beerdigung dabei sein? Als seine besten Freunde? Die Beisetzung soll in drei Tagen im Norden Kroatiens stattfinden. Wie Sie vielleicht wissen, stammt seine Familie von dort. Ich werde natürlich hinfahren. Ich nehme Sie mit, wenn Sie wollen. Aber wenn Sie abreisen möchten – mein Flieger bringt Sie gern zurück nach Israel oder wohin immer Sie wollen.«

Parish und ich einigten uns darauf, das Arrangement des Barons zu akzeptieren, auch wenn wir uns trotz seiner gegenteiligen Beteuerungen als seine Gefangenen fühlten.

Parish informierte telefonisch seinen Skipper Sam von unserem neuen Aufenthaltsort und bat ihn, die *Machiavelli* zurück zu ihrem Liegeplatz in Cannes zu bringen.

Die Tage in der Obhut des Barons verliefen ohne besondere Höhepunkte. Seine Tochter Margo sahen wir nicht wieder, und um unseren Gastgeber nicht zu sehr auf meine Neugier aufmerksam zu machen, fragten wir auch nicht nach ihr.

Wir wurden in einer der anderen Baracken untergebracht und konnten uns frei bewegen. Auf Wunsch stand uns sogar einer der Jeeps zur Verfügung, wenn wir in die Stadt fahren wollten, um Besorgungen zu machen. Zu den Mahlzeiten trafen wir den Baron, der sehr beschäftigt zu sein schien. Immer wieder sahen wir ihn in Begleitung von Soldaten in einem Jeep vom Hof fahren. Ich vermutete, dass er hier als Mediziner voll ausgelastet war, und fragte mich, ob jene, die ihn als erfolgreichen Geschäftsmann kannten, diese Seite von ihm ahnten.

Als der Tag von Trons Beerdigung anbrach, wurden Parish und ich sehr früh geweckt. In der Baracke, die als eine Art Casino diente, gab es ein improvisiertes Frühstück, zu dem der Baron uns bereits erwartete. Er mahnte uns zur Eile, denn wir würden bis mittags rund fünfhundert Kilometer mit dem Jeep zu bewältigen haben.

Die Fahrt war beschwerlich; nur selten gab es den Komfort gut ausgebauter, neuer Straßen. Der Baron, der den Jeep fuhr, machte belanglose Konversation über Land und Leute und die endlosen Auseinandersetzungen auf dem Balkan. Parish, der auf dem Beifahrersitz Platz genommen hatte, war so wortkarg wie ich, und schließlich gab der Baron den Versuch auf, ein Gespräch in Gang zu bringen.

Obwohl wir auf der mehr als siebenstündigen Fahrt keine Pause machten und der Baron auch ohne Navigationssystem oder Karte den Weg ohne Probleme fand, kamen wir ein wenig zu spät auf dem Friedhof an; die Zeremonie war schon im vollen Gange. Eine größere, aber noch überschaubare Trauergemeinde stand um das geöffnete Grab, der Sarg ruhte auf zwei Balken über der Höhlung.

Der Baron parkte den Jeep in einiger Entfernung vor dem Friedhof, noch in Sichtweite zu den Trauergästen.

»Wir bleiben besser im Auto sitzen, sonst wundert sich noch jemand und fragt, wer wir sind. Und das wird wohl auch nicht in Ihrem Interesse sein, mein lieber Ian.«

Ich nickte und blickte zu der Menschengruppe. Ich erkannte Angehörige von Boris' Familie. Auch Leute aus seinem Hackerumfeld hatten die Reise auf sich genommen. Seltsamerweise sah ich keine Journalisten, wie ich es eigentlich erwartet hatte nach dem, was Sunleitner mir über das öffentliche Interesse am Fall Tron erzählt hatte. Aber das Gedächtnis der Öffentlichkeit war kurz, ebenso die Halbwertzeit von Sensationen.

»Warum schauen Sie sich diese Beerdigung eigentlich an?«, wollte ich vom Baron wissen. »Befürchten Sie, er könnte doch noch aus seinem Grab auferstehen?«

»Die Sorge habe ich tatsächlich«, gab der Baron zu meiner Verwunderung zu. »Er wäre schließlich nicht der Erste, der das vollbringen würde. Der, der ihm vor zweitausend Jahren vorausging, hat es ja ebenfalls geschafft. Ich habe in meinem Leben viel darüber nachgedacht, was damals tatsächlich geschehen ist, um auf die jetzige Situation vorbereitet zu sein. Leute wie dieser Tron sind es ja, die mein Dasein begrenzen. Deshalb sind sie für mich eine so große Gefahr. Anderthalb Meter Erde über ihm zu wissen, wird ein gutes Gefühl sein.«

Der Teufel klang müde und erschöpft. Die Geschehnisse der letzten Tage und Wochen waren offenbar auch an ihm nicht spurlos vorbeigegangen. Aber konnte das sein?

Der Baron fuhr fort: »Ja, Sie wundern sich zu Recht, Ian. Darf der rote Drache so klingen? Denken Sie mal darüber nach: Ich bin vielfacher Vater. In meinem langen Leben habe ich ungezählte Kinder gezeugt. Es war sehr viel verderbte Brut dabei, das schlechte Erbe meiner Ahnen. Aber es gab auch wunderbare Menschen, wie meine Tochter Margo. Ja, auch ich liebe meine Tochter, wie jeder andere Vater. Kann das sein? Kann der Teufel lieben? Muss sich das nicht ausschließen?«

Parish sah den Baron an. Er schien beeindruckt. Der Teufel als netter Kerl.

»Es ist erstaunlich, bei Ihnen solche Gefühle zu entdecken«, antwortete ich. »Damit ist nicht unbedingt zu rechnen. Aber ich kann verstehen, dass Sie wie ein Vater empfinden, weil Sie nun mal Vater sind. Auch Goebbels soll ein guter Vater gewesen sein, der seine Kinder abgöttisch geliebt hat – sieht man davon ab, wie er das Leben seiner Kinder im Führerbunker enden ließ.«

»Sie reagieren mit Zynismus, wo ich Ihnen eine Blöße biete. So schnell wird man selbst zu einem Bösen, Ian.«

»Ja, in der Tat. Gut und Böse, Tag und Nacht liegen immer nahe beieinander. Manchmal sind sie sogar ein und dasselbe. Wenn es hier bei uns Tag ist, ist es auf der anderen Seite der Erdkugel Nacht. Dieselbe Welt, dieselbe Zeit, nur ein anderer Standpunkt. Seine Tochter zu lieben, wie nur ein Liebhaber sie lieben darf, ist heute ein Verbrechen. Bei den alten Ägyptern war es ein außerordentliches Privileg der gottgleichen Herrscher. Die gleiche Welt, die gleiche Menschheit, aber ein paar tausend Jahre Veränderung in den moralischen Maßstäben.«

Der Baron blickte sich zu mir um. »In der Tat. Was der Mensch darf und was nicht, ist erheblichen Veränderungen unterworfen. Und letztlich kommt es wohl nur darauf an, was die unveränderlichen Wahrheiten der Menschheit sind. An diesen Maßstäben gemessen, komme ich gar nicht so schlecht weg.«

»Wie kommen Sie denn darauf?«, brach es aus Parish hervor.

Der Baron bedachte ihn mit einem amüsierten Blick. »Das fragen Sie, der als ›Tupac‹ fast die gesamte Menschheit getäuscht und einen seiner besten Freunde dem mordenden Mob ausgeliefert hat? Fragen Sie Ihren Kumpel hier, was die unveränderlichen Wahrheiten der Menschheit sind und warum ich moralisch vor ihnen bestehen kann. Der Teufel bin ich nur für die derzeitige Gesellschaft.«

Parish blickte fragend zu mir.

»Der Baron hat Recht«, sagte ich wie gewünscht. »Wenn man sich überlegt, worum es bei der Menschheit eigentlich geht, kommt er gar nicht mal so schlecht weg.«

»Wieso verteidigst du diesen Mann auf einmal?«, ereiferte sich Parish.

»Ganz einfach«, versuchte ich eine Erklärung. »Worum geht es in unserem Leben? Worum geht es bei allem Leben? Welchen Zweck erfüllen wir? Was sind der Sinn und das Ziel jedes biologischen Systems?«

Parish zuckte die Schulter. »Ins Paradies einzugehen?«

Der Baron schien sich prächtig zu unterhalten.

»Vom Paradies haben wir keine verlässliche Kenntnis«, erwiderte ich. »Jedenfalls von keinem jenseitigen Paradies. Von welcher Bestimmung der Menschheit aber besitzen wir unumstößliches Wissen? Welche Aufgabe erfüllen wir seit Hunderttausenden von Jahren mit absoluter Präzision?«

Parish schien immer ratloser.

»Wir pflanzen uns fort«, klärte ich ihn auf. »Wir sorgen für immer wieder neue Generationen. Wenn wir sonst keinen hehren Grund für unser Dasein finden – *dieser* Grund bleibt auf jeden Fall. Also könnte man sagen, Fortpflanzung ist eine der grundsätzlichen Wahrheiten der menschlichen Existenz. Eigene Kinder sind zumindest ein Teil vom Sinn unseres Lebens. Aus diesem Blickwinkel betrachtet, ist der Baron als Vater einer ganzen Dynastie im ursprünglichen Sinne des Wortes ›gut‹, auch wenn er alles tut, die Anzahl der Menschen zu dezimieren. Seine Bilanz ist nach wie vor positiv. Er hat mehr Leben gegeben als genommen.«

»So kann man das doch nicht sehen! Ein Leben gegen ein anderes aufwiegen!«, rief Parish aufgewühlt.

»Warum nicht? Wenn du ein Schafhirte bist und ein Schaf schlachtest, um es zu verspeisen oder es deinem Gott zu opfern, wirst du darauf achten, dass mindestens ein neues Lamm geboren wird, damit deine Herde sich nicht verkleinert. Es gibt eine legitime Position, von der aus man die Menschheitsgeschichte so betrachten kann. Aber es ist unbestritten, dass wir gegenwärtig in einer Epoche leben, in der eine solche Rechnung nicht aufgemacht werden darf. Aber überleg dir mal, ob nicht deine Herrscherklasse – diejenigen, die dich und die deinen regieren – nicht vielleicht auch diese ursprünglichen Maßstäbe anlegt.

Zählbare Leben als Manövriermasse in einem Krieg zum Beispiel. Wir sind hier im ehemaligen Jugoslawien, einem der schrecklichsten Kriegsgebiete der letzten Jahre. Wo wir heute längsgefahren sind, wurden Tausende von Menschen getötet und misshandelt. Jedes einzelne Schicksal ist unendliches Leid für den, der es erdulden musste. Doch in Bezug auf die gesamte Menschheit ist es nahezu unbedeutend. In der Wachstumskurve der Menschheit hat sogar der Zweite Weltkrieg nur einen winzigen Knick hinterlassen. Unter dem Strich hat der biologische Auftrag sehr gut funktioniert.«

»Und das sagst *du*, Ian? Das kann nicht dein Ernst sein.«

»Doch, es ist mein Ernst. Es bedeutet aber nicht, dass man sein Mitgefühl gegenüber dem Schicksal des Einzelnen vergessen darf. Man muss die Verantwortung, die man im Zweifel auf sich lädt, auch tragen können. Können Sie die Verantwortung noch tragen, Baron?«

Der Angesprochene blieb eine Weile still und betrachtete die Szenerie vor uns auf dem Friedhof. Wir sahen, wie die Träger den Sarg kurz anhoben und die Balken, die ihn bisher stützten, weggezogen wurden. Sofort senkte der Sarg sich in die Grube.

»Doch, ich denke schon. Ich weiß, wofür ich getötet habe – und Schlimmeres, nach Ihrem Urteil, Tupac. Ich erfülle einen Auftrag, wie alle in diesem Spiel. Ich repräsentiere den Fortschritt, die nicht enden wollende technologische Revolution. Und große Leistungen brauchen Macht, Entschlossenheit und Weitsicht, keine Demokratie.«

»Nun«, entgegnete ich dem Fürsten der Finsternis, »darüber kann man streiten. Würde das Wissen gerecht verteilt, kämen die Massen mit dem Fortschritt gut zurecht.«

»Meinen Sie? Den Kommunismus, der ein solches Prinzip vorleben wollte, haben wir untergehen sehen.«

Für einen Moment schwiegen wir drei und beobachteten, wie Bewegung in die Trauergemeinde kam. Die Zeremonie war offensichtlich beendet, man rüstete zum Aufbruch. Einige aus der Menge musterten unseren Wagen aufmerksam, ohne sich ihm zu nähern.

Schließlich, als die Leute sich zerstreut hatten und nur noch der einsam schaufelnde Totengräber zurückgeblieben war, fügte der Baron hinzu: »Auch wenn Sie es mir nicht zutrauen – ich fühle mich der Verantwortung gewachsen, die ich angenommen habe. Und ich habe durchaus ein mitfühlendes Herz mit jenen, denen ich das Leben nehmen muss. Nehmen Sie Ihren Freund Tron da drüben«, der Baron nickte in Richtung des frischen Grabes. »Im Tod habe ich ihn mit seiner großen Liebe und seinem Sohn vereint.«

Mir schwante, was diese Worte zu bedeuten hatten. Parish aber musste die Frage, die gestellt werden wollte, aussprechen: »Sie meinen doch nicht …«

Geradezu fröhlich blickte der Baron uns an. »Doch, das war das Mindeste, was ich für die tun konnte. Die kleine Familie liegt nun vereint dort in dem Grab, das Mädchen mit dem ungeborenen Kind gut einen halben Meter unter dem Jungen.«

21.

Der Baron hielt sein Versprechen. Nach unserer Rückkehr nach Sarajevo ließ er uns auf unseren Wunsch sofort zum Flugplatz bringen, wo sein Jet uns erwartete, diesmal ohne bewaffnete Aufpasser. Nachdem wir eingestiegen waren, teilten wir den Piloten unser Ziel mit: Zürich. Es dauerte noch eine Weile, bis der Flugplan angemeldet war. Dann starteten wir ohne Verzögerung zu dem kurzen Flug in die Schweiz.

In Zürich-Klothen war es an diesem späten Mittwochabend merklich kühler als in Ex-Jugoslawien und Israel. Parish und ich besorgten uns erst einmal neue, wärmere Kleidung. Dann rief ich Sunleitner an, um ihm mitzuteilen, dass wir in der Stadt seien. Er schlug vor, dass wir uns später im Hotel *Baur du Lac* treffen sollten; er würde uns einen Wagen vom Hotel schicken lassen.

Keine zehn Minuten später hielt der Wagen von *Baur du Lac* vor der Eingangshalle und sorgte für einen kleinen Tumult unter den an- und abreisenden Touristen: Es war ein wundervoller blauer Rolls Royce mit einem Chauffeur, der die Uniform des Hotels trug. Parish und mir war diese ungewollte Aufmerksamkeit der Passanten mehr als unangenehm.

Umso angenehmer verlief die Fahrt in die nächtliche Züricher Innenstadt, auch wenn der Fahrer ein wenig pikiert zu sein schien, als er feststellen musste, dass wir fast ohne Gepäck reisten. Und er hatte darauf bestanden, dass meine Umhängetasche mit dem Laptop partout in den Kofferraum müsste, damit sie das edle Leder der Sitze nicht zerschrammte.

Aber sonst gab die geradezu schwebende Fahrt genug Anlass, dass viel von der Anspannung der letzten Zeit von uns abfiel.

Das *Baur du Lac* liegt mitten in der Züricher Innenstadt, gegenüber den Anlegestellen der Ausflugsboote auf dem Zürichsee. Es ist das älteste Schweizer Grandhotel und seit seiner Eröffnung 1844 in Familienbesitz. Der Blick von hier ist atemberaubend, vor allem, wenn klares Wetter den Blick auf die Berge freigibt, die den See im Süden umrahmen. Ich hoffte, dass der nächste Tag uns dieses Erlebnis bescheren würde.

Parish und ich genossen die anregende Atmosphäre.

Die beiden Männer hinter der hölzernen Rezeption hatten unser fehlendes Gepäck mit verschwiegener Gelassenheit zur Kenntnis genommen. Ob wir einen Pagen wünschten, der uns die Zimmer zeigte? Wir verneinten, nahmen unsere Schlüssel in Empfang und bezogen unsere behaglichen Zimmer, die Sunleitner reserviert hatte. Das war sehr viel besser als die Baracken des Barons in Sarajewo.

Ich beschloss, ein ausgiebiges Bad zu nehmen. Anschließend rief ich Parish an, und wir verabredeten uns im hauseigenen Restaurant *Français.* Der Luxus tat gut, und für einen Moment vergaß ich alles, was mich hierher geführt hatte. Es war keine zwölf Stunden her, dass mein Freund Tron beerdigt worden war. Es war keine Woche her, dass man ihn tot in Berlin gefunden hatte. Und es lag keine zwei Wochen zurück, dass ich ihn unter seltsamen Umständen zum ersten und zugleich letzten Mal getroffen hatte.

Als ich mir im *Français* einen Tisch für drei Personen zuweisen ließ – ich rechnete damit, dass Sunleitner später dazukommen würde –, rief ich mir in Erinnerung, was nun meine neue Aufgabe sein würde. Und wie ich sie würde erfüllen können. Auf dem Weg zu dem mit Silber und Kristall dekorierten Tisch wurde mir klar, wie meine nächsten Schritte in diesem von Tron selbst inszenierten Spiel aussehen würden. Und ich staunte, wie selbstverständlich mein Weg mich genau hierher nach Zürich geführt hatte. Auch Sunleitner wusste offensichtlich, was auf ihn zukam. Und er war gewillt, diese Pflicht auf sich zu nehmen. Ich rätselte nur darüber, was seine Motivation sein könnte.

Parish trat wenig später an den Tisch, begeistert von dem feudalen Ambiente. Jetzt, zu dieser vorgerückten Stunde, waren außer uns nur noch wenige Gäste anwesend; so nahmen wir unbekümmert eine Unterhaltung über die hinter uns liegenden Ereignisse auf.

Das Essen war fantastisch, der Wein erlesen. Wir stießen auf unseren toten Freund an, der dank unserer Hilfe auf eine bisher nur ihm enthüllte Art und Weise zurück ins Leben kommen wollte. Wir sollten Zeugen einer Wiederauferstehung werden. Einer Wiederauferstehung, die ganz anders aussehen sollte, als Parish es als »Tupac« für seine eigene Wiederkehr geplant hatte. Anders auch als bei dem, der Tron vor zweitausend Jahren vorausgegangen war.

Es war lange nach Mitternacht, als Sunleitner zu uns stieß. Wir waren mittlerweile die einzigen Gäste im Restaurant; alle anderen hatten sich entweder auf ihre Zimmer oder in die Bar des Hauses zurückgezogen. Trotzdem bat Sunleitner uns, ihm zu folgen. Er hatte für die Nacht einen Konferenzraum gemietet, in dem wir ungestört reden und uns beraten konnten.

Der Raum, in den er uns führte, sah wie ein großes Wohnzimmer aus. Drei Clubsessel waren um einen niedrigen Couchtisch herum aufgestellt. Zwei große Kronleuchter, die gedämpftes Licht verströmten, sorgten für eine feierliche und zugleich gemütliche Atmosphäre. An einer Wand befand sich eine Bar, in der ich eine vorzügliche Auswahl an Whiskys und verschiedene Cognacs sowie Gläser und Becher bereitstehen sah. Dankbar schenkte ich mir einen Talisker ein und gab einen Würfel Eis ins Glas.

»Ist das nicht ein Sakrileg?«, fragte Sunleitner amüsiert.

»Für die meisten Leute schon. Einen solch guten Single Malt zu panschen wird mitunter als schweres Vergehen gewertet. Aber ich mag es, wenn sich durch das schmelzende Eis der Geschmack des herben Getränks langsam verändert. Es ist, als würde die Flut allmählich den torfigen, tangbewachsenen Ufersaum überspülen.«

»Ich sehe beinahe vor mir, wie das Wasser die Insel Skye erreicht und die kleine weiße Brennerei mit den schwarzen Fenstern umspült«, nahm Sunleitner meine Schwärmerei auf.

»Sie kennen Skye?«, fragte ich.

»Ich sagte doch, dass ich Segler bin. Da bin ich natürlich auch die britischen Inseln abgesegelt und habe unter anderem auch auf Skye Halt gemacht. Sie haben Recht – ein ungezähmter Whisky, dieser Talisker. Allerdings ist das hier der Zehnjährige. Es gibt auch ältere Jahrgangsabfüllungen, die den Genuss sogar noch steigern. Also, der Eiswürfel sei Ihnen verziehen.«

Ich sah, wie sich auch Sunleitner ein wenig von der bernsteinfarbenen Flüssigkeit in ein Glas einschenkte, und schließlich folgte auch Parish unserem Beispiel.

Wir setzten uns in die großen Ledersessel, wobei Sunleitner wie selbstverständlich denjenigen wählte, der mit der Rückenlehne am nächsten zur Stirnseite des Raumes stand. Damit hatte er den besten Platz mit dem besten Überblick; er schien sich an seine wachsende Bedeutung zu gewöhnen. Deshalb war er es auch, der das Gespräch eröffnete.

»Nun, mein lieber Ian, berichten Sie von Ihren Recherchen im Heiligen Land. Am Telefon machten Sie den Eindruck, als hätten Sie neue Erkenntnisse aus den Schriften gewinnen können. Lassen Sie mich teilhaben an diesem neuen Wissen.«

Ich berichtete Sunleitner von meinen Schlussfolgerungen, von der geheimen Aufgabe, die Tron dem Kreis der Sieben zugedacht hatte, und von der Suche nach einer Reinkarnation des Mithras, die nun begonnen hatte. Wobei Reinkarnation das falsche Wort war: Wir mussten jemanden finden und auswählen, um ihn auf einen Weg zu schicken, zu demjenigen zu werden, der diesen Weg bereitet und als Vermächtnis hinterlassen hatte. Wir würden eine Wiedergeburt des alten Lichtgottes selbst herbeiführen müssen – aus den geheimen Wahrheiten, die Tron in seinen Chiffren hinterlassen hatte.

»Chiffren also?«, sagte Sunleitner und nippte an seinem Glas. »Und abgesehen von dieser CD haben wir keine Ahnung, um was es sich dabei handeln könnte?«

»Tron sagte, wir sollen seinem Pfad folgen. Das bedeutet, wir müssen herausbekommen, wann er wo vor seinem Tod gewesen ist und was er dort getan hat. Wir müssen seinen Lebensweg nachzeichnen, zumindest einen wesentlichen Teil davon, und schauen, was wir an Hinterlassenschaften von ihm finden …«

Parish unterbrach mich mit einer Handbewegung. »Vielleicht brauchen wir das gar nicht. Das Auffinden dieser

Chiffren gehört möglicherweise schon zu der Prüfung, die Tron sich für seinen Nachfolger ausgedacht hat. Wir ... ihr müsst diesen Menschen dann nur noch auf seinem Weg begleiten und vor dem Baron und dessen Leuten schützen.«

Sunleitner entgegnete: »Sie dürfen ruhig ›wir‹ sagen, Parish. Sie sind ja bereits mit unseren Gepflogenheiten vertraut. Und ich denke, Sie treffen den Kern der Aufgabe, die Tron uns zugedacht hat. Nicht wir sollen die Chiffren suchen – obwohl die Wahrheiten, die sie verbergen, für einen Mann mit meiner Berufung sicherlich ein riesiger Fundus wären. Aber wir sind lediglich Wegbereiter und Helfer desjenigen, der auf diesem Pfad der Veredelung und Versiegelung zu wandern hat.«

Ich übernahm es, den Gedankenfaden weiterzuspinnen. »Da drängt sich dann aber die Frage auf, wer dieser Jemand sein wird und wo wir einen geeigneten Kandidaten finden können, um ihn auf den Pfad der ultimativen Tugendbildung zu schicken. Wo finden wir unseren Knappen, den wir zu einem edlen Ritter des Informationszeitalters machen sollen?«

Wieder kam der richtige Gedanke von Parish. »Vielleicht hilft dieser Pyramidentext uns weiter, die geschmückte Braut.«

Sunleitner schaute überrascht. Also erklärte ich ihm den Zusammenhang. »Das neue Israel aus der Offenbarung, die Stadt mit der gleichen Länge, Breite und Höhe. Wir haben es stets für einen Würfel gehalten, wie die Kaaba der Mohammedaner. Unser Freund Parish jedoch hat es als Pyramide interpretiert, die auf ebendieses wiedergeborene Mädchen verweist, wenn man das neue Israel oder die geschmückte Braut mit der ebenfalls wiederkehrenden Nolo gleichsetzt.«

Sunleitner ließ das Gehörte auf sich wirken. »Das göttliche Paar kehrt gemeinsam zurück?«, fragte er schließlich.

»›Und ich sah einen neuen Himmel und eine neue Erde; denn der erste Himmel und die erste Erde verging, und das Meer ist nicht mehr‹«, zitierte ich den Beginn des einundzwanzigsten Kapitels der Offenbarung.

»›Und ich, Johannes, sah die heilige Stadt, das neue Jerusalem, von Gott aus dem Himmel herabfahren, bereitet als eine geschmückte Braut ihrem Mann‹«, vollendete Sunleitner. »Das könnte stimmen, guter Cautes, das könnte stimmen. Und ich glaube, ich weiß auch, was der Hinweis mit der Pyramide zu bedeuten hat.«

»Wirklich?« Aus Parish sprach wieder eine beinahe kindliche Neugier.

»Spannen Sie uns nicht auf die Folter«, sagte ich.

»Ägypten! Die Pyramiden stehen in Ägypten, vor allem die großen Pyramiden, die schon vor zweitausend Jahren der Welt vertraut waren.«

»Also gut«, versuchte ich, den Gedanken aufzunehmen. »Ägypten. Und was bedeutet das wiederum?«

»Sie enttäuschen mich, Ian. Was sagt Ihnen denn das alte Wort ›Babylon‹?«

Endlich fiel der Groschen. »Die Kopten, natürlich. Wie konnte ich nur so blind sein! Die Urchristen des alten Ägypten. Es ist eigentlich selbstverständlich, dass das verborgene Mädchen dort sein Exil gefunden haben wird.«

»Wer sind die Kopten?« Parish machte ein verwundertes Gesicht.

Also erklärte ich es ihm. »Die Urchristen des alten Ägypten. ›Kopten‹ heißt nichts anderes als ›Ägypter‹. Sie nennen sich zwar Christen und sind es auch, haben sich aber schon sehr früh von der katholischen und der orthodoxen Kirche abgespalten und sind ihren eigenen Weg gegangen. Sie haben sogar ihren eigenen Papst, der noch länger im Amt ist als Johannes Paul der Zweite.

Die Kopten gelten als die einzigen legitimen Nachfahren jenes Volkes, das von den Pharaonen regiert wurde. Verbessern Sie mich, wenn ich falsch liege, Sunleitner, aber der älteste Teil Kairos wird bis heute das ›koptische Viertel‹ genannt, nicht wahr? Es liegt im Süden der Stadt, mit Blick auf die Pyramiden. Hinter alten Festungsmauern verborgen. Und es war schon lange vor der römischen Eroberung besiedelt.

Dort, wo sich heute Alt-Kairo befindet, gab es schon zu Zeiten der Pharaonen eine bedeutende Siedlung. Und deren antiker Name leitet sich vom altägyptischen ›Pi-Hapi-n-On‹ ab, was ›Haus des Hapi‹ bedeutet. Hapi war ein Nilgott. Der heute gebräuchliche Name für die Siedlung und Festung ist ›Babylon‹, und das ist eine Ableitung von diesem altägyptischen Namen.«

»Das stimmt alles, Ian.« Sunleitner nahm einen großen Schluck aus seinem Whiskyglas. »Und dieses Babylon war schon einmal für einen Messias und seine Angehörigen ein willkommener Zufluchtsort, nicht wahr?«

Es stimmte. Wenn man sehr lange in der westlichen Zivilisation lebt, vergisst man irgendwann, welch bedeutende Rolle Ägypten einst auch für die Christenheit gespielt hatte.

»Sie denken an die Kirche Sankt Sergius neben dem Koptischen Museum, nicht wahr? Ein bemerkenswerter Ort, wirklich. Rate mal, Parish, was sich unter dieser Kirche befindet.«

»Ein Mithräum wohl nicht«, gab Parish zurück.

»Stimmt, das trifft es nicht, jedenfalls nicht richtig. Kein Mithräum mit Altar, Stier, Fackelträgern und so weiter. Aber auch dort befindet sich eine Grotte unter einem christlichen

Gotteshaus – eine Grotte, die einst Josef, Maria und dem Jesuskind auf der Flucht vor dem kindermordenden Herodes Zuflucht bot. Übrigens, Parish: Was glaubst du, wo nach koptischen Schriften das Jesuskind geboren wurde?«

Natürlich durchschaute Parish die Frage. »Auch in einer Grotte?«

»Korrekt. Wenn du alte Ikonen der orthodoxen christlichen Kirchen mit Darstellungen des neugeborenen Christuskindes siehst, so wird es stets in einer Grotte gezeigt, umgeben von Eseln und Ochsen. Und was sind Ochsen so viel anderes als der Himmelsstier unseres Mithras? Eine dieser Ikonen gibt es hinter dem Altar von Sankt Sergius.«

»Das ist mir langsam unheimlich, Ian. Unter allem, was für mich bisher die Grundlage der bekannten Welt war, schlummert dein frühpersischer Gott. Wieso weiß das keiner, wenn diese Dinge doch so augenfällig sind?«

Sunleitner übernahm es zu antworten. »Vielleicht, weil man sich sehr viel Mühe gegeben hat, dieses Geheimnis so gut wie möglich vor der Menschheit zu verstecken.«

»Gibt es für diese Geheimniskrämerei einen vernünftigen Grund?«, hakte Parish nach.

»Oh ja«, antwortete Sunleitner. »Einen sehr einfachen und guten Grund sogar. Die Geschichte.«

»Die Geschichte?«, fragte Parish ungläubig.

»Wir haben doch mit dem Baron über das trügerische Gleichgewicht von Gut und Böse diskutiert – erst heute Mittag am Grab von Tron, du erinnerst dich?«, erwiderte ich. »Wenn du dir die Menschheitsgeschichte anschaust, wirst du erkennen, dass das, was von den Menschen jeweils als Gut oder Böse ausgelegt wurde, schwankend und veränderlich ist. Jede Zeit hat ihre eigene Kultur und ihre eigenen Maßstäbe. Aber darunter schlummern die wirklich unveränderlichen Wahrheiten der Menschheit. Sie zu schützen und im Gedächtnis der Menschen zu halten ist unsere Aufgabe. Und diese Aufgabe erledigt man am besten im Verborgenen. Denn dieses Wissen ist gefährlich.«

»Wieso gefährlich?« Allmählich freute ich mich darüber, dass Parishs neugierige Fragen nie abzureißen schienen.

»Auch das steht in der Bibel der Christen und Juden, stammt aber aus sehr viel älteren Schriften wie der Offenbarung des Johannes. Ich meine die Genesis, das erste Buch Mose, das auch die ersten Menschen im Paradies erwähnt, Adam und Eva.«

Parish schüttelte den Kopf. »Ich müsste jetzt wohl sehen können, was du meinst, aber ich sehe es nicht.«

»Das wäre auch sehr ungewöhnlich. Abermillionen Menschen haben es schon gelesen, doch nur wenige haben den wahren Sinn verstanden. Es geht um die Frage, weshalb die ersten Menschen aus dem Paradies vertrieben wurden sind. Gott hatte zu Adam gesagt: ›Du sollst essen von allerlei Bäumen im Garten; aber von dem Baum der Erkenntnis des Guten und Bösen sollst du nicht essen; denn welches Tages du davon isst, wirst du des Todes sterben.‹ Lass dir diesen Satz der Ewigkeit mal auf der Zunge zergehen, mein lieber Parish. Der Mensch sollte nicht zwischen Gut und Böse unterscheiden können. Heute kann er es, und deshalb ist er des Todes. Ohne dieses Wissen hätte er ewig leben können.

Und nun die zweite dazugehörige Textstelle aus der Genesis, nachdem Adam und Eva doch von den verbotenen Früchten genascht hatten: ›Und Gott der Herr sprach: Siehe, Adam ist geworden wie unsereiner und weiß, was gut und böse ist. Nun aber, dass er nicht ausstrecke seine Hand und breche auch von dem Baum des Lebens und esse und lebe ewiglich!‹ Es gibt also noch einen zweiten verbotenen Baum, dessen Früchte einem das Geheimnis des ewigen Lebens offenbaren würden. Der letzte Baustein, um ein Gott zu sein. Ewiges Leben. Eine wahrhaft gefährliche Vorstellung, nicht wahr?«

Parish war sichtlich bewegt von dem Gehörten. »Es geht um Unsterblichkeit?«

»Geht es nicht immer darum?«, fragte Sunleitner zurück. »Warum ermahnt ein christlicher Priester seine Schäfchen, tugendhaft durchs Leben zu gehen? Doch nur, um deren unsterbliche Seelen zu retten. Was aber wäre, wenn es nicht um die unsterbliche Seele ginge, jedenfalls nicht um die Seele allein?«

»Kurz nach dem Auszug Adams und Evas aus dem Paradies kommen in der Bibel die Geschlechterregister der alten Juden«, ergänzte ich Sunleitners Ausführung. »Danach wurde Adam neunhundertdreißig Jahre alt, sein Sohn Seth neunhundertzwölf. Rekordhalter ist Methusalah, der es auf neunhundertneunundsechzig Jahre brachte. Was im Übrigen eine seltsame Zahl ist, findest du nicht?«

»Das können doch aber keine wahren Lebensjahre gewesen sein. Die haben sich bestimmt verrechnet oder übertrieben«, sträubte Parish sich gegen das Erkennen.

»Warum hätten die alten Chronisten das tun sollen? Um die Väter ihrer Ahnen größer zu machen, als sie waren? Die Zeitmessung hat sich seit Anbeginn der Menschheit nicht wesentlich verändert. Sie stammt von den Sumerern, über die wir ja gesprochen haben. Die Menschen damals wussten, was ein Jahr ist und was neunhundert Jahre sind. Überleg doch nur, dass sie sich nicht geirrt und nicht übertrieben haben! Verstehst du, warum dieses Wissen heute verborgen ist?«

Langsam sagte Parish: »Weil es zu viele würden …«

»Genau. Es ergäbe sich die Frage, wohin mit all den Menschen, die unentwegt neue Menschen zeugen.«

»Das Problem der Überbevölkerung. Die Zahl der Menschen würde explodieren.« Aus Parish sprach Erkennen und Erschrecken zugleich. »Der Jugendkult, die Schönheitsoperationen, um jung und attraktiv zu bleiben, und die verzweifelten Versuche, den Tod zu überlisten aus Furcht vor dem Sterben. Das alles bekommt einen Sinn. Es ist der Motor des Menschseins. Der Mensch will sich mit seiner Endlichkeit nicht abfinden.«

»Die Krux ist, er muss es auch nicht. Die alten Schriften verheißen es dem, der es zu lesen vermag. Das Christentum war und ist so erfolgreich, weil es allen Menschen ewiges Leben verspricht. Niemand konnte es je nachprüfen, denn wiedergekommen ist noch keiner. Nur eine Legende gab es, die von Jesus Christus. Aber die allein war so faszinierend, dass sie hundert Generationen in ihren Bann zog.«

»Aber es war nicht die reine Wahrheit, um die es in unserer Menschheit geht?« Parishs Neugier ließ nicht nach.

»Doch, es ist eine wahre und reine Wahrheit. Aber es gibt viele Wahrheiten. Jesus ist in den Köpfen und Herzen der Menschen unsterblich geworden. Auch die Pharaonen Ägyptens haben das vollbracht, brauchten dafür aber ihre Bauwerke und die anderen Zeugnisse ihrer Kultur. Wenn wir unseren Job hier gut erledigen, wird auch Tron seinen Tod lange überleben. Und …«

Parish unterbrach mich: »Aber das alles ist doch kein wirkliches ewiges Leben. Und diejenigen, die angeblich ewig überlebten, haben doch nichts davon.«

»Meinst du?«, entgegnete ich. »Nur weil sie es selbst nicht mehr bewusst erleben als diesseitige Menschen, dass zumindest ein Teil der Menschheit sie nicht mehr vergisst? Du willst ewiges irdisches Überleben, ein bisschen wie Adam und Methusalah? Dann halte dir Folgendes vor Augen: Der Baron, mit dem wir erst gestern Morgen gefrühstückt haben, kennt noch ein anderes, aus dieser Sicht größeres Geheimnis. Kannst du dir vorstellen, dass er bereits 1777 in Frankfurt am Main geboren wurde?«

22.

Lange Zeit herrschte Schweigen in dem feudalen kleinen Konferenzraum des *Baur du Lac.* Es war zwei Uhr früh; sicher war es auch Erschöpfung am Ende eines langen und ereignisreichen Tages, die sich nun bei uns bemerkbar machte.

Doch Parish war noch nicht fertig mit seinen Fragen. »Es ist unglaublich, was ihr mir hier erzählt. Was ich vor allem nicht verstehe: Wenn das alles solch große Geheimnisse sind, dass sie seit Jahrtausenden vor den meisten Menschen gehütet werden – wieso enthüllt ihr sie gerade vor mir? Es ist doch kein Zufall, dass ich im Augenblick hier sitze und all diese unaussprechlichen Dinge höre!«

Sunleitner und ich sahen uns an. Mit einer Geste bedeutete er mir, das Antworten zu übernehmen.

»Nein, es ist natürlich kein Zufall. Du vermutest richtig: Es gibt einen besonderen Grund, dass du jetzt hier mit uns über die ersten und letzten Geheimnisse der Welt redest. Warum? Weil wir deine Hilfe brauchen werden. Erstens, weil Tron uns zu dir geführt hat. Und zweitens, weil der derzeitige Bund der Sieben nur noch aus sechs Planeten bestehen wird.«

Genau in diesem Moment öffnete sich mit einem lauten Geräusch die Tür des Konferenzraums. Wir blickten mit einem Gefühl des Ertapptseins zum Türeingang und sahen

Meister Kronos in seinem langen schwarzen Mantel mit gemächlichen Schritten zu uns kommen. Nachdem er uns der Reihe nach gemustert hatte – besonders aufmerksam betrachtete er Parish, den Farbigen in unserer Runde –, schloss er so langsam, wie er eingetreten war, die Tür und ging zu Sunleitner, um sich neben ihn zu stellen. Immer noch schwieg Kronos; offenbar überlegte er, um seine folgenden Worte mit besonderer Sorgfalt zu wählen.

Und als würde er Sunleitner unter Arrest nehmen wollen, legte er die linke Hand auf dessen Schulter, als er dem Beginn seiner Rede schließlich nicht mehr ausweichen konnte. »Was für eine nette kleine Konspiration hier im Gange ist«, begann Kronos. »Mein Gefühl hat mich also nicht getäuscht. Es hat sich ausgezahlt, die untergehende Sonne hier«, er klopfte Sunleitner auf die Schulter, »ein bisschen genauer im Auge zu behalten.« Kronos machte eine dramatische Pause, bevor er fortfuhr: »Was soll das werden? Einen Unwissenden in die Mysterien einzuführen, ohne mich vorher zu fragen oder zu informieren? Sie wissen, das verstößt gegen die Regeln.«

Kronos ließ Sunleitner los und schritt um unsere Sessel herum, wobei er in einen dozierenden Tonfall verfiel.

»Ich vermute, der junge Hacker war letztlich doch mehr, als Sie uns weismachen wollten, Cautes. Ich kann nicht dulden, dass Sie mich über den wahren Wert und die wahre Bedeutung des Jungen getäuscht haben. Sie ahnen nicht, wie groß diese Enttäuschung für mich ist. Ausgerechnet von Ihnen, dem Träger des Lichts, hintergangen zu werden! Warum, Cautes? Warum nur?«

Ohne eine Antwort abzuwarten, dozierte Kronos weiter: »Dabei wäre es mir die allergrößte Freude und die Erfüllung meines bescheidenen Lebens gewesen, unseres lebendigen Mithras teilhaftig zu werden. Das war es, wonach wir strebten, das war der Sinn unseres Kultes. Sie aber gefährden diese großartige Chance – und weshalb? Wegen irgendwelcher Machtspielchen? Weil Sie, Sunleitner, der neue Kronos werden wollen? Haben Sie denn nicht verstanden? Es geht bei uns nicht um Hierarchien, um Macht. Darum ging es nie. Es geht um das Dienen, um das Verstehen. Wir hätten Tron groß machen können, größer als alle vor ihm, hätten Sie das alles nicht durch Ihre alberne Intrige gefährdet.«

Ich sah, wie Sunleitner sich langsam nach vorn beugte und sein schon lange Zeit leeres Whiskyglas auf den niedrigen Tisch stellte. Dann stand er bedächtig auf und stellte sich hinter seinen Sessel, derweil Kronos genau ihm gegenüber auf der anderen Seite des Tisches stehen blieb.

»So, mein guter Luhnen«, Kronos wurde blass, als er in dieser Runde seinen bürgerlichen Namen ausgesprochen hörte, »Sie glauben also, wir hätten die Fleischwerdung der ewigen Offenbarung gefährdet? Weil wir es gewagt haben, ohne Ihre Gegenwart Geschichte zu schreiben? Ich kann Ihnen sagen, es wurde nichts gefährdet. Ganz im Gegenteil, wir haben alles auf einen sehr guten Weg gebracht. Und der schwarze Mann hier an meiner Seite«, Sunleitner zeigte auf Parish, »wie man schon an der Hautfarbe unschwer erkennt, ist er der neue Rabe Corax in unserer Runde. Oder auch Merkur mit dem Heroldsstab.

Sie stutzen, Luhnen? Zu Recht! Wenn dieser Mann hier nun Merkur ist, wird der alte Merkur jetzt Venus sein und Venus Mars und Mars Jupiter, und der wiederum wird Mond, und jener wird Sonne – und ich, der gute Sunleitner, müsste dann ja Kronos sein, der beringte Saturn. Aber der Ring ist an Ihrer Hand, Luhnen. Also, wo liegt der Fehler?«

Ehe der völlig verdutzte alte Mann begriff, was der neue Kronos gesagt hatte, schob dieser eine Hand unter den Sessel, hinter dem er stand, und zog mit einer blitzschnellen Bewegung Pfeil und Bogen darunter hervor.

Was folgte, war ein dramatisches Schauspiel, das an Surrealismus nicht zu übertreffen war.

Der neue Kronos spannte den Bogen und zielte mit dem Pfeil direkt auf Parishs Kopf. In schrillem, kreischendem Tonfall schrie der Bogenschütze den Mohren an: »Ausziehen!« Dann ging der neue Kronos, die Waffe unentwegt auf Parishs Kopf gerichtet, um diesen herum, ohne dabei Luhnen aus den Augen zu lassen. In dieser Bewegung schrie er noch einmal Parish an, sich auszuziehen, der zutiefst erschrocken zu mir schaute. Ich nickte nur zum Zeichen, dass er gehorchen sollte. Parish stand auf und begann, sich auszuziehen, den gespannten Bogen im Nacken. Und unablässig schrie der hysterische Mann hinter ihm Befehle. »Schneller! Wird's bald!«

Auf Luhnens Gesicht spiegelten sich Zweifel. Dann Begreifen. Dann Angst. Ohne den angelegten Bogen von Parish wegzudrehen, näherte der Bogenschütze sich dem alten Mann, wobei er weiterhin Parish anschrie, noch immer in dieser schmerzhaft schrillen Tonhöhe. »Hast du Angst, du Jammergestalt? Du Muttersöhnchen? Siehst du, wie wenig dein klägliches Leben noch wert ist? Du willst ein Mann sein, ein Stier? Schlachten werde ich dich! Ein Zittern in meiner Hand, und du bist tot. Nur ein gefallener Stern.« Parish war mittlerweile splitternackt, doch sein verwirrtes Gesicht zeigte keine Angst.

Anders der alte Mann. Der neue Kronos stand jetzt unmittelbar vor Luhnen. Mit einer unglaublichen flinken Drehung richtete der Jüngere den Pfeil plötzlich auf das Herz des Älteren. Und ließ die Sehne los. Luhnens Gesicht zeigte blankes Entsetzen.

»Ein Pater des Mithras hat keine Angst vor dem Tod, hörst du, Luhnen? Und deshalb sucht er keinen Schutz bei den grausam Lebenden. Siehst du, es hat dir nichts genützt.« Mit einem Ächzen sank der alte Mann auf den Boden und starb. Der Wahnsinn war vorbei.

Nun erhob auch ich mich, ging zur Bar, nahm einen aus glänzendem Stahl getriebenen Becher, der unbeachtet neben den Flaschen stand, und schenkte ihn voll Whisky. Dann nahm ich den Becher und brachte ihn dem immer noch nackt dastehenden Parish.

»Hier, trink das, ohne abzusetzen. Das ist ein Befehl.« Parish nahm den schweren eisernen Becher, setzte an und trank das scharfe Getränk unter sichtlichen Schmerzen. Schließlich aber gab er mir einen leeren Becher zurück.

Ich zeigte Kronos das Gefäß und drehte es zum Zeichen, dass es wirklich leer sei, mit der Linken um. Der neue Kronos nickte, warf den leeren Bogen auf den toten Körper seines Vorgängers und beugte sich zu ihm hinunter. Mit einer schnellen Bewegung zog er Luhnen den Ring vom kleinen Finger der rechten Hand und steckte ihn sich selber an. Dann stand Kronos wieder auf und ging zu Parish hinüber. Automatisch hob ich drei Finger meiner rechten Hand zum Schwur.

»Wahrlich, Merkur, Ihre Beherrschtheit gefällt mir.« Kronos sprach jetzt mit seiner gewohnt ruhigen Stimme, sodass das Gekreische von eben nur noch wie die Erinnerung an einen vorbeigezogenen fürchterlichen Sturm in mir nachklang.

Kronos packte jetzt den nackten Schwarzen mit beiden Händen am Kopf. »Das war Ihre Taufe, Ihre Aufnahme als neues Mitglied in den Mithrasbund. Sie haben nunmehr den ersten Erkenntnisgrad erklommen durch das, was Ihnen verkündet wurde und was Sie sehen durften. Seien Sie ein würdiger Bewahrer der unsterblichen Wahrheiten, die unser Bund von Generation zu Generation weiterträgt.«

Kronos, der bis eben noch Sunleitner war, drehte sich zu mir um und nahm mir den Becher aus der Hand, bevor er sich wieder dem frisch Initiierten zuwandte. »Nimm diesen Becher aus getriebenem Eisen. Er ist von nun an dein Zeichen in unserem Bund, bis du würdig bist, das Diadem der Venus zu empfangen als Zeichen deiner wachsenden Reife.

Und noch ein Wort zu dem Schändlichen dort hinter mir auf dem Boden und zu dem, was eben geschehen ist: Der alte Mann, der bisher unser Pater, unsere Anführer, der personifizierte Stern Saturn war, hat unseren Bund verraten. Anstatt unser Wissen zu bewahren, hat er manches davon dem Teufel preisgegeben. Und das nur, um an dessen Geheimnis scheinbar ewiger menschlicher Jugend zu kommen. Der Teufel weiß, wie man mit List, Macht und viel Geld den Tod überlistet. Der Teufel, wie wir ihn heute kennen, ist tatsächlich zweihunderteinundzwanzig Jahre alt. Und der tote alte Mann hinter mir wollte sich auf unsere Kosten und auf Kosten unseres Gottes Mithras, dem ewig wiederkehrenden Messias, dieses schändliche Wissen erkaufen. Darum war es meine Aufgabe, ihn zu töten.

Und es ist eines unserer Gebote, dass der Bund der Sieben niemals brüchig sein darf. Deswegen haben wir, mein guter Freund Cautes und ich, Sie in den vergangenen Tagen an unsere Mysterien herangeführt, bis hierher in diesen Raum und zu dieser Taufe. Jetzt ist es vollbracht. Und Sie sind nun dem ersten Weihegrad nach Corax, der Rabe, in die Sterne gezeichnet, seit Noah ihn in den Himmel entließ. Und Merkur sei Ihre ewig rastlose Seele auf der Suche nach dem siebten und letzten Himmel, weshalb Sie von nun an unter Ihresgleichen Mercurius genannt sein sollen.«

23.

Am nächsten Morgen – es war Donnerstag, der 29. Oktober 1998 – saßen Parish-Mercurius und ich im Flieger nach Kairo. Die Ereignisse der zurückliegenden Nacht kamen mir nur mehr wie ein böser Traum vor. Unvermittelt wurde ich aus meinen düsteren Gedanken gerissen.

»Wusstest du, dass Sunleitner – oder Kronos, wie er jetzt heißt – den anderen, älteren Kronos töten würde?« Bei Parish hatte das Geschehen offensichtlich neue Fragen aufgeworfen.

»In gewisser Weise, ja«, antwortete ich wahrheitsgemäß. »Nach der Nacht, als der Teufel Tron holte, gab es eine Zusammenkunft der Sieben. Es kommt sehr selten vor, dass sich alle Grade des Zirkels treffen. Entweder ist es eine Dreiergruppe, wie wir gestern, oder eine Vierergruppe. Doch alle Sieben, plus Fackelträger – da muss schon etwas sehr Außergewöhnliches passieren.

Trons Tod war etwas so Außergewöhnliches, doch Tron selbst hatte mich auf seine Weise vor möglichen Verrätern gewarnt. Und er sollte Recht behalten; der alte Pater vertrat schon da nicht mehr unsere Interessen. Damit war sein eigener Tod mehr oder weniger vorgezeichnet.«

»Was sind das für ›Interessen‹? Geht es um dieses ›ewige Leben‹?«

»Eine berechtigte Frage. Ja, es geht um das Geheimnis des ewigen Lebens, das jede Kultur seit Anbeginn der Menschheit durchdrungen hat. Wir modernen Menschen nehmen es nur nicht mehr so deutlich wahr, dabei gründet sich auch unsere Kultur auf diese Frage. Und alles Streben ist darauf gerichtet, die eigene Endlichkeit zu überwinden.

In seinem ersten Brief an die Korinther schrieb der Apostel Paulus im Neuen Testament: ›Siehe, ich sage euch ein Geheimnis: Wir werden nicht alle entschlafen, wir werden aber alle verwandelt werden.‹ Deutlicher kann man es nicht ausdrücken. Das größte Geheimnis ist das, was offen vor unseren Augen ausgebreitet ist – und das deshalb kaum jemand erkennt. Wir, die Letzten des ewigen Mithraskultes, sind die Bewahrer dieser Geheimnisse.«

Parish schüttelte den Kopf. »Geheimnisse müssen nicht bewahrt werden, sie bewahren sich von selbst. Bewahrer stellen immer nur eine Gefahr dar, die Geheimnisse zu verraten. Siehe den toten Kronos. Was ist also wirklich eure … unsere Aufgabe?«

»Du lernst schnell. Du möchtest wohl selber so rasch wie möglich den Saturn erklimmen, wie? Es gibt in der Tat eine Aufgabe, die über das Geheimnisbewahren hinausgeht, nämlich der Erfüllung der mit den Geheimnissen verbundenen Prophezeiungen gelegentlich nachzuhelfen – so wie jetzt der Wiedergeburt von Tron, dem neuen Mithras.«

Parishs Neugier wuchs wieder. »Warum ist das denn so wichtig? Der Junge ist tot. Lassen wir ihn in Frieden ruhen.«

»Oh, den Jungen, den wir kannten, lassen wir in Frieden einen halben Meter über seiner Geliebten ruhen. Aber überleg mal, in welchem Zeitalter wir leben.«

»Was meinst du?«

»In wenig mehr als einem Jahr geht ein Jahrtausend zu Ende, das zweite Jahrtausend nach dem letzten großen Messias, dem letzten großen Mithras. Und mit dem neuen Jahrtausend bricht auch ein neues Zeitalter an, das Zeitalter des Wassermannes.«

»Aquarius, ich weiß. Aber was hat das mit uns zu tun?«

»Ist das nicht augenfällig? In den letzten zweitausend Jahren haben wir im Zeitalter des Fisches gelebt, und wessen Symbol war das?«

»Jesus Christus.«

»So ist es. Die griechischen Worte ›Iesous chreistos theou yios soter‹ bedeuten übersetzt: ›Jesus Christus, Gottes Sohn, Heiland‹. Fügt man die Anfangsbuchstaben des griechischen Satzes aneinander, erhält man das Wort ›Ichthys‹, was übersetzt ›Fisch‹ heißt. Und dieses Wort wird mystisch wiederum gleichgesetzt mit Christus, weil Christus im Abgrund unserer Sterblichkeit wie in Meerestiefen lebendig bleiben konnte. Wie ein Fisch.«

»Und Tron begründet als Reinkarnation des ursprünglichen Mithras das Zeitalter des Wassermannes?« Parish blickte ungläubig drein.

»Warum nicht? Fast alle Attribute stimmen: sein Wissen, seine Genialität, die Reinheit seines Herzens, sein von ihm bewusst erlebtes Sendungsbewusstsein. Er wollte die Welt verändern, verbessern. Und wie die, die vor ihm kamen, ist er den Märtyrertod gestorben. Warum also sollte er nicht der Messias sein, der die Menschheit durch das neue Zeitalter des Wassermannes führt? Es wird ein durch und durch technologisches Zeitalter, und es gibt und gab keinen anderen, der mit diesen Technologien virtuoser und intuitiver umgehen konnte als Tron. Also warum nicht er? Nur weil es so schwer vorstellbar ist?«

Parish schwieg, also fuhr ich fort: »Versetze dich mal ein paar Jahrhunderte weiter, wenn es nur noch die Legende von einem Jüngling geben wird, der die Geheimnisse und Rätsel der Menschheit gelöst hat und das Buch mit den sieben Siegeln trug. Der den Teufel selbst in Angst und Schrecken versetzte. Kannst du glauben, dass die Menschen in ein paar Jahrhunderten sich auf ihren Reisen durchs All vielleicht an Tron erinnern, wie die Menschen heute sich an

Jesus Christus erinnern? Vergiss einmal, dass du Tron als Mensch kanntest. Sieh ihn als Legende, als Gott, und er *wird* zum Gott.«

Parish schaute aus dem Fenster des Flugzeugs, in dem wir den Pyramiden entgegenflogen. Er blickte in Richtung der aufgegangenen Sonne und fragte: »Was definiert eigentlich, was ein Zeitalter ist? Weshalb kommt jetzt das Zeitalter des Wassermannes? Wer legt das fest?«

»Hast du schon mal von der Präzession gehört?«

Parish schaute mich an und schüttelte den Kopf.

»Ich erkläre es dir, muss dazu allerdings ein bisschen ausholen. Du kennst die Sternbilder?« Mein Begleiter nickte. »Nun, die Menschen haben sich von alters her Bilder in den Sternenhimmel hineingedacht. Sie gaben scheinbar feststehenden Gruppierungen von Fixsternen am Himmel eigene Namen, die sie mit Bildern in Verbindung brachten. Für die Astrologie ist nun von Anbeginn der Sternbeobachtung ein bestimmter Streifen am Himmel von besonderem Interesse, nämlich das so genannte Band der Ekliptik – eine Zone, in der sich die ebenfalls bekannten Planeten bewegen.

In dieser Zone definieren wir heute zwölf Sternbilder, die in Prinzip auf die antiken Überlieferungen zurückgehen, nämlich Widder, Stier, Zwillinge, Krebs, Löwe, Jungfrau, Waage, Skorpion, Schütze, Steinbock, Wassermann und Fische – in dieser Reihenfolge. Diese Sternbilder sind unterschiedlich groß und überlappen sich teilweise.

Je nachdem, wie man sich die Bilder in die dazugehörigen Fixsterne hineindenkt, kann man nicht exakt sagen, wo etwa der Steinbock aufhört oder der Wassermann beginnt. In diese Zone am Fixsternhimmel zeichnen die Astronomen einen präzisen Kreis, die eigentliche Ekliptik, die festgelegt ist durch die jährliche Bahn der Erde um die Sonne. Beziehungsweise, von der Erde aus gesehen, den scheinbaren Jahreslauf der Sonne um die Erde.

Dieser Kreis der Ekliptik liegt praktisch genau gegenüber dem Fixsternhimmel. Die Astronomen verwenden diesen Kreis bis heute als ihr Koordinatensystem. Man gibt die Position eines Planeten am Himmel und im Band der Ekliptik im ekliptischen Koordinatensystem durch zwei Zahlen an: seine Lage am Kreis entlang, von dessen Nullpunkt aus gegen den Uhrzeigersinn gemessen – die ekliptische Länge; und den Abstand des Planeten vom Kreis – die ekliptische Breite, beide Angaben in Grad.

Doch jeder Maßstab braucht einen Nullpunkt. Auf der Ekliptik ist der Nullpunkt festgelegt durch den Frühlingspunkt, auch Äquinoktium genannt, den Punkt, an dem sich die Sonne zur Tagundnachtgleiche im Frühling am 21. März befindet.

Zur Blütezeit der antiken Astronomie im hellenistischen Zeitalter, also um die christliche Zeitenwende, lag dieser Frühlingspunkt an der Grenze zwischen den Sternbildern Widder und Fische. Man hat damals den Ekliptikkreis, von diesem Nullpunkt ausgehend, in zwölf gleiche Segmente von jeweils dreißig Grad unterteilt. Diese Kreissegmente bekamen die gleichen Namen wie die Sternbilder, die sich an den entsprechenden Stellen des Himmels befanden, und wurden Tierkreiszeichen genannt – nicht zu verwechseln mit den verschieden großen und nicht scharf definierten gleichnamigen Sternbildern.

Allerdings ist die Lage der Erdachse nicht stabil. Unter dem Einfluss der Gravitation von Sonne und Mond verhält die Erde sich wie ein Kreisel, dessen Rotation durch eine äußere Kraft gestört wird; sie sorgt für die Kreisel- oder Präzessionsbewegung. Die Erdachse selbst bewegt sich im Kreis. Und damit wandert der Frühlingspunkt durch die

Sternbilder. Ein Umlauf dieser Kreiselbewegung der Erde dauert rund sechsundzwanzigtausend Jahre. In dieser Zeit läuft der Frühlingspunkt einmal um die ganze Ekliptik herum, durch alle zwölf Sternbilder. Für ein Sternbild braucht er also ein Zwölftel von sechsundzwanzigtausend Jahren, also gut zweitausendeinhundertsechzig Jahre. Wenn der Frühlingspunkt in der Antike an der Grenze der Sternbilder Fische zu Widder lag und sich rückwärts bewegt, so liegt er heute, mehr als zweitausend Jahre später, nahe der Grenze der Sternbilder Wassermann zu Fische und bewegt sich langsam auf das Sternbild Wassermann zu, also auf ein neues Zeitalter.

Da die Sternbilder keine genauen Abgrenzungen am Himmel haben, kann man jedoch nicht genau sagen, wann der Übergang des Frühlingspunkts von Fische zu Wassermann stattfinden wird, wann also das so genannte Wassermannzeitalter beginnt. Je nachdem, wie man die Sternbilder einzeichnet, wird das irgendwann zwischen dem Jahr zweitausendeinhundert und dem Jahr zweitausendfünfhundert der Fall sein.«

»Danke für diesen präzisen wissenschaftlichen Vortrag«, kommentierte Parish mit leisem Spott meine Erklärungen. »Also muss ich jetzt an Horoskope glauben, oder was? Mal im Ernst – die Sterne haben doch nicht wirklich Einfluss auf unser Leben? Das kann nicht dein Ernst sein, Ian.«

»Die Sterne natürlich nicht, um die geht es ja auch gar nicht. Die erzählen nur Geschichten. Aber die Zeit hat Einfluss auf unser Leben, sehr großen Einfluss sogar. Genau genommen die Zeit, die man am Lauf der Sterne, der Sonne und des Mondes ablesen kann. Früher war es so, dass der Frühlingspunkt den Beginn der Aussaat anzeigte, die Wiederkehr des Lebens, den Beginn des neuen Lebenszyklus der Erde. Deshalb ist das Osterfest das Fest der Auferstehung – die

Auferstehung der Morgenröte im Osten. Das ist heute nicht mehr so wichtig. Und es gab eine Zeit, da spielte es noch gar keine Rolle.

Noch ein bisschen Sternengeschichte: Wir leben noch im Zeitalter der Fische, vorher war demnach das Zeitalter des Widders. Nun ist es aber so, dass die alten Babylonier diesen Widder erst im sechsten Jahrhundert vor Christi in die Sterne gesetzt haben. In den Jahrhunderten davor stand an der Stelle des Widders am babylonischen Sternenhimmel ein ›Ackerbauer‹. Es war also im Prinzip das Zeitalter des Ackerbauern. Ackerbau war so wichtig, weil die Menschheit in den vorangegangenen Jahrhunderten sprunghaft angewachsen war. Jagen und sammeln reichte längst nicht mehr, all die Menschen satt zu bekommen. Es musste eine systematische Landwirtschaft entwickelt werden, um die Erträge für die zunehmende Zahl der Menschen zu optimieren.

Vorher war das nicht von Bedeutung. Da wurde verzehrt, was man jagen und sammeln konnte. Die Menschen beschäftigten sich damals eingehender mit etwas anderem, was die sich entwickelnde Überbevölkerung verursachte – mit der Fortpflanzung, dem Mysterium der Menschenzeugung und Menschwerdung. Und wie der Zufall es will, ging dem Ackerbauern das Zeitalter des Stiers voraus. Welches Symbol, frage ich dich, personifiziert die damals so wichtige Manneskraft besser als dieses mächtige Tier? Der Stierkult war ein Fruchtbarkeitskult, ein männlicher Fruchtbarkeitskult, der die Menschen ein ganzes Sternzeitalter lang faszinierte.

Das wird deutlich, wenn man sich vergegenwärtigt, dass dem Stierkult der Männer ein jahrtausendealter Fruchtbarkeitskult der Frauen vorausging: Die Magna Mater, die große Urmutter, ist das älteste bekannte Götzenbild der Menschheit, und es wird durch das sumerische Sternbild Erua dargestellt, der wahren, jungfräulichen Mutter. Es befindet sich neben dem Sternbild des Löwen und unter dem Großen Wagen, also vor dem Stier. Später hat man die Zwillinge vor den Stier gesetzt. Verstehst du, warum?

Aber zurück zur Urmutter. Der Vorgang der Zeugung und des Heranwachsens des Ungeborenen im Mutterleib war unbegreiflich für die frühen Menschen; für sie war es ein unglaubliches Geheimnis. Nun, auf die Urmutter folgte der Stier, auf den Stier der Ackerbauer, auf den Ackerbauern der Fisch und auf den Fisch nun vielleicht der Wassermann.«

Parish unterbrach meinen Vortrag. »Jedes Zeitalter erhob sein wichtigstes Thema zum Sternengott? Verstehe ich das richtig?«

»So ungefähr. Die Christen symbolisieren Christus mit dem Fisch, als Zeichen seiner Reinheit. Christus wird auch als Lamm tituliert, daher wurde aus dem Ackerbauern am Himmel der Widder, der dem Lamm vorausging und dieses zeugte. Widder und Ackerbauer sind auch in einigen Überlieferungen identisch mit Mithras, dem Stiertöter – eben jener, der das Zeitalter des Stiers beendete und eine neue Epoche einleitete. Schon verwirrend, oder? Jede Epoche hat ihre Geschichte und ihr Wissen in die Sterne gebracht. Aber fällt dir etwas auf? Sie blieben immer in der gleichen Systematik. Sie nahmen die Sternbilder, durch die die Planeten wandern, benannten sie nach ihrem Gusto und erzählten die Geschichte der Menschheit aus ihrer jeweiligen Sicht.

Aber nun pass auf: Es gibt einen roten Faden. Eine unendliche Symmetrie der Geschichte. Wir haben ja schon einmal darüber gesprochen, warum ich mal von Mithra und mal von Mithras rede. Nun, der eine ist der römische Mithras, der andere sein älterer persischer Vorgänger Mithra. Es kommt aber noch verwirrender: Es gibt auch noch die Mitra, ohne ›H‹ geschrieben. Und auch diese Mitra ist eine Göttin; genau genommen war sie eine weibliche Naturgöttin in Persien, deren Entstehungszeit bis in prähistorische Dunkelheit zurückreicht.

Der Name Mitra bedeutet hier ›die erste, höchste Mutter‹. Sie wurde später gleichgesetzt mit der Astarte bei den Phöniziern, der Aphrodite bei den Griechen, der Mylitta bei den Assyrern, der al-Lat beziehungsweise Alitta bei den Arabern und der phrygischen Kybele, aus der auch die römische Magna Mater hervorging. Kapierst du was?«

Parish nickte. »Ich ahne, worauf du hinauswillst.«

»Gut. Mitra war die Urmutter. Sie wurde zu Mithra, dem Bundesgott und Spender der Fruchtbarkeit, der seinen Kult mit wilden Orgien feierte, über die sich einst Zarathustra echauffierte. Als Mithras war er der Stiertöter, der Überwinder des triebgesteuerten Menschen. Und als Jesus-Mithras war er Mensch geworden, getötet und wiedergekehrt am dritten Tag des Osterfestes. Und vielleicht, ganz vielleicht wird er jetzt durch die Chiffren eines Hackergottes, eines Heiligen des Informationszeitalters, in die Welt zurückkommen als diesmal sichtbare und nicht nur mystische Wiedergeburt eines Messias. Siehst du jetzt unsere Aufgabe?«

24.

Nach unserer Ankunft in Kairo ließen wir uns sofort von einem Taxi in die Altstadt dieses riesigen Molochs bringen; unser Ziel war der Basar Khan al-Khalili. Es dauerte lange, bis wir auch nur in die Nähe des gewaltigen Gassenlabyrinths kamen. Es schien, als wären alle sechzehn Millionen Einwohner Kairos an diesem frühen Nachmittag gleichzeitig unterwegs. Leise fluchte ich in mich hinein, dass ich meinen langen schwarzen Mantel angezogen hatte, denn es war heiß und stickig.

Unversehens tauchten wir aber dann doch in die hier noch ursprüngliche Welt des Orients ein mit all ihren Farben, Düften und Gerüchen. Unser Taxi quälte sich nun im Schritttempo durch immer engere Gassen, in denen Ströme von Menschen sich an völlig überladenen Verkaufstischen und Läden vorbeizwängten.

Endlich blieb das Fahrzeug vor einer hohen Arkade stehen, unter der sich ein Gang wie ein Tunnel im Halbdunkel verlor. Unser Fahrer zeigte in Richtung dieses dunklen Ganges. Dort irgendwo, wohin sein Auto nicht gelangen konnte, lag also unser Ziel.

Ich bezahlte den Fahrer mit amerikanischen Dollars, dann machten Parish und ich uns auf den Weg in die Finsternis. Ich musste mich erst einmal orientieren. Zwar war ich schon einmal an diesem Ort gewesen, aber das war lange her. Außerdem war ich damals von einem anderen Zugang der Altstadt aus hierher gelangt.

Das Viertel Khan al-Khalili breitet sich auf dem Gebiet der von den Fatimiden im Jahre 969 gegründeten Stadt Al-Qahira aus. Es wirkt wie ein Relikt aus einer längst vergessenen Welt; man fühlt sich an diesem Ort wie im Orient des Mittelalters. Düster, geheimnisvoll und berauschend zugleich.

Wir zweigten vom Hauptweg weiter ab in immer engere Gassen. Unentwegt versuchten Händler, uns in ihre Läden zu locken, und drängten uns ihre Waren auf, sodass wir uns mit einiger Mühe einen Pfad durch die Passanten und Verkäufer bahnen mussten. Schließlich erreichten wir einen Seitengang, durch den nur noch eine einzelne Person hindurchkam. Ich ging voraus, Parish folgte mir. Der Gang weitete sich nach einigen Metern zu einem kleinen Hof; auf der gegenüberliegenden Seite markierten drei Hausbögen die Fassade eines Geschäfts, das offensichtlich einem Teppichhändler gehörte.

In Anbetracht der Tatsache, dass wir uns im lebhaftesten Viertel Kairos befanden, war es hier ungewöhnlich ruhig. Keine Menschenseele war zu sehen oder zu hören. Ohne ein Wort zu sagen, bedeutete ich Parish, mir in den Laden zu folgen. Der Eingang befand sich in der Mitte der Fassade, eine Tür gab es nicht. Es war nicht ersichtlich, ob der Laden immer geöffnet war, oder ob die Tür nur den Tag über ausgehängt wurde.

Der Laden selbst bestand aus einem schmalen Verkaufsraum, der sich links und rechts des Eingangs ausbreitete. Auf dem Boden waren Teppiche in Stapeln ausgebreitet oder als Rollen aufgestellt, in hohen Regalen sah ich Decken und Tücher in allen Farben aufgetürmt. Es dauerte lange, bis man in dem fahlen Licht die ganze Farbenpracht der Auslagen erkennen konnte.

Nach einiger Zeit trat ein großer, stattlicher alter Mann mit schwarzem Haar und einem mächtigen schwarzen Bart durch einen Vorhang aus einem rückwärtigen Bereich des Hauses zu uns in den Verkaufsraum. Ich hatte keine Ahnung, wie er unser Kommen bemerkt hatte. Parish und ich hatten immer noch kein Wort gesprochen, und auch unsere Schritte konnten uns nicht verraten haben.

Der Mann trug einen weiten schwarzen Umhang, der seinen gesamten Körper einschließlich der Arme und Beine verbarg. An zusätzlicher Kleidung ließen sich nur leichte Sandalen an den nackten Füßen ausmachen. Seine ganze Erscheinung war wie gemacht für diesen archaischen Ort. Ich konnte mir sehr gut vorstellen, dass dieser Mann rein gar nichts wusste von der modernen Welt außerhalb dieses Basars. Von Handys oder Computern hatte er bestimmt noch nie gehört.

Er musterte uns, als wollte er die Chancen auf ein gutes Geschäft abschätzen. Dann blickte er mich aus abgrundtiefen dunklen Augen an. Schließlich nickte er, schob den Vorhang zum Durchgang zur Seite und zeigte in den rückwärtigen Raum, wohl um uns zu bedeuten, dass wir dort hineingehen sollten.

Nach kurzem Zögern kamen Parish und ich der Einladung nach. Wir betraten einen orientalischen Wohnraum, in dem viele Kissen auf dem Boden lagen; eine Wasserpfeife stand bereit. Auf einem niedrigen Tisch in der Mitte des Raumes stand ein Samowar mit einer silbernen Kanne obendrauf, auf silbernen Untersetzern standen drei kleine Teegläser.

Wie ich sah, hatte der Pater unser Kommen bereits erwartet. Ich schaute den großen alten Mann an.

»Ja, ich habe die Gläser schon seit dem letzten Osterfest bereitgestellt, mein treuer Johannes. Es schien mir unausweichlich, dass wir uns bald wiedersehen würden. Es ist mir eine Freude, dich und deinen Bruder in meinem bescheidenen Heim begrüßen zu dürfen. Aber wollen wir nicht auf den weichen Kissen lagern? Ich habe frischen Pfefferminztee.«

Der Alte ging um den Tisch und hockte sich auf die Kissen. Mit geschickten Bewegungen schenkte er die verzierten kleinen Gläser aus der silbernen Kanne halb voll und verdünnte die Essenz mit heißem Wasser aus dem Samowar.

Derweil setzten auch Parish und ich uns auf die Kissen. Der Alte schob uns unseren Tee hin, holte unter dem Tisch eine Dose mit Zucker und Löffeln hervor und reichte sie uns. Dann lehnte er sich in den Kissen zurück, nippte genüsslich von seinem Tee und nickte in Parishs Richtung. »Ich sah Noah, unser aller Stammvater, einen schwarzen Raben aussenden in die Himmel; aber der Rabe kehrte nicht heim zu seiner Familie. Manche munkeln, er sei getötet worden. Aber der Rabe ist ein Meister der Verstellung. Vielleicht hat er ja ein anderes, besseres Leben gefunden. Ein bedeutenderes Leben. Vielleicht.«

Parish schien im ersten Moment irritiert, dann aber verstand er das Bild, das der Alte gebrauchte, und Verwunderung zeichnete sich im Gesicht des Schwarzen ab.

Ich trank voller Genuss den Tee. Ohne Zucker, wie ich ihn im Glas belassen hatte, schmeckte er zwar ein wenig bitter, aber das steigerte die erfrischende und belebende Wirkung des Getränks.

»Ja, mein schwarzer Rabe, das hast du dir doch immer gewünscht – eine Berufung«, fuhr der Alte fort. »Neues Land für die Menschen suchen, die wieder einmal von einer Sintflut des Lebens und der Lehren, der Wissenschaft und des Mammons heimgesucht werden. All diese Wassermassen aus Versuchung und Verderbtheit, die ein Fisch ein Zeitalter lang zum Leben brauchte – sie werden bald weichen und den Blick auf den Wassermann preisgeben, der schon immer der Herr dieses Ozeans aus Unwissenheit war.

Aber das habt ihr zwei wohl längst schon selbst herausgefunden, nicht wahr? Die Welt steht wieder an der Schwelle zu großen Veränderungen. Im Leben der Menschheit ist ein neues Jahr angebrochen. Die alte Frucht ist verbraucht oder verdorben, die Speicher sind leer. Ein neuer Frühling der Menschheit naht, die neue Saat muss ausgebracht werden. Nun soll frische Frucht wachsen auf den Äckern der Menschen.«

Der Alte trank einen Schluck Tee.

»Das Blühen, Wachsen, Gedeihen, Vergehen und Wiedererblühen gehören zusammen. Im Augenblick sehen wir die alte Frucht vergehen. So schwer es mir fällt, dies von meinem einstigen Heiland zu sagen, aber der Fisch hat zu stinken angefangen. Du, Bruder Johannes, wirst es als Schriftenkundiger besser verstehen als irgendjemand anders.«

Der Alte stellte sein Glas ab und zog unter einem Kissen ein dort verstecktes Bündel hervor, ein aus Papyrusseiten gebundenes altes Buch.

»Das ist der zweite Kodex aus Nag Hammadi. Meine Brüder vom koptischen Museum hier in Kairo bewachen ihn, seit er 1945 zusammen mit anderen gnostischen Kodizes nördlich von Luxor in einer alten Höhle gefunden wurde.

Es sind vom klassischen Christentum verbotene Texte, unter anderem eine Vielzahl verloren geglaubter Evangelien. Es ist ein erstaunlicher Zufall, dass sie ausgerechnet jetzt, zum Ende des Zeitalters der Fische, gefunden wurden – so, als sollten sie nach einem großen Plan gerade jetzt entdeckt werden.« Der Alte schaute mich an.

Dann schlug er das wohl älteste erhaltene Buch der Menschheit auf. »Meine Brüder gaben mir diesen Kodex, nachdem ich ihnen von eurer bevorstehenden Ankunft erzählt hatte. Er soll dir, mein lieber Rabe, offenbaren, dass der Lauf der Welt schon immer Menschenwerk war und ist. Dass es nicht darauf ankommt, was ein Saatkorn ist, wenn es in die Erde gesteckt wird, sondern als was es aus der Erde hervorkommt.

Höre nun aufmerksam zu, mein schwarzer Rabe, ich enthülle dir ein weiteres Geheimnis des Lebens. Es ist aufgezeichnet in diesem Kodex, im Evangelium des Philippos, im zehnten Vers: ›Das Licht und die Finsternis, Leben und Tod, rechts und links, das sind untereinander Brüder. Sie können sich nicht voneinander trennen. Es sind also weder die Guten gut noch die Bösen böse, noch ist das Leben ein Leben noch der Tod ein Tod. Jeder Einzelne wird sich deshalb zu seinem ersten Anfang auflösen. Die aber über die Welt groß sind, sind unauflöslich, sind ewig.‹

Bedenke diese Worte wohl, mein lieber Rabe, wenn ich dir nun den zweiunddreißigsten Vers dieses Evangeliums des Philippos vorlese. Die Guten sind nicht gut, die Bösen sind nicht böse. Ich berichte jetzt von Jesus Christus: ›Drei gingen jederzeit mit dem Herren: seine Mutter Maria und ihre Schwester und Magdalena, die man seine Gefährtin nennt. Maria ist nämlich seine Schwester und seine Mutter und seine Gefährtin. Vater und Sohn sind einfache Namen. Heiliger Geist ist ein doppelter Name.‹«

Der Alte verstummte und überließ Parish seinen eigenen Gedanken. Ich konnte mir gut vorstellen – und auch an Parishs Gesicht ablesen –, was in ihm vorging. Für ihn brach sein Weltbild zusammen, ein Gebäude aus oft gehörten Wahrheiten und Ansichten. Ein Verständnis über den wahren Kern der Dinge atomisierte sich vor meinen Augen. Parish zeigte alle Symptome einer Erschütterung, die bis auf den Grund seiner Seele reichte.

Der Alte atmete tief durch. »Ja, mein Freund, auch diese Worte wurden vor fast zweitausend Jahren aufgeschrieben von jenen, die Jesus kannten und ihn zum Christus machten. Und da steht tatsächlich, dass Maria die Mutter, Schwester und Geliebte Jesu war. Im wörtlichsten Sinne des Wortes. Damit war Jesus sein eigener Sohn und Vater zugleich. Aber Maria war auch seine Schwester, was bedeutet, dass sie nicht nur Josefs Frau, sondern auch Tochter war. Seltsame Familienverhältnisse, denkst du wohl, mein guter Rabe.

Aber das ist nur aus unserer heutigen Sicht so. Die Bösen sind nicht böse, die Guten sind nicht gut. Die Familie auf diese Weise zusammenzuhalten, wie Josef und Jesus es taten, war im Altertum völlig normal. Deswegen haben die Menschen und die Geschichte einen Mantel des Schweigens darüber gelegt. Dieses Evangelium geriet in Vergessenheit, und das war wohl auch gut so, zumal die Menschen viel lieber die Legenden hören, die sich daraus bildeten. Ein ›Heiliger Geist‹, der die Zweiheit von Vater und Sohn in der Person Jesu als dessen Erzeuger manifestierte, war viel spannender als das profane Drama einer verfolgten Familie in Judäa.

Sicher, du hast Recht: Heute ist dieser Text Sprengstoff, wenn er in die falschen Hände gerät. Aber findest du es jetzt nicht auch außerordentlich bemerkenswert, dass diese Texte ausgerechnet in unserer Zeit an die Öffentlichkeit gelangen? Wo ein neues Zeitalter mit einem vielleicht neuen Messias erwartet wird?«

Parishs Erschütterung ließ ihn weiter schweigen.

»Warum erzähle ich dir das, mein Freund?« Der Alte legte den Kodex, aus dem er vorgelesen hatte, beiseite und beugte sich auf den Kissen vor. »Warum raube ich dir deinen Frieden, den du mit Gott und der Welt gemacht zu haben glaubtest? Ich sage es dir: Du sollst verstehen, wie die Wahrheit in ihrem Innersten funktioniert. Es gibt immer einen äußeren Schein und ein tiefer sitzendes, inneres Sein. Und nur sehr selten sind diese beiden Bilder deckungsgleich. Lerne zu erkennen, was etwas aus sich selbst heraus ist. Lerne, die Zeichen zu deuten, die die Dinge dir erzählen.

Die Welt ist ganz einfach gebaut, und die Beweggründe der Menschen, die sie bevölkern, sind immer gleich. Lerne, die Menschen zu erkennen und die Bilder zu hinterfragen. Erkenne, was ein Gott ist oder sein könnte. Erkenne, was ein Gottessohn ist oder sein könnte. Lass dich von einer sonst wie gearteten Inszenierung nicht verwirren. Erkenne den wahren Kern, trenne die Spreu vom Weizen.

Kann eine Jungfrau ein Kind gebären? In tausend Jahren nicht! Aber was sagt die Legende? Was könnte die wahre Intention dieser Geschichte sein? Auch das will ich dir offenbaren.«

Der Alte nahm erneut den Kodex zur Hand und schlug ihn auf.

»Wieder das Evangelium des Philippos, diesmal Vers einhundertzwölf: ›Genau dem, den eine Frau liebt, gleichen jene, die sie gebären wird. Ist es ihr Mann, gleichen sie ihrem Mann; ist es ein Ehebrecher, gleichen sie dem Ehebrecher. Oftmals, wenn eine Frau mit ihrem Mann gezwungenermaßen schläft, ihr Herz aber bei dem Ehebrecher ist, mit dem sie sonst Verkehr hat, gebiert sie den, den sie gebären wird, als einen, der dem Ehebrecher gleicht.‹

Verstehst du, mein weiser Rabe? Die Menschen damals entdeckten die Vererbung. Sie entschlüsselten, wie ein neuer Mensch aus denen entstand, die ihn erzeugten als Mann und Frau. Und sie erkannten dabei bestimmte Regeln, unter anderem, dass ein Kind entstehen konnte, das anders war als die anderen, wenn Mutter und Vater zu nahe verwandt waren.

Jesus war solch ein besonderes Kind. Was in anderen Fällen Gebrechen zeitigte, bescherte diesem Kind eine außergewöhnliche Begabung. Aber er war ein Mensch, der auf eine

Weise gezeugt worden war und der lebte, wie man es nicht mehr durfte.

Und dann waren da die Prophezeiungen und Offenbarungen, die einen neuen Heiland ankündigten und auch die drei Männer aus dem Morgenland, die den Herrscher über Judäa auf die möglicherweise bevorstehende Geburt dieses Heilands aufmerksam machten. Woraufhin Herodes alle Kinder, derer er habhaft werden konnte, umbringen ließ.

Ahnst du etwas, mein stolzer Rabe? Dieser Kindermord war nicht die Reaktion auf Christi Geburt, es war das Auswahlverfahren. Die sich selbst erfüllende Prophezeiung. Und die drei Männer aus dem Morgenland, die Heiligen Drei Könige. Du kennst sie, Mohr. Du bist nun selber einer von ihnen. Sie haben zum Beginn des neuen Zeitalters der Fische dieses Auswahlverfahren in Gang gesetzt: Derjenige, der Herodes' Kindermord entgehen würde, würde der neue Heiland sein können, und seine Errettung wäre das erste Wunder.

Es war ein inzestuöses Kind, das so gefunden wurde. Na und? Eine weitere Wundergeschichte.

Jesus und seine Eltern wurden damals hierher nach Ägypten gebracht. Hier erhielt der neu gefundene Heiland seine Ausbildung, wenn du so willst. Unser Freund Johannes«, der Alte zeigte auf mich, »würde sagen, der neu gefundene Mithras. Und hier wurde er auf den Pfad der Erkenntnis geführt.

Gar nicht weit von uns, in der Kirche Sankt Sergius und Bacchus, hatten sie eine Zeit lang ihr Heim. Die Brüder meiner Kirche, die Kopten, die ägyptischen Urchristen, waren die Ersten, die seine Gemeinde waren, lange, bevor er seinen Tod in Jerusalem fand und von dort aus die Welt eroberte.

Wir Kopten stehen in der Tradition der alten Pharaonen,

mit dem Wissen von sechzig Jahrhunderten. Wir wissen, wie man aus Geschichten Legenden macht. Noch einmal, mein lieber Rabe: Sieh genau hin, was die Dinge in sich selber sind. Glaube nicht an Wunder, denn die gibt es nicht. Suche stets nach der einfachsten Erklärung, dann entdeckst du die Wahrheit.

Und wenn du eine Wahrheit verstecken musst, nun, gehe einfach den umgekehrten Weg. Je größer das Trugbild, das du darum aufbaust, desto mehr wird es zu einer eigenständigen Wahrheit. Schau dir den letzten Messias an. So einfach die tatsächliche Geschichte war, so groß wurde das, was die Menschen aus dieser Legende gemacht haben. Glaube ja nicht, dass das alles bloß Betrug war. So, wie es geschehen ist, war es Bestimmung und entsprach den Offenbarungen. Nur waren es keine äußeren Mächte – Engel oder jenseitige Götter –, die diese Prophezeiungen in die Tat umgesetzt haben. Es waren Menschen aus Fleisch und Blut, die ihre göttliche Schöpferkraft in sich spürten und Neues für die Menschheit erschufen, nach dem uralten Plan, der den Jahreszeiten der Menschen entspricht.«

Der Alte wandte sich mit einer abrupten Bewegung zu mir um.

»Aber diesmal seid ihr nur die Heiligen Zwei Könige aus dem Abendland. Melchior, der ›König des Lichts‹, wie er ja auf Hebräisch wörtlich heißt, hat wohl keine Zeit, wo er doch gerade erst zum Vorsteher, zum König eurer Lichtgottgemeinde wurde. Und der Mohr ist diesmal nicht Kasper – Gaspard –, sondern Balthasar, der König aus der neuen Hure Babylon.

Und einen groß angelegten Kindermord braucht ihr diesmal wohl auch nicht, denn euren Mithras hattet ihr ja schon längst in der neuen Welt da draußen gefunden. Aber er ist euch wieder abhanden gekommen. Ja, deine Offenbarung,

Johannes, ist ein schwankender Halm im Wind, es ist immer wieder überraschend, was der Lauf der Welt daraus macht oder wie ihr die Dinge mit göttlicher Inspiration so formt, dass sie passen.«

Mit einer ausholenden Bewegung schenkte der Alte sich Tee und heißes Wasser nach, gab großzügig Zucker hinzu und rührte die Flüssigkeit in dem kleinen Glas um. Dann trank er voller Wohlbehagen, bevor er das Wort wieder an mich richtete.

»Nein, mit einer simplen Schreckensgeschichte würde man heute keinen despotischen Herrscher mehr zum groß angelegten Kindermord animieren. Und ihr sucht im Augenblick ja auch keinen kleinen Jungen, sondern ein großes Mädchen, das euch helfen soll, ein Abbild des verlorenen Sohnes zu kreieren. Sie soll der Köder und der Preis sein, mit dem ihr euren neuen Mithras auf den Pfad schicken wollt.

Was ihr sucht, ist also eine Heilige und Hure. Eine Heilige, um die Reinheit der Mission zu gewährleisten. Und eine Hure, damit sie ihr Leben und ihren Körper bereitwillig für diese Passion opfert. Eine unverdorbene Seele in einem verdorbenen Körper.«

Der Alte schien tief in Gedanken zu versinken. Er schloss langsam die Augen und lehnte sich wieder zurück in die Kissen, sodass es schien, als würde er gleich einschlafen. Parish betrachtete den alten Mann derweil sehr aufmerksam, ohne ihn durch ein unnötiges Wort in seiner Konzentration zu stören.

Es mochten gut zehn Minuten vergangen sein, als der Kopte die Augen wieder öffnete und erst mich, dann Parish anblickte.

»Am kommenden Sonntag feiern die Katholiken der Westkirchen das Fest Allerheiligen. An diesem Tag will man sämtliche Heiligen würdigen, nicht nur jene, die offiziell einmal heilig gesprochen wurden, sondern insbesondere auch die Heiligen, um deren Heiligkeit außer Gott niemand weiß.

In den orthodoxen Kirchen, also auch in meiner koptischen Kirche, wird Allerheiligen von alters her am ersten Sonntag nach Pfingsten gefeiert. Für die Westkirchen änderten Papst Gregor der Dritte und dann endgültig Gregor der Vierte im Jahre 835 diese Regelung. Seitdem wird Allerheiligen am ersten November gefeiert. Das Bemerkenswerte ist, mit dem ersten Allerheiligen an diesem Tag wurde auch der Jahrestag der Umweihe des heidnischen römischen Pantheon zur christlichen Kirche begangen, die allen Heiligen gewidmet wurde.

Und wie es der Zufall will, feiern die Heiden am Abend vor Allerheiligen ihr Halloweenfest, an dem angeblich die Toten umgehen, vor denen sie sich mit allerlei seltsamen Bräuchen zu schützen versuchen. Ich würde sagen, für euer Vorhaben, meine Freunde, gibt es keinen besseren Zeitpunkt als die bevorstehende Nacht von Halloween auf Allerheiligen.

Ihr wollt einen umgehenden toten Messias bändigen und sucht dafür eine Heilige mit ›Vergangenheit‹. Eine Verbindung dieser Attribute lässt sich an keinem anderen Tag besser inszenieren. Diese Nacht wird für euch schicksalsschwanger sein, auch wenn ihr diesmal keinen hell leuchtenden Stern als Wegweiser finden wird. Aber ich denke, ihr wisst auch so, wohin euch die Prophezeiung führen wird. Sie hat euch schon zu mir geführt, und sie wird euch auch weiterhin zum Ziel leiten.«

25.

Wieder hieß es, eine Wartezeit totzuschlagen, wie gerade erst als Gast des Barons in Kroatien. Nur dass Kairo mit seinen kulturellen Schätzen, seinen Cafés und Theatern um einiges faszinierender war als Sarajevo.

Der alte koptische Pater stellte uns zwei Gästezimmer in seinem Haus zur Verfügung, von wo aus wir die Stadt erkunden konnten. Ich hätte erwartet, das Parish, der Vollblutmusiker, diese quirlige Metropole, die doppelt so viele Einwohner hat wie New York, nach deren Clubs und dem Nachtleben durchforschen würde, auf der Jagd nach neuen musikalischen Ideen. Doch Parish begleitete mich ins Ägyptische Museum, ins Koptische Museum und auch zu den Pyramiden. Wir tauchten ein in die Schätze der wohl faszinierendsten Kultur der Menschheit, die so voller Symbolik steckt, aber wir einigten uns darauf, dass wir diese Geheimnisse ein anderes Mal gemeinsam für uns entschlüsseln würden.

Stattdessen nutzten wir unsere Sightseeing-Touren, um eine weitere, für uns wichtige Frage zu diskutieren: Nachdem wir wussten, wann wir das von uns gesuchte Mädchen finden würden, die Heilige und Hure, mussten wir nun auch einen Ort oder eine Prozedur festlegen, wo und wie die Suche nach ihr vonstatten gehen sollte.

Dies stellte sich als überraschend schwierig heraus. Als vor zweitausend Jahren Jesus geboren wurde und die drei Weisen aus dem Morgenland wegen eines neuen Sterns am Firmament ahnten, dass die Zeit angebrochen sei, machten sie sich auf in Richtung Westen und kamen nach Judäa. Dort spielten sie ihr Spiel um die Verkündigung des neugeborenen Königs der Juden. Es war wie die zehn kleinen Negerlein oder die Reise nach Jerusalem – wer übrig blieb, wurde nach Ägypten in Sicherheit gebracht und war der Auserwählte.

Den einzigen Anhaltspunkte, der sich Parish und mir auf unserer Mission bot, war der Hinweis mit der Pyramide und der geschmückten Braut. Bei den Pyramiden waren wir, und ich plädierte dafür, in der bewussten Nacht das Lichtspektakel an den berühmten Grabmälern zu besuchen. Das erste Mädchen dort, das der ermordeten Nolo halbwegs ähnlich sehen würde, würde dann schon die gesuchte geschmückte Braut sein. Alles andere müsste man anschließend der Situation entsprechend improvisieren.

Parish sah das Ganze ein wenig anders. Er wandte ein – zu Recht, wie ich gestehen musste –, dass man bei diesen Touristenshows ja gar keine Chance habe, einen fremden Menschen so gut kennen zu lernen, dass man ihm nichts weniger als das weitere Schicksal der Menschheit anvertrauen konnte. Wir müssten also einen Ort finden, so seine Argumentation, der mehr Intimität bot, an dem man mit Menschen reden konnte, wo man sie kennen zu lernen vermochte. Denn es galt ja, eine Heilige zu finden, eine reine Seele, die die Gefährtin des künftigen Messias sein konnte. Und wenn man sich diese Aufgabe anschaute, so Parish, sei eine einzige Nacht eine sehr, sehr kurze Zeit.

Es war Samstag, der 31. Oktober 1998, am späten Nachmittag, als Parish und ich im *El-Fishawi* saßen, dem bekanntesten Café von Kairo. Das *El-Fishawi* liegt mitten im Basarviertel Khan al-Khalili, nicht weit vom Haus unseres koptischen Teppichhändlers entfernt. Wir tranken Tee und ließen uns dazu süßes Blätterteiggebäck schmecken.

Die Stunde der Wahrheit, wenn man so wollte, rückte unaufhörlich näher. Da wir Heiligen Zwei Könige uns über den weiteren Verlauf der Nacht nicht einigen konnten, hatte ich mir mittlerweile eingeredet, dass es wahrscheinlich egal sei, wo wir uns aufhielten, wenn wir die Auserwählte erkannten – oder sie halt auserwählten. Ein Kaffeehaus in der islamischen Altstadt von Kairo, wo wir uns als Gäste eines koptischen Paters aufhielten, war sicherlich so gut und extravagant wie jeder andere Ort auch.

Ich schaute mich um. Keine zwei Tische weiter saßen zwei geschwätzige Europäerinnen, vermutlich Skandinavierinnen. Sie waren im Augenblick die Stars in diesem Etablissement, das zum größten Teil von arabisch aussehenden Männern besucht wurde. Die hellen Haare der Frauen zogen die Blicke von überall im Raum magnetisch an. Doch auch die Anwesenheit anderer westlicher Gäste war deutlich zu spüren.

Die beiden Skandinavierinnen waren nach meinem Eindruck die einzigen Frauen in diesem lebhaften Gastraum, die ohne männliche Begleitung waren. Es gab andere junge Frauen an den Tischen, zweifellos ebenfalls Touristinnen, die vom Typ her eher der brünetten Nolo glichen. Aber da sie offensichtlich ihren Freund oder Ehemann dabeihatten, schieden sie meiner Meinung nach für unsere Suche von vornherein aus.

»Was tun wir, wenn die Gesuchte ihren Partner dabeihat?« Parish beschäftigten offensichtlich dieselben Gedanken wie mich.

»Dann ist sie tabu, würde ich sagen.« Meine Antwort schien Parish nicht vorbehaltlos zu gefallen.

»Das schränkt unsere Möglichkeiten aber ziemlich ein. Wenn nicht ein Wunder geschieht, werden wir hier nicht mehr fündig. Außer den beiden Blondinen dort traut sich wohl keine Frau alleine hier herein.«

»Zumindest sehr wenige«, gab ich zurück. »Du hast Recht, wir sollten bezahlen und uns auf den Weg machen.«

»Auf den Weg wohin? Zu den Pyramiden? Die haben wir doch schon von unserer Liste gestrichen.«

Ich legte ein paar Geldscheine auf den Tisch. »Lass uns einfach losflattern, großer schwarzer Vogel«, sagte ich. »Wir werden schon noch fündig.«

Wir wühlten uns durch die Menschenmassen zum Ausgang und traten ins Freie. Der einsetzende Abend versprach eine herrlich milde Nacht. Eine laue Schwüle lag in der Luft. Erneut tauchten wir ein in den Orient mit seinen Bildern aus Tausendundeiner Nacht.

Wir rochen Gewürze, Parfüms, ätherische Öle, Leder und Holz. Ein kehliges Stimmengewirr umgab uns, das niemals verstummte. Die Lichter ließen alles in einem bunten, berauschenden Glanz erscheinen. Kein Wunder, dass Prinzessin Scheherezade in einer solchen Atmosphäre die Inspirationen für ihre nächtelangen Märchenerzählungen niemals ausgegangen waren.

Ich musste daran denken, dass die historische Scheherezade fast die gleiche Heimat hatte wie der phrygische Mithra, doch zu ihrer Zeit war diese Region längst islamisiert. Es war verwunderlich, dass sich in heutiger Zeit niemand darüber wunderte, dass diese arabische Sammlung an Geschichten, Märchen und Fabeln nur aus dem Grund entstanden war, weil eine Frau ihren Gemahl, einen König, mit einem Mohren betrogen hatte, sodass er an der Treue aller Frauen verzweifelte und fortan jeden Abend eine neue Frau heiratete, um sie am nächsten Morgen töten zu lassen. Bis eben jene Scheherezade kam und ihn durch ihre Erzählungen so fesselte, dass er schließlich nach tausendundeiner Nacht ihr Leben endgültig verschonte. Würde man von einem Araber, zumal einem König, nicht einen entspannteren Umgang mit Frauen erwarten können, wo er doch einen ganzen Harem sein Eigen nennen durfte?

Plötzlich kam mir ein Gedanke. Ich wandte mich an Parish. »Was hältst du davon, wenn wir nach einem Harem suchen?«

Parish blieb stehen und musterte mich verdutzt. Überraschenderweise hielten auch zwei Araber an, die sich gerade durch die Menschenmenge an uns vorbeidrückten.

»Du suchen Harem?«, fragte einer von ihnen. »Schöne Frauen? Du mitkommen, wir dir zeigen, für Dollars.«

»Wie viel?«

»Hundert.«

»Zehn.« Ich zog einen Geldschein aus der Hosentasche. Die beiden Araber beratschlagten sich in ihrer Sprache, und einer von beiden nahm mir schließlich den Geldschein aus der Hand.

»Zehn für einen, fünfzehn für beide.«

Ich suchte noch fünf Dollar aus den Hosentaschen und reichte sie den Männern.

»Ihr mitkommen.« Unsere neuen Freunde bahnten uns einen Weg zu einer Seitenstraße. Wir passierten einen Torbogen, hinter dem eine lange Steintreppe in einen höher gelegenen Teil der Altstadt führte. Noch mehrmals bogen wir in enge Gassen ein, sodass es bald unmöglich für uns wurde, den Rückweg zu finden.

Vor einer unscheinbaren Lehmfassade endete die fast im Laufschritt absolvierte Hatz. Einer unserer Führer zeigte auf eine Holztür und bedeutete uns, dass wir fünfmal anklopfen sollten. Dann verschwanden die beiden in einem anderen Seitengang.

Wie aufgefordert klopfte ich an die Holztür, die schon sehr alt zu sein schien. Es dauerte eine Weile, bis sich eine kleine Klappe in der Tür öffnete und zwei dunkle Augen uns ausgiebig musterten.

»Dollars?« Die Frage war zu erwarten gewesen. Ich nickte.

»Zweihundert.« Eine Hand zwängte sich durch die Öffnung.

»Zweihundert für beide«, antwortete ich. Die Hand verschwand, und wieder erschienen Augen an der Öffnung. Diesmal sahen sie zuerst erstaunt aus, dann freundlich.

»Für beide.« Und wieder die Hand.

Ich suchte das Geld aus meinen Taschen und stopfte die Scheine in die dargebotene Hand. Sofort wurde sie zurückgezogen und die Klappe geschlossen. Dann dauerte es einen Moment, in dem wohl das Geld gezählt wurde, schließlich öffnete sich die alte Holztür, und ein Orientale in strahlend weißen Tüchern und rotem Kopftuch bat uns mit einer Handbewegung einzutreten.

Wir gelangten in einen unbeleuchteten Empfangsraum. Augenblicklich schloss der Araber die Eingangstür hinter uns und machte Anstalten, uns die Mäntel abzunehmen. Wir befanden uns offensichtlich in einem kleinen Vorraum. Nach kurzem Zögern ließen wir den Araber gewähren; mit großer Umsicht half der Mann uns aus den schweren Kleidungsstücken.

Anschließend forderte er uns auf, ihm zu einem Durchgang zu folgen. Wir schritten also hinter dem Araber her, der in einem angrenzenden, hohen, mit Fayencen geschmückten Raum unsere Mäntel einem dort wartenden Diener übergab. Dann ging es weiter, und wir durchmaßen den Raum bis zu einem zweiten Durchgang, der den Blick in einen nachfolgenden, noch größeren und prächtiger dekorierten Raum freigab. Links und rechts gab es mit Vorhängen abgetrennte Separees, in der Mitte ein gefliestes Wasserspiel. Über allem hing ein riesiger Kronleuchter. Es war eine Pracht, die man hinter der schlichten Lehmfassade niemals vermutet hätte.

Der Blickfang aber waren ein paar Dutzend wunderschöne Frauen, die auf Diwanen ruhten, sich unterhielten oder ihre Füße im Wasserspiel badeten. Andere scharten sich um die wenigen im Saal anwesenden Männer, manikürten Hände und Füße, fütterten die Gäste mit Gebäck oder reichten ihnen Wein in großen Gläser. Über allem lag die leichte Musik des Orients mit ihren wenigen Instrumenten und dem seltsam melancholischen Gesang.

Vier junge Frauen erhoben sich, als wir eintraten, und kamen auf uns zu. Sie trugen weite Pumphosen, wohl aus Seide, die tief unter dem Bauchnabel ansetzten, und dünne Schleier, die ihre Gesichter unterhalb der Augen bedeckten. Ansonsten zeigten sie uns nackte Haut.

Der Araber, der uns hergeführt hatte, nickte uns zu und verschwand wieder in Richtung des Vorraums mit der Eingangstür. Wir waren mit den Mädchen allein, die uns nun an den Armen nahmen und durch den Saal in wiederum angrenzende Räumlichkeiten führten, offenbar die Bäder.

Was folgte, war eine wohlige Kaskade aus Wasser, üppiger Seifenschaum und sinnliche Berührungen. Alles geschah ohne Eile und mit einer ungezwungenen Natürlichkeit, aber auch mit einem angenehmen Kenntnisreichtum auf Seiten unserer hübschen Dienerinnen. Kein Wort wurde gesprochen. Alle Handgriffe folgten offensichtlich einem fest gefügten Ritual, das allein unserer Entspannung und unserem Wohlbefinden dienen sollte.

Am Ende des Bades wurden Parish und ich in weite Tücher gehüllt und zurück in den Saal geführt. Die Mädchen boten uns Diwane an, dann fuhren sie fort mit dem Verwöhnen und Verführen, wobei nun auch wir manikürt und mit Obst gefüttert wurden. Ich bemerkte, wie die Mädchen allmählich Blickkontakt mit uns suchten. Offenbar hielten sie Ausschau nach versteckten, schüchternen oder ganz offenen Zeichen von Interesse an ihrer Person oder an Dienstleistungen, die deutlich hinausgingen über die, die sie bisher geleistet hatten.

In der Tat hatte eines der Mädchen bereits meine besondere Aufmerksamkeit erregt. Sie mochte, soweit man es hinter dem Schleier erkennen konnte, keine zwanzig Jahre alt sein. Auch ihre Brüste zeigten deutlich, dass sie noch sehr jung an Jahren sein musste.

Sie hatte braune Augen mit langen Haaren von gleicher Farbe. Dennoch strahlte sie eine seltsam heimische Aura aus. Wenn sie nicht Europäerin war, so waren zumindest ihre Ahnen Europäer gewesen.

Als ich sie anschaute, um ihren Anblick mit dem in meiner Erinnerung zunehmend verblassenden Bild von Trons Freundin zu vergleichen – schließlich hatte ich Tatjana Junk nur zwei-, dreimal kurz gesehen, davon einmal nur durchs Fernglas und einmal als Wasserleiche –, nahm mich die junge Frau schließlich bei der Hand und führte mich in eine der mit Vorhängen verhüllten Nischen an den Hauptwänden des Saals.

Diese Nischen waren geräumig wie ein kleines Schlafzimmer, und der Boden war dick mit Kissen in sämtlichen Farben des Regenbogens ausgelegt. Bis auf einen kleinen Tisch unmittelbar hinter dem Vorhang gab es keine Möbel in diesem Separee. Als das Mädchen den Vorhang hinter mir schloss, sah ich gerade noch, wie auch Parish von einer jungen Frau – einer Mulattin, wie mir schien – in eine der gegenüberliegenden Nischen geführt wurde.

Sanft drückte meine Verführerin mich in die Kissen, nicht ohne den Sitz meines Umhangs zu lockern. Als sie mich hatte, wo sie mich haben wollte, löste sie selbst ihren Schleier und den Gürtel ihrer Hose, die mit einem leichten Rauschen herunterrutschte. Ein einziger Blick auf den vollendeten Körper dieser anmutigen Vestalin, und ich wusste, dass unsere Suche erfolgreich war. Ich hatte die geschmückte Braut mit der blanken Pyramide samt allsehendem Auge gefunden.

Zumindest nach dem äußeren Anschein.

Das nackte Mädchen legte sich zu mir in die Kissen, um die Nähe ihrer Haut ihre Wirkung entfalten zu lassen.

»Wie heißt du?« Die leise von mir ausgesprochene Frage schien das Mädchen zu verwirren. Sie schüttelte den Kopf und wollte mich mit einem Kuss zum Schweigen bringen.

»Sag mir bitte deinen Namen. Und lass mich einfach deine erregende Nähe genießen. Ich möchte wirklich nur deinen Namen wissen.«

Wieder blickte das Mädchen verwirrt. Dann ließ sie sich zurück in die Kissen sinken. »Tamara.« Die Aussprache hatte einen unverkennbar europäischen Akzent.

»Tamara. Ein schöner Name. Ich bin Ian. Verzeih, dass ich hier wohl einige eurer Regeln verletzt habe, aber ich würde lieber mit dir reden, als mit dir zu … du weißt schon.«

Ich kam mir wie ein Trottel vor, doch Tamara lächelte, drehte sich auf die Seite, stützte den Kopf auf eine Hand und sah mich an, als wollte sie mein Innerstes ergründen. Ich erschrak fast ein wenig, als sie nach einer Weile plötzlich sagte: »Also gut, Ian. Worüber möchtest du mit mir reden? Und sprich bitte leise.« Sie führte den Zeigefinger ihrer freien Hand an die Lippen.

»Was hat dich hierher nach Kairo geführt?«

Das Mädchen blickte mir bis auf den Grund meiner Augen. »Meinst du, hierher in die Stadt? Oder meinst du, hierher in dieses Haus?«

»Ich meine alles. Das Land, die Stadt und das Haus.«

»Nun, ein Mann kam ins Haus meiner Eltern. Er kaufte mich, als ich zwölf war. Meine Eltern waren arm. Der Mann brachte mich hierher, und seitdem wohne ich im *Magic Pyramid.*«

»*Magic Pyramid?* Ist das der Name dieses Hauses?« Ich hatte kein Schild mit einem Namen am Haus gesehen, als wir vorhin an die Außentür geklopft hatten. Und ich konnte die Symbolkraft kaum glauben.

»Ja, so wird dieser Harem genannt. Wir sind ja nicht weit von den Pyramiden entfernt, und wir Mädchen sind dazu da, unseren Gästen magische Momente zu bereiten.« Sie lächelte immer noch.

»Bist du jemals aus diesen Räumen herausgekommen?« Es war ein Verdacht, dass dieser erotische Kosmos die ganze Welt dieses Mädchens sein könnte, abgesehen von seinen Kindheitserinnerungen vielleicht.

Zu meinem Erschrecken schüttelte Tamara den Kopf.

»Wie hast du dann meine Sprache lernen können?«

»Von Liza. Sie lebt auch hier im Harem. Sie kommt aus deinem Land, glaube ich.«

»Und was war *dein* Heimatland?« Ich war neugierig auf die Nationalität des Mädchens.

»Ich weiß es nicht. Aber ich weiß, dass ich aus der gleichen Stadt stamme wie Prinzessin Scheherezade, die Erzählerin der Märchen aus Tausendundeiner Nacht. Ich komme aus Samarkand. Darum nennen mich hier alle Prinzessin.«

Ich war verblüfft. »Samarkand? Das liegt heute in Usbekistan.« Manchmal war es mir unheimlich, auf welch magische Weise Prophezeiungen und Offenbarungen sich manchmal selbst erfüllten.

»Gefällt dir das Leben hier?« Ich gewann langsam den Eindruck, dass dem Mädchen ihr Los gar nicht missfiel. Sie sprach weder traurig noch melancholisch, sie machte den Eindruck, als berichte sie mir von der normalsten Sache der Welt.

»Oh ja!« Es war keine gekünstelte Freude, die Begeisterung war echt. »Es ist schön hier. Ich habe genug zu essen, liebe Freundinnen und bin niemals allein. Und ich tue, was alle Frauen tun. Und normalerweise macht es viel Spaß.«

Man konnte es Verderbtheit nennen, was dieses Mädchen ausstrahlte. Aber für mich war es eher jene naive Natürlichkeit, nach der Parish und ich als die Propheten aus dem Morgenland Ausschau gehalten hatten. Dieses Mädchen hatte nie gelernt, ihre eigene Körperlichkeit und Sinnlichkeit als Sünde zu empfinden.

»Tamara, würde es dir Freude machen, diesen Harem zu verlassen und mit mir zu kommen in ein anderes Haus, ein anderes Land?«

Das Mädchen reagierte sichtlich erschrocken. »Fort von meinen Freundinnen? Nie im Leben!«

Jetzt war ich es, der den Zeigefinger an die Lippen legte, damit unser Gespräch nicht unnötig Aufmerksamkeit erregte.

Deshalb ergänzte sie, jetzt wieder im Flüsterton: »Warum sollte ich von hier fort wollen? Das hier ist mein Leben.«

Ich schüttelte den Kopf. »Das hier war dein Leben, Tamara. Deine Bestimmung wird dich hier wegführen, weit fort in ein Land im Norden.«

»Willst du mir einen Heiratsantrag machen, Ian?« Das Mädchen schien belustigt.

»Nein, du bist nicht für mich bestimmt. Ich bin nur ein Bote, ein Gewährsmann. Mein Freund und ich waren auf der Suche nach dir. Nur deshalb sind wir in dieses Land, diese Stadt und dieses Haus gekommen. Wir wussten, dass wir dich finden würden. Und jetzt müssen wir eine Möglichkeit suchen, dich dorthin zu bringen, wo du gebraucht wirst.«

»Wie meinst du das?«

»Wie soll ich es dir erklären …? Mein Freund und ich gehören einem sehr alten Bund an. Die Heiligen Drei Könige, die Jesus Christus fanden, gehörten auch zu diesem Bund. Und zurzeit suchen wir wieder einen Messias, einen Gott, der Mensch geworden ist. Nur haben wir diesmal keinen Stern am Himmel, der uns zu ihm führt. Der Stern bist diesmal du, Tamara. Du wirst uns und der gesamten Menschheit helfen, den neuen Erlöser zu finden.«

Die Belustigung des Mädchens nahm weiter zu; ihre Nase kräuselte sich niedlich, als sie lächelte. »Du willst mich auf den Arm nehmen, Ian.«

Mit der Hand fasste ich das Kinn des Mädchens und brachte mein Gesicht ganz nahe an ihres, sodass unsere Nasenspitzen sich fast berührten. Ernst blickte ich ihr in die Augen. »Alles, was ich gesagt habe, ist wahr. Sieh in meine Augen und such eine Lüge darin. Du wirst keine finden. Du bist die Auserwählte, weil mein Pfad mich hierher geführt hat und weil ich dich erkannt habe, so wie ich einst das Jesuskind erkannte. Und ich bitte dich, schließe dich mir an, um deinen eigenen Weg zu finden.

Aber ich muss dich warnen. In deinem neuen Dasein wird man dir nach dem Leben trachten. Es ist gefährlich, so wie es einst gefahrvoll für das Jesuskind war. Doch es gibt Männer, die dich mit ihrem Leben vor allen Anfeindungen schützen werden. Der Lohn für deine Beschwernisse wird jener Mann sein, nach dem du gesucht hast. Die große Liebe deines Lebens. Nur darum geht es. Diesen Mann sollst du mit unserer Hilfe finden, für uns. Wenn du deine große Liebe erkennst, haben wir unsere Aufgabe erfüllt.«

Der belustigte Ausdruck war verschwunden. Ihr hübsches Gesicht strahlte nun jenen Ernst aus, den ich mir erhofft hatte. Das Mädchen hatte verstanden, dass ich keine Scherze mit ihm trieb, sondern alles ernst meinte.

»Du wirst mich aber kaufen müssen, wenn du mich von hier wegholen willst. Und bisher hatte keiner, der mich mitnehmen wollte, genug Geld.«

»Heißt das, du kommst mit?«

»Wenn du mich kaufst, gehöre ich dir. Und dann würde ich wohl mitkommen müssen.« Das Mädchen sah mir immer noch in die Augen. »Und auch wollen.«

»Wer ist der Mann, dem du gehörst?«

Tamara zögerte kurz, stand dann auf, zog hastig ihre Seidenhose an und hängte ihren Schleier um. Dann, mit einem kurzen Blick auf mich, verschwand sie durch den Vorhang.

Auch ich stand auf, legte meinen Umhang wieder an und trat hinaus in den Saal. Die Szenerie hatte sich kaum verändert. Ich sah zwei neue männliche Gesichter; Tamara musste bereits in einem der angrenzenden Räume verschwunden sein. Und auch Parish war nirgends zu sehen. Deshalb ging ich zu der Nische, in der ich meinen schwarzen Freund vorhin mit der Frau hatten verschwinden sehen.

»Parish?« Ohne eine Antwort abzuwarten, schob ich den Vorhang zur Seite. Ich hätte lachen können, hätten wir uns in einer anderen Situation befunden: Parish und seine Begleiterin lagen genauso da wie ich bis eben mit Tamara, und sie hatten sich offensichtlich ebenfalls bis zu meinem Eintreten auch nur unterhalten.

»Unsere Suche war erfolgreich«, sagte ich. »Ich habe das Mädchen gefunden.« Ich hatte ungewollt laut gesprochen und merkte, wie Blicke sich in meinen Rücken bohrten. Daher zog ich den Vorhang hinter mir zu und sprach leiser weiter.

»Zieh dir etwas über und komm mit. Wir haben zu tun.«

Sofort sprang Parish auf und streifte sich seinen Umhang über. Zusammen gingen wir in den Hauptsaal. Dabei flüsterte ich Parish zu: »Wusstest du, dass wir hier im *Magic Pyramid* sind?«

Parish blickte mich mit großen Augen an.

Ich sah, dass Tamara zurückgekehrt war. Mit einer Geste zeigte sie auf den Durchgang, der zu den Bädern führte. In diesem Moment trat ein eleganter Mann in einem weißen Leinenanzug durch den Gang ein. Er blickte auf Tamara, dann auf mich, begrüßte Parish und mich mit einem Nicken und forderte uns mit einer Geste auf, ihm zu folgen. Wir gingen zurück in Richtung der Bäder, wählten aber eine Seitentür und stiegen eine Treppe hinauf in ein oberes Stockwerk. Durch einen offenen Durchgang betraten wir ein geräumiges, im westlichen Stil eingerichtetes Wohnzimmer mit niedrigen Sofas, die sich mitten im Raum gegenüberstanden. Ein großer Ventilator drehte sich an der Decke. Einen Tisch gab es nicht.

»Sie wollten mich sprechen«, eröffnete der elegante Mann endlich das Gespräch, ohne sich vorzustellen. »Aber setzen Sie sich doch.«

Nachdem wir alle auf den Sofas Platz genommen hatten, erwiderte ich: »Wir würden gern das Mädchen Tamara freikaufen. Was sind Ihre Bedingungen?«

Der Mann schien abzuwägen. Er hatte einen dunklen Teint, schwarze Augen und schwarzes Haar. Doch das Haar war gescheitelt und glatt nach hinten gekämmt, und auch die Gesichtszüge erinnerten eher an einen Europäer als an einen Araber.

»Warum wollen Sie ausgerechnet dieses Mädchen? Haben Sie sich unsterblich in sie verliebt? Seien Sie versichert, das wird sich geben. Vernarrtheit ist heilbar.«

»Es geht nicht darum, dass sich einer von uns in Ihre Prinzessin verliebt hat. Wir sind hier, um eine alte Prophezeiung zu erfüllen. Und das Mädchen ist ein Teil davon.«

»Eine Prophezeiung?« Der Mann im Leinenanzug setzte sich anders hin. »Gibt es noch Menschen, die an Prophezeiungen glauben? Ich dachte, die wären völlig aus der Mode gekommen.«

»Kann ein Grundprinzip des menschlichen Daseins aus der Mode kommen?«, fragte ich zurück.

»Wohl kaum. Aber was ist das für eine Prophezeiung, die sich mit dem Mädchen erfüllen soll, wenn Sie diese Frage erlauben?«

»Erinnern Sie sich, warum Sie damals nach Samarkand gereist sind, als Sie das Mädchen gekauft haben?«

Der Mann überlegte. »Ich hatte die legendäre Geschichtensammlung der Prinzessin Scheherezade gelesen. Ich hatte das Glück, eine Originalausgabe der frühen Bagdader Fassung erwerben zu können. Sie hat mich fasziniert, zumal sie unter anderem vom Kalifen Harun al-Raschid berichtet – einen Namen, den auch ich die Ehre habe zu tragen.«

»Sie sind ein Raschid?« Parishs Verwunderung war nicht gespielt.

»Ja. Deshalb kam mir damals die Idee, meine eigene kleine Prinzessin aus Samarkand zu besitzen. Eine alberne Liebhaberei, denken Sie jetzt vielleicht. Aber ist es nicht so, dass dies eine wunderschöne Inszenierung ermöglichte? Meine Tamara ist eine vorzügliche Geschichtenerzählerin.«

»Wussten Sie, Raschid, dass die alte Märchensammlung ursprünglich aus dem Persischen stammt?«, fragte ich. »Sie wurde erst im zehnten Jahrhundert ins Arabische übersetzt. Ihre Bagdader Ausgabe dürfte aus dieser Zeit stammen. Ein unvorstellbarer literarischer Schatz, nach dem sich jeder Sammler und jedes Museum die Finger lecken würden. In vielen Ländern ist der Verkauf solcher Altertümer unter strenge Strafe gestellt.«

Plötzlich misstrauisch, fragte unser Gegenüber: »Wer sind

Sie? Ein Schriftenkundiger oder Historiker? Kommen Sie von der Altertümerverwaltung?«

Ich drehte dem Araber meine Handflächen zu als Zeichen, dass er nichts von uns zu befürchten hatte. »Nein, keine Angst. Wie gesagt, wir sind nur Propheten, die eine alte Offenbarung zu erfüllen haben. Ihre wertvollen Schriften interessieren uns nicht. Sie haben einen anderen Schatz, den wir Ihnen abjagen möchten. Aber in diesem Zusammenhang … erinnern Sie sich noch, wer Ihnen damals die außergewöhnliche Originalausgabe von den ›Tausend Geschichten‹ angeboten und verkauft hat, Raschid?«

Der Mund des Arabers öffnete sich langsam, und seine Augen weiteten sich. Die elegante Fassade fiel von ihm ab. Mit einem gequälten Aufschrei rutschte er vom Sofa und warf sich vor mir auf den Boden. Ich blickte Parish an und zwinkerte ihm mit dem rechten Auge zu.

»Damit wäre das wohl geklärt«, sagte ich zu dem bewegungslos vor mir liegenden Mann und stand auf. »Wir werden für die Unkosten aufkommen, die das Mädchen dir gemacht hat, Raschid. Bereite eine Aufstellung deiner Ausgaben vor. Wir schicken morgen einen Boten, um das Mädchen abzuholen. Achte darauf, dass sie dann reisefertig ist. Wenn sie Papiere hat, gib sie dem Boten mit. Und wenn sie Koffer für ihr Gepäck braucht, kaufe welche und setze sie auf deine Rechnung. Lebwohl.«

26.

Ohne Hast gingen Parish und ich wieder hinunter in den Harem. Wir zogen unsere Sachen an. Tamara beobachtete uns, wagte aber nicht, uns anzusprechen. Doch ich nickte ihr zu, und sie verstand, dass alles geregelt war. Ein Ausdruck der Freude legte sich auf ihr Gesicht.

Mit ruhigen Schritten verließen Parish und ich, die erfolgreichen Propheten, das Haus, nicht ohne uns vom Aufpasser an der Tür eine Karte des *Magic Pyramid* geben zu lassen. Draußen auf der Gasse schaute Parish sich noch einmal um, bis die Tür sich hinter uns geschlossen hatte, dann fragte er: »Diese Originalausgabe aus Bagdad hast tatsächlich *du* ihm verkauft? Wie das?«

Ich zog meinen Begleiter am Ärmel mit mir die Gasse hinab, bis wir etwas mehr Abstand zu dem Lehmbau hatten, der den prächtigen Harem beherbergte. Dann antwortete ich:

»Ganz und gar nicht. Aber der gute Raschid wird bis an sein Lebensende schwören, dass ich es war, von dem er damals dieses Buch gekauft hat.«

Parish lachte. »Du hast gelogen!«

»Nein«, gab ich zurück. »Ich habe nicht gelogen. Ich habe ihn gefragt, ob er sich erinnere, von wem er das Buch gekauft habe. Und er selbst glaubte daraufhin, sich an mich erinnern zu müssen.«

»Also hast du nicht gelogen, sondern erfolgreich geblufft.«

»Und unsere Prophezeiung noch ein wenig größer gemacht. Raschid behält sein Erlebnis und seinen Beitrag zu dieser Offenbarung ganz bestimmt nicht für sich, wenn er erst mitbekommen hat, was wir mit dem Mädchen vorhaben.«

»So funktioniert also dein Geschäft. Das, was zufällig geschieht und passt, wird zu einem sinnvollem Bild zusammengesetzt. Ich staune, Ian, ich staune.«

»Ja, Mercurius, damit wurde dir wieder ein neues Geheimnis enthüllt. Die göttliche Schöpferkraft, die wir Menschen in Händen halten, wirkt auch dann sehr gut, wenn man sie, in die Vergangenheit wirkend, einsetzt und dem, was scheinbar zufällig passiert ist, rückblickend einen Sinn verleiht. So, wie diesem Buchkauf von Raschid. Ich musste nur dem Grund, der Raschid nach Samarkand und zu diesem Mädchen führte, einen höheren Sinn verleihen – zumindest aus seiner Sicht –, und die Illusion wurde zur Wirklichkeit.«

»Hört sich verdammt nach einem Taschenspielertrick an«, meinte Parish.

»Wenn ich dich mit einem solchen Manöver übervorteile, ist es auch bloß ein Taschenspielertrick, aber wenn ich damit aus einem tragischen Geschehen etwas Schönes und Reines mache, ist es Schöpferkraft. Überleg mal: Eine Mutter aus Samarkand verkauft aus Armut ihre minderjährige Tochter an einen geilen Araber, der sie in einem Bordell in Kairo einsperrt. Dann komme ich und beweise, dass dies Bestimmung war, dass es ein Teil jenes Weges war, der dieses Mädchen zu einem höheren Ziel geführt hat. Die drei Betroffenen – die Mutter, der Araber und die Tochter – werden von dem bösen Bann befreit, den man in dem Geschehen hätte sehen können. Der Fluch, den die Armut begründete, wird gelöst, alles hatte einen Sinn. Ist das immer noch ein Taschenspielertrick?«

Parish war kein leichter Gegner. »Im Grunde schon, Ian. Trick bleibt Trick. Aber es stimmt – manchmal heiligt der Zweck die Mittel. Die Frage, die sich mir jetzt aber aufdrängt, lautet: Ist das Mädchen, das du entdeckt hat, nur irgendein Mädchen, oder gibt es Anzeichen, die es zur perfekten Wahl für unser Vorhaben machen? Der Name Tamara ist unserer Tatjana ja schon sehr ähnlich. Beide Namen dürften aus dem russischen Sprachraum stammen.«

»Ich schätze, du liegst richtig. Aber es ist nicht nur der Name. Du hast ja mitbekommen, dass das Mädchen als Zwölfjährige ihren Eltern abgekauft wurde. Tamara hat diese Verschleppung nie als solche empfunden. Für sie war es eine Reise in eine bessere Welt, zu einem Ort, an dem sie zu essen hatte und Freundinnen fand. Sie ist die heilige Hure, nach der wir gesucht haben, die Frau, die nach menschlichem Ermessen verderbt handelt, ohne verderbt zu sein. Dieser Harem ist für sie nichts weiter als ein Spielplatz. Ihre Seele hat an diesem Ort keinen Schaden nehmen können. Genau deshalb ist sie die Auserwählte, von der die Offenbarung des Johannes als die geschmückte Braut berichtet; sogar dieses Bild stimmt.«

»Dann noch die ›Magische Pyramide‹ … wer hätte gedacht, dass damit eine weibliche Scham hätte gemeint sein können. Wenn das die Freimaurer wüssten!«

Wir mussten beide lachen.

Plötzlich verstummte Parish. »Was machen wir eigentlich, wenn der Baron herausfindet, dass wir eine neue Nolo gefunden haben? Er wird sie nie im Leben in Ruhe lassen.«

Das war ein berechtigter Einwand. »Das werden wir wohl riskieren müssen. Doch aus Erfahrung weiß ich, dass der Teufel seine Strategie für gewöhnlich ändert, wenn sie einmal versagt hat. Da er die erste Nolo getötet hat und nun möglicherweise eine zweite seinen Weg kreuzt, wird er sich gegebenenfalls etwas anderes einfallen lassen. Wir haben keine andere Möglichkeit, als auf alles vorbereitet zu sein. Wir müssen es einfach riskieren.«

Da wir mit unserem Auftrag doch noch überraschend schnell fertig geworden waren, stürzten wir uns trotz der aufgetauchten Bedenken wieder ins Kairoer Nachtleben, diesmal, um einfach nur Spaß zu haben. Wir feierten unseren Erfolg. Wir feierten uns selbst. Wir feierten in einer der erhabensten Städte der Welt unsere eigene Erhabenheit.

Entsprechend hart war der nächste Morgen. Aber es gab unendlich viel zu tun und zu organisieren. Als Erstes rief ich Kronos an, den neuen Kronos, und berichtete ihm von unserer erfolgreichen Mission. Wir einigten uns darauf, dass wir das Mädchen unverzüglich nach Deutschland bringen sollten. Kronos wollte sich um alle notwendigen Vorbereitungen kümmern. Unser Ziel würde zuerst Berlin sein, wo Kronos sich mit mir und dem Mädchen treffen wollte.

Als Nächstes bat ich den Kopten, unseren Gastgeber, einen zuverlässigen Boten und Träger zu besorgen, der das Mädchen aus dem Harem abholen sollte. Ich übergab ihm dafür die Karte des Hauses und eine mehr als reichlich bemessene Börse, mit der Tamara auf jeden Fall würde ausgelöst werden können. Der Bote sollte sie direkt zum Flughafen bringen, wo ich auf sie warten würde.

Mit Parish sprach ich ab, dass ich Tamara allein nach Berlin bringen würde. Parish wollte sich derweil endlich um sein Boot und sein Flugzeug kümmern. Wir verabredeten, dass ich ihn unverzüglich informieren würde, falls sich neue und wichtige Entwicklungen abzeichneten. Und ich kündigte ihm an, dass es sicher bald eine Vollversammlung der Sieben geben würde, um ihn auch offiziell den übrigen Mitgliedern des Kultes vorzustellen.

Unsere Wege trennten sich auf dem Kairoer Flughafen, wo Parish gerade noch eine Maschine nach Paris erwischte. Der Flieger von Tamara und mir, der die Route über Frankfurt am Main nach Berlin nehmen sollte, würde erst später am Tag starten.

Das war gut so, denn es dauerte noch eine ganze Weile,

bis der Bote endlich mit dem Mädchen kam. Schweigend übergab mir der junge Mann in Jeans und Hemd die Papiere des Mädchens und das übrig gebliebene Geld; zu meiner Überraschung fehlte kaum etwas. Wahrscheinlich spekulierte Raschid darauf, dass es irgendwann einmal von Vorteil sein könnte, wenn ich ihm eine Gefälligkeit schuldete.

Ich zahlte dem Boten ein umso großzügigeres Salär und entließ ihn aus seiner Pflicht. Tamara war der Prozedur mit unbefangener Neugier und kindlicher Freude gefolgt; es schien ihr nichts auszumachen, dass sie ein zweites Mal in ihrem Leben »verkauft« worden war.

Während ich überprüfte, ob ihre Papiere in Ordnung waren, fragte ich Tamara: »Wie geht es dir?«

»Sehr gut. Ich bin nur aufgeregt. Wohin fliegen wir? Ich bin noch nie geflogen.«

»Wir fliegen in ein Land, das Deutschland heißt und weit im Norden liegt. Deshalb müssen wir dir erst einmal wärmere Kleidung besorgen. Komm, wir haben noch Zeit, bis unser Flug aufgerufen wird.«

Während Tamara begeistert mit mir durch Läden und Geschäfte zog, rief ich noch einmal Kronos an.

»Das Mädchen hat einen gültigen ägyptischen Pass. Es dürfte trotzdem Probleme sowohl bei der Ausreise als auch bei der Einreise in Deutschland geben. Haben Sie einen Vorschlag?«

Ja, den hatte Kronos. Keine halbe Stunde später rief er an, mit der Aufforderung, mich mit dem Mädchen zum Schalter der Lufthansa zu begeben. Das taten wir. Dort angekommen, nahm uns eine ältere Dame in Empfang, die sich Tamaras Pass aushändigen ließ. Aus einem kleinen Aktenkoffer holte die Frau mehrere Stempel, die sie nacheinander in die Seiten des ägyptischen Passes drückte. Das war's.

Der ägyptische Zollbeamte schaute misstrauisch, als wir

zum Gate wollten, er holte sogar seinen Vorgesetzten, mit dem er Tamaras Pass und die offensichtlich ungewöhnlichen Eintragungen studierte. Schließlich aber winkte er uns durch.

Der Flug verlief ohne besondere Vorkommnisse, sieht man einmal davon ab, dass Tamara sich wie eine Schneekönigin auf ihr großes Abenteuer freute. In Frankfurt angekommen, gab es keine Probleme mit der Zollkontrolle, denn sie fand schlicht und ergreifend nicht statt, was ungewöhnlich war, schließlich reisten wir aus einem arabischen Land nach Deutschland ein. Aber es war damals halt noch die Zeit vor dem 11. September.

Auf unseren Anschlussflug mussten wir nicht lange warten, trotzdem war es schon später Abend, als wir an diesem 1. November 1998, einem Sonntag, in Berlin eintrafen. Wie verabredet nahm Kronos uns am Ausgang in Empfang. Er schien gut gelaunt zu sein.

»Ich freue mich, Sie zu sehen, Ian. Und ich freue mich, Ihre Bekanntschaft zu machen, Prinzessin Scheherezade.« Das Mädchen errötete bei dieser scherzhaften Anrede. Sie genoss es offensichtlich, im Mittelpunkt zu stehen.

»Vor dem Flughafengebäude wartet mein Wagen auf Sie, Tamara. Mein Fahrer wird Sie zu meinem Haus bringen. Dort ruhen Sie sich erst einmal aus. Wir haben viel mit Ihnen vor. Aber darüber erfahren Sie morgen mehr. Ich habe mit unserem Freund Ian noch einiges zu besprechen.«

Kronos winkte einen Mann in dunklem Anzug herbei, der die ganze Zeit regungslos in der Nähe gestanden hatte. »Das, liebe Tamara, ist Frank. Er wird auf Sie aufpassen und Ihnen jeden Wunsch erfüllen. In meinem Haus ist ein Abendessen für Sie vorbereitet. Außerdem eine Suite, in der Sie sich in Ruhe einrichten können.«

Damit verschwanden Tamara und Frank, und Kronos und

ich sahen den beiden eine Weile schweigend nach. Mit einem freundschaftlichen Klaps auf die Schulter riss Kronos mich aus meinen Gedanken.

»Lassen Sie uns essen gehen und reden.«

Kurze Zeit später saßen wir im *First Floor*, dem Top-Restaurant im *Palace*, mit Blick auf die Gedächtniskirche.

Kronos ließ sich ausführlich von den Ereignissen in Ägypten berichten und wie wir das Mädchen gefunden beziehungsweise ausgewählt hatten. Im Gegenzug berichtete er von den neuesten Ermittlungsergebnissen im Fall Tron.

»Der Baron hat geschlampt, anders kann man es nicht nennen. Er will eine Spur im Raum lassen, die auf Mord hindeutet. Da ist diese Sache mit dem Gürtel, an dem Tron erhängt aufgefunden wurde – es kann unmöglich sein Gürtel sein, dann hätte Tron ziemlich fett sein müssen.«

»Es war nicht sein Gürtel? Das kann in der Tat kein Versehen sein. Vielleicht war es ein Anfängerfehler von einem der Leute des Barons, der nichts Geeignetes gefunden hatte, um die Leiche daran aufzuhängen, und der dann einfach den eigenen Gürtel nahm.«

»Möglich«, gab Kronos zu. »Aber die Sache ist vorbei. Interessant ist vielleicht noch, dass hier in Berlin ein Mitarbeiter dieses Murdoch-Unternehmens aufgetaucht ist und sich als Zeuge im Fall Tron angeboten hat. Murdoch hat also mitbekommen, woher der Wind weht.«

»Ein Mitarbeiter von Murdochs NDS? Hier in Berlin? So schnell?« Das war interessant. Mir war bewusst, dass Medien jeder Art einen hohen Stellenwert hatten bei allem, was das neue Zeitalter betraf. Daher rührte sicherlich das Interesse, das der Baron an dieser Branche zeigte. Wer Macht über die Medien hatte, der hatte die Macht über die Massen. Wir agierten ja nicht anders, wenn man Kronos' Beruf im zivilen Leben betrachtete.

»Wer ist dieser Mitarbeiter? Und was macht er hier in Berlin?«

Kronos schien nur auf die Möglichkeit gewartet zu haben, mir zu antworten. »Sie kennen ihn. Ist ein ehemaliger hochrangiger Scotland-Yard-Mann. Fungiert als Sicherheitschef für NDS. Hat in deren Auftrag die Hackergemeinde im Blick. Er war derjenige, der Tron auf dessen Bitte hin mit neuen Spezialchips zu Versuchszwecken versorgt hat. Der Bursche hat sich auch zweimal persönlich mit Tron hier in Berlin getroffen, einmal im *Kempinski*, einmal im *Hilton*. Von ihm stammt das Jobangebot aus Israel. Möchte wohl die Spur verwischen, die zu ihm führt.«

»Kann sein. Aber von uns ahnt der sicher nichts. Wir sollten allerdings darauf achten, was Tron mit dem Equipment von NDS vielleicht sonst noch alles angestellt hat. Ich denke, wir sollten denen beizeiten auf die Finger schauen, um herauszubekommen, was der Baron genau von ihnen will. Und welche Rolle sie in diesem Spiel spielen. Ein solcher Aktionismus zu einem so frühen Zeitpunkt ist ziemlich verdächtig, finden Sie nicht, Kronos?«

»Schon. Aber ich denke, denen geht es wirklich nur um diese Pay-TV-Technologie.«

»Glauben Sie? Kronos, die sitzen im alten Britannien und ihre Technologieschmiede im noch älteren Israel. Es gibt meines Wissens eine Dependance in Südafrika und eine in der Neuen Welt. Leistet sich Ihr Medienunternehmen solche Auslandspräsenzen?«

Kronos schüttelte den Kopf. »Aber zum Baron können sie nicht gehören, noch nicht jedenfalls, sonst würde der sie mit den Obduktionsergebnissen von Tron nicht so ärgern.«

»Kann sein«, sagte ich, weiterhin skeptisch. »Wir werden

sie unter Beobachtung halten. Mal sehen, was passiert. Aber lassen Sie uns über das Mädchen reden. Was haben Sie mit ihr vor?«

Kronos erklärte es mir. »Ich habe das Haus für sie neu angemietet. Es steht draußen in Potsdam. Frank und seine Frau habe ich dort ebenfalls einquartiert. Sie werden sich um das Mädchen kümmern. Franks Frau ist ausgebildete Lehrerin. Das passt gut, denn wir werden Tamara ja Deutsch beibringen müssen. Unser Bruder Mondrial, der Perser in unserem Kult, hat es dankenswerterweise übernommen, sich um den Arbeitsplatz von Trons Freundin zu kümmern.«

»Warum das?«, fragte ich verwundert.

»Na, wir wollen doch alles so original wie möglich erscheinen lassen. Wir werden aus Tamara die ursprüngliche Tatjana Junk machen. Wir werden die Identität vortäuschen, ihr Leben, ihre Arbeit. Man wird später nicht mehr merken, dass sie einmal gefehlt hat.«

»Das kann nicht Ihr Ernst sein! Was wollen Sie mit Freunden und Verwandten machen? Die merken doch den Unterschied. Tamara ist Tatjana *ähnlich*, aber nicht ihr Zwilling. Jeder, der Trons Freundin kannte, würde die Täuschung durchschauen.«

»Das ist kein Problem, es bedeutet nur zusätzliche Arbeit. Ich kümmere mich bereits darum. Wir werden den Austausch so perfekt wie möglich inszenieren. Aus Tamara wird Tatjana, die künftige Reiseverkehrskauffrau. Wir suchen Tron – schon vergessen, Ian? Und Tron fand Tatjana dort, wo sie war. Also werden wir ein Double Tatjanas genau dort platzieren, wo das Original stand, um die Reinkarnation Trons zu finden. Haben Sie einen besseren Vorschlag?«

Den hatte ich natürlich nicht.

Mein Handy klingelte. »Sie erlauben?«

»Sicher. Ich muss sowieso kurz fort«, antwortete er und stand auf.

Als Kronos außer Hörweite war, nahm ich das Gespräch entgegen: »Ja?«

Ich hörte eine mir wohlbekannte Stimme. »Hallo, Ian. Du bist in Berlin? Was hältst du von einem Treffen?«

Mir verschlug es die Sprache. Ich ließ vor Schreck mein Handy fallen.

Der Anrufer war Tron.

27.

Als ich mich wieder halbwegs unter Kontrolle hatte und mein Handy aufhob, war Tron immer noch in der Leitung. »Hast du einen Schreck bekommen, Ian?«, fragte die Stimme in aller Seelenruhe.

»Wie kann das sein?« Ich war fassungslos. »Du warst tot … Ich war auf deiner Beerdigung.«

»Da bist du so alt geworden, Cautes, und glaubst immer noch nicht an Wunder? Wir treffen uns am U-Bahnhof Britz-Süd in fünfzehn Minuten. Los, mir bleibt nicht viel Zeit!« Und die Verbindung war unterbrochen.

Ich überlegte fieberhaft. Auf Kronos warten? Ihm auf dem Klo Bescheid sagen? Fünfzehn Minuten von der Gedächtniskirche nach Britz-Süd, das war auch ohne solche Verzögerung kaum zu schaffen.

Kurz entschlossen nahm ich meine Tasche und stürmte zum Ausgang. Dabei hätte ich beinahe einen Kellner über den Haufen gerannt, der mir den Weg versperrte, weil er offenbar dachte, ich wollte die Zeche prellen, denn plötzlich saß ja niemand mehr an unserem Tisch.

Schon beim Hinausrennen hielt ich nach einem Taxi Ausschau. Zum Glück stand genau vor dem Hotel eins am Straßenrand. Ich riss die Tür auf und warf mich auf den Rücksitz.

»U-Bahnhof Britz-Süd. Und bitte schnell. Wenn Sie es in zwölf Minuten schaffen, gibt's hundert Mark extra.« Sofort startete der Wagen und fädelte sich in den Verkehr ein, begleitet vom protestierenden Hupen der nachfolgenden Autos. Ich hatte offensichtlich einen Fahrer erwischt, der seinen Beruf und mich ernst nahm.

Wir brausten durch die Straßenschluchten. Glücklicherweise war es Sonntagabend, und es herrschte verhältnismäßig wenig Verkehr. Bildete sich doch einmal eine Warteschlange vor einer roten Ampel, raste mein Fahrer auf verbotener Fahrspur daran vorbei.

Ich hatte es aufgegeben, die roten Ampeln zu zählen, die wir überfuhren, als der Fahrer sich auf einem freieren Streckenabschnitt zu mir umdrehte. »Guten Abend, Ian. Es ist mir eine Freude, Sie auf diese höchst vergnügliche Weise durch Berlin zu kutschieren. Aber vielleicht sollten Sie sich anschnallen.«

Es war tatsächlich der Baron. Ich fragte mich, wie ich so dumm gewesen sein konnte, auf diesen Trick hereinzufallen, und gab mir gleich selbst die Antwort: Trons überraschender Anruf hatte pures Adrenalin in meine Adern gepumpt. Das hatte meinen Verstand ausgeschaltet. Man muss jemanden nur unter gehörigen Stress setzen und ihm eine einzige offensichtliche Alternative bieten, und man kann mit den Betreffenden spielen wie mit einer Marionette.

Natürlich, es konnte nicht Tron gewesen sein, der mich angerufen hatte. Tote waren tot. Sie standen nicht wieder auf, auch wenn seit den Mysterien um Jesus Christus ein großer Teile der Menschheit daran glaubt. Zwar gab es Scheintote, aber das wäre dem Baron bei der Obduktion bestimmt nicht entgangen. Und wenn Tron tatsächlich nicht an den Würgemalen gestorben wäre, die ich gesehen hatte, so hätte ihm die Zeit im Kühlhaus auf jeden Fall den Rest gegeben.

Bestimmt hatte der Baron bei dem Anruf einen Stimmwandler eingesetzt; so ein Gerät hatte Tron selbst einmal gebaut. Warum hatte mein Verstand mich nicht gewarnt, wo jetzt doch alles so offensichtlich war?

»Was wollen Sie von mir, Baron? Was soll diese alberne Scharade?«

»Kommen Sie nicht darauf? Nun, ich helfe Ihnen gern auf die Sprünge: *Magic Pyramid*, Kairo, Ägypten. Sie kämpfen gegen den besten Nachrichtendienst der Welt, meinen Nachrichtendienst, der ja irgendwie *alle* Nachrichtendienste ist. Und *Magic Pyramid* … so ein dummer Fehler darf nicht vorkommen.«

»Was meinen Sie?« Ich stellte die Frage, obwohl ich die Antwort bereits ahnte. Derweil jagten wir mit unverminderter Geschwindigkeit durch die Straßen nach Süden.

»Überall, wo eine Pyramide draufsteht, ist mindestens ein Freimaurer drin. Nicht Raschid, dieser Loser. Aber Hassan, der Bursche an der Tür. Und es sind wirklich schnuckelige Mädchen, nicht? Ich bin auch sehr gerne dort, wenn ich die Zeit für solche Art von Amüsement finde.

Seltsam, nicht? Die Pyramide, von der Sie glaubten, sie würde Sie zu einer Neuauflage dieses Hackerflittchens führen, sorgte dafür, dass ich von Ihren neuen Plänen erfuhr. Wobei ich mich sowieso schon gewundert hatte, dass der gute alte Kronos so plötzlich von der Bildfläche verschwunden war. Ist das nicht eine Ironie? Sie sind keinen Deut besser als ich. Wer Ihnen nicht in den Kram passt, wird beseitigt.«

»Wir haben nie einen Hehl daraus gemacht, dass wir nötigenfalls mit denselben Waffen kämpfen wie Leute Ihres Kalibers. Doch unsere Ziele sind völlig anders, finden Sie nicht?«

Statt einer Antwort lachte der Baron und nutzte einen langen geraden Straßenabschnitt, um den Wagen voll zu beschleunigen. Mit wahnwitziger Geschwindigkeit jagten wir auf eine Kreuzung zu, an der die Autos soeben losfuhren. Mit lautem Hupen und unverminderter Geschwindigkeit lenkte der Baron unser schlingerndes Fahrzeug zwischen den anfahrenden Wagen hindurch.

»Puh, das war knapp!«, stieß er hervor. »Nun, Ian, natürlich sind unsere Ziele nicht die gleichen. Sonst hätte ich Sie ja längst töten müssen. Aber jetzt erzählen Sie mal. Was hat Ihr drolliger Verein mit einem usbekischen Mädchen aus Ägypten hier in Berlin vor? Sie wollen doch hoffentlich nicht *wirklich* das Hackerflittchen ersetzen, wie ich aus den gestammelten Erklärungen des kläglichen Raschid entnehmen musste? Der fühlt sich dank Ihrer kleinen Show jetzt übrigens wie ein Heiliger.«

Es hatte keinen Sinn, dem Baron etwas vormachen zu wollen. Und irgendwie zwang uns die Situation immer wieder, bei aller Gegnerschaft offen miteinander umzugehen.

»Wir haben halt immer noch nicht die Hoffnung aufgegeben, einen neuen Messias zu finden«, sagte ich. »Die Chance ist einzigartig.« Ich erinnerte mich an Trons Worte, dass der Teufel sich mit Zeichen überlisten ließe. »Wir haben wieder einen Stern über Bethlehem gesehen, nur dass er diesmal über einer Studentenbude in Berlin geschienen hat.«

Wieder blickte der Baron über die Schulter, ohne die mörderische Geschwindigkeit zu verringern. »Das meinen Sie doch nicht wirklich? Dann würde das heute in den Zeitungen stehen. Es gab aber keine Meldungen von einem neu entdeckten Stern. Sie meinen das symbolisch, nicht wahr? Ich kann Ihnen versichern, Sie irren sich. Tron war nicht der, für den Sie ihn halten.«

Der Baron blickte wieder auf die Straße, wo ein alter Herr gerade einen Fußgängerüberweg passieren wollte. Mit einer Vollbremsung brachte der Baron den Wagen dicht vor dem Mann zum Stehen, denn ein Ausweichen wäre wegen eines von links einbiegenden Busses nicht mehr möglich gewesen. In aller Seelenruhe winkte der Baron den sichtlich verschreckten Alten über die Fahrbahn und gab dann ohne Rücksicht auf die rote Ampel wieder Gas.

»Wissen Sie, wie ich das sehe?«, fuhr er dann fort. »Sie klammern sich mit aller Macht an die Hoffnung, zu Beginn des neuen Zeitalters eine Führergestalt erschaffen zu können. Und was nicht passt, wird kurzerhand passend gemacht. Sie und Ihr kleiner Club unreifer Jungen, ihr seid gnadenlose Stümper, die dem lieben Gott, wo immer er gerade sein mag, ins Handwerk pfuschen wollen.

Ich erweise der Menschheit einen großen Dienst, wenn ich euch bei diesem unsäglichen Treiben aufhalte und eurem heillosen Amoklauf Einhalt gebiete. Es ist vorbei, Ian. Egal, was dieser Tron alles hätten sein können – er hat es vermasselt. Er hat einen Link zu seinem Mädchen und seinem Sohn hinterlassen.«

»Woher wissen Sie, dass das ungeborene Kind ein Sohn war?«, fragte ich.

Als Antwort warf er wieder einen Blick über die Schulter und grinste mich an.

»Was denken Sie denn?«, sagte er. »Ich bin der Pathologe von uns beiden. So eine Chance durfte ich mir nicht entgehen lassen. Sie wissen ja, wie ich arbeite. Und finden Sie sich damit ab, dass das neue Zeitalter *mein* Zeitalter sein wird.

Und vielleicht das meiner mir ebenbürtigen Tochter Margo. Wir sind bestens auf das neue Jahrtausend vorbereitet.«

Mit wahnwitziger Geschwindigkeit passierten wir die Kreuzung, an der die Kirche stand, in der vor etwas mehr als zwei Wochen dieses Abenteuer seinen Anfang genommnen hatte. Mit kreischenden Reifen bog der Baron links in eine kleinere Straße ein, wobei er den Gegenverkehr mit unveränderter Kaltblütigkeit zum Bremsen und panischen Ausweichen zwang.

Wir fuhren jetzt an einem Wohnquartier vorbei, jedoch nur ein paar hundert Meter, dann hielt der Baron vor einem Backsteinbau, den ich in der Dunkelheit als Postgebäude erkannte. Ich schaute mich um. Auf der anderen Seite entdeckte ich den U-Bahnhof Britz-Süd.

Wir waren in der Nähe jener Stelle, an der angeblich Tron gestorben war.

»Endstation, Ian. Aussteigen.« Der Tonfall des Barons war schroffer geworden. Und ich sah, wie er beim Aussteigen unauffällig eine Pistole in seine Handflächen gleiten ließ.

»Was tun wir hier?«, fragte ich mit wachsendem Unbehagen. Es würde irgendeine Inszenierung an diesem Ort geben, und das konnte nicht Gutes bedeuten.

»Das werden Sie gleich sehen. Da links neben der Post in den kleinen Park, da geht's lang. Sie gehen voraus. Und keine Tricks. Ich weiß, dass Sie unbewaffnet sind. Und Sie wissen, dass ich ohne Bedenken von meiner Waffe Gebrauch mache.«

Ich gehorchte. In der nur vom schwachen, gelben Licht der Straßenlaternen erhellten Dunkelheit gingen wir über den gänzlich unbeleuchteten Weg, der in den kleinen Park führte. Ich sah mich noch einmal um; wir waren jetzt genau auf der gegenüberliegenden Straßenseite des U-Bahnhofs.

Mit erhobener Waffe dirigierte der Baron mich in den

Kiesweg. Wir gingen etwa hundert Meter in eine Grünanlage hinein, die hinter dem Postgebäude lag. Um diese Zeit und an diesem Ort begegneten wir keinem Menschen.

Als der Weg schließlich eine scharfe Biegung nach rechts machte, sagte der Baron: »Halt!« Er deutete mit der Waffe in die Büsche linker Hand. »Da hinein.«

»In die Sträucher?« Das war keine annehmbare Vorstellung für mich, auch wenn das Eintauchen in einen unerwarteten Naturraum gerade zu dieser nächtlichen Zeit eine unerhörte sinnliche Erfahrung war, die animalische Kräfte freizusetzen schien. Die Dunkelheit, die kühle Luft, die Nähe der Pflanzen – wir waren Lichtjahre von der Zivilisation entfernt. Entsprechend wuchsen die natürlichen Urinstinkte in mir. Ich war des Jägers Beute. Und die Gegenstrategie, die in meinem Innern wuchs, hieß Flucht.

»Wenn Sie daran denken, durch die Büsche abzuhauen … lassen Sie sich gesagt sein, dass keine zehn Meter von hier hinter den Sträuchern ein Zaun verläuft, der Ihrer Flucht ein schnelles Ende setzen würde. Hier, nehmen Sie meine Taschenlampe und leuchten Sie in den kleinen Trampelpfad, wo die vielen Fußspuren zu sehen sind. Das wird auch unser letztes Wegstück sein.«

Ich nahm die Stablampe, die der Baron aus der Jackentasche holte, und leuchtete in den morastigen Weg. Die Dunkelheit verschluckte den Lichtstrahl. Trotzdem trat ich hinein ins Dickicht. Nach ein paar Metern endete der Weg; ich sah den Zaun, und ich sah den Baum, um den herum eine Vielzahl von Spuren hektische Aktivität bezeugten.

»Hier also ist Tron gestorben?«, fragte ich.

»Ja, dort an dem Ast.«

»Warum hier?« Es war ein so unaussprechlich trostloser Ort.

»Nun, wir sind nicht weit weg von seiner elterlichen Wohnung. In dieser Gegend hat der junge Boris Floricic gelebt. Hier kannte er sich aus, hier dürfte er jede Ecke schon einmal gesehen haben. Und wir sind mitten in der Stadt; es war kein abgeschiedenerer Winkel zu finden. Schauen Sie sich um, Ian! Weit und breit kein Mensch. Es hat mehr als vierundzwanzig Stunden gedauert, bis jemand vorbeikam und die Leiche Trons entdeckte. Vierundzwanzig Stunden … in einer so dicht besiedelten Stadt wie Berlin ein faszinierender Wert. Eine Stelle, an der einen ganzen Tag lang kein Mensch vorbeikommt. Ich finde die Wahl des Ortes sehr gelungen.«

Ich sah, wie der Baron mit einer unnachahmlich langsamen Bewegung den breiten Ledergürtel seiner Hose löste und aus den Ösen am Hosenbund zog. Als er den Gürtel schließlich in der linken Hand hielt, in der auch seine Waffe ruhte, zog er mit der Rechten eine Rolle Draht aus der Jackentasche. Dann warf er mir Gürtel und Draht vor die Füße.

»Los, Ian. Arbeiten Sie ein bisschen. Sie wollen wissen, welche Aufgabe ich für Sie habe? Knüpfen Sie Ihren Henkersstrick aus diesen beiden Requisiten. Es wird Sie sicher freuen zu hören, dass es Trons Gürtel ist. Wir hatten ihn im Krankenhaus vergessen, als wir Tron hierher brachten.«

Ich machte mich langsam ans Werk. Ich ahnte, dass der Baron mit seinen Drohungen nicht scherzte. Vielleicht wollte er mich hier aufknüpfen, um mich der Öffentlichkeit post mortem als Mörder Trons zu präsentieren.

Es war schwieriger als gedacht, aus dem Draht eine stabile Verlängerung für den Gürtel zu fertigen, damit die Konstruktion tragfähig vom Ast herunterhängen konnte. Doch nach einigem Probieren hatte ich eine Lösung gefunden, ohne dass der Draht sich wieder vom Ast oder vom Gürtel löste, wenn er mein Gewicht tragen musste.

»Perfekt, Ian. Es sieht fast wie das Original aus.«

»Warum haben Sie eigentlich Zweifel an einem Selbstmord Trons aufkommen lassen? Warum dieser Lapsus mit dem Gürtel und dem Mageninhalt? Warum nicht Selbstmord und Schluss?«

Der Baron lachte. »Kein Ahnung. Es war so ein Gefühl, dass ich den vermeintlichen Mord an Tron noch gebrauchen könnte. Und die Berichterstattung über einen Mord macht gewisse Leute ja ziemlich nervös. Und das ist gut so. Es rückt einige Herrschaften ins Rampenlicht, die gern so lichtscheu agieren würden wie ich. So aber wird das unmöglich für sie.«

»Sie meinen Murdoch?«, versuchte ich, das Gespräch weiter in Gang zu halten, um Zeit zu bekommen, vielleicht doch noch einen Weg aus dieser schier ausweglosen Situation zu suchen.

»Ja, auch. Aber nicht nur. Tron hat mehr Staub aufgewirbelt als nur diese Sache mit der Pay-TV-Verschlüsselung. Aber schließen Sie jetzt bitte den Gürtel und legen Sie ihn sich um den Hals. Schön stramm, ja? Sehen Sie die wunderschöne Parallele? Sie dürfen nachempfinden, was Ihr vermeintlicher Messias in seinen letzten Augenblicken empfunden hat.«

Es war ein mulmiges Gefühl, als ich auch dieser Anweisung Folge leistete. Ich spürte das immer noch vom Körper des Barons warme Leder um meinen Hals. Und ich musste mich auf die Zehenspitzen stellen, um den entstehenden Druck auf meine Kehle so weit zu entlasten, dass ich noch atmen und sprechen konnte.

»Perfekt, Ian. Als würde Johannes an den Pfahl genagelt wie weiland sein Bruder Jesus.« Er lachte kurz auf. »Nein, es geht nicht nur um Murdoch und diese Verschlüsselung, wobei es sicher ein Meisterstück Trons war, diesen Code zu knacken. Aber es war auch eine perfekte Tarnung seinerseits, hinter der er sein eigentliches Treiben verbarg. Ich habe seine Computer, und ich kann Ihnen sagen, es würde Sie erschüttern, wenn Sie wüssten, was dieser Knabe alles über Sie, mich und den Rest der Geheimnisse herausgefunden hat. Auch Sie hätten nicht mehr ruhig schlafen können, wenn Sie geahnt hätten, in welche Datenbanken und Archive er eingedrungen war. Er war wirklich der größte Hacker, den die Welt je gesehen hat. Er hat sogar uns beide weit übertroffen.«

»Ich weiß nicht, was mich mehr beunruhigen sollte«, röchelte ich von meinem wackeligen Standplatz aus. »Dass Tron mehr wusste als erlaubt oder dass nun Sie dieses Wissen in Händen halten …«

»Oh, ich glaube, wir beide wissen, dass Tron nicht so dumm war, alles aufzuschreiben und gut lesbar auf seinen Computerfestplatten für die Nachwelt zu hinterlassen. Denn er hat sein Ende ja kommen sehen. Und er hat sich sehr gut darauf vorbereitet, das muss ich zugeben.«

»Woher wissen Sie dann, was er alles herausgefunden hat?«, fragte ich, denn was der Baron sagte, widersprach sich.

»Er hat mir einen Brief geschrieben, den er auf seinen Computern für mich hinterließ. Er wusste oder ahnte, dass die Geräte mir in die Hände fallen würden. Und er schrieb mir einen Brief, mit dem er sein Ableben für mich noch einmal so richtig würzte. Nettes Spielchen, was? Ich bin wirklich froh, dass er tot ist.«

Der Baron kam jetzt näher zu mir und stellte sich unmittelbar hinter mich. Ich hielt mich krampfhaft an dem Gürtel über meinem Kopf fest. Angst breitete sich in meiner Seele aus, dass dies hier alles andere als ein Spiel war.

»Und weil er tot ist, kann ich nicht zulassen, dass dieser Mistkerl durch irgendeinen windigen Trick von Ihnen oder

Ihren sieben Zwergen zurückkehrt.« Der Mund des Barons war jetzt ganz nah an meinem Ohr. Er flüsterte nur noch.

»Wieso mussten Sie das Mädchen aus diesem Puff in Kairo mitnehmen? Warum konnten Sie die Sache nicht einfach auf sich beruhen lassen? Tron hätte vielleicht Ihr Messias werden können. Aber ich habe gewonnen. Und basta!«

Der Baron führte seinen Mund zu meinem anderen Ohr und flüsterte: »Ich weiß genau, was Sie vorhaben. Sie hoffen, dass so ein naives Kerlchen wie unser Tron Ihrer Venusfalle in die Finger gerät und Sie sich aus dem neu entdeckten Knaben einen Wiedergänger bauen können, damit die Legende der Wiederauferstehung in eine neue, für die heutige Zeit wissenschaftlich nachweisbare Runde geht. Eine sehr kreative Idee, Ian. Genau das würde die heutige Menschheit elektrisieren, da pflichte ich Ihnen bei. Eine echte Seelenwanderung, erklärbar, begreifbar, verständlich. Weil jemand das Leben eines anderen nachlebte und in seine Fußstapfen trat. Wirklich schön.

Aber Sie vergessen etwas, Ian. Der Kandidat für eine solche Schöpfung muss reinen Herzens und ein wahrer Mensch sein, nicht wahr? Er muss das Leben lieben, es schützen. Die Schöpfung bewahren. Darum geht es doch für Sie, Ian, oder? Die Menschheit vor der eigenen Ausrottung bewahren. Was wäre, wenn der Mensch vom letzten verbotenen Baum im Paradies Gottes naschen würde, vom Baum des ewigen Lebens? Was ist es überhaupt, das ewige Leben?

Ich bringe es mit meinem Wissen gerade mal auf ein wenig mehr als zwei Jahrhunderte. Aber ewiges Leben, für die ganze Menschheit? Wir beide wissen, was damit gemeint ist: Ausrottung. Die Menschheit vernichtet sich selbst, globaler Exitus. Die Seelen verlassen den menschlichen Leib, um ewig dort zu leben, wo sie vor ihrer Existenz in einem menschlichen Körper gelebt haben.

Ein Messias müsste das menschliche Leben als höchstes Gut wahren. Er müsste die Gebote achten, die Ihresgleichen seit Jahrtausenden zur Bewahrung des Lebens aufgestellt haben. Er dürfte nicht stehlen, zumindest nicht, ohne Reue zu empfinden, er dürfte nicht lügen und nicht töten. Was, wenn ich Ihnen beweisen kann, dass Tron ein Lügner und Betrüger war? Schlimmer noch, ein Mörder? Würden Sie dann endlich von Ihrem albernen Plan ablassen, aus dem Mistkerl einen Heiligen zu machen?«

Ich überlegte fieberhaft. Tron ein Lügner? Ein Mörder? Ich konnte es nicht glauben, wollte es nicht glauben.

»Tron ein Betrüger? Das müssen Sie gerade sagen«, stieß ich keuchend hervor. »Warum sollte ich Ihnen glauben, dass ausgerechnet Sie Tron als Mörder entlarven könnten? *Sie* sind der Mörder. Ich glaube Ihnen kein Wort.«

Ich spürte den Atem des Barons ganz nah an meinen Hals, als der Teufel mir in die Ohren hauchte: »Ich ahnte, dass Sie das sagen würden. Deshalb bleibt mir jetzt nichts anderes übrig, als zu vollenden, was ich begonnen habe. Ich darf nicht zulassen, dass Sie Tron unsterblich machen.« Ich spürte, wie der Baron einen Fuß an meine Kniekehlen setzte und zutrat. Mit einem schrecklichen, schmerzhaften Ruck schnürte der Gürtel sich um meinen Hals, als mein Körper nach unten fiel, und erstickte augenblicklich meinen entsetzten Schrei.

28.

Wir haben einen Kandidaten!«

Ich hörte, wie Parish am anderen Ende der Leitung tief durchatmete. »Hoffentlich nicht wieder ein falscher Alarm!«, sagte er. »Wir haben in den letzten fünf Jahren schon einige Male gedacht, einen geeigneten Jungen gefunden zu haben.«

»So weit wie er ist keiner vor ihm gekommen. Er hat die CD von dir sofort identifiziert und ihr Geheimnis intuitiv erkannt. Er hat sogar schon den rückwärts aufgenommenen Songtext entdeckt.«

»Woher weißt du das, Ian?«, gab Parish sich ungewohnt skeptisch. Aber wahrscheinlich war seine Haltung zu verstehen. Fünf Jahre sind eine lange Zeit, in der wir mit unserem Vorhaben einige Enttäuschungen erlebt haben. Immer wieder hatten geeignete Kandidaten die CD mit dem gemeinsamen Song von Tupac Amaru Shakur, alias Parish, und Tron in die Hände bekommen und damit herumgespielt. Doch keiner hatte die richtige Idee, dem Geheimnis des von uns sorgsam platzierten Tonträgers auf die Spur zu kommen. Jedes Mal war unsere anfängliche Euphorie verflogen.

»Hat er Nolo schon gefunden? Wer ist er überhaupt?«, fragte Parish jetzt doch mit zunehmendem Interesse.

»Bei Nolo war er noch nicht, sie ist aber informiert. Der Junge heißt Georg Brand und ist Student der Wirtschaftsinformatik hier an der Technischen Universität Berlin. In Hackerkreisen nennt er sich ›T-Rex‹. Er ist Hacker, so wie Tron, und passt hundert Prozent ins Schema.« Ich konnte mit meiner Begeisterung nicht hinter dem Berg halten.

»Und? Ist er auch sonst der edle Ritter, den wir suchen?«

Das war ein wunder Punkt. »Noch nicht ganz. Wenn er

der Gesuchte ist, dürfte es ein weiter Weg werden. Positiv ausgedrückt ist er fett, faul und gefräßig. Und auch geldgierig. Sein erster Weg führte zu einem Zeitungsreporter, dem er heute Morgen die Story mit der CD gegen gutes Geld angeboten hat.«

Wider Erwarten lachte Parish. »Das würde doch jeder tun. Die Story ist schließlich ein Knüller. Also weiß er bestimmt, dass die Scheibe von mir ist.«

»Ja, er hat eine Stimmanalyse durchgeführt. Dabei ist ihm die versteckte Tonspur aufgefallen. Der Junge ist wirklich gut, was diese Dinge angeht.«

»Scheint so«, gab Parish zurück. »Lass ihm Zeit, sein ganz persönliches Hackerethos zu entdecken. Betrachte ihn als Rohdiamant, der geschliffen werden muss. Wir werden schon herausbekommen, wie viel Karat der Bursche hat. Was macht er denn jetzt?«

»Er hat von dem Reporter Geld und ein Flugticket bekommen.«

»Ein Flugticket? Wohin?«, wollte Parish wissen.

»Ist doch klar. Er kommt zu dir nach Los Angeles, will ein wenig im Studio recherchieren, ob der Song wirklich von dir ist. Kennst du diese Begeisterung? Ein Geheimnis, das erst einmal entdeckt ist, lässt ihn nicht mehr los, bis er das Rätsel gelöst hat. Das ist Tron, das ist genau wie bei Tron.«

»Ja, schon. Aber das ist nur der erste Schritt auf dem Weg, den der Junge zu beschreiten hat. Und seine Motivation dürfte im Moment eher das Geld sein als die Aussicht, die Welt zu retten. Wie bist du eigentlich an dem Jungen dran?«

»Über sein Handy. Ich habe einen Rückkanal aktiviert und kann praktisch alles mithören, was er macht. Er kümmert sich brav darum, dass meiner Wanze nie der Strom ausgeht.«

Parish seufzte. »Ich muss mich offenbar noch daran gewöhnen, welche Überraschungen die modernen Technologien bereithalten. Man kann ein Handy einfach so zu einem Abhörgerät machen?«

»Nicht ›einfach so‹, aber es geht. Ein Handy hat ein Mikro und einen Sender. Mehr hat eine Wanze auch nicht. Man muss nur das ausgehende Signal tarnen, damit der Handybesitzer nicht mitbekommt, dass er auf Empfang ist. Und man muss die Dauerverbindung tarnen, damit die Telefongesellschaft sich nicht wundert und keine fantasiemäßigen Gebühren auflaufen.«

»Okay, ich hab verstanden. Und was tun wir jetzt?«

»Ich habe mit Kronos folgendes Vorgehen abgesprochen: Mein Bruder Tom fängt unseren Kandidaten am Flugplatz ab und fühlt ihm während des Fluges nach L.A. näher auf den Zahn. Er geht quasi auf Tuchfühlung mit ihm. Er wird ihm auch den Zugang zum Studio erleichtern. Es sollte alles ganz natürlich und wie zufällig wirken. Aber dann sollte es einen ersten Test geben.«

»Was für einen Test?«

»Kannst du dafür sorgen, dass dieser T-Rex überfallen wird? Wir wollen ihm die CD wieder abnehmen, um zu sehen, wie schnell er aufgibt.«

»Ihr wollt sehen, wir furchtlos der Junge ist? Ob er sich von Hindernissen und Bedrohungen einschüchtern lässt? Okay, ich kümmere mich darum. Hammer müsste das erledigen können.«

»Sehr gut. Aber mach es nicht zu hart. Es soll nur ein erster Test sein. Für den Notfall wird auch Tom in der Nähe sein, falls der Junge die Polizei ruft oder so etwas.«

»Wie ist das mit dem Reporter? Gehört der mit zum Spiel? Haben wir den unter Kontrolle?«

»Negativ. Gehört eher zum Einflussbereich des Barons, auch wenn Kronos über seine Verlegerkontakte einen gewissen Zugriff auf ihn hat. Wir sollten uns aber nicht zu sehr darauf verlassen.«

»Was machst du in der Zeit, während wir uns in L.A. um den Jungen kümmern?«

»Ich werde mich ein wenig in T-Rex' Studentenbude umsehen und ein bisschen Hintergrundmaterial über ihn sammeln. Bisher wissen wir wenig mehr von ihm, als dass er gerne Pizza isst und Kaffee trinkt. Ich werde auch noch mal mit einem seiner Studienkollegen reden, Kim Schmittke. Wir hatten ihn darauf angesetzt, T-Rex bei der Entschlüsselung der CD zu helfen und die Spur zu Nolo zu legen.«

»Ist das nicht schon fast zu viel Hilfe?«

»Glaube ich nicht. Je eher wir wissen, wie Nolo und der Junge aufeinander reagieren, umso eher wissen wir, was Sache ist.«

»Klingt vernünftig. Wo hat dieser T-Rex eigentlich die CD aufgespürt?«

»Er hat die Version aus dem Tanzschuppen, die dieser DJ letzten Monat bei euch im Studio zugespielt bekommen hat. Der DJ hat den Song gespielt, und der junge Hacker hat sofort darauf reagiert.«

»Wollt ihr denn die anderen Versionen noch draußen herumliegen lassen? Oder sammeln wir die ein?«

Das war eine gute Frage und eine schwere Entscheidung, denn die Platzierung der Köder war immer wieder eine schwierige Übung, die viel Arbeit machte. Wenn wir jetzt sämtliche Versionen einsammelten, die von der CD als Köder in Umlauf waren, und es war doch wieder falscher Alarm, wäre es ein Riesenaufwand, sie wieder an ihren derzeitigen Platz zurückzubringen.

Trotzdem: »Ich denke, wir sollten sie einsammeln, um uns nicht in eine Zwickmühle zu bringen, falls auf einmal doch noch ein zweiter Kandidat darauf reagiert. Konzentrieren wir uns auf diesen Georg Brand. Wir sehen weiter, sobald neue Ergebnisse vorliegen. Ich kümmere mich darum, dass die CDs eingesammelt werden.«

Ich unterbrach die Verbindung. Es war jetzt wirklich fast auf den Tag genau fünf Jahre her, dass Tron verschwunden war und in einem kleinen Park im Süden von Berlin den Tod gefunden hatte. Es war schön, dass die viele Arbeit in dieser Zeit offensichtlich doch nicht ganz umsonst gewesen war. In diesen Jahren gab es immer wieder Augenblicke des Zweifels, wenn sich partout kein Kandidat für unsere große Vision finden lassen wollte.

Aber die Zeit hatte auch für uns gespielt. Aus dem Mädchen Tamara war tatsächlich die Wiedergeburt von Tatjana Junk geworden. Die Illusion war perfekt. Unser Bruder Mondrian, nach Kronos und dem aufgerückten Sunleitner die Nummer drei unseres Kultes, hatte das Reisebüro kaufen können, in dem Trons Freundin gearbeitet und in dem ich das Mädchen das erste und einzige Mal persönlich kennen gelernt hatte. So konnte nun auch die neue Tatjana dort arbeiten. Und ihre Rolle schien ihr zu gefallen. Sie genoss offensichtlich das unbeschwerte, vordergründig selbstständige Leben, das sie als junges Mädchen in Berlin führen konnte.

Ich rief Kronos an, der von der Schweiz aus das Geschehen überwachte und ein Auge auf unseren alten Gegner hatte, den Baron.

»Hallo, Ian. Schön, Ihre Stimme zu hören. Wie läuft's?«

»Alles im Lot. Der erste Akt des neuen Dramas ist im Gange. Wir sollten uns jetzt auf den zweiten Akt vorbereiten.«

»Sie meinen der Auftritt des Bösewichts, des Teufels?« Kronos hatte sich mit seiner Weitsicht als Saturn, als Pater unseres Kultes, sehr gut bewährt.

»Genau, mein lieber Kronos. Unser Schützling ist zwar auf dem Weg nach Los Angeles, wird aber recht bald zurückkehren. Und dann wird es nur noch eine Frage von Stunden sein, dass er in unserem kleinen Reisebüro aufläuft.«

»Und damit diesem schmierigen Banner in die Hände fällt, der falschen Bulldogge des Barons. Schon ein zäher Hund, dieser Schnüffler. Hat zwar mithilfe des Barons eine steile Karriere gemacht und ist jetzt Sonderermittler beim Landeskriminalamt, aber die Spur mit unserem usbekisch-ägyptischen Mädchenimport hat er nie erkalten lassen.«

»Nein, wahrlich nicht, Kronos. Und genau das macht mir wirklich Sorgen. Der Baron ist wachsam und misstraut uns immer noch. Wir dürfen ihn in dieser Sache nicht unterschätzen.«

»Haben wir den Baron jemals unterschätzt? Ich sage Ihnen, was passieren wird. Wir werden den Jungen, den Sie für uns gefunden haben, auf seinen Pfad schicken. Und der Baron wird alles genau verfolgen und darauf achten, dass wir mit unseren seltsamen Spielchen seine Kreise nicht stören. Er sieht in dem Jungen keine Gefahr mehr, das hat er uns sehr deutlich gemacht.

Würde er unser Tun jetzt noch ernst nehmen, würde er sich vor sich selbst lächerlich machen. Er wird uns jetzt für durchgeknallte Spinner halten. Das heißt aber nicht, dass er in seiner Aufmerksamkeit nachlässt. Er wird immer sehr genau schauen, was wir tun. Was das Mädchen tut. Und dieser neu auftauchende Junge.

Und er wird darauf achten, dass nichts von seiner eigenen Welt an die Öffentlichkeit gerät. Aber mehr werden wir nicht von ihm zu befürchten haben, da bin ich mir ziemlich sicher.«

Ich dachte nach. »Ich stimme Ihnen zu, Kronos, was diese erste Mission des Studenten Georg Brand angeht. Ob der Rapper Tupac starb oder nicht und was es mit dessen Mord in Las Vegas auf sich hatte, tangiert den Baron ganz sicher nicht. Aber diese erste Mission wird unseren Hacker T-Rex auf den Pfad zur zweiten Chiffre führen. Und das dürfte mit dem Geheimnis der *Titanic* zusammenhängen. Glauben Sie nicht, dass wir damit bereits auf sehr massive Weise die Kreise des Barons stören?«

Kronos schnaubte hörbar. »Sicher. Wir müssen eben verhindern, dass unser Schützling seine Ermittlungsergebnisse an die große Glocke hängt, wenn er überhaupt so weit kommt. Wir müssen etwas in die Hand kriegen, dass er spurt. Haben Sie eine Idee, mein guter Ian?«

Ich dachte nach. »Kann sein. Ich arbeite derzeit für die Unionbank hier in Berlin. Ich könnte ihn dorthin locken für irgendeine Recherche und ihn als Einbrecher korrumpieren.« Ich lachte bei der Vorstellung. »Ich könnte dafür sogar diesen Banner benutzen, wenn ich ihm Überwachungsfotos aus der Bank zuspiele, auf denen T-Rex zu sehen ist. Das würde dieser Schnüffler sich nie entgehen lassen, um näher an den Jungen heranzukommen. Also *lassen* wir ihn näher ran, damit er den Baron in Sicherheit wiegt.«

»Ein bisschen mehr Sicherheit kann nie schaden. Aber die Idee mit der Bank gefällt mir. Es würde außerdem zeigen, inwieweit der Junge bereit ist, auch eigene Wege zu gehen, sich seine eigenen Maßstäbe zu setzen. Wenn er dann noch den wichtigsten Köder schluckt, das Mädchen, kann eigentlich nichts mehr schief gehen.«

»Umgekehrt natürlich auch. Was das Mädchen von ihm hält, ist genauso wichtig.«

Kronos lachte. »Wissen Sie, Ian, wie wir uns anhören? Wie zwei alte Kuppelweiber, die zwei junge Menschen zu ihrem Glück zwingen wollen.«

»Wir *sind* zwei alte Kuppelweiber. Man könnte auch sagen, die sieben Zwerge wollen ihr Schneewittchen dem schönen Prinzen zuführen.«

Kronos erwiderte: »Dann ist der Baron in diesem Bild wohl die böse Stiefmutter, die unserem Schneewittchen nach dem Leben trachtet, wie?«

Wir lachten herzhaft bei dieser Vorstellung, die vom tatsächlichen Geschehen vielleicht gar nicht so weit weg war, wie man im Moment vermuten mochte. Als wir uns wieder beruhigt hatten, fragte ich Kronos noch einmal: »Was machen wir also im zweiten Akt mit dem Baron? Ich meine, außer diesem Trick mit Banner?«

Es brauchte noch einen Moment, bis Kronos seine Stimme gänzlich wiedergefunden hatte. Dann antwortete er: »Nichts.«

»Nichts?« Das glaubte ich einfach nicht.

»Genau, bester Ian. Wir tun nichts mit dem Baron. Außer ihn weiter im Auge zu behalten. Der Gute hat verstanden, dass unser Bund sehr viel älter ist als er selbst. Älter sogar als seine Freimaurer, seine Ritterorden oder Nachrichtendienste. Und dass wir in ihm zwar einen ernst zu nehmenden Gegner sehen, aber keine Angst vor ihm haben. Ich denke, er hat vor fünf Jahren die Botschaft damals in dem Park mit Ihnen ziemlich gut verstanden. Ich würde sagen, wir haben eine gute Pattsituation.«

Ich dachte an die Nacht damals in der Grünanlage, in der mein Freund Tron zuvor den Tod gefunden hatte.

Der Baron hatte mir in die Kniekehlen getreten, meine Beine sanken unter mir weg, und die Schlinge aus Trons Gürtel schnürte mir den Hals zu. Panik erfasste mich, und das Blut staute sich schmerzhaft in meinem Kopf, bis ich glaubte, mir würde der Schädel platzen. Doch einer meiner Füße fand neuen Halt auf dem Boden; sofort spürte ich die Entlastung am Hals. Das Blut strömte aus meinem Kopf, und frische Luft gelangte in meine Lungen.

Doch mein Peiniger ließ nicht nach. Jetzt hängte er sich

mit seinem ganzen Gewicht an meine Schulter, sodass mein Hals unser beider Last tragen musste. Ich fühlte, wie mir das Leder ins Fleisch schnitt. Sofort fiel die Panik wieder über mich her. Verzweifelt schlug ich um mich, während ich wie ein menschliches Pendel an dem Gürtel baumelte. Mir wurde die Luft knapp, und der Druck im Schädel nahm wieder zu.

Mein Todeskampf schien endlos lange zu dauern. Dann aber konnte ich mich endlich aus der Gewalt dieser Ausgeburt der Hölle befreien; der Baron ließ tatsächlich von mir ab. Sofort griff ich nach dem Gürtel, um meinem Hals Erleichterung zu verschaffen.

»Sie schlagen sich wacker, Ian. So einfach lassen Sie sich nicht umbringen, was?«

Ich prustete. Und verstand den Sinn dieses grausamen Spiels nicht.

»Finden Sie nicht, Ian, dass das eine ziemlich umständliche Art und Weise ist, jemand umzubringen? Um jemandem Angst zu machen, so wie ich jetzt Ihnen Angst gemacht habe, ist diese Methode ziemlich gut. Sie hatten eben Todesangst, vielleicht das erste Mal im Leben. Doch um Sie auf diese Weise umzubringen, muss man schon eine Menge Kraft und Energie aufbringen. Zu viel für meinen Geschmack. Man müsste den Delinquenten höher hängen, sodass er tiefer fällt – dann ginge es leichter. Aber hier ist nichts, wo man jemand draufstellen könnte. Verstehen Sie, was ich Ihnen damit sagen möchte, Ian?«

Ich hatte nicht den blassesten Schimmer, worauf der Baron hinauswollte. Wozu diese Nachhilfestunde im Henkersberuf?

»Sie kapieren immer noch nicht, warum ich Sie hierher gebracht habe, stimmt's, Ian? Dabei ist es doch offensichtlich: So, wie Ihr guter alter Tron hier an genau diesem Baum starb, an dem Sie gerade so erbärmlich hängen und nach Luft schnappen, *kann* ich ihn gar nicht umgebracht haben. Es ist so gut wie unmöglich, auf diese Weise jemanden zu töten, der sich mit der ganzen Verzweiflung seines zu Ende gehenden Lebens dagegen wehrt.

Sie können mir glauben, dass mein Versuch, Sie zu töten, sehr ernsthaft war. Ich habe meine ganze Kraft und Energie eingesetzt, Ihrem Leben endlich ein Ende zu bereiten. Und doch bin ich gescheitert. Ich habe es nicht geschafft, denn es war nicht zu schaffen.«

Auf Zehenspitzen stehend, brachte ich röchelnd hervor: »Dann haben Sie Tron gar nicht hier umgebracht? Oder erhängt? Sie haben ihn woanders erwürgt?«

»War das Sauerstoffdefizit eben doch zu viel für Sie? Sie sind doch sonst nicht so begriffsstutzig. Tron starb genau an der Stelle, an der Sie sich gerade befinden. Aber nicht ich habe ihn getötet. Hören Sie, Ian? Verstehen Sie doch endlich: Der Teufel hat Ihren Messias, Ihren Mithras, Ihren Jesus Christus, Ihren Erlöser des Zeitalters des Wassermannes nicht getötet. Ich habe mich an diesem Jungen nicht versündigt. An *diesem* Jungen nicht. In diesem Fall bin ich unschuldig. Dämmert es Ihnen jetzt endlich, warum Ihre Pläne mit dem falschen Mädchen eine riesige Farce zu werden drohen …?«

Jetzt, fünf Jahre später, holte Kronos mich in die Gegenwart zurück. »Da er Tron nicht ermordet hat, geht der Baron davon aus, nichts befürchten zu müssen durch das, was wir tun. Aus Sicht des Barons hat Tron seine Berechtigung, ein neuer Mithras zu sein, schlicht und einfach verwirkt, als er sich selber in die Schlinge warf und sich dadurch tötete. Ein Selbstmörder kann kein Messias sein. Ein Messias muss das Leben und die Menschen schützen. Er darf kein Leben vernichten, und sei es das eigene.«

»Ich weiß, was Sie meinen, Kronos. Ich habe lange genug darüber nachdenken dürfen, was es bedeutet, dass Tron doch Selbstmord begangen hat. Ich sehe es wie Sie, dass der Baron die neue Evolutionsstufe der Menschheit noch nicht begriffen hat. Er ist noch in den alten Doktrinen verhaftet oder glaubt zumindest, dass die Menschheit es noch sei. Wer sich oder andere tötet, ist demnach ein Sünder. Seid fruchtbar und mehret euch, ist für ihn nach wie vor das Gebot. Er glaubt, dass die Menschheit immer noch bei dieser und anderen Lehren stehen geblieben ist, obwohl die Menschen immer älter werden und die Erde bald zu klein wird.

Es ist eine Ironie, dass der Baron selbst seit über zwei Jahrhunderten lebt und das Geheimnis der ewigen Jugend gefunden zu haben glaubt, ohne die moralische Verantwortung zu begreifen, die einem solch endlosen Leben innewohnt. ›Wenn dein Leben genug war, darfst du es nach eigenem Ermessen beenden.‹ Selbst seine Freimaurer leben diese Ethik über die eigene Selbstbestimmung von Leben und Tod. Aber dass diese Wahrheit mit der Person von Tron auch im übrigen Leben angekommen sein könnte, versteht er nicht.«

»Nein«, setzte Kronos meinen Gedanken fort, »das versteht er wirklich nicht. Zum Glück. Dabei sind es auch seine Forschungseinrichtungen, die die Ursachen der biologischen Unsterblichkeit zu entschlüsseln lernen. Die Wirkung der Hormone, die uns wachsen und gedeihen lassen, um uns dann dem Verfall preiszugeben.«

»Ja, ich denke auch, die Menschen werden lernen, ihren eigenen Verfall zu beenden, zumindest zu bremsen. Und sie werden einen weniger schändlichen Weg finden, als der Baron ihn zeit seines Lebens beschritten hat. Der Fisch überlebte am Abgrund der Menschheit im Meer ihrer Sündhaftigkeit; der Wassermann macht, was der alte Mensch als Sündhaftigkeit erlebte, erst zu seinem eigentlichen Element und Lebensraum.«

»Schön gesagt, Cautes.« Kronos' Stimme klang bei diesem Lob kein bisschen gönnerhaft. »Also, wir brauchen uns um den Baron wirklich keine Sorgen zu machen. Was diese Dinge angeht, verkennt er die Situation derzeit noch völlig. Und dann ist es ja auch so, dass Sie ihm damals fürs Erste reichlich Angst gemacht haben.«

Noch einmal stiegen die Bilder aus der kleinen Grünanlage, in der Tron sich vor den Augen des Barons selbst getötet hatte, vor mir auf. Wieder hörte ich das gefährliche Flüstern an meinem Ohr.

»Ja, mein guter Ian. Tron war ein jämmerlicher Selbstmörder, einer von der Sorte, denen man früher die Beerdigung in der geweihten Erde eines christlichen Friedhofs verweigert hat. Der Fake war in diesem Fall kein Fake; er kam meiner Absicht zuvor und hat sich selbst getötet, indem er sich in die Schlinge des Gürtels fallen ließ, ohne zu kämpfen, wie Sie eben gekämpft haben.

Darum glauben Sie mir, Ian: Was Sie mit dem Mädchen aus Kairo vorhaben, ist zum Scheitern verurteilt. Es wird Ihnen nicht gelingen, aus einem Selbstmörder einen neuen Heiland zu zaubern. Das werden die Menschen Ihnen niemals abnehmen.«

Der Baron ließ von mir ab und ging um meinen Körper herum, bis er ungefähr zwei Meter vor mir stand.

»Aber wenn ich ehrlich sein soll, Ian – oder Cautes oder Johannes oder wie Sie heißen mögen –, ich bin das Spiel mit Ihnen satt. Sie haben einmal zu oft meine Pläne gestört. Deshalb werde ich jetzt mit Ihnen tun, was ich ursprünglich auch mit Tron vorhatte.«

Der Baron richtete seine Pistole auf mich, die er die ganze

Zeit in der Hand gehalten hatte, und zielte nun deutlich sichtbar auf mein Herz.

»Beenden wir es also ein für alle Mal.« Der Baron drückte ab. Ich sah das Mündungsfeuer, sah die Patronenkugel aus dem Lauf austreten und wie in Zeitlupe auf mich zurasen. Ich spürte, wie die Kugel durch meinen Mantel und mein Hemd in meinen Körper eindrang. Ich spürte, wie sie an einer Rippe anstieß und die Richtung nach unten änderte. Und wie sie durch mein Herz hindurchfuhr, um dann auf der anderen Seite wiederum vor einer Rippe stecken zu bleiben.

Nachdem ich den ersten brutalen Schmerz im Griff hatte, blickte ich meinem Widersacher fest in die Augen und begann, mit aller Umsicht den Gürtel um meinen Hals zu lösen. Dabei nahm ich meinen Blick für keinen Sekundenbruchteil vom Baron.

Und ich weidete mich an der wachsenden Panik, die sich auf seinem Gesicht abzeichnete.

EPILOG

Das Hotel São Pedro liegt im Osten von Ponta Delgada, dem Hauptort der Azoreninsel São Miguel. Das Haus aus dem frühen 19. Jahrhundert verbreitet immer noch die noble Atmosphäre der Kolonialzeit. Einst war das Gebäude im Schatten der gleichnamigen Kirche die Residenz des Inselkonsuls gewesen. Heute treffen sich hier meist einheimische Geschäftsleute und Touristen, die auf Extravaganz stehen. Warum sonst sollte man sich auf dieses Archipel auf halbem Weg zwischen Europa und Amerika verirren?

Für meinen Bruder Tom und mich ist das Hotel São Pedro der optimale Ort, um uns einmal schnell persönlich zu treffen, so wie jetzt. Die Azoren sind weder Alte noch Neue Welt. Sie sind irgendwie Niemandsland, von der Welt fast vergessen, zumindest kaum wahrgenommen. Der ideale Ort also, um keinem aufzufallen.

»Was meinst du, Ian? Bleibt unser Geheimnis gewahrt?«

Tom und ich saßen im luxuriösen Foyer des Hotels. Wir hatten seit unserer Zusammenkunft die jüngsten Entwicklungen um unseren neuen Schützling Georg Brand, alias T-Rex, erörtert und waren uns einig, dass unser gewagtes Vorhaben auf einen guten Weg gebracht war.

Tom hatte vom Flug mit dem jungen Studenten nach L.A. berichtet, vom gemeinsamen Besuch in den Studios, in denen Parish als Tupac einst zusammen mit Tron den Song »Capture« aufgenommen hatte. Auch der vermeintliche Überfall von Parishs Männern auf T-Rex hatte ganz nach Plan geklappt. Bevor es jetzt aber tatsächlich in die nächste Runde gehen sollte, gab es für uns noch einiges zu besprechen.

»Ich glaube schon«, antwortete ich nach eine Weile, in der ich aufmerksam die Kaffeetasse in meinen Händen durchgerührt hatte. Die Geräusche der anderen Gäste und des Personals verschluckten unsere Unterhaltung.

»Auch wenn Kronos nicht die ganze Wahrheit kennt von dem, was damals zwischen mir und dem Baron in dem Berliner Park geschehen ist, so trifft seine Einschätzung doch zu: Der Baron hat noch eine ganze Weile Angst vor uns.«

Mein schwarzer Bruder nickte langsam. »Was vermutet unser amtierender Saturn denn, was damals nach dem Schuss des Barons auf dich wirklich geschah?«

»Ich nehme an, er hält den Vorfall damals für einen meiner Taschenspielertricks, wie Parish es nannte. Ausgetauschte Patronen in der Waffe des Barons … kugelsichere Weste … etwas in der Art. Kronos weiß nur, dass der Baron mich nicht töten konnte und dass es ihn ungemein schockiert hat. Er weiß nicht, warum der vermeintlich mächtigste Mann der Welt sein verbrecherisches Vorhaben nicht in die Tat umsetzen konnte.«

Tom nickte erneut. »Auch dieser Kronos wird irgendwann neugierig werden. Früher oder später. So wie Luhnen. Und der Baron natürlich auch auf jeden Fall. Diese Gefahr müssen wir im Auge behalten.«

Mit einem tiefen Atemzug sog ich die hier im Foyer des Hotels noch immer würzige Meeresluft des nahen Ozeans ein, in die sich der angenehme Duft aus meiner Kaffeetasse mischte. »Wir werden diese Gefahr nicht nur im Auge behalten, glaub mir. Wir werden diese Gefahr früher oder später sogar bannen müssen – mit allen Mitteln, die uns zur Verfügung stehen. In der Tochter des Barons, dieser Margo, haben wir vielleicht eine geeignete Kandidatin für einen künftigen neuen roten Drachen. Die richtige Haarfarbe dafür hätte sie ja schon.«

Wir mussten beide lachen.

»Ja, mein guter Cautes, du dürftest Recht haben. Es ist nicht gut, dass jemand länger als nötig das Wissen mit uns teilt, wie lange wir zwei tatsächlich schon unsere Kreise auf dieser Welt ziehen. Die Menschheit ist noch nicht bereit, von der realen Existenz des Baums des ewigen Lebens zu erfahren, wie er in der Bibel genannt wird, im Buch Genesis. Nur ein toter Baron könnte das gefährliche Wissen nicht mehr weitertragen.«

»Und seiner hübschen Baroness wird er nichts von unserem heiklen Geheimnis verraten. So zugetan er seiner eigenen Tochter auch sein mag, er weiß ganz sicher selbst, dass sie eine ernst zu nehmende Rivalin ist, der er nicht zu viel von seinem eigenen Wissen offenbaren darf.«

Ich nahm einen tiefen Schluck aus meiner Kaffeetasse.

»Ich weiß nicht«, sagte ich schließlich, »wie wir all die Jahrhunderte und Jahrtausende unserer Mission ohne dieses köstliche Getränk ausgehalten haben. Kaffee ist eine der größten kulturellen Errungenschaften der Welt. Es wäre uns sicherlich damals deutlich einfacher gefallen, für unseren Freund Jesus Wasser in Kaffee zu verwandeln als Wasser in Wein.«

Wieder lachten wir bei der gemeinsamen Erinnerung. Danach schwiegen wir beide und lauschten dem Treiben um uns herum.

»In der Tat«, nahm Tom das Gespräch noch einmal auf. »Kaffee ist schon eine seltsame Droge. Du solltest dir einen guten Vorrat mitnehmen, wenn du unserem Schrein der Bücher einen neuerlichen Besuch abstattest. Es sieht so aus, als müsstest du nun doch wieder ein paar Nachtschichten an deinem alten Papyrus schieben.«

Der plötzliche Themenwechsel überraschte mich. »Du meinst die Offenbarung? Ja, in der Tat. Damals auf der griechischen Insel Patmos saß ich ja auch vierzig Tage und Nächte an den Änderungen. In Jerusalem im Schrein dürfte es noch einmal deutlich länger werden, weil ich dort nur die Nächte haben werde, wenn kein Mensch im Archiv ist. Aber ich denke, das hat noch etwas Zeit. Warten wir erst einmal in Ruhe ab, wie unser neuer Schützling sich macht. Übrigens, unsere Leidenschaft für Kaffee teilt dieser Georg Brand bereits!«